河道弯弯

{ 河道弯弯终有路 }
{ 人间仙境终筑成 }

田献义 著

图书在版编目（CIP）数据

河道弯弯 / 田献义著 . —北京：北京燕山出版社，2018.2
ISBN 978-7-5402-4924-3

Ⅰ . ①河… Ⅱ . ①田… Ⅲ . ①长篇小说—中国—当代
Ⅳ . ① I247.5

中国版本图书馆 CIP 数据核字 (2018) 第 034532 号

河道弯弯

责任编辑：李　涛
封面设计：李　敖
责任校对：方　圆
出版发行：北京燕山出版社
社　　址：北京市丰台区东铁营苇子坑路 138 号
邮　　码：100054
电话传真：86 - 10 - 65240430（总编室）
印　　刷：北京鲁汇荣彩印刷有限公司
开　　本：700×1000　1/16
字　　数：283 千字
印　　张：18.5
版　　别：2018 年 11 月第 1 版
印　　次：2018 年 11 月北京第 1 次印刷
定　　价：38.00 元

引 言

  这是一条自然形成的小河，它避高走低，避实走虚，这就形成了高低不平、深浅不一、宽窄不同、蜿蜒不直的自然走向。就整体来看，两岸的坡度很大，坡面很宽，一到夏季云厚遮天之时，河坡的一部分，或河坡的大部分，常被汹涌而至的雨水所覆盖。云走雨停，河中又很快只有山中来水的流量。由于日照时间过长，其河床两岸大面积的坡地长满了茂盛的茅草，其他一些杂草混生其间，给两岸家养牛羊解决了饲草不足的难题，又使河坡固化，防止泥土顺水流入河床，保持了河道底硬堤坚，使河水长期处在清透鱼欢的环境之中。

  也许是河水清秀，也许是岸边环境优美，当地人把此河起名叫"小青河"。小青河发源于豫西南伏牛山系东侧的上段，这里峰高山险，层峦叠嶂，在一处绝峰峭壁偏上方，有一处造型不一，形体各异，或大或小的峰洞样裂缝，泉水便从这些裂缝中涌出，顺壁而下，注入到下边的一道不大的小山谷中，形成一股水流，再合力向下冲击，在快冲到山下边的一处路段时，有一片低凹之地横在山谷的中间，被先来的泉水已经注满，形成一个大水潭。水有多深无人丈量，在人的感觉中只是一处不小的大水坑，在坑的周边自然长出一些杂七杂八的小树来，使这里的环境增添了不少特有景色和生机。

上边下来的泉水在这里不能久留，只能作为一个歇脚的地方，来缓解一下旅途中的艰辛。在进入水坑之后，也只能在上面打一个旋，或留下一部分，或带走一部分，从坑的另一侧漫出，继续向前边，向它该去的地方流淌。

人往高处走，这是形容人的攀登精神，形容人的进取精神；水往低处流，这是千古不变的自然现象。泉水在向下、向东流淌的途中，在一处高岗坡地的阻拦下，便折转方向向南而去，因为这里是黄河水系和长江水系的分水岭的南侧，便形成了北高南低走势。

小青河的长度很短，只有百余公里，由于是自然形成，就彰显出了河面宽窄不一，河道弯度较多的自然景观。

河道向南是在寻找河水的归宿，在到达小青河的终点不远的地方，形成了一个大转弯由北向南折向西南流去，不久便与长白河合拢，小青河消失。合拢后的长白河继续南下，继续去寻找河水最终的归宿之处。

小青河大转弯处的西侧，有一个不大不小的村庄，因河而得名，叫大河湾，书中的故事也就从这里开始。

目　录

一　既是村中铺路石　又是村民领路人 …… 001

二　村姑外嫁攀高枝　不满三日弃富门 …… 006

三　地是人的命根子　无地一切都皆空 …… 018

四　天有阴晴风和雨　人多善良赢人气 …… 026

五　人体勤快地不懒　管理到位多增产 …… 032

六　改造青河如人愿　男女戏水都方便 …… 039

七　闲子做梦找媳妇　建军暗中恋谢红 …… 046

八　水是土的营养素　粮是人的命根子 …… 054

九　手脚不灵能走路　干事还需有心人 …… 068

十　想办大事得筹钱　这里女人赛过男 …… 076

十一　身正不怕影子歪　理顺思路好办事 …… 086

十二　闲言碎语能乱局　心胸开阔稳阵脚 …… 095

十三	农村致富路多条　发展养殖是头条	104
十四	好事难办终有果　难事巧对也好过	116
十五	妈妈托媒说儿媳　儿子设法来躲避	126
十六	韩狗船上把亲定　创业力靠年轻人	138
十七	内部矛盾像根绳　善解疙瘩自然通	151
十八	家有充足隔夜粮　全家生活都安康	162
十九	家教不严必出事　村风不正"乱"上头	172
二十	寡妇门前是非多　根正身直能躲过	181
二十一	男婚女嫁平常事　两厢情愿费心思	191
二十二	群羊有头能上路　群雁有头能起航	199
二十三	常猜谜语出智谋　常做善事心灵好	215
二十四	夯实地基能走路　不留偏见无后忧	227
二十五	树荫遮阳屋内黑　谢红如愿中意郎	240
二十六	来龙去脉终有果　花开只在不言中	259

一

既是村中铺路石　又是村民领路人

　　大河湾村离河很近，最远不足二百米，出村后不远即慢坡向下，直到河沿。村民们为了护堤，更为了护村，便在河沿的上方，顺河堤南北一线种下一百多棵柳树。柳树根系发达，穿透力极强，能把根部周边的土层牢牢地凝聚在一起，使之固如磐石。树是什么时候种的，现在的大河湾人谁都说不清楚，树都一搂抱粗细，足有一百年历史。

　　此地的地理位置相对比较偏僻，交通不很便利。小青河虽是小河，但在大河湾村的东边，水面少说也有五十余米宽度，其深度在部分河段内高个人下到水里也能把头没着。在此顺河南下，离此大约四里多路，在那里有大石桥一座，是东西过河的通道，因为河是东北—西南走向，也是南北交通要道。而在大河湾处却没有大石桥这样的便利条件，只有木船一只，轮渡由此过河的行人。在码头的河沿上方有草屋一间，为过往行人避雨遮风所用，也是码头船工的暂住房。此码头属大河湾村所有，是村委会的公有财产，也是村委会唯一的经济来源，支撑着村委会工作的正常运转。

　　大河湾村党支部正在召开支部扩大会议，中心内容是研究发展党员问题。支部书记魏文太是一位有二十多年党龄的老党员，担任村支部书记也足有十五个年头，对村中党的建设了如指掌。党员思想平稳，作风正派，在村里边起到了安定人心的效果。这是支部书记做工作的结果，也是党员起模范带头作用的结果。但是在发展党员工作上却寸步不前，使党员数量出现了越来越少的局面。

下面是支部书记魏文太的开场白，大意是：同志们，八年前咱们大河湾有党员九人，谢红是两年前从东旺沟村转过来的，在这八年时间内先后走了三名党员。两位老党员都是刚解放时入的党，是咱们村土改时候的积极分子，五年前已先后过世，另一位是年轻人，是咱们村党员中的骨干力量，也是咱村的村委会主任，后因车祸去世。十名党员走了三人，之后就只剩了七名党员，直到今天依然还是七名党员。我也是五十出头的人了，总不能党员越走越少吧？虽然说农村的集体所有制发生了变化，但农村的土地还是公有的，只是由农户承包耕种而已，是在共产党领导下的承包所有制。党的事业是继续的，所以党员的数量不能减少，还必须把表现好的年轻人吸收到党内来，来做群众致富的带头人，现在就请同志们发表意见，先提出培养对象，确定发展计划。

首先发言的是党员王三志，他今年四十岁，党龄十三年，是一名老党员。他说话直来直去，不绕弯子，心里怎么想的，嘴里就怎么说："发展党员的会已经多年没有开了，没有布置任务，也就没有去做工作。别人做没做工作我不知道，反正我没做工作。现在农村的地都分给了老百姓，各种各的地，各收各的粮，谁都不会去偷懒。人家个人又没提出来入党，你现在找人家谈话，人家还不一定愿意呢。现在要叫我找培养对象，在没做好工作之前我是提不出来的，是不是再等一段时间再说？"

魏文太书记心里很清楚，像这样的会已经多年没有开过了，党员们也都任其自然，习以为常，现在猛然间提出这个问题，谁都没有思想准备。

可是在此之前，县里边组织一次支部书记学习班，乡党委书记崔凯指名叫魏文太参加。学习班开课之前，给每位学员发了笔记本，又发了一支圆珠笔，要求大家认真听课，做好笔记。在学习班结束后，魏文太顺道去了乡政府，向崔书记汇报学习情况。口述汇报后，崔书记对魏文太的学习没有做任何评语，却对大河湾的工作提出了严肃的批评，这是魏文太始料不及的。

崔凯问："你们村有几名党员？"魏文太回答："有七名党员。"崔凯又说：

"一千多人的大村子有七名党员少不少？"魏文太回答："有点少。"崔凯又进一步问："你们村几年没有发展党员了？"魏文太回答："大概有七八年没有发展党员了。"崔凯又严肃地说："不是七八年，而是十年没有发展党员了。"作为乡党委书记的崔凯，对基层党组织的基本状况和党员的发展状况有如此的了解，这令村党支部书记魏文太非常震惊，自己作为村党支部书记，连本村几年没吸收党员都说不准确，自己的脸面一下子冷了许多，到了无地自容的地步。

党内教育也好，发展党员也好，这是具体问题，也是党的传统做法，相比之言比较容易做到，而对农村经济发展却是个难题，就连崔书记也在研究这个问题，希望能找到好方法，而且把希望寄托在农村的创新方面，从而去伪存真，好经验可以发扬光大。为此崔书记又提出了新的问题，以达到以问代促的效果。他说："你们的党建工作是滞后的，那么你们村的经济发展有没有一个发展设想，或者有一个初步的发展计划？如果有，应该鼓励，但不要停留在计划上面，还应该按计划去实施，去完成，去总结。"

魏文太是个实性人，有就是有，没有就是没有，实话实说："我们村的发展计划还没有制订，也没有研究，今后我们会考虑。不过我们村的经济形势还是不错的，土地都分到了农户，你不用去管他们，他们自己都很卖力气。因为地少劳动力多，有一些年轻人都到南方打工去了，现在在村里边当领导也操不了多少心，不过我们保证不让村里头出乱子。"

崔凯对魏文太这样的表态并不感到满意，他说："你们村党支部是只管党内不管党外，党内只有七名党员，表现得还算不错，但我们共产党人不能只管党不管民，民是我们共产党的根基，老百姓在想什么、做什么，我们都应该清楚，要为老百姓谋出路谋发展，成为老百姓的贴心人、知心人。"

崔书记的谈话对魏文太触动很大，这是他回村后一直在思考的问题，也是这次召开发展党员会议的具体行动。王三志的发言代表了多数党员的看法，在这之前支部书记也有同样的看法，只是没有表白而已。

谢红是村委会会计，二十四岁，已是入党多年的老党员，党组织关系是结婚后从外村转过来的。谢红组织观念很强，作风正派，工作扎实，是大河湾村党支部最得力的骨干力量。在王三志发言后，谢红接着发言，她说："我个人认为韩狗的表现不错，他在渡口划船已经五年了，我来咱们村和他接触比较多，他每天下班回来提着铁皮箱子交给我，我把箱子打开后，他又把钱一张一张地数好交给我，工作很认真。另外，不管是刮风下雨，春夏秋冬，他一天都没落下过，总是在码头守着。我想这样的好人可以作为发展对象，成熟以后吸收入党。"

"我不同意谢红的意见，对任何事情都要一分为二，就是说要从两方面看问题，不能只看其一，不看其二。"这是王三志的第二次发言，他说，"韩狗划船是拿工资的，每月二百块钱，别人想找这样的差事还找不到哩，所以他坚守岗位是应该的。还有，他的账目清楚不清楚，谁都不敢保证。比方说别人上船后给他钱，他不把钱往钱箱里放，而是放到了自己兜里，村里人又没看见，怎么能说清白呢？还有就是他的名字不好听，人就是人，狗就是狗，人怎么能和狗连在一起呢？叫什么也比叫韩狗好听。我们一定要分清楚，狗是低等动物，我们人是高等动物，不能混为一谈。所以，韩狗要想入党，就要把名字改一下为好。"

王三志是第五村民小组的组长，马伟是第三村民小组的组长，在王三志发言后，马伟提出了不同意见。他说："我们今天开会是研究发展党员的，党章中没有规定名字不好听就不能吸收为党员。我们多数家庭都养有狗，你王三志家也养有狗，狗和人是生活在一起的，没有谁说狗不好。现在是研究培养发展对象，韩狗有没有经济问题，这在培养的时候还可以考察，不是立马就必须弄清的问题。我就说这些，没有了！"

马伟的发言赢得了多数党员的赞同，王三志也没再做解释。支部书记看了看再没人说话，这时就指名叫唐红君发言，他说："你是咱们村办小学的校长，看看你们老师里边有没有要求入党的，或者有没有表现比较好的也可以提出来进行培养。"

唐校长未开言先笑了笑，说："咱们村办小学的学生不多，总共才一百三十来人，在三名老师中柴荣荣表现得好一些，可以列入培养对象。她丈夫在广东打工已经好几年了，只有每年的春节才回来在家住十来天。她的儿子才两岁多，是叫孩子他奶奶领着。有一次孩子感冒发烧，捎来信叫柴老师回去，结果她硬是一节课讲完才来请假回去，这对一般人来说是做不到的，可是她做到了。"

魏书记听到这里感到柴老师的敬业精神是可贵的，应该成为发展对象，但对于孩子生病问题她做得有点不妥，因为及时给孩子治病才是最重要的。最后魏书记对会议作了总结性发言："我同意柴荣荣作为支部的培养对象，由唐校长唐红君同志做第一培养人，关于韩狗是不是可以作为培养对象，谢红最有发言权，因为她每天要收账、数钱，接触韩狗的机会最多。关于韩狗的名字问题我也拿不准，不好说死，谢红可以找韩狗正式谈一次话，征求一下他本人的意见，看他愿不愿意改，当然改了更好，他要说不改，我们也不能把培养他的名字去掉，我在向乡党委汇报时再征求一下崔书记的意见。"

关于韩狗有没有经济问题，实际上是怀疑他有没有多拿多占，魏书记曾单独对谢红说过这样一件事。他说："在韩狗接管船老大任务之前，船上的工作是由二混混管着的，每天上交来的钱十几元、二十几元的比较多，群众也有反映。当韩狗接管工作以后，十几元、二十几元的次数少了，而三十多、四十多、五十多的次数多了，这说明韩狗的为人是很本分的，没有多少私心杂念。"他在今天的会上没提这事，是怕人多嘴杂，把话传给了二混混。当然，对于王三志提出的一些看法，他认为也不要掉以轻心，谢红可以作为韩狗的第一介绍人，也要多操些心，对韩狗提出严格要求，千万不要在经济问题上出了问题。

二
村姑外嫁攀高枝　不满三日弃富门

　　支部会结束后已是上午十点三十分，党员们还没走出村委会的小院子，便从外面传来了鞭炮声、锣鼓声、唢呐声，热闹非凡。声音是从村西头的南边传过来的，几个人都加快了脚步，想到跟前凑个热闹，看是娶媳妇还是嫁闺女。魏文太也不知道是谁家娶媳妇、是谁家嫁闺女，他是怀着复杂的心理状态来到了现场。

　　四抬大轿在抬轿人的运作下慢悠悠地进了村子。轿子的装束别具一格，十分新颖。除了轿子的整体包装成红色代表喜庆，轿子上边四周侧檐下边是用金黄色的线坠，摇摆晃动，轿子上边四角上檐固定有四朵用红色绸布做成的牡丹花造型，花朵硕大而逼真。轿顶四边是百鸟朝凤图案，所有鸟儿都面朝前方，昂头挺立，随着花轿的摇摆而晃动。轿子的前边是乐队，乐队的前边是一匹枣红色高头大马引路，骑马人正是前来接亲的新郎官唐开举。他身材不高也不矮，不胖也不瘦，穿一身黑青色西服，再穿上一双黑色牛皮鞋，显得端庄而大方。他胸前披戴一朵鲜艳的、人工做的大红花，这是显示新郎官身份的标识，神圣而不可替代。

　　鞭炮的鸣放，乐器的演奏，霎时使大河湾村热闹起来。村中的男女老少，想看热闹的人们都向这里云集。魏文太、谢红、马伟、王三志等也都挤到了人群里边,缓缓地向前移动。

迎亲队伍来到大河湾村的中间地段,在王大庆家的门口停了下来,这时人们才清楚王大庆的闺女王玉莲要出嫁了。新郎官从马背上下来,在其玉莲姐弟的引领下,走进了院内的西厢房。王玉莲身披粉红色婚纱,头顶红色头巾,把脸遮挡得严严实实,端坐在自己原来的床沿上。新郎官说:"我来接你来了,咱们走吧。"他把红色丝带的一头递给新娘子,新郎拿着另一端引领出屋,护送新娘子上轿。

婆家是十里铺镇的首富,距离大河湾村不足五里地,步行半个时辰也就到了。接亲是沿用祖辈传下来的老规矩,婚庆则是采用现代人的时尚。到了婆家之后,随着被领到洞房看了一眼,然后坐上小轿车和双方父母一前一后来到十里香大酒店。人还未下车各种品类的鞭炮已经点燃,弄得酒店外面热火朝天,热闹非凡。来酒店外面看热闹的人很多,人声、炮声响成一片,震耳欲聋,其规模之大,其热闹之盛,这是十里铺从未有过的。

酒店大厅已经装扮一新,婚庆用品已经摆放到位,婚礼司仪正对着麦克风讲述他该讲的内容。乡党委书记崔凯也在来宾席上就座,这是接受特邀来参加婚礼的当地领导,以助婚礼的气势和规格。

王玉莲穿上婚纱之后再也没有张口说话,在上轿后即把头盖布掀掉,看着所发生的一切。在到酒店后也是跟在新郎官的身后应付,既不说话,也无笑意,也无悲伤,冷静地观察着这所见所闻。

王玉莲二十三岁才出嫁,这在农村实属不多,被称为是农家的老闺女。虽然拖到了二十三岁才结婚,虽然嫁给了城镇中的富户,你说她喜悦,她连一丁点儿的笑脸都没表露出来;你说她不高兴,她连一丁点儿的悲容都没有。外人并不清楚这些,总感到是王家的喜事,是玉莲的福分;但对一般人来说,是很难遇到的福气。

婚宴过后,王玉莲跟随自己的亲生父母来到新过门的公婆家,父母把院子里边看了一遍,又把房子内的里里外外也看了一遍,最后又来到闺女的卧室里坐下后,要把十分满意的心情向闺女说明白:"你今天结了婚,你爹妈心里这块石头才算落了地。俗话说'人往高处走,水往低处流',咱们家交上这样一门亲事,也算咱们家的造化,你能走进这样的富人家庭,也是你今生今世的福气。自从人家来提亲，你就没有爽快地答应过，就为这个人家费了多大的力气，整整费了三年时间才算把这事办妥。人家图啥哩，还不是看上咱这个家人品好，看上你这大闺女贤惠、稳重。今天到人家这里一看不就明白了，你看人家把这婚礼办得多气派，好几十桌大酒席。这在咱们大河湾谁看到过这样的大场面，我满意得不得了，你爹也满意得不得了。人家这里的深宅大院多气派，一家人的房子比咱那里几家人的房子都多，现在既然已经结了婚，就不要胡思乱想了，一心一意把日子过好这是最主要的。"

父母你一言我一语把要交代的话说了一遍，看着女儿的表情，始终没看出女儿的真实想法。好在生米已经做成了熟饭，都是一家人了，有什么不合意的想法，忍一忍也就过去了。

父母的贴心话只听在脑子里边，并没有在心里边留下印记，表面上只留下一点笑意，在语言上并没有表露出来，就这样在不冷不热的气氛中送走了父母的身影，也送走了父母的关心。

王玉莲提防的心理始终没有放松，她要听其言观其行，自己的人品属于自己的，别人休想利用。尽管自己的抗争没有取得效果，最终勉强同意了结婚，但结婚之后的日子能不能过好，这种局面的好与不好，谁都下不了结论，其主导权也并不在王玉莲这边。骑驴看唱本，走着瞧吧！

王玉莲的公爹叫唐圣元，公婆叫刘英，丈夫叫唐开举。据说唐家是镇上的首富，养了五六万只鸡。王玉莲虽然嫁给了唐开举，但对唐开举的身世，唐开举的为人，为什么三十岁了还没有结婚，所有这些都还是一团迷雾。虽然双方见过面，但对这些问题并没有直说，现在虽然到了唐家，疑问也并没有消除。

新房内的装修豪华气派，五光十色的灯光相互反衬，给洞房内增添了十足的喜庆气氛。两个人虽然上了床，也已经躺进了被窝里，但灯光还在亮着。唐开举说："今晚上的灯光就这样亮着，让一切都暴露在光天化日之下。"

王玉莲照常穿着内衣睡觉，身边除了多出一个男人，其他一切照常。唐开举只穿了一件裤头钻进了被窝，同时问王玉莲："你怎么还穿着衣服睡觉？"王玉莲说："这是我的习惯。"唐开举说："这是咱们的新婚之夜呀。"王玉莲闭着眼睛，没有理他。

唐开举是猎艳的高手，多年来已先后有三个年轻女人在他的羽翼下混钱花，但这三个女人都不是他的可选伴侣，他要选一位既贤惠又漂亮的年轻女人为妻，好安安稳稳地为他生儿育女。不知从哪里知道了王玉莲的安稳和美貌，便想尽一切办法给他说媒，为他求婚。三年的说合终于赢得了见面的机会。唐开举的长相、个头还算有模有样，虽然家中富有，但也没有盛气凌人的感觉。从外貌上观察，王玉莲还算满意。但为人做事，内心世界并不清楚，在双方见面的时候也没有把这个谜底说清。媒人的用心，家人的硬逼，使王玉莲的心理防线崩溃了，最终勉强同意了这门亲事，走到了唐家，成了唐家的媳妇。

唐开举尽管财大气粗，但在王玉莲跟前却成了弱者，心里边不管是怎么想的，在表面上总是处在劣势。在王玉莲和衣躺在床上的时候，他也没敢毛手毛脚。他心里在说：心急吃不了热豆腐。他要用语言、用耐心来感动身边的美人。

唐开举有一腔好口才，说话是他最拿手的交往本事。他抬头看了看闭目养神的妻子，确实很美，因为美才显高贵，因为美才有身份。

唐开举除了有钱，其他没有自己的优势，他的口才好是以钱为基础的。他说："玉莲！咱们最初见面时，你曾问我三十岁了为什么还没结婚？"他怕王玉莲闭着眼睡着了，便用手推了推说，"你听见了没有？"王玉莲随口答应说："听着呢，你说吧。"唐开举边思考边找话说："从二十岁开始，就有人给我介绍对象，几年时间先后介绍了多个，结果我一个都没看上，我妈还埋怨我，说我的条件太高了。像我们这样的家庭，像我这样的条件，当然了，不是要我门当户对的，而是应该找一个称心如意的、志同道合的在一起，会给人一种生机，一种力量。好在我二十七岁遇到了你，这是一个远房亲戚帮的忙，说你贤惠、稳重、漂亮，又会体贴人。像咱们这个家正需要像你这样的人来料理。可是这个远房亲戚谈了几次你都没说同意。当然这不是找你直接谈，而是找你妈谈的，然后由你妈将意见传达给你，这个过程大概拖了一年时间。对于你没表示同意，到现在我都没弄明白，在十里铺像我们家这样的富裕户，别家的姑娘都挤破头要来，可你却无动于衷。

"后来我又找了第二个说媒的，他是我的朋友，他说他认识你，也和你说过话。"说到这里他又推了推妻子，还是怕她睡着了，王玉莲还是那句老话：

"我听着呢,你说吧!"唐开举放心了,大着胆子说:"他和你是同学关系,在十里铺上高中时虽然不是同班,但他认识你,也和你说过话。他对你的印象特别深刻,说你的外貌有'沉鱼落雁'之美,'闭月羞花'之艳。就凭这一点,我也要亲眼看一看你的相貌,验证一下我那个朋友说的是虚是实。从此我就带着我的朋友每天到你们大河湾村的外围转悠,东张西望地寻找你的身影。功夫不负有心人,终于有一天在你们村的南边,有一位姑娘迎面走了过来,我的朋友用手推了推我,我也心领神会,脚步立刻放慢,边看边走,当你走到跟前时,我便礼貌地说:'小姐!去十里铺往哪里走啊?'你连头都没抬,用手指了指:'从前边往南拐,有五里地就到了。'你没看清我,我却看清了你,大眼睛、双眼皮、高鼻梁,说话的音质,说话的口型,以及面部的色润都达到了完美的境地,从此我脑子中的空白都被你给占领了,成为日思夜想的目标。这就增加了我对你的追求,这一辈子非你不娶。所以我就连请了三个媒人轮番上阵,凭我们家的实力,我就不信打不动你的心。漫长的三年终于有了完美的结果,最终还是征服了你,成了我的妻子。"唐开举急得心火燃烧,伸手去脱妻子的衣服,被王玉莲加以阻止,并说:"不行,我来例假了。"唐开举说:"还要等几天?"王玉莲说:"半个月。"唐开举不相信,翻过身就爬在了王玉莲的身上。王玉莲对唐开举的"自白"本来就十分反感,现在又做出这样令人厌恶的举动,这使她火上浇油,厉声说:"你给我下去!"

唐开举的底气彻底丧失,规规矩矩从王玉莲的身上翻转下来,一夜都没再作声。

唐开举从生下来都没有服过输,从小儿哭闹,到长大论理,别人都得让着他,新婚之夜却败在了王玉莲的手下。

王玉莲对婚姻的选择是慎重的,但也是被动的,尽管以各种理由向后推迟了三年,最终不是输在唐开举的紧逼,而是输在了家中长辈们的压力下。但是,虽说已办理了结婚手续,也已出嫁到了唐家,她也没有表现出在是非问题上的让步。她对唐开举的人品表现,行为做人,自始至终都存在着一种还未解开的谜团。为了揭开这个谜团,到了婚后她都没有放弃,也不会放弃。

第二天吃过早饭,唐开举拉开院门走了,他要去哪里、干什么事情谁都不知道。据说这是他的习惯,也是他的自由,就连他的父母也不加干预,不加过问。

王玉莲早饭后回到自己的卧室,坐在床沿上思考着唐开举的去向。半个小时之后,她决定去养鸡场看一看,澄清一下已经搅乱了的思绪。随即换了一身从娘家带来的淡装,然后向公婆说明自己的去向:"妈,咱家养鸡场在什么地方?我想去看看。"公婆正坐在院子内树荫下织毛衣,听到刚过门的儿媳妇要去养鸡场,心中暗喜,儿子不行,媳妇能干,这个家就有希望。但是,媳妇是刚过门来才第二天,在家多休息几天也是在情在理的事,也免得别人说我当婆婆的办事不公道,向着儿子,偏远媳妇。便随即劝解说:"玉莲,看你刚到咱家,就在屋里休息几天吧,鸡场里的事也不是太忙,你爹他们也能忙得过来。""妈,我去了又不是干活,我是爱动的人,在家里也坐不住,我还是去看看吧。"

公婆刘英放下手中的毛线,站起身要陪着儿媳妇一起去鸡场,即被王玉莲婉言谢绝了,说:"妈!不用您去了,我只是随便去看看,您给我说个具体方向就可以了。"

王玉莲顺着公婆提供的路线顺利来到了养鸡场,审视着养鸡场的规模和建筑,来寻找自己的担心和忧虑。她从第一养殖房穿过,又进入第二养殖房,进入第三养殖房……一共是十排养鸡专用房,规模很大,养鸡很多。每一排养鸡房内都有三名女工负责喂鸡和捡拾鸡蛋,一名男工负责打扫卫生和清除鸡粪。看来鸡场的管理有条不紊,是谁在这里管理,是其父?还是其子?当下还不知底情。她又走到职工食堂,这里只有一位男工和一位女工,王玉莲客气地问男职工:"这位先生忙着呢,请问鸡场的领导在哪里办公?"这位男士用手向外指了指说:"那边的两间草房就是场长办公室。"

场长办公室并没有关门,王玉莲走近门口已认出是公爹在这里办公,便亲热地说:"爹!是您在这里办公哩!"唐圣元正在低头写材料,听见门外有女子叫爹的声音,意识到是儿媳妇来了,高兴得赶紧抬起头说:"玉莲来了,赶快到屋来坐吧!"王玉莲抬腿跨进门槛说:"爹!就您自己在这办公啊,咋不找个帮手哩?"王玉莲是个很聪明的女子,一进屋用眼一张望便知道丈夫不在这里办公,便有意提示公爹把谜底揭开。公爹按照玉莲提问说,"鸡场内都有分工,这里的工作也不算忙。"公爹接着又关心地说:"玉莲!你坐下吧，爹有话给你说。原来想再过几天给你说的，你是昨天才进咱家门，应该休息几天，没想到今天你就来到了鸡场，这说明你是个好媳妇，是非常懂事、非常勤快的好媳妇。咱们家养了这么多鸡，人们都说咱家是全乡人的首富，也有人说你是冲着钱来的，可是你不是，咱们家都认为你不是。我们知道，开举是冲着你漂亮才追求你的，而且是追了三年你才勉强同意的。就凭这一点，我对你的人品是满意的，不是冲着咱唐家的钱来的。当然钱也是宝贵的，钱可以办大事，办好事，当然钱也可以办坏事，办荒唐事。你来咱家先熟悉一下情况，过几天我就把咱家的金库都交给你管理，谁用钱都要通过你的手续。"

"爸！这任务太重了，我可干不了啊。"唐圣元的这项工作安排得太突然，弄得王玉莲措手不及。

唐圣元解释说："玉莲啊！这件事对你来说是有点突然，你接受不了，可是我早有考虑，现在你过了门就是咱家的顶梁柱，这个工作非你莫属。这件事原来是你妈管着的，现在这事由你管最合适，开始不熟悉不要紧，叫你妈带一带就熟悉了。"

最让唐圣元不放心的是儿子的不作为，从小到大总是叫人不放心。现在有一种说法是"儿子不听老子的，但听媳妇的"。所以现在有必要把儿子的一些毛病向儿媳妇做个说明，使她思想上有个准备，避免以后落下埋怨，不好处事。

"玉莲！还有一件事想向你做个交代。"玉莲爽快地回答说："爹！您说吧，我听着呢。"公爹说话很慎重，玉莲猜想一定与开举有关。家里边办这么大的一个养鸡场，正需要人手的时候，为什么一个大男人不在，难道外边还有其他事情要办？王玉莲心里在想着，耳朵也在听着，想从中悟出一些名堂来。中间不必插话，老人想说什么就听什么吧。

"我是想说说开举这孩子，不是说有什么大问题，而是从小被我们惯坏了，一个是喜欢交朋友，一个是不愿意干事情，我们管也管了，骂也骂了，但是他的这个毛病就是改不了。人们都说现在的男人都听媳妇的，我们也考虑开举会听你的话。所以家中的财务都交给你管着，谁用钱都由你过手，经你同意，这样慢慢地就能把他的毛病改掉。"

王玉莲听完公爹的交代没有吱声，因为更深层的底细她不了解，她告别公爹，回到了家里，躺在席梦思床上思考自己的所见所闻。

翠花美容店位于十里铺的中间地带，是沿街铺面，坐西向东，上下两间。一楼为美容室，有美容座椅两把，美容床一套，另有一些美容装饰用品。楼上是店老板项翠花的卧室。唐开举走出自家的院门，顺着十里铺大街向翠花美容店走去。三十分钟的路程转眼即到，掀开门上挂的蓝花布帘子走了进去。店内没有客人，项翠花正坐在美容椅上描口红，看见唐开举走了进来，立马站起来去拥抱唐开举，高兴地说："怎么？昨天美人进屋，今天就来了，是不是不好用啊？！"项翠花一边说话，一边把今天"休息"的牌子挂在了店门外边，随即把店门关了个严实。

唐开举随项翠花上了二楼，进了项翠花的卧室。这是他们常来常往的地方，对室内的一切都十分熟悉。唐开举说："翠花！我真倒霉，心想着把十里铺乡最漂亮的女人弄到了手，这是多幸运的事啊！我一个多星期没你这里来，集足力气想往她身上发泄，结果你猜！我都趴在她身上了，可人家连裤子都不脱，而且说来例假了。我说还要等几天，你猜人家说几天？"项翠花不加思索地说："三天！"唐开举说："要是三天就好了，人家说要半个月。""什么？半个月！这不是例假，这是在坐月子吧！"项翠花还想问个明白，以探求自己在这中间还能扮演什么角色，不冷不热地问，"那你们的戏就这样结束了？"唐开举不加掩饰，照直说出自己的能耐："不结束又能怎样，我这人有个弱点，我一看到王玉莲这样的漂亮女人我就发怵，从第一次见面是这样，现在已经是我的老婆了，我怎么还是这样。我想了就这样磨合吧，看看半个月后她还能有什么花招！现在倒霉，总不能以后还倒霉吧！"

唐开举有唐开举的想法，项翠花有项翠花的考虑，人不同，考虑问题的目的也不同。为了解除唐开举的沉闷心理，项翠花便爽快地开口说："不倒霉，你这不是来了吗？我虽然比她陈旧点，但我现在才二十岁，恐怕比她还年轻吧！好了，既然有劲就来吧，咱们相处还是很愉快的。"二人脱掉衣服，很快就扭在了一起。

项翠花是西山里边的农民，大约距十里铺有一百多里地。十八岁出来到南阳打工，一年后便独自开了个美容店，店面不大，效益还可以。唐开举是猎艳的高手，常到南阳来找食吃，就这样和项翠花有了交往，时间不长也就有了交情。项翠花家中贫寒，需要挣钱养家，唐开举家中富有，花钱大方，这为项翠花开辟了新的财源。在唐开举的安排下，项翠花把店搬到了十里铺。

唐开举要结婚了，一个星期没到美容店来，这给项翠花心中抹上了一层阴影。项翠花过去曾半开玩笑地向唐开举表达要嫁给他的愿望，可也从来没有得到过他的正面答复。他倒是说过这样的话："我找对象的条件是先结婚后睡觉。"这明显是拒绝了项翠花提出的要求。项翠花要是开始就知道他的这种条件，说什么也不会跟他睡觉的。项翠花心想，王玉莲是个漂亮女人，也是个善良女人，她是先对你有所防备，说明她也是个聪明女人，我应该帮一帮她才对，免得费半个月时间的周折。另外还有一层意思，就是这个财神爷还不能倒下去，还可以利用一阵子。

唐开举在项翠花那里玩了一天，到了晚上才"无精打采"地回到了王玉莲的身边。王玉莲既没高兴，也没生气，很随意地说："今天你到哪里去了？"唐开举回答说："去养鸡场了。"王玉莲又问："咱家有几个养鸡场！"唐开举又回答："一个养鸡场就够忙的了，还能有几个！"王玉莲心里已经有了底数："我今天去了养鸡场，里里外外看了一遍，怎么没看见你？"唐开举心里边立时紧张起来，知道这个女人不好对付，又立刻解释说："刚才我说错了，今天到朋友家办事去了。"

唐开举害怕妻子的查问，第二天上午准时来到了养鸡场，这走走那看看，以消磨时间。

王玉莲注意点已不在养鸡场，正考虑用别的手段调查唐开举的所作所为。考虑的细节还未确定下来，公婆从主卧房走过来说："玉莲！大河湾来电话，要你去接。"王玉莲没过多去想，快步走到主卧房客厅，立马拿起电话接听。对方传过来亲切而亲近的声音："你是玉莲姐吗？"这是一位年轻女子的声音，从音质分析不是熟人的声音，便说："我是玉莲，你是——"对方接着回答："玉莲姐！我是项翠花，请你不要说话，别叫别人听到了。我知道你是好人，怕你上当受骗，我想把唐开举的真实情况告诉你。今天上午十点三十分我在十里香大酒店门口等你。"王玉莲立马回答："我知道了！"这四个字说得十分清楚，是叫婆婆听的，避免婆婆有什么想法，接着她又说，"妈！待一会儿我出去一下，我一个叔伯妹子来找我有点事。"

王玉莲心中暗喜，本来十分棘手的事情一下子就有了转机。她回到自己的卧房，对自己的装束进行了一些简单的梳理，便离开了居室，出了院门，朝十里香大酒店走去。

项翠花穿着时髦，头上戴一顶当时市场上很流行的遮阳帽，身上穿一件花色上重下浅的超短连衣裙，腰间束一条浅紫色腰带，上身打扮十分得体，两条长腿几乎都裸露在外边，浅腰半高跟皮鞋穿在脚上稳健而适中，整个身材给人一种百看不厌的感觉。像项翠花这样打扮的少女，在已经脱俗了的十里铺并不少见。她站在十里香大酒店门外边向东边张望着，因为东边是王玉莲来的方向。

王玉莲的穿着依然是在娘家时的打扮，清秀而稳健，体现出一种劳动者的本分。她的好看主要在她的长相和她的身材，这是唐开举追她的主要原因。王玉莲没有东张西望，照直向十里香大酒店走来。

项翠花一眼就认出了这是唐开举的夫人王玉莲，她向前紧走了几步就到了王玉莲的跟前："你就是王玉莲！我认识你！"她们是婚宴上见的面，王玉莲并不知晓，便随口问："你是哪位？""我是谁并不重要，我是来帮助你的。"项翠花有备而来，她从手提包内取出一封信交给了王玉莲，并嘱咐说，"找个无人的地方看吧！"之后扭身向西走去。王玉莲看着该女子走远，心想：多好的女子啊，怎么会和唐开举有染？

路上来往行人并不多，也没熟人，王玉莲抽出信纸边走边看："玉莲姐，你好！昨天唐开举在我那里玩了一天，也睡了一天，我才知道了你们婚后的一些情况。过去我曾向他求过婚，他说他结婚的标准是先结婚后睡觉，这就明白地拒绝了我的要求。这是他亲口给我说的，除了我之外，还有两个女人同他睡过觉。人生是自己走出来的，我没走好。"

王玉莲回到她暂住的家，并没有什么特殊的表露，只是回到卧室没有出屋，便拿出纸张开始写她想要说的话，想要做的事。

午饭之后，王玉莲把一家人用过的碗筷拿到厨房清洗，这使刚见面的公公、婆婆非常高兴，两人交替着谈感受，夸奖新来的媳妇勤快、懂事。

唐开举在养鸡场待了一个上午，感觉神困力乏，饭后便回到卧室，躺在了床上,养起神来。时间不长,王玉莲已把厨房里的活儿干完,也回到了卧室。她对唐开举的所作所为并没感到生气,她从提兜内拿出了事先写好的材料说:"唐开举!你起来,我有话说。"唐开举磨蹭着坐了起来,很不情愿地说:"有啥事呀还非得坐起来说!"

王玉莲话很少,直接把上午写好的材料交给了唐开举,说:"你有话看完了材料再说。"材料很简单,不足二百字。唐开举看完后脸上的肌肉突然紧张起来,冷笑着说:"你这是开玩笑吧,结婚还不到三天就要离婚,还说什么情不投意不合,这话说给谁听也不会相信。想离婚半年以后再提吧!"说完把离婚协议给撕了。

王玉莲也不示弱:"你外边有几个女人,你敢公开说出来吗?""咱家除了你一个,外边我一个也没有。"唐开举说起话来既含着委屈,也隐含着底气不足。

王玉莲步步紧逼,因为项翠花向她提供了唐开举不让家人知道的第一手材料,这些材料足以使唐开举在家人面前胆战心惊。王玉莲又从提兜内取出第二份离婚协议书,并且严厉地说:"你必须在上边签字,如果不签,就把你的所作所为在家人面前全部抖出来。"

唐开举终于在离婚协议书上签了字。他知道自己的所作所为如果在家人面前抖搂出来,这个家顷刻之间就会瓦解,甚至搞得家破人亡,所以必须在离婚协议书上签字,这是上策。

王玉莲在娘家带来的几件衣服都装在了提兜内,两人一起毫无声息地离开了唐家大院,去乡政府民政部门办理离婚手续。

这种短暂的婚姻使王玉莲悲痛难忍,她走出十里铺镇不远,即到了小青河与长白河将要接口的地方,这是小青河南北通道的大石桥,她站在桥上清醒了一阵后,便找到一个较为清净之处,坐在小青河岸边的草地上,虽然没有哭出声音,但眼泪已经不停地滚落下来。她不愿白天走进人多嘴杂的大河湾,在河边坐了两个钟头之后,在太阳将近落山的时候,她又慢步走在回家的路上,直到天黑她才进了村子,走进自己原来的家门。她没惊动自己的父母,而是直奔自己的卧房,趴在自己原来的床上,放开嗓门痛哭了起来。

父母正逍遥自在地坐在堂屋看电视,突然听到女儿的哭泣声,感到莫名其妙，以为出了邪，有了鬼。两人一起快步走到女儿房间，拉开电灯，果然看到女儿趴在床上痛哭失声，两人不由得心里一震，心中的喜悦心情骤然消失。母亲趴在女儿的肩膀上说："孩子！咱不哭，有什么事给你爹妈说说，我们也好明白是什么道理，如果是他们唐家欺负你，咱们也不怕，咱们可以去告他。你这样哭坏了身子，咱的损失可就大了。"

在二位老人的劝解下，玉莲停止了哭泣，但悲痛却难以消失，当晚也没有把自己不幸的真实情况告诉父母。

三

地是人的命根子　无地一切都皆空

大河湾村的历史有多久，因为没有文字记载，也无法考证。相比之下，小青河的历史要比大河湾村的起源早得多，因为大河湾村的地理位置就处在小青河大拐弯处，这样大河湾村的身份就有了历史的印记。

大河湾村的穷人们世世代代都想过富有的日子，可是这种富有日子从来就没有靠近过。在解放前给地主种地，想富没有条件，只能在苦水中奋斗。直到1949年中华人民共和国成立，广大劳动者才扬眉吐气，成了国家的主人，分到了土地，成为自食其力的劳动者。

刚解放时大河湾村一共有三百二十四户人家，人口一千零三十八人，是一个不算大的中等小村。人均三亩七分耕地，大家自种自吃，由于亩产量很低，人们的生活水平并不富有，只是处在够吃的份儿上。五十年过去了，天还是蓝蓝的天，而地却少了很多，而大河湾村的规模却扩大了许多，人口由原来的一千零三十八人增加到了一千九百四十一人，而人均耕地虽然亩产量有所增加，但人们的生活水平还是解放初期的样子。人永远也赶不过时间的流逝，当20世纪进入尾声时，解放时的年轻人已经成了老人。在这五十年的岁月中，人们的温饱水平依然还是温饱，大河湾村的生活水平依然还是解放初期的模样，尽管人们还都在自己的土地上辛勤地耕耘着。五十年后大河湾依然不富裕，一个重要原因是人口增长过快，从当初的每人三亩三分地到今天每人不足一亩七分地。在过去，虽然土质较差，但地面较广，依然能够维持生活；现在虽然土质肥沃，但人均土地少，依然满足不了人们对生活水平提高的需求。照此下去，再过五十年，人均只剩下几分地，亩产量再高恐怕也高不出现代人的生活水平。

  严肃的生存问题在考验着大河湾的村民们，年轻的男人们一个一个地背井离乡，到改革开放程度较高的南方去打工挣钱，贴补家用。也有一些年轻漂亮的姑娘们离村远嫁，去寻求安稳的后半生。王玉莲的外嫁震动了支部书记魏文太：无论是王玉莲的人品，或者是王玉莲的长相，都是无可挑剔的好姑娘，她不是见利忘义之人，也不是见钱眼开之人，怎么突然间会被一个大富翁子弟给娶走了呢？她坐在大花轿里边心里能舒服吗？也许事出有因吧，不能不说这是村子太穷造成的结局。

  王玉莲的结婚轰动了全村，她的离婚却无人知晓。魏文太已经多日没有睡好觉，他思考着村里的过去和现在，也在思考着村里的未来。俗话说："村穷穷一片，家穷穷一窝。"现在村里边的富户相当的少，而穷户却相当多。过去说穷则思变，这句话具有哲理性，可是单靠自家种的几亩地是富不起来的，能够有饭吃也就不错了。魏文太思来想去也没想出个子丑寅卯来，看来单靠支部书记一个人的力量是不够的，崔书记提出的要有计划，要加强党的建设，发挥党员的力量是对的，群体才有群力，单枪匹马的力量总是有限的。自己现已五十多岁了，已经快速走向衰老的地步，过去没有干好是既无方向，也无目标，现在是既有方向也有目标，只是自己的实践经验不足，心理因素又跟不上形势的发展，才使村里边的工作处在一般化的水平上。

  魏文太的习惯是躺在床上想问题，现在他躺在床上翻来覆去地睡不着，一会儿侧身，一会儿仰卧，弄得他妻子何梦珠也睡不踏实，烦躁不安地说："你还睡不睡了？不睡就到外边去，别在床上影响别人也睡不成！"妻子的话起了作用，魏文太从被窝里钻出来，穿上一件外衣向屋外走去。

  春寒已经散尽，夏暖已经来临，魏文太沿村中的土路向村子的东头走去，步速并不算快，这是他习惯走法，也许是他喜欢河水的缘故，不知不觉又来到了河边的码头。渡船安稳地在河水中躺着，好像熟睡中的老伴，可爱又可亲。

因为它给渡河的人提供了方便，也给大河湾村创出了财源，支撑着村委会的工作，这是魏文太关爱河也关爱船的主要原因。

何梦珠从睡梦中醒来，伸手没摸到丈夫，立马就坐了起来，大声叫着："文太！文太！"没有回音。心想：这老东西又到哪里去了，我这都睡了一觉了也不回来，这黑灯瞎火的能到哪里去呢？何梦珠还以为是自己给老头子惹生气了才出去的，便也穿上外衣走出了家门，直奔河边码头走去，她知道这是老头子常去的地方。不出所料，码头的河沿处正坐着一个人，这深更半夜的别人是不会到这里闲坐的，便大声喊叫魏文太的名字，沉思中的魏文太听到妻子的喊叫，立即站了起来，吃惊地问："你怎么也来了？"何梦珠正话反说，拉着魏文太坐下："我还不是想你了，到这里和你说说悄悄话，人家是先恋爱后结婚，咱俩是结婚半辈子后再谈恋爱，这叫越活越年轻，越活越恩爱。"

魏文太忙阻止说："你看你说这些没用的话干啥哩，叫别人听见了多没意思！"妻子俏皮地说："谁的鼻子能有这么长，能闻到这里的腥臭味？离这最近的人家也有二百来米，而且他们还都在做美梦哩，谁还有闲心来听咱俩在这里谈情说爱呢！"

何梦珠是个爱说话的女人，性格开朗，尽管家中生活不算富有，但也过得有滋有味的。她直白告诉丈夫："这两天我总感觉到你有什么心事瞒着我，吃饭也不言语，睡觉也不安稳，刚才睡觉的时候说你两句，出来这就走了。人家王玉莲出嫁找了个大富翁，村里边谁不为人家有福气而高兴，你这可好，反而闹起情绪来了。"

魏文太嘿嘿地笑了笑，心想既然老婆子已经猜出了自己的想法，那就直说出来吧，也让妻子分担点自己的难处，求得她的理解与支持，便说："咱们村是比较穷，可是外村比咱们村富的也不多，可为什么这几年外嫁出去的闺女就这么多，据说外嫁出去的男方家庭都比较富有，特别是刚嫁出门的王玉莲，更是富得流油，再这样下去咱村的男青年还不都成了光棍汉？外村的姑娘没人来，咱村的姑娘向外跑，这样下去总不是办法，这些天我总在琢磨这事。"妻子听了感到很可笑，便应声说："琢磨好了没有？""没有！琢磨好了我还这么发愁干什么？"妻子不乐意地说："我看你是咸吃萝卜淡操心，没事找烦受。人家姑娘有模有样的，谁不想找个有钱的主，俗话说：嫁汉、嫁汉，穿衣吃饭。要是嫁个穷光蛋，还穿什么衣，还吃什么饭，恐怕得光着屁股上街了！"

魏文太听着老伴说的话不以为然，还在顺着自己的思路想问题，说事情："你说的话不对，现在时代变了，谁还能穷到这种地步？我看咱们村有几户家中条件就不错，有吃有喝的，安安稳稳地过日子这多好，可是穷的面太大了，穷的户太多了，我这个当支部书记的能不发愁吗？"妻子说："你发愁是自己找的，现在都是单干户，各干各的，你管得着吗！我看最好的办法是把支部书记辞了，把村委会主任也辞了，都交给年轻人算了，把你的老骨头养结实点比什么都好。"魏文太说："老骨头倒值不了多少钱，村子穷倒是一件大事。原来我也想过，把村支书让出去，可是几个党员都非选我不行，村委会主任我也不想当，可是还是把我选上了。说心里话，我这个人除了老实，还真没有多少本事，如果有本事也不会按部就班地走路。"妻子突然有了灵感，立马就说："我看你们党员中的谢红不错，能不能给她一副担子，也好分担你的一点压力。"魏文太接着说："谢红来咱村还不到两年时间，还没满一年丈夫就死了。论条件村中的这两副担子她都能挑得起来，可是这事现在还不能去说，因为她还没有脱开丧夫这阴影；再就是以后她还要嫁人，能不能留在咱村都不好说。从内心说我是不想让她走的，也是咱村的一棵好苗子，以后会有更大的事干。"何梦珠听到这里也认为是个问题，便插话说："这是个大事，搞不好说走就走了。我看最好的办法是抓紧时间给她物色一个好男人，先把她的心给拴住。""你说得倒轻巧，要有合适的我早给她牵线搭桥了。"

两个人扯了半天，也没扯出个所以然，何梦珠还在看着魏文太，转眼间魏文太就又沉思起来，心想既然担子已经放在了自己的肩上就应该干好，干不好是自己的能力不行，不愿意干好则是自己的党性不纯，今后还应该在干好上下功夫，给村民们带来一点益处，这是一个共产党员应该具备的条件。魏文太正在深思熟虑地想事情，又被妻子何梦珠推了一下子，魏文太不高兴地说："你看你又帮不上忙，在这瞎咋呼干什么？"

东方已经发白，何梦珠本来想站起回家，听到老头子的埋怨声，便不高兴地说："你个没良心的，我帮你的忙还少啊！为了给你腾时间好好工作，咱家里那些里里外外的事情不都是我撑着的，要是都靠着你，恐怕早散架了。

我是看你太难了才叫你辞职的。当然这只是随便说说，知道你想辞也开不了口，想辞也辞不掉。既然你想为大伙办事，把全村都搞好，就应该召开一个群众大会，发动群众出主意想办法，这叫众人拾柴火焰高，单靠你一个人点小油灯是亮不起来的。""对呀！你说的办法太好了，我们过去研究工作都是开党员会，开小组长会，就是没想着开个群众大会。"老婆子的话使魏文太一下子开了窍，高兴地伸出一只胳膊压在老婆子的脖颈上，总想说几句好听的话叫老婆子听，话还没出口，码头上边草房子的门开了，韩狗从屋内走了出来，开口说："魏大叔，魏大婶，你们这么早就到这里坐来了。"魏文太两口子忙站起回话说："韩狗！你怎么到这儿来住了？"韩狗说："我搬来好几天了，天已经暖和了，我怕夜间有人过河，所以就搬过来了。"魏书记表扬说："韩狗做得不错，我们大河湾的年轻人个个都像你一样就好了。"

早饭过后，魏文太早早地来到了村委会，坐在办公桌前思考下一步的工作。这时谢红也走了进来，两人互说客套话之后，书记便问："谢红，你上午有事没有？"谢红回答说："我准备找韩狗谈一下他被列入党员发展对象的事，征求一下他的意见。"书记高兴地说："把工作做细一点，韩狗这个人各方面表现得还都不错，争取他加入到党内来，扩大咱们的力量。""你放心吧书记，我一定把这个工作做好做细！"说完，她从自己的抽屉内取出一个小笔记本，然后又要朝外边走去。魏文太突然又把她叫了回来："你下午再找他谈吧！一会儿咱俩到地里看看庄稼去。"魏文太约谢红外出看地里的麦子有两个目的：一是看地里小麦的长势，二是找机会了解一下谢红以后的去向。他要想办法把她留下来，大河湾离不了她。

二人出村向西边走去，他们边走边看边聊，前进的速度并不快。

"谢红！""嗯！""你以后有什么打算？"魏文太试探地问。"没！没！我没什么打算啊。"谢红很直爽地回答。魏文太立马转到正题上来，说："谢红！你还很年轻，总是要找男朋友的，也总是要结婚的。我是想问你是想在外地找，还是想在咱村找，要是在咱村找，这就好办了，知根知底的，你要是看上谁了给我说一声，我可以帮你说合说合。"

谢红听到魏书记的话，心里挺高兴的，没想到书记也在关心着自己的未来，便说："魏大伯！这事我还没想好，以后会怎样我也不知道，到时候再说吧！"

谢红的告白弄得魏文太一头雾水，是走是留依然没探出底细，自己心中的不放心已存在好多天了，今天应该有所收获，来缓解内心压力，便引用村中的现实，逼着谢红说出自己心中的真实想法。

"谢红！""嗯！""我是把你当成自己的亲闺女看待的，你走你留我都牵挂着。最近几年咱村走的姑娘不少，都是冲钱才走的，主要是咱村太穷留不住她们，可是你和她们不同，你来咱村不是冲钱来的，而是冲人来的，只要人好，能干事业，这比钱多强多了，可是现在人不在了，你总得有所考虑吧！"魏文太说的话使谢红非常感动，也非常暖心，但是她还没有把自己的真实想法告诉对方，因为还不到说的时候，时机还不成熟，另外她还不知道书记说话的真正含义。但是书记毕竟是书记，长辈毕竟是长辈，走近走远也是看得到的，所以谢红又进一步说道："村里边这两年走出去的都是大闺女，是第一次找婆家，选择一个好的人家是要过一辈子的，我怎么能和她们比呢？当然，一婚二婚都是人，谁也不比谁差到哪里去，可是世俗的观念却是令人生畏的。我现在有两个家使我牵挂：一个是我的娘家，是生我养我的家，对我恩重如山；一个是我现在居住的家，公婆如同亲生母亲，他们需要我，我也离不开他们。所以对于我的再婚，我压根就没想过，以后还结不结婚，什么时候结婚都无所谓。"

村子不大，地块不多，麦穗都长得饱满滚圆。书记、会计两人边走边看边说话，不知不觉间就转到了王大庆家的麦田地头。王大庆正站在地头看麦子，看到村支书、谢红走过来，便打招呼说："您二位也看麦子来了！"村支书答应说："啊！我们也来看看麦子，俗话说：庄稼长得好，水肥来当家。今年的小麦长得好，与风调雨顺分不开，去年冬天的三场大雪，使冬麦底墒使足了大劲。可是有些地块小麦长得还不尽如人意，这与底墒不足有关，也与管理不到位有关。"王大庆回话说："是呀，地是人的命根子，你不给地下力气，地就会给你不出力，不出力哪会有好收成。"魏书记又回答说："你家的庄稼长得可不错，到收麦的时候把姑娘、女婿都叫来收麦子，恐怕两天都收完了。"王大庆没有看人，也不再说话，扭头向自家地的另一边走去。

不知者不为过，魏文太还不知道王玉莲已经离婚，早两天已回到了大河湾自己的家里，其实除了魏文太家之外，村中的其他人家也都不知道这件事情。

谢红手中拿着一件淡青色花布小包，开口处是用拉链封口，她来到码头时韩狗正摆渡一过河人过河。过河人下船后，韩狗看见谢红站在河堤处，便抓紧时间把渡船划了过来，上岸后从屋内搬出两个自做的小木板凳，让谢红坐下。谢红坐下后便开口直说："韩大哥！今天我来得早，想找你谈点事！"韩狗是个心直口快之人，便说："我已料到你要说什么，我也有点心事想向你报告哩。"既然韩狗有事要说，便要求韩狗先说，但韩狗坚持非要谢红先说。"那好，我就先说。最近党支部开会研究发展党员问题，大家都认为你表现得不错，想接受你作为发展对象，今后对你进行重点培养，不知你的意见如何？"

韩狗高兴得马上表态："我没意见，我早就想提出来加入共产党了，就是怕你们不同意，今天下午我也就是谈这件事哩，没想到说到一块了，我非常高兴。"谢红说："你非常高兴就行，还有一件事要给你说，你可得有思想准备啊，不要着急，也不要生气，这可都是为你好。"韩狗说："你说吧！我这个人胆子大着呢，就怕表扬，不怕批评，有则改之，无则加勉，这些我都懂。"谢红说："不是给你提缺点，而是改你的名字。""改名字！名字有啥可改的，别人叫我韩狗三十多年了，不是挺好的吗，难道入党还要改名字？"韩狗一头雾水，处在迷茫之中，想听听谢红的解释。

谢红说："这不是党支部的意见，只是个别党员提出来的，说你的名字不好听，人应该起人的名字，不能起狗的名字，狗是动物，不能人狗不分。"谢红说到这里立即意识到这是自己的口误，立马改口说："不是人狗不分，而是人不能起狗的名字。"

韩狗是急性之人，听了谢红的说明，反而说话冷静了不少，认为党组织找他谈话是看得起他，不管说什么都没有恶意，既然党组织看得起他，他也应该尊重党组织。用不着多想，韩狗只能用事实说话："韩狗这名字是我妈给我起的，我小的时候我妈对我说，在我之前还有一个哥哥，没活够两岁就病死了，以后又给我生了个姐姐，她的命也不长，也没活够两岁又死了。对一个家庭来说这是很大的不幸，也是一种灾难。当我出生之后，我妈我爸就给我起名叫韩狗,说小狗很泼辣,好养活。我的名字就是这样来的,叫顺了感觉也挺好的。"谢红说:"叫顺了也挺自然的,村里边的人们也没人说不好听,只是现在要培养你入党,有人才提出把名字改一下。不过改也行,不改也行,这事还得由你自己说了算,你自己考虑吧。"

谢红说话相对比较轻松,而最后一句话对韩狗却带来了一定的压力,产生出一定的不满情绪:"我没什么考虑的,我的名字永远也不会改,愿意吸收我入党我高兴,一定要听党的话,多为人民做好事;如果认为我的名字不好听,不吸收我入党,我也自认倒霉。不过有一点我不明白,就是吸收我韩狗入党要改名字,那你们党员中的马伟已经入党多年,他为什么不改名字,按说他连姓也应该改。马是什么?马是动物,伟是马的尾巴,而我的名字只有一个字是'动物'。"

谢红听了韩狗的发言,一是觉得有理,二是觉得好笑。她要将此事向魏书记汇报。

尽管因改名字的事韩狗有些不高兴,但他从心里边还是很感激村中的党支部。他的工作、他的为人魏书记和党员们都还满意,不管今后能不能入党,他都要对党忠诚老实,为人民做好工作。

四

天有阴晴风和雨　　人多善良赢人气

村委会办公室里挤满了人，参加会议的是村委会的委员们，各生产队的小队长们，还有分担有关工作的责任人。有的坐在靠背椅上，有的坐在小凳子上，另有三个人是坐在桌子上。在应该参加会议的人员到齐之后，村委会主任魏文太开始他的主旨讲话："大家不要说话了，都安静下来。"之后会议室里鸦雀无声，"今天我讲几个问题：第一是关于村委会改选问题，怎么改选呢？当然是改选村委会的领导班子，重点是选出一个合格的村委会主任，标准是不贪、不占、不懒，能带领村委会这个班子，尤其是能带领我们大河湾村走上致富的道路。当然这个选举不是今天，也不是明天，因为选举的时机还不成熟，选举的条件还不到位，主要是选举的时间还不到期。今天是给同志们打一个招呼，使思想上有一个准备，避免突然提出来使大家措手不及。有一个问题需要给大家说清楚，就是下一次选村委会主任时不要再选我了，我的年龄已过了五十岁，走路没有年轻人走得稳，想问题没有年轻人的思路多，所以要选年轻人站出来挑重担。从现在开始就要选苗子，树苗子，促其生长。在座的各位都要把责任担当起来，把眼光放远一点，提前把下一届的换届选举准备好。第二，今年的小麦快要收割了，我们到地里看了看，金灿灿的麦穗在阳光的照耀下，在微风的吹动下，活像一副副扇面在田野中翻动。

这是大家出力流汗种出来的,精心管理获得的。从麦种下土到开镰收割,整整在地里熬过了八个多月,我们等啊,盼啊,就是为了有一个好收成,为了有一个完美的颗粒归仓。可是美好的愿望,能不能变成美好的现实,我们谁都下不了这个保证。老天的脸色说变就变,上午是晴天碧日,下午可能就乌云密布。大家恐怕都不会忘记,1993年我们也在盼着有一个好年景、好收成,结果怎样呢?镰刀已经磨好,苂子已经竖起,收割小麦的战斗才刚刚开始,还没有麦粒进仓,一场突如其来的暴风雨夹带着冰雹从空中奔袭而来,只有短短的二十分钟,我们即将丰收到手的小麦就倒卧在泥土地里。小麦没有了,我们都以不同的方式抹眼泪。泪水流干了,眼睛哭红了,我们还在极度的痛苦中整理着自家几亩杂乱无序的土地,准备播种晚秋作物。灾荒是在政府的救助下度过的,至今都还记忆犹新。"

魏文太一段精彩的布局,使会议气氛活泼而又庄重。最后他说:"众人拾柴火焰高,现在谁有好的经验、好的建议都可以提出来,让大家讨论,让大家分享。"

"我说,我发言。"说话的是第五小队的队长王三志,他说,"我一个亲戚是驻马店的,他们那里去年就用收割机收割小麦了,说一台机器比几十个人收割得还快,一家几亩小麦一出溜就收完了,既省时也省力。咱们也应该改一下古老的收割方式,提升一下咱们这里人们的守旧思想。"

"我也说两句。"这是第七小组的组长边怀仁,他说,"我同意王三志的意见,咱们这里总不能老落后下去,不能光看着别的地方向现代化的路上奔跑,咱们这里还是老牛拉破车,光低着头走路。咱村比较穷没有钱,就各家各户兑钱买一台收割机,咱们也尝尝鲜,谁兑钱谁用机器,谁不兑钱谁就用手割,我看这样挺合理。"

边怀仁说完后,乐得王三志嘎嘎地笑起来,认为边怀仁说得不现实,便解释说:"用不着各家各户兑钱买收割机,收割机都是人家私人的,是人家自己组织成收割队,由南向北进行收割,哪里需要人家就到哪里收割,人家只要点收割费就行了。"

大伙这才明白过来,人家是开着机器找活干,双方事先谈妥了相关事项,到时候就会及时把收割机开过来。这是一项既利己又利民的好事情。

在大家都明白了事情的详细经过之后，都表示赞同用机器割麦。魏文太书记在大家热火朝天的议论之后，心中十分满意，也是他多日思考过的收麦计划，接着他发言说："刚才大家的表态我完全同意，回去后各小组都要做好用机器收麦的宣传工作，统一思想认识。在做好宣传的基础上，还要做好麦收工作的统计工作，就是把愿意用收割机收麦的农户名单报上来，也把他们收割小麦的亩数一并报上来。这项工作要在一周内完成，把结果报给办公室谢红同志，再由谢会计统一整理上报乡政府。"

会后的第二天各个小组都已行动起来，有的召开村民大会，进行大动员，统一思想，提高认识，逐户报送。王三志村民小组就是这样进行的，工作开展得非常顺利，几乎所有户都报了名。马伟所在的村民小组也是采取大会集中动员的形式，村民们对用机器收割小麦非常满意，热情很高。一是想看一看用机器是怎么割麦的，以提高认识，开阔眼界；二是能省时间、省力气，只要花钱不多，还是蛮划算的。正因为这样，多数人当场就报了名。这个小组有两户没有报名，一户是人懒地也懒，小麦长得七零八落，用不着收割机收割；再就是连吃饭都很紧张，哪还有钱用机器收割小麦。还有一户是家中有病人，常年累月看病吃药，连买盐的钱都没有，哪还有钱雇用机器收割。

一个星期过去了，除了五保户和困难户之外，大家都愿意用机器收割小麦。村委会规定凡是五保户的困难由村委会负责解决，特殊困难户由各小组集体解决，不勤俭持家者自行解决。

谢红在职务上虽然只是一个会计，但在领导者的决策上都包含有谢红的观点，比如对五保户的照顾，对困难户的帮助，以及这次收割小麦方式的改变，都是谢红事先提出来的。魏书记曾当着谢红的面说："你在咱村起着顶梁柱的作用。"这句话不是随意说的，这是魏书记的心里话，这说明谢红在村委会中的重要作用是不可或缺的。

谢红是两年前从东旺沟村嫁过来的媳妇，与此同时也带来了党组织关系介绍信，成为大河湾村的一名正式共产党员。一家有两名共产党员在大河湾只此一家。其丈夫汪海是村委会主任，思想进步，政治立场坚定，年轻力壮，是大河湾村的顶梁柱。

天有不测风云，正在为村子发展外出考察时，汪海因车祸去世，之后连肇事司机都没找到。谢红刚结婚不到半年，便成了大河湾村最年轻的寡妇。在人们悲痛之余，也有一些"闲言碎语"从一些人的口中传了出来，说："多好的男人，刚结婚就被媳妇妨死了，这女人谁还敢找，谁找谁倒霉。"种种议论不胫而走，也传到了汪家老太太的耳朵里。公婆失去了儿子，媳妇失去了丈夫，都失去人生中最亲近的人。顶梁柱走了，家中只留下公婆和媳妇两个人，这个家还能称为家吗？外人都在说："这个家算彻底完了，最后就只剩下一个孤老太太。"

人非草木，当汪海去世的不幸信息传到汪家后，婆媳二人的眼泪唰唰地就流了下来，痛哭不止，连续两天都没吃上一口饭。魏书记赶紧让老伴前来陪伴、照顾，才使汪家熬过了最初的几天。

汪家的顶梁柱走了，汪家哪能不哭不悲呢？可是人死不能复生，活着的人还得活下去，最终还是在媳妇的安慰、劝导下，公婆才停住了哭泣。媳妇说："妈！别哭了，今后我就是您的亲闺女，您就是我的亲母亲，我要在你的身边过上一辈子！"公婆知道，谢红这孩子既贤惠又懂事，过去是自己的好儿媳，以后也一定会是自己的好闺女。

谢红是共产党员，为人爽直，办事公正，组织观念很强。在她失去亲人不到半个月，她就把自己的想法向书记作了汇报，使魏文太书记很受感动，随即就决定由谢红担任村委会会计工作。

谢红在位已经两年了，她对工作的态度，她的处事为人，以及她在家庭中的支撑作用等，都受到了书记魏文太的充分肯定，也受到了公婆王凤梅的充分尊重。但是，人非草木，对于一个年轻人来说，对未来的走向都存在着变数，魏文太担心着谢红会远走高飞，使村委会失去了"半边天"的作用，会给大河湾带来损失；公婆王凤梅则是另一番想法，希望儿媳妇赶快找一个好人家嫁出去，这是人一生中的大事，就算是亲闺女也不能老守在母亲身边不嫁人的。

两年来谢红对村中的人际关系、对人们的生活习性，以及富有和贫穷都有所了解。在工作中接触面最多的是韩狗，韩狗的表现、韩狗的为人，以及韩狗的身世她都一清二楚。

韩狗已经三十多岁，至今还没有娶亲，至今还孤苦一人，这与他的性格有关，这与他的贫穷有关，也与他是孤门独户有关。韩狗在年轻力壮时期，也正是说媒提亲的最佳年龄阶段，爹突然重病，在村医边成柱治疗三天后突然去世。韩狗在悲痛之后，心里窝着一把火，总认为是边成柱治死的，便带着吃药打针的方子到乡卫生所验证，结果并无不妥之处，心中的火这才没爆发出来。

中国人有一句老话叫"祸不单行"，这句话怎么就应到了韩狗家。韩狗爹去世不到半年，韩狗妈也一病不起，韩狗是个孝顺儿子，他没再找村医治病，而是直接送到了乡卫生院治疗，他自己也在卫生院陪吃陪住。韩狗妈大概是心事过重，增加了治病的难度，无论用什么药都不见效果，病情越发严重，在卫生院住了二十天，也扔下儿子找韩狗爹去了。韩狗哭爹叫娘，大放悲声。此事惊动了村委会和乡亲们，韩狗在大伙的劝说和帮助下料理了后事。从此韩狗就再也没有翻过身来，直到今天依然是鳏居一人。

韩狗是一位闲话少说之人，自从他的父母辞世之后，他走在人前总是少言寡语，别人都为他的处境而心痛，可也无法分担他的难处。韩狗也是一位有心劲的人，他爹在世时唯一的爱好是拉二胡，耳闻目染，韩狗也学会了拉二胡，河南曲剧的音律、调门他都拉得有板有眼。过去是关在自家屋里自拉自赏，现在是把二胡拿到了码头，挂在草屋的墙壁上，无事时拉上一阵子，这已经成了他的习惯。

农历四月天气已经很热，韩狗正坐在码头河岸边的柳树下拉二胡，仰脸看到河对岸很远的地方有两个人向这里走来，他赶紧下河把船划到对岸。不大一会儿一个妇女拉着一个男孩到了河边。韩狗认识，是东旺沟村的，常在这里过河回娘家。韩狗赶忙答话说："你来了，上船吧！"女人拉住孩子上了船，又从自己的口袋里拿出一元钱硬币塞进小铁皮箱子的投钱孔里。村里有规定，船老大不能随便收钱，乘船人交的钱一律放到铁皮箱里，钥匙由村委会会计管着。晚上收工后，船老大提着铁皮箱子向会计过手续。

韩狗在划船摆渡的同时，用眼瞄了一下女人身旁的孩子，便问："这孩子几岁了？"女人回答："七岁了。"韩狗又问："上学没有？"女人又回答说："才刚到七岁，到九月份开学就去报名。"韩狗鼓励说："这就对了，孩子年龄够了就应该上学，这对孩子未来有好处。"

女人叫郭凤英，听了韩狗的关心话十分高兴，并说："到九月份一定把撒宝送学校读书。"韩狗、撒宝好像是亲兄弟,一家人。韩狗高兴地说:"没想到这孩子也姓韩,和我一个姓。"凤英说:"都姓韩这就好,说明更亲近了,不过也可能是音同字不同罢了,一般人姓韩都是大众化的韩字,可我儿子的撒字可特殊得多,一边是个提手,一边是个勇敢的敢字。"韩狗说:"真没想到姓韩的还有两种字。"

撒宝是个很聪明的孩子,听了两个大人们的交谈,已经知道了谈话的内容,便赶忙面向韩狗:"韩叔叔好!"韩狗心里乐开了花,忙说:"撒宝好。"

郭凤英虽然老乘韩狗的船,两者之间已经比较熟悉,但相互之间并没有深交,也不知道对方的尊姓大名,由于今天把话拉近了关系,韩狗就情不自禁地想问个明白。他放慢了划船的速度,不由自主地,而且是挺认真地看了撒宝妈一眼,这才发现了她的眼睛大大的,鼻梁高高的,嘴唇圆圆的,下巴尖尖的,是一位很周正、很耐看的女人。

韩狗笑着说:"你看咱们认识这么久了,彼此也都熟悉,我想冒昧问一下你叫什么名字,今后咱们见面打个招呼也方便些。"郭凤英未加掩饰,直白地告诉韩狗:"我姓郭,叫郭凤英。"

韩狗也想趁此机会把自己的名字告诉对方,而郭凤英提前开了口:"我知道你的名字叫韩狗,是你刚才自己说的。只是我不知道是哪个'狗'字。"韩狗开玩笑说:"我这狗字可是真狗,会'咬'人的狗,不过——你们母子二人不要害怕,我可是一只好狗,是不咬人的。"几句玩笑话说得两个人都大笑起来,就连撒宝也笑得非常开心。凤英接着说:"你是一个非常爽直、非常善良的人,这一点我早有感觉。"人混熟了什么话都想说,韩狗又找话说:"你娘家是河西人,我也是河西人,那我就是你娘家大哥了。"凤英赶忙纠正说:"不、不、不!你不是娘家大哥,要是的话孩子就该叫你大舅了。"凤英的话一出口,说得韩狗也笑了起来:"对!对!还是叫大叔的好。"

小船开到了西岸,韩狗关心地叮嘱说:"到九月份一定要送孩子上学,这是培养孩子的大事。我们魏书记说过:'凡是到了年龄不送孩子上学的,乘船过河一律收费,凡是上学的一律不收费,直到小学毕业。'"

郭凤英拉着儿子上了岸,离开了码头。韩狗目送她们走远,又向河的东岸望去,一位穿着别于农民的男子从远处走来,韩狗已知其意,便把渡船划向东岸。

五

人体勤快地不懒　管理到位多增产

  谢红手里拿着一沓大小不一的纸张，从外边来到了村委会办公室，开口说："魏书记！我把要求用机器收割麦子的用户统计拿来了。"魏书记正在办公桌前抄写东西，听到谢红说收割麦子的事，立马停止抄写，忙说："拿来我看看！"谢红把综合整理好了的一张纸交给了魏书记。魏文太接过材料后，边看边念出声来："要求用机器收割小麦的四百二十八户，一共一千五百八十一亩小麦，另有十一户人家说小麦长得不好，自己用手割，不用机器收……"据组长们说，他们不愿用机器收割小麦，一是手里没钱，二是小麦长得不好，这两条集中起来是人太懒造成的，这就是人懒地也懒，人懒地无收。对于这些户，人们都不愿意帮忙，任其自然。另外还有七户属五保户，一共才六亩多小麦，他们的地是小组内帮忙种的，也愿意帮忙收割。魏书记看完后非常满意，并告诉谢红自己下午要去乡政府汇报，争取机割小麦。

  魏文太骑着他的飞鸽牌自行车一路春风向十里铺方向驶去。

  乡党委书记崔凯正从乡政府内向外走，魏文太也正好骑着自行车到了门口。两人握过手，打过招呼，崔凯问魏文太："你是来找我的吗？"魏文太回答："是！我是来向您汇报工作的。""哎呀！你真会选时间，再晚来一分钟，恐怕你就找不到我了。咱们现在就到屋里去，先听你的汇报，然后再办我的事。"

魏文太把自行车放在院子里落了锁，紧随其后进了崔书记的办公室。崔书记很客气地让他坐，又倒了一杯白开水说："天气太热，你先喝口水，喘口气，再汇报。"

"今年的小麦长得特别好，农户都很高兴，也希望能用机器收割，我们把收割小麦的具体统计数字也报来了，希望乡政府帮我们把收割机调来。"几句话表述完之后，魏文太把统计好的报表交给了崔书记。崔凯书记看完之后非常高兴，说："你们提出的想法不错，昨天也有一个村提出用机器割麦的问题，这样我们就你们的办法向其他村推广，推广的地盘越广，人家来的可能性就越大。等其他村的统计数字都报来，然后再统一报到县里去。咱们乡没有收割机，全县恐怕也没有几台收割机，想用机器割麦，必须和外地联系，统一调配机器来收割。事不宜迟，这事马上就得办，一旦错过了时机，今年用机器收割小麦可能性就落空了。你还有没有其他事要说的，有就赶紧说，我还有事要办！"

"我还有一件事也想说一下，不知合适不合适？""有什么事你说吧！"

魏文太笑了笑，有点难以启齿的样子，勉强地说："我们村有个划船的，他叫韩狗。""什么？叫韩狗，这名字挺有意思的。"崔书记便开玩笑地说，"是真狗，还是假狗？"魏文太实话实说："是真狗，就是看家护院的'狗'字。他从小就是这么叫的，已经叫了几十年了。"崔书记又说："那你上户口时也是写的这个字？"魏文太又回答："也是这个字。"崔书记肯定地说："这说明这个人喜欢这个名字，这个家庭也喜欢这个名字，那就喜欢呗，有什么可说的。"

"不，不是这个意思。"魏文太赶忙解释说，"韩狗已经划船几年了，表现得相当本分，有礼貌，为人热情。我们开会研究想把他列为培养对象，可是个别党员提出韩狗这个名字不好听，应该把这个'狗'改成别的字，我们说服不了他，所以想给你请示一下，看怎么解释好。"

崔凯书记笑了笑说："你们找韩狗说没说这件事情？因为这是韩狗的人名，只有韩狗说了才能算数。你们可以先找韩狗谈一谈，一是问问他愿不愿意入党，二是问问他愿不愿意改名字。"魏文太说："我们已经派人给他做工作了，他说他愿意入党，而且非常想入党。关于改名字的事，他坚决不同意，他说名字和入党没有关系，如果不改名字就不能入党的话，他宁肯不入党也不会改名字。就为这事我们想问问崔书记有什么看法。"

崔凯大笑，显得非常开心，他说："韩狗这人不错，有主见，人的名字叫狗，和狗连在了一起，但人还是人，人和狗没有任何瓜葛。是人都要起个名字，不然就无法称呼了。名字只是人的符号，它不代表人的性质，也不代表人的性格，也不代表人的知识水平，也不代表人的工作能力。你回去后抽时间给党员上一次党课，学一学党章。"

"好雨知时节"，在小麦灌浆的时候，一场不大不小的细雨时断时续地下了两天，把整个麦田灌得墒足水丰，为小麦的大丰收又增添了一道十足的"保单"。

细雨丝丝地下着，小青河岸边来了十多位钓鱼者，多半都是十来岁的孩子，因为是星期天，是学校放假的日子。他们钓鱼用的渔具都很简单，大人们用的渔具稍显尊贵，也是自做自用。比如鱼钩是用大号缝衣针做成的，绑鱼钩的线是用做衣服的线合成的，再找一根细竹竿就成了。在钓鱼的时候，只要鱼一上钩就赶紧把鱼钩甩到岸上即可，一般几两重的鱼都能钓上岸来。孩子们用的渔具多半是用一个大竹筐子，里边放上半块砖头，砖下边再放上一点鱼食就可以了。最后在筐子的上边再系上一条长绳子，就成了一套完整的渔具了。河边有大柳树，有些粗大的树枝能够向河床上面伸出几米远的距离。孩子们可以站在树枝上，也可以坐在树枝上，然后就把筐子下沉到水里边，过上几分钟后猛然把筐子提上来，在一般情况下准能把几只小鱼、几只小虾捞上来。

这是一项很有意思的活动，在这种情况下，支部书记魏文太总是打着一把小伞在河边来回转悠，必要时也掺和点意见，显得十分开心，但他自己从不钓鱼。他走到年龄稍大点的王大垂跟前说："王大哥！今天成绩怎么样？"王大垂抬头一看回话说："啊！魏老弟来了。"他高兴地说："你看这条鱼多大，足有两斤开外！"他把网兜从水中提出来。魏文太走到跟前观看说："身上不泛红，这不是鲤鱼。"王大垂说："这是草鱼，肉质很嫩，比鲤鱼还好吃呢！"魏文太开玩笑说："那我到中午可到你家吃鱼去了。"王大垂说："那可好！一定做成红烧草鱼，叫你看着高兴，吃着更高兴！"

王大垂也是钓鱼爱好者,是钓鱼能手,从年轻到现在一有空就到河边钓鱼,不管钓到钓不到,他都不在乎,只要身上带着渔具,走起路来嘴里总是哼着小曲,逍遥自在。在钓鱼者中唯有他是在十里铺买的渔具,其他人都是自力更生,自做自用。

魏文太最喜欢的是看孩子们用筐捞鱼,也便于指手画脚地做些指点,这样感觉很有趣。有一次一个孩子捞出一个大泥鳅,由于泥鳅的外皮太滑溜,这孩子怎么也抓不住,就是魏文太接过筐子把泥鳅抓着的。

魏文太在捞鱼者中间慢步走来走去,之后站在柳树下边的河沿处,口里小声叫着小豆子,手也在不停地乱比画,因为小豆子坐在树杈上正聚精会神地看书,魏文太便提高嗓门叫:"小豆子!小豆子!赶紧提呀!"小豆子抬头看见了也听见了魏爷爷的喊声,便立即把筐子提上来,结果一条鱼也没有,魏文太还在关心地问:"有没有鱼?"小豆子失望地说:"一条鱼也没有,这都怨您了,把鱼都吓跑了。"魏文太笑着走开了。

农村的夜晚是非常清静的,没有灯光的照射,也没有机器的轰鸣。各家的电视虽然都开着,其声音也传不到院墙外边去,所以,到了夜间如果没有明月照着,村子里是很黑的。王大庆和他的妻子项文珠躺在床上谁都没有睡着,都在想着自己的心事,这种心事已经憋在心里好多天了。王大庆的心事是还不知道女儿离婚的原因,也许是因为自己的紧逼才落下这样的结果,所以没敢直问事情的横斜曲直。项文珠的心事是怨恨自己没有主见,遇事总跟着丈夫的思路走,结果出了这么大的差错。

王大庆用手推了推妻子,看她睡着了没有。谁知项文珠的心烦情绪还没消失,便不客气地说:"推什么推!有什么话赶紧说!有什么屁赶紧放!"

王大庆听到妻子说出这样有伤感情的话,知道妻子也正想着心事,心烦而口重,才说出这样不近情理的话,便细声细气地说:"我最近心里憋着一块硬疙瘩解不开,憋得实在受不了。我想问问你咱玉莲怎么结婚不到三天就跟人家离婚了,你说这事传到外人眼里有多难看,我们怎么好对别人解释,就是有再大的事总得把问题弄清楚了再离婚也不迟,何必这么急呢!"说到这里他长出了一口闷气,心里的烦恼压得他无法解脱。项文珠没好气地说:"你心烦,我还心烦哩!我看这事归根到底还都怨你,因为怕你生气,我才顺着你哩。孩子本来就不愿意，就是因为我们逼着她，她才勉强同意的。这下可好，没过三天就离了婚。孩子回来就没出过门，我们心里难受，玉莲比我们难受得多，可是她的苦向谁说呢？！"

王大庆的心思依然没有转过弯来，总认为自己的想法没有错，做法也没有错，便继续谈自己的理："我这还不是为她好，结了婚就过上了一般人都过不上的好日子，这种便宜上哪儿去找。女婿又是唐家的独苗，以后家产都是他们自己的，你说这事有什么不好呢？能有什么天大的事情，非要闹着离婚不可。"

项文珠听完丈夫的一番表白，气得立时就把狠话说了出来："你这说的是人话吗！孩子受那么大委屈，难道你一点都不心痛！我看你应该扇自己的耳光才好。"妻子为这事说出这样的狠话，使王大庆心中猛然一震，已经意识到问题的严重性，他不再与妻子争拗，而要虚心地听一听妻子到底还要说些什么。

项文珠是一位很和善的女人，她从不为一些鸡毛蒜皮的小事与丈夫争吵，也从未与别人翻过脸，今天的生气是在气头上发生的，今天她知道丈夫还不知道事情的原委，有必要向他说清楚，便反转口气解释事情的经过。

"孩子去唐家的第二天，唐开举吃过早饭就外出了，玉莲以为他到养鸡场去了，过了一会儿玉莲也去了养鸡场，到养鸡场看了一遍，也没看到唐开举的影子，鸡场工人们说他很少在养鸡场，都是他爹在这里管着。后来他爹告诉玉莲，说他儿子比较懒，叫玉莲不要生气，说现在的年轻男人都听媳妇的，叫玉莲好好劝劝他儿子，相信他会改好的。玉莲没说同意，也没说不同意。他儿子是当晚八点多才回的家，玉莲也没理他。结婚第三天的上午，一个自称是大河湾的女人给玉莲打电话，约定在结婚时那个大酒店门口见面，说有话要说。见面后玉莲并不认识她，但她自己说唐开举已有三个情人，也包括她自己。唐开举说是靠他老爹挣钱供他享受的，他是地球上最有福气的人。这个女人过去也想嫁给唐开举，唐开举却说他找女人的条件是先结婚后睡觉，就这样拒绝了这个女人的要求。咱玉莲是很不错的闺女，她说结婚的当天晚上她连衣服都没脱，拒绝了这个畜生的纠缠。这个女人还说第二天唐开举是在她那里玩了一天，睡了一天，直到天黑之后才回的家。这个女人最后还说,他们家离这很远也很穷,为了挣钱才出来找事干的。她说她知道咱玉莲很漂亮也很贤惠,才把实情告诉咱的,避免上当受骗。"项文珠在说经过的时候,两眼已哭成了泪人,用手多次在擦眼泪,之后她又说,"孩子在说这事时是哭着给我说的,孩子遇到这么大的苦处,可是她连一句话也没有埋怨咱们,有苦她自己忍着……"王大庆也是两眼满含泪水,到了实在忍不住的时候,也已张开口痛哭失声。妻子并没有劝阻他的哭声,也算是对孩子的一种悔过。

项文珠是一个软性人,虽然对丈夫的作为痛心疾首,但认识到自己毕竟是有责任的,如果不是自己也跟着吹风,单靠丈夫一个人恐怕也没有那么大的力量。想到这里,她又反过来劝解丈夫:"你不要哭了,一个大男人哭坏了身子,咱这个家还怎么过呀?当初也怨我,如果由着孩子的想法,也不会出这么大的事。现在事情已经过去了,哭也没用,想也没用,已经过去了,就让它过去吧。"

小麦丰收在望,金黄色的麦穗在微风吹拂下摇头晃脑,已经显得头重脚轻起来。一些人们带着喜悦的心情到地里走一走,看一看,盼着麦收时光的到来,有的忙着买苤子,有的忙着砌粮池。村委会的委员们也在忙着贴麦收广告:"精收细打,颗粒归仓。"

村委会办公室的电话铃响了,魏文太拿起电话:"喂!我是大河湾村魏文太。"对方应声说:"我是乡政府办公室的小刘。"魏文太接着说:"小刘,你好!有什么事就说吧,我听着呢!"电话里传来乡政府关于机割小麦安排计划的通知:"六月五日早上四点三十分,有两台收割机准时去你们大河湾收割小麦,你们报来的一千五百八十一亩小麦,要在当天下午五点三十分割完,请你们务必做好准备。"魏文太放下电话,自言自语地说出自己的心里话:农业现代化多好啊!光用机器割麦这人省多少力气,社会不能停止向前啊,还得向前奋斗,看来农业的大发展还在后头哩。

魏文太把谢红及各小队的队长都召集到村委会办公室,向他们部署用机割小麦的相关事项。他说:"乡政府给咱们安排两台收割机,六月五号用一天时间把咱们报名的一千多亩小麦全部割完。这就要求各家各户把装粮食的口袋准备好,按时带到自家的地头去,绝对不能影响收割机的使用。把收割后掉在地里的麦穗捡回家去，这叫有种有收，颗粒归仓。夏粮丰收了，我们还要保证秋粮大丰收。过去是割完小麦后，是用牛拉犁把地深翻一遍，然后再种苞谷，这种办法费时费力。现在用机器割麦，麦茬很高，你不要管它，就在麦茬垄的中间点种玉米，又快又省力。在苞谷长到一尺的时候，小麦的根须已经差不多腐烂了，正好成了苞谷的肥料。这是从外地传过来的经验，我看可以采用。现在的墒情比较好，可以抓紧时间把秋粮种上。今天的会就说这些，回去后赶紧把情况通知到各家各户。"

六月五日，两台收割机按时到达大河湾，在魏文太及相关人员的引领下进入麦田开始收割。各家各户的人们也都带着装粮的口袋和运粮的工具，兴高采烈地向自家的地头走去。

转瞬之间第一家的小麦已经割完，农田的主人用摩托车拖着麦袋子向自己家飞驰而去。紧接着第二家、第三家、第四家……也都奔跑着、忙碌着。人们都带着喜悦，在相互见面的瞬间热情地摆着手势，打着招呼。

农业机械的投入使用，极大地降低了农民的劳动强度，对人们积极性的发挥也必将起到领航的效果。

六

改造青河如人愿　男女戏水都方便

时间已进入盛夏，小青河已到了迎接"游客"的繁忙季节。但是在这种大好的时间段里，小青河的使用权却被男人们所垄断、所控制。只要是晴天、热天，从每天上午的十点之后，到下午的八九点钟之前，一概是男人们的天下，女人们几乎不敢靠近。因为男人们一旦进入这个天然游泳场，他们的装束可以变得"无法无天"，凡是带有线头的物件统统都会从身上甩掉，扔在河沿上。在这种情况下女人们谁还敢靠近，谁还能靠近吗？这是一个没有"文明"制约的常规，自古至今可能谁都没有去碰过它。

中华人民共和国成立之后，女人们的地位有了空前的提升，"妇女能顶半边天"已家喻户晓，人人皆知。因此大河湾的女人们挺起腰板，提出要分享清河水的利益，当然指的是游泳和洗澡，而没有他求。

村里的领导换了一届又一届，但女人们举的手都投向了男人，每届村委会的领头羊都是男人稳坐钓鱼台，所以清河水的利益分配始终没有列入议事日程，女人们的愿望当然也就无人提起。

本届村委会主任魏文太已经上任两年，担任村支部书记已十几年的历史，既无成绩也无过失，是老牛拉老套，走起路来虽然慢点，但也四平八稳，村民们表扬的不多，问责者也没有，他本人也常为自己的稳而不乱心满意足。

身正不怕影子斜，这对一般党员来说是可以的，而对于党员领导干部来说显然是不够的。不但要求自己的身子正，而且要带领自己手下人员身子也要正，要带领他们走正道，走致富发展的路子。魏文太是一位好党员，但还不能说是一位好领导。正是由于他自己的心正、人好，在改造他自己的不足方面就有了动力。他在参加完县委组织部的学习班之后，在得到崔书记的批评指正之后，大河湾的工作就不再是河道弯弯的局面，而是走上了正确发展的轨道。

魏文太心里明白，大河湾的工作是在村委会人员的相互帮衬下取得的，特别是负责财务工作的谢红同志出谋划策，当然还有管计划生育的程露，她们为了工作跑前跑后，出了很大的力，为此也应该满足她们提出的一些要求。现在男人们出外打工者不少，支撑农业发展的不只是男人们的力量，妇女已成为农业发展的生力军，为此妇女们的利益必须给予保障。魏文太想到这里，决定召开村委会议，研究女同胞们提出的合理要求。

村委会议在村委会办公室召开，参加会议的人员有魏文太、谢红、程露、马伟、王三志等。魏文太清了清嗓子，提高声音说："今天召开一个特殊的会议，也是个重要会议，希望大家认真地听，认真地发言，提出自己的好见解。我今天只讲题目不讲办法，要靠大家把好办法提出来后，我再拍板定案。今天会议的题目是关于小青河水的利益分配问题，分好了有利于人们积极性的发挥，分不公平则会影响人们积极性的发挥。现在就请大家各抒己见，积极发言。"

"我先说两句，"王三志向来有话直说，"青河水的利益分配问题，这是一个非常新鲜的话题，咱们村从古到今都在用青河水，天旱地干，各家各户都到河里担水浇地，从来都没人限制谁用水，今天怎么提出用水分配问题，实在搞不明白。"

魏文太已经知道自己没把话说清楚，赶忙解释："实在对不起，我没把话说清楚，我们今天讲青河水的利用不是讲浇田，而是讲洗澡，讲游泳。过去一到夏天都是男人们到河里边洗澡、游泳，而女人们没有机会去，这是不公平的。今天就是要大家提出个办法，使咱们村的妇女也能分享这种利益。"

"这好办，十二点以前是女人们的，十二点以后是男人们的。"马伟把话说得直爽，说得明了，使不少人发话表示赞同。魏主任用眼扫射一周，出现暂时冷场的局面，便以启发似的说："除了马伟提的条件，看看还有没有新的办法，也就是说还有没有更合理的办法提出来。"

对青河水的利用分配问题，是谢红早就提出的，而且也和程露私下商量过，今天开会研究是魏主任拍的板，定的调。会议开始时谢红并没有说话，是想先听听大家的看法。现在已经没有了新的意见，马伟的看法又相当不适用，现在只好把自己的想法说出来，以求大家的认可。她说："我不同意马伟在时间上的分法，整个上午都分给了妇女们洗澡，看似很合理，实际上无论是对男人、对女人都是不公平的。上午男人们在地里干完活儿，想下水冲个澡，结果被女人们占着，这个时间段是女人们的天下。可是在这个时间段内，女人们谁又敢脱衣下水洗澡，所以这种规定是不合理的。小青河本来是一条小河，弯弯曲曲，可是进入咱们大河湾的东边地界，却突然加宽，而且弯度减缓，这就成了一处天然的游泳场。我的看法是中间用缆绳划界，用两根缆绳即可确定男女游泳场的活动范围，南侧为男游泳场，北边是女游泳场，两者的间隔为二十米即可……"

谢红刚说到这里，性格直爽的王三志急不可待地接上了话题："二十米呀，我看二百米也不够！不只女人们不敢脱衣下水，就是男人们恐怕也有点不好意思。"

魏文太阻止了下边的议论，让谢红继续说下去。谢红把下边要说的内容交给了程露，因为这种办法是她们俩商量过的。

程露的语言有点深沉，但咬字却非常清楚，她说："河的两岸要立上系绳的界桩，这是男女有别的界限，谁都不能越雷池一步。在白天脱衣服下水洗澡、游泳，无论是男人还是女人都不合适，这是不文明的表现。村里边应该制定死规定，男人白天下水必须穿裤衩，女人白天下水必须再穿上胸衣。"王三志又插话说："按你说的是不是还要建更衣室了。"程露接着说："对，没错，在男游泳场的岸上建两间男更衣室，在女游泳场的堤岸上建两间女更衣室，这样又正规又文雅，又庄重又好看，这就是我们的看法。"

谢红认为单这样做还不完整，便补充说："初期的更衣室可以简单一些，用苞谷秆、高粱秆扎成篱笆墙、篱笆门就可以，只要能挡严人的视线就算成功，但门口必须挂上男更衣室、女更衣室的牌子。"

魏文太高兴得合不拢嘴，他说："我们今天开了个很成功的会，把大河湾村世世代代没有解决的大难题解决了，在这个问题上谢红立了大功，程露也立了大功，她们建议开会研究是对的，她们提出的具体方案也是正确的，我想在座的各位不会有意见吧！"魏主任抬头看着大家的反应，结果满意度很高，一个接一个地表态说同意。因为这是一项惠民项目，与各家都有好处，所以满意度很高。魏主任最后表态说："既然大家没有不同意见，工作就这样定了，因为天气已经很热，咱们从明天就开始干，主要有这样几项工作要做：一是到影山拉点石头来，洗完澡后可以洗洗脚，也有个坐的地方；二是在河的两岸立几根界桩，作为系绳的根基，河的这边有树，也可以作为根基使用；三是建两处更衣室，建得严实一点，结实一点。这三项工作争取在两天之内完成。"

青河边骤然间忙碌起来。魏文太在组织人们栽界桩；谢红在组织人们建更衣室；王三志在组织人们清除河边杂草；马伟开着三轮拖斗车忙着往河边拉石头。群众的热情之高，干劲之大，这是魏文太始料不及的。过去他对"只有落后的领导，没有落后的群众"理解不深，认为既然领导落后了，群众就会跟着落后，甚至更加严重。现在通过实践，他才真正认识到这句话的真正含义，领导干部就是领头羊，只要领导得好，引导得好，群众就会积极地跟着干。眼前这种壮观的热烈场面，就是村委会的一项好政策，就把群众的热情调动了起来。

魏文太"骑着毛驴看风景"——四根界桩立了起来，靠南边的界桩上写着"男游泳场边界"，靠北边的两根界桩上写着"女游泳场边界"。更衣室已经建好，均是用苞谷秆竖起来的篱笆墙，门也是篱笆门。更衣室呈长方形，前后三米，左右四米，地上左右两侧是用木板定制的座位，上边还系了两根搭衣服用的绳子。南边更衣室的正面挂了一块"男更衣室"牌子，北边更衣室的正面挂有"女更衣室"的牌子。河边杂草还没清理完，魏主任就把其他干完活的人叫过来一起清理。

大河湾历史上第一个天然游泳场建立起来了，这是一项极得民心的工程，村民们兴高采烈，奔走相告，一帮一帮地要到河边去看新鲜。

工程完工后的第二天中午，在阳光的照射下，空气中的温度已经很高，一些男性游泳爱好者们不约而同地提前来到了游泳场，一个个都按照村委会的要求，穿着裤衩下了水。好像进入了另一个世界，去掉了一切繁杂心理，唯一留下的是欢乐和喜悦。水性好的人通过浅水区，直接来到深水区，他们扎猛子，玩游戏，其乐无穷。水性差的一些男人们，包括一些年岁小的孩子们，他们只能在浅水区嬉闹，虽然有些遗憾，但也十分开心。

在男人们的游兴正浓之时，北边游泳场内也引凰归来，相比之下她们穿着相对比较艳丽，举止比较文雅，只是在较浅的安全区内走动，体验着人水相依的感受。女同胞来的并不多，总人数不超过二十位，而是清一色的年轻媳妇们，她们年岁最大者也不过三十来岁，而未结婚的年轻姑娘们却一个也没有。她们说笑着，嬉笑着，也显得十分开心，她们要把长时间积存在身体表面的汗臭味统统洗去。

女同胞的到来，把男同胞们的目光都吸引了过来，他们慢慢地向隔断线靠近。由于相距较远，他们相互之间说话的机会都没有。

谢红走进王大庆家的院内时，项文珠正好从北屋出来。"大婶，您好！"谢红先打了招呼。"谢红来了！"项文珠应声回话。"我是来看玉莲的，玉莲妹在不在家？""她在自己房间织毛衣哪，你自己去吧！"两人说完话后，项文珠把谢红拉到跟前小声说："你去好好开导开导她，自从玉莲出这事之后，像变了一个人似的，门也不出，话也很少说，都快把我给急死了！""我知道了大婶，您放心吧。"

对这种情况谢红早已知晓，今天来的目的，就是想解开玉莲心中的这层阴影。她走进玉莲的房间，王玉莲正低着头坐在自己的床沿上织毛衣。"玉莲！是我呀，我来看你来了。"玉莲抬起头，看见谢红来了，忙放下手中的毛线活，站起来说："谢红嫂子来了，快坐下吧！"拉着谢红的手，两人并排都坐在了床沿上。

直话不一定直说，先把边鼓敲响效果也许会更好一些。这是谢红进屋之后才想到的策略："给谁织的毛衣？""给我自己织的，现在没事，闲着也是闲着，这是自己给自己找事干。"玉莲说完之后，自己觉得有点牵强，便勉强地笑了笑。"你说的没错，人来到这个世上就是要干事的，整天没事干不把人闷坏了。"谢红顺水推舟，终于找到了话题，"可是光在自己屋里打发日子恐怕也不是办法，你看这天气多热，光在屋里待着是要闷出病的，所以还得多到外边走一走、看一看，或者到自家地里干点活儿，这都是解除思想烦闷的好办法。咱村里边在小青河建了两个天然游泳场，南边是男游泳场，北边是女游泳场，中间有二十米宽的隔断线。现在去游泳场的人可不少。其实不是去游泳，而是去洗澡，去去身上的汗臭味，也是一件很舒心的事情。"

谢红说得上心，王玉莲听着舒心，一时去掉了烦恼，便插话说："看你说得多好，我真想去看看。"谢红的话已经见效，便随其意说："怎么样？下午咱俩一块去看看，也顺便洗个澡，把身体舒展舒展。"王玉莲羞红了脸，忙说："我可不敢去，那么多人看着多不好意思，你们都习惯了，你们去吧！"话已经说到这个份儿上，谢红还不忍心放弃，便进一步启发说："过去咱们女人们，哪有出头看天下的权利，整天憋在屋里边，不是做衣服、洗衣服，就是做饭、打扫卫生，一天到晚忙不完的活儿，这种日子没头没尾。现在好了，时代变了，过去男人头上顶着天，咱们女人们头上没天可顶。这不是说男人们的力气大顶得动，而咱们女人们力气小顶不动，这是说男人们的权利大，权利全叫他们包下了。现在是女人们也能顶起半边天，以后咱们要理直气壮地站起来，谁也不能欺负咱们，谁也不敢欺负咱们。"谢红说到这里，睁着眼看着玉莲问，"你说我说得对不对？"王玉莲回答说："你说得非常对、非常好，我听着很舒服。"谢红说："到河里边洗个澡那才舒服哩，用水往身上撩着，手在身上搓着，那才叫享受哩，一切烦恼就会烟消云散。""你说的道理我都明白，我知道你对我好，如果真的能把一切烦恼都冲洗干净，我何尝不去呢？！嘴说说容易，要真正做到这一步是很难的。我每天晚上都用凉水擦身子，过去就是这样做的，现在还这么将就着也能应付。"

这是王玉莲的心里话，这么大的事要是出在别人身上，恐怕谁都难以应付，而王玉莲处理得却如此利索。谢红是来做思想工作的，敲边鼓只是走走过场，只有抓着主题才能起到启示的效果。

"玉莲呀，我知道你在想什么，你在愁什么，时间已经过去了五十多天，也该把它放开了。我虽然只比你大一岁，但我是走过来的人，喜事、烦事都遇见过。喜事令人愉快，但也有走远的时候；烦心事令人苦闷，应该让它快点走开。来时很沉重，脱手很轻松。不信你试一试，一试准满意。然后就重打锣鼓另开张，一切从头开始。"

谢红的说词让玉莲笑逐颜开，非常满意，也非常开心；但转瞬之间却又阴云密布，从面部的表情看却已满脸愁容："你说的话我能听懂，也想解开这个死扣子，可是太费劲了。结婚的时候那么张扬，全村人都知道了，十里铺的人也都知道了，可是没过三天就离婚了，这是天底下都没有的事情啊！可就偏偏落到我的头上，你说我这心里头能受得了吗？出门碰见了人我这脸往哪里放，又怎么能跟人说话……"说到这里，王玉莲的眼泪又不停地滴落下来。

"玉莲！我的好妹妹，你可别再难过了，你这一难过，我的眼泪也就流出来了。"谢红拿出手绢为玉莲擦去眼泪，又关心地说，"你的为人，你的性格，我想全村人都知道，自从这事出来之后，没有人说你不是的。如果出在别人身上，再拖上三月四月的，那可就麻烦了。所以，你应该为你的作为庆幸，为你的处事能力而高兴，你说是不是？"

王玉莲又一次破涕为笑，把脸还在滴落的泪珠擦去，再次露出了一丝笑意，依然美丽无比。她说："如果大家不说我什么，我就心满意足了。当时我在想，女人嫁人是为了人，不是为了财，既然人已经不是人，要财富还有什么意义。现在事情已经过去了，我会从阴影中走出来的。"

谢红离开了王家小院，王玉莲还在织她的毛衣，但心情已经畅快了许多。

七

闲子做梦找媳妇　建军暗中恋谢红

李二闲是大河湾村的"名人",虽然文化程度不高,在学校待的时间往长了说,也不会超过百天。俗话说人各有长处,也各有短处,一般说长处多指优点,短处多指缺点,但放在李二闲身上则恰恰相反,他的短处也常常被说成"长处",甚至说成了本事。其实李二闲的"闲"字不是没事干的闲,而是贤贵的贤,本名叫李贤贵,因为从小到大好吃懒做,人们在习惯上就把贤改成了闲,弟兄两个排行老二,所以人们在习惯上既称二闲,也称闲子。比如说谁家的鸡跑出了自家的院子,或者跑去了村边的庄稼地里,只要没人看管,等鸡回窝的时候,总得少上一只。细心的人如果此时到李二闲家走一趟,总能闻到鸡肉的香味。所以,村上谁家的鸡丢了,总认为是李二闲偷的。但谁也没有抓到过李二闲偷鸡的真凭实据,因此人们都说李二闲偷鸡的水平真高。由于李二闲的存在,村子里养的鸡都是圈养的,这样村里边的环境卫生大有改观,村边的庄稼也不再被鸡祸害,从某种程度上看,人们也把"功劳"记在了李二闲的身上。由于李二闲好吃懒做的习性已成自然,村里人和他自家人也没把他当成一回事,而只是把他名字叫得更加简单了些——闲子。

闲子闲得没事,常在村子里边转悠,他偶然看到马伟背了个大筐子从十里铺方向走过来,忙上前问:"马伟!赶集买东西去了?""是呀,哪像你闲子那么清闲。""快点把筐子放下来叫我看看买的什么好东西。"马伟正好走路有点热,便站在一棵树下把肩上背的筐子放到地上:"想看就让你看看。"随手把眉头上的汗珠擦掉。闲子把筐子上的盖子掀开,四只小白兔像重见天日般活跃起来,争着向外边看热闹。闲子一看到兔子,高兴劲就被鼓动了起来,口里不停地嘟囔着:"这兔子真好看,你看看多欢实。"手还不停地摸摸这个,动动那个。闲子问马伟:"你买的这四只兔子有几只公兔几只母兔?"马伟说:"三只母兔,一只公兔。"闲子惊奇地笑着说:"那不成了一夫多妻了吗!这只公兔子可真有福气。"马伟在一旁接上话题说:"闲子!这只公兔子是一夫三妻,可是你闲子已是三十几岁的人了,怎么连一个也没有啊!"闲子马上说:"俺不是穷吗,娶不起媳妇。"马伟便鼓励他说:"那好办,你回家帮你爹多干点活儿,等挣钱多了好给你找媳妇。"

  闲子他爹叫李成,手拿笤帚在院内扫地,闲子进院后二话不说,向爹爹要过笤帚后自己扫起来。李成站在一旁看着儿子扫地,心想这孩子是不是脑子开窍了。

  闲子连续三天跟着他爹到地里干活,把他爹高兴得不得了。他妈在家里边也想着法子给他做好吃的,希望能够感动他,开化他,使他变成一个勤快人。可是好景不长,就又恢复到他的本性,依然照着他的本性行事。在村子里东走走西看看,哪里有热闹的场面也总少不了李二闲的身影。他尽管有偷鸡摸狗的坏毛病,可他的名字并不坏,在和行人见面时也总有人和他打招呼,这说明闲子的人缘还不赖。和他常说的话也总少不了这样几句:"闲子,吃饭了没有?""闲子,今天吃的什么饭?""有人给你介绍对象了没有?"闲子总是有问必答。最令人满意的是谁家有什么事情,如果人手少忙不过来,只要打声招呼,闲子总是随叫随到,从不推辞,为此也赢得了不少人的好评。

  谢红的公婆王凤梅是个通情达理的人,认为自己的儿子已经过世两年有余,老让儿媳妇守在自己身边也不是办法,这不合人情。谢红才二十四岁,很年轻也很漂亮,再婚是理所应当的事情,就是亲闺女也不能留在自己身边一辈子。一天她把谢红拉到身边,贴着自己的身子坐下,细声细气地说:"孩子!你看我现在的身子骨怎么样?"谢红握着公婆的手说:"您的身体非常健康,我非常高兴。""是呀,妈也高兴。我现在刚过五十,能吃能睡,还能干活，家里、地里的活儿我都能干，就是以后我真的老了，什么活儿也干不动了，我还是个五保户哩，由村里边养着，这也可以安度晚年，你要是想我了就回来看看，这不也是挺好的。"

谢红是一个明白人，对公婆话中的含义也十分清楚，她想用反话堵老人的口，让她以后不要再这样说了："妈！我知道您说话的意思，您是嫌我在家碍事，想赶我走是不是，以后就忍着一点，别再撵我走了。"

王凤梅真的以为谢红没有听懂她说话的含义，为避免孩子产生误解，她一边拉着谢红的手，一边又马上解释说："妈当时守着这个家，是因为跟前有个儿子，带到哪儿去都不合适，所以就留下来了，陪着儿子过日子，把儿子当成了养老的靠山。可是你就不一样了，跟前无儿无女，再找一个也是合情合理的事，将来也好有个盼头，有个靠头。说不好听的话，你现在守着我，赶明儿我老了、死了，到时候你的岁数也不小了，这不把你的人生给耽误了吗？孩子，你听妈的话没错！"

谢红对老人的心情是理解的，也很受感动，自己又何尝不想嫁人，可是自己嫁人走了，公婆怎么办！还能再让她老人家孤独吗？公婆结婚不到十年丈夫就因病去世了，现在儿子又永远离开了她，这样的打击落到谁身上都难以承受。谢红不只是在想着自己，更多的是在想着公婆，她要把自己的想法如实地告诉老人，把两人的心紧紧地绑在一起。

"妈！我有个想法想告诉您，不知您愿不愿意听。""孩子，你有啥话尽管跟妈说，妈也是通情达理的人，你说什么我都愿意听。"

谢红未说先笑，是笑得开心还是笑得勉强，别人都无法理解："妈！我是想给您找一个养老女婿带回来，不知您高兴不高兴！""妈高兴！妈哪能不高兴呢！"公婆激动得眼泪都流了出来，赶紧用手擦去眼泪笑着说，"你这话说到妈心里去了，我做梦都是这么想的。可是话又说回来，人都是有爹有妈的，谁还能到咱家里来，就是有，这种人也太少了。年龄不等人啊，我看不要再向后拖了，赶明我去给你张罗张罗，就等于是我像外嫁闺女的一样。"

谢红一听是张罗给自己找女婿、找丈夫心里就急了，这不符合自己的意愿，立马回绝说："妈！您千万不要给张罗，就是有人愿意接受我，我也是不会离开您的。我离开自己的亲妈到咱这个家，这叫闺女嫁人，历史就这么走过来的，也说得过去，现在再叫我嫁人，再走到另一家去，我的脸面往哪儿搁，难道我的人格就这么低下！女人也是人，女人应该维护自己的人格，维护自己的权利，维护自己的地位。妈！您的媳妇，不——现在是您的闺女，我已经下了决心，我要守着您一辈子，永不离开。以后就是有人愿意倒插门，也必须有模有样的，有顾家为人的品德，否则我永远都不会再嫁人。"

一场小雨断断续续下了两天，给炎夏热天带来一种短暂的凉意。天还没有放晴，谢红来到游泳场女更衣室，一是来看一下有没有被损坏的地方，二是打扫一下里边的环境卫生。她打开上锁的秸秆门，一眼就看到地上有一张没被雨淋湿的书写纸，上边写有几行水平不高的草字。谢红捡起来看看写的是什么内容："你一个人来洗澡不显孤独吗？打个招呼我就来陪你，给你擦身搓背我都在行，你的相好写的'草书'。"谢红一看就知道这是不地道的男人写的，她把纸叠好装进兜里，然后把座位清理干净，把门锁上后去了村委会。

魏文太看过纸上内容，气愤地说："真是无赖，是哪个小人干的？"又问谢红，"这是从哪儿弄来的？"谢红说："这几天天凉快，没人去洗澡，中午我去清理卫生，一开门就发现了，估计别人还都没看见。"

"那就好，要是别人知道了就没人敢去洗澡了。"魏文太告诉谢红，"你去告诉常去洗澡的妇女们，为了安全，去洗澡的时候要结伴去，最少也有两个人比较好些。当然，写这种东西的人，其思想素质不高，文化素养也不高，他只能玩点见不得人的小勾当，以后我们提高警惕就是了，也不要被这种见不得人的小动作吓着。"

魏文太来到小青河边，先到女更衣室的外围看了一遍，沿河沿又到男更衣室的外围看了一遍，似乎想看到点什么，发现点什么，可什么也没有看到。转身又来到了码头，韩狗正向对岸送人，他便进了韩狗的休息室，屋内摆设简单，除了简单的做饭用具，再就是一张单人床。他从室内走出来站在河沿处，看着韩狗划船的协调动作。

韩狗把船划到近前已看到书记站在河沿上，这是经常出现的镜头。韩狗走上岸把缆绳系好，便打招呼说："书记来了！"这也是韩狗常说的第一句话。魏书记回话说："韩狗，现在过河的人多不多？"韩狗笑着说："也不算多，每天有三五十人吧！"魏文太说："咱这是一条小河，又不是交通要道，每天有三五十人也就不少了。你在这个岗位上干得不错,咱们村委会感谢你,全村人也都感谢你。"韩狗受宠若惊,赶忙接话说:"我干得还不好,今后一定要踏踏实实地干,把心扑在船上,请领导放心。"魏文太还想再说点什么,但不知如何开口好,便没有再说什么,只是随口打了声招呼就离开了这里。

芝麻叶是这里农村的一道好菜,在每年的芝麻将要成熟,扬花已经结束之后,一些农村闲人便到芝麻地里揪芝麻叶,拿回家后放在锅里蒸煮,然后摊放在干净处晾晒,到半干之后,再放到一起揉搓成小条状后,摊晾晒干即可。

王凤梅喜欢吃芝麻叶,这是老祖宗留下来的吃法,也带着谢红一起来到自家地里揪芝麻叶,两人有说有笑,气氛显得十分温馨。芝麻叶的吃法很简单:把储存的干芝麻叶用冷水泡开,洗净,凉拌也行,炒菜也行,包菜包子也行,但常吃的是放在面条锅当调料品用。

司建军在村子里是一个很能干的小伙子,人品也相当不错,不但身体强壮,而且干起活儿来利索灵巧,群众的评价也相当不错。特别是一些二十几岁的姑娘们,她们的眼球也时不时地往这边投送,而司建军却一本正经,丝毫没有向她们示好的意思。两年前他一直在南方打工,只是到了春节才回来住上几天,过完节后又很快去了南方,似乎与打工结下了不解之缘。有人问司建军在南方是不是有相好的了,他也总是回答:"有朋友,没有朋友怎么能在南方立着脚?"他的回答总是模棱两可。

谢红丈夫的亡故,司建军开始是不知道的,是在春节后才听到的消息,然后他又去谢红家暗访,信息才算无疑。自此以后他再也没有去过南方,为此他和父母生了不少闲气,也拌过不少嘴仗,但始终也没有动摇过他不去南方的决心。

司建军还有一个哥哥,已经结婚生子,按理说留在家里种地比较合适,自从司建军下决心不去南方之后,兄弟两人的矛盾就日益增多。哥哥说:"家里就这么几亩地,有两个人在家干活足够了,你去打工总比在家强。"弟弟说:"我去打工已经五年了,总该在家休息一下,缓缓劲吧。"哥哥没能说服弟弟,最终自己挂帅,去南方打工去了。

司建军去十里铺卖牛回来,路过谢红家的地头,看到谢红和老人在地里揪芝麻叶,便走进地里去帮忙。司建军是有眼色会说话的人,便先和长辈打招呼:"大婶!揪芝麻叶来了!"王凤梅抬头看是司建军,便回话说:"是建军来了!"又问,"你怎么也来了?"司建军也回话说:"我是去十里铺卖牛去了,回来正好路过这里,看到你们两个正揪芝麻叶,正好时间还早,就过来帮你们揪一会儿。"王凤梅又问:"牛的价钱还可以吧,卖了多少钱?"司建军如实回答:"价格还可以,卖了三千四百元。"王凤梅高兴地说:"你爹很能干,你也很能干,从小我就看你是一棵好苗子。我记得你家养了三头牛吧,都是膘肥肉嫩的,怪好看的。"建军插话说:"我家的母牛又快生小牛了,所以就卖了一头。"

近年来司建军无事找事地来帮忙干活,这是王凤梅喜出望外的事情,她在猜想是不是和谢红有了缘分,这是多好的进门女婿啊,希望这种猜想能变为现实。她找了个理由离开了这里,希望两个年轻人在一起好说话。

"谢红!我到那边苞谷地去看看,你们俩在这儿干吧!""哎!听到了。"谢红很爽快地就接受了公婆的安排。自从司建军帮忙干活之后,谢红心目中就多出了一个身影。但是身影毕竟是身影,随时都有散去的可能,谢红担心这样的结局。

谢红对司建军的好感是逐步形成、日渐加深的。司建军帮谢红干活的初期阶段,给谢红的感觉是强者帮助弱者,每次都是用表示感谢的话而结束。但是,司建军在谢红跟前的出现总是那样及时。在麦收夏种的时候,在秋收秋种的时候,或者在其他事情上需要帮手的时候,司建军总是像影子一样悄然而至,在她跟前像用人一般听从指挥,也像家人一般出计献策。由此谢红逐渐地在自己的心底深处出现由感激到暗恋的微妙变化。两人的心灵已经相近,但两人的情感还不敢靠拢,都还处在想而不露的层面上。谢红的暗想不敢外露有其客观原因,她认为司建军是没有结过婚的青年,而且自身的条件还算可以,找一个品貌相当的姑娘并没有差距;而自己则不同,虽然年龄不大,但毕竟是结过婚的寡妇,寡妇这个词在过去是很低下的,在现代社会虽然有所改变,但这种陈旧观念的消除还需要一个漫长的时间。所以虽然有意,但不敢说出来,如果一旦被对方拒绝,就等于两者之间垒了一堵墙,这道墙就永远难以打开。所以,等对方先说出来永远都是上策。

王凤梅离开后,两人都在各自揪芝麻叶,谁都没有主动开口说话,这是扣子未解开之前很正常的一种短暂的尴尬局面。既然扣子没有解开，现在他们之间的关系依然是主人和客人之间的关系，客人来帮忙，主人应该热情地表示欢迎和感谢，但是他们还没有做到，这也是这道扣子没解开之前的正常显示。瓜不熟不落，未熟先摘的瓜是不甜的。为了打破他们之间这种不协调的局面，最终还是主人先开了口："建军！你来了。""啊——我已经来几分钟了，嫂子——你没看见我？""噢——看见了，看我糊涂的，话都没说一声。""没关系！有时候我也是这样，看西说东，看东说西的。"司建军虽然打着圆场，但也看出了谢红存有心事，只是自己猜不出是什么心事罢了，自己又不好意思直接去问。"建军！你这老帮我们家干活，真是太感谢你了。"司建军已经明白谢红是在无话找话说，因为这句话早就不再说了，现在怎么又开始说了，是忘了过去的承诺，还是另有原因？他弄不清这里边还有什么云雾没有散开。"嫂子，我不是给你说过了吗！我家的活儿不多，老闲着也没意思，你家有些活儿我抽空来帮帮忙也是应该的，以后感谢的话就不要再说了，说多了就显得生疏了。""哎！我记住了。"谢红满口答应着。

为了解开两人感情交流中的这道扣子，谢红采用的是旁敲侧击、迂回推进的手法，既不过于直露，又不过于隐讳，使对方能在字里行间、音质音韵中去探寻事情的真谛。出于自己的身份和处境，只有这样去做才不至于惹出不必要的麻烦，或许能够探出对方的真实想法。

"建军！我想问你一个不知该不该问的话，你看可以不可以？""嫂子，咱俩谁跟谁呀，你还这么客气。该说的、不该说的你都可以说出来，我没什么爱听不爱听的，只要你想说的话我都爱听！"

司建军说的话，使谢红心里热乎乎的。如果没有心灵的靠近，谁又能说出这种暖人心的话来。谢红希望司建军能说出更贴切的话来，说得越明白越好。

"建军！你的年龄也不小了，已到了谈情说爱的时候了，可为什么还没听到你的好消息哩！是不是对嫂子也保密呀？"此话说完之后，谢红臊得满脸通红，便赶紧低下头，又忙着揪芝麻叶。

司建军未加过多思考问话中的含义，因而回答得不但正统，而且非常简单，他说："现在国家不是提倡晚婚吗！晚结几年婚也合情合理，对国家、对个人都有利。"这使得谢红没有探寻到两人在情感方面的任何信息，也令她非常失望，在心中埋怨说："真是对牛弹琴。"

  司建军喜欢谢红是从内心出发的，他不去南方打工是为了接触谢红，也为了解决谢红家中劳动力不足的难处。正是在这种不断接触中，司建军对谢红的了解日渐加深，他在自己的一本日记中写道："谢红是女人中的强者，我崇拜着她，也深深地爱着她，我的爱是真诚的，是发自内心的爱恋，但是这种爱是不平衡的。谢红现在是村干部，而我不是；谢红现在是中国共产党党员，而我司建军还是普通群众。一个男人不如一个女人，自己都感觉矮人一等。矮人的滋味是不好受的，我无法张口向对方表示求爱，如果对方接受了，双方都欢天喜地；如果对方不接受，这只能说是自己的一厢情愿；如果对方很反感，出口损上几句，作为一个大男人面子又该往哪里放？"日记的结尾写了一个大大的问号，这说明司建军在心理上的犹豫不决，心事沉重。他最终的想法是自己好好努力，让时间去缩短这种差距，让谢红能看到自己的长进，赢得谢红的欢心，向自己求爱。

八
水是土的营养素　粮是人的命根子

　　村委会办公室只有书记和会计两个人,有一件事情在书记心中盘算了很久,始终没有拿出来和大家见面,因为想法还不成熟。谢红是一位思路开阔的年轻人,有必要把自己的想法拿出来和谢红一起探讨,或许能研究出一个合理的意见来,最后再拿到大会上讨论。

　　"谢红!请把你要办的事情先停一下,我有些事要和你商量。"魏文太客气地提出了自己的要求。

　　谢红停下自己手中的工作,看着书记客气地说:"书记!没啥商量的,你有事安排就是了,只要我能办的就一定把事情办好!"

　　魏文太这才转入正题:"不是现在有什么事要办,而是我有一个想法还没想好,只是脑子里想了很久,现在拿出来和你一起研究一下,看这个想法行不行?"谢红没有说话,而是用心听着。"我是这样想的,咱村守着小青河,小青河的水也不停地在往下流着,无论是雨天,也无论是旱天,都不停歇。这是自然现象,大自然的规律谁都无法改变,可是咱们这个地方十年九旱,真正风调雨顺的年份很少。我是想守着水得用水,不是过去那种肩挑盆端用水,这水解不了近渴,而应该建水利工程,实行自流灌溉。"刚讲到这里,谢红不由自主地拍起手来,高兴地说:"这太好了,要是实行了自流灌溉,人们该省多少力,咱们村该增收多少粮食!我举双手赞成。"谢红的这一举动,使魏文太也情不自主地大笑起来,之后便说:"你先别高兴,这只是初步想法,下边的难题还多着哩,比如怎么个搞法,要花多少钱,这钱大伙愿不愿意出,这都是大事。所以我找你就是商量这个问题,你们年轻人思路多、心眼活,想叫你说说你的想法。"

谢红并没有马上表态,而是把心思快速地转动起来。魏文太看着谢红,等着她开口说话。谢红并没有马上表态,而是处在深思苦想之中。魏文太看出了谢红的表情,这种表情在女人中是少有的,这就给了他一种可以把事办成的想法,等着谢红说出她想好了的良机妙方。时间不算长,大概只有几十秒时间。"对咱们村来说,这是一项大工程,这在过去想都不敢想,现在书记提出来了,这本身就是一个大贡献,会给咱村带来一个良好的开局。我是这样想的,咱们邻近村子没有样板,连见都没见过,更谈不上学习了,但是咱们乡的范围这么大,估计会有,咱们乡政府也一定会有懂水利的人才,所以最好的办法是到乡政府去了解一下,他们如果有这方面的人才,请他来帮帮忙总是可以的。"魏文太听了谢红的描述,心里一下子亮堂多了,连连表扬说:"你比我看得宽,也比我看得远。最近我一直在琢磨这件事情,总是围着大河湾打转转,也总是围着小青河打转转,转来转去也转不出一个好办法。"

魏文太骑着他已经很陈旧了的自行车直奔乡政府大院。不巧,政府内的人员正在集中开会,院内鸦雀无声,他便坐在传达室里边的长条凳上等待会议的结束。大约等了半个时辰会议还未结束,他又来到院子里边乱转,当转到崔书记办公室门口时,门是虚掩着的,并未关严,他便推门进屋,坐在办公室里等待。

会议结束了,崔书记回到了他的办公室,正在坐着的魏文太立马站了起来,应声说:"崔书记!"三个字还没落地,崔凯书记已接上了话:"噢——是老魏呀!我猜你来我这里一定是有事情,因为你是无事不进我这屋的。说吧,有什么事叫我办的?"魏文太笑了笑说:"我是来向你要人的!""要人,你们村一千九百多人,站到哪里都是好大一片,还骑着一辆破旧自行车到我这里要人。"崔凯书记一边开着玩笑,一边给魏文太倒了一杯开水说,"来——

先坐下来喝口水，润润嗓子再说事。"

魏文太确实有点渴，在喝了两口水后便说："是这样的，崔书记，咱们这里旱灾比较多，但我们大河湾守着小青河却用不上河里的水，过去的肩挑盆端浇地实在是救不了急呀。我们是这样想的，就是找一个合适的地方建一个提灌站，天旱的时候把水提上来浇地，这就是我的想法。今天我来的目的是想看看政府里边有没有懂水利的专家，如果有这方面的人才请到我们村帮助设计设计，我们心里边也好有个数。"

崔凯书记听后非常高兴，马上表态说："好啊，老魏！你的思路长进得够快的了。刚入夏的时候把小青河变成了游泳场、洗澡塘，使全村男女老少都受益，这本身就是一件了不起的大好事。现在又要建提灌站，引水浇地，这又是一个好主意，我们乡政府全力支持你。"魏文太高兴地说："那就好！那就好！"崔书记接着说："我们乡政府小刘，他叫刘文东，在学校是学水利专业的，昨天刚从后台村回来。明天上午就叫他到你们村去，你在你们村委会办公室等着就是了。"

支部书记魏文太、村委会会计早早地来到了村委会办公室，一边围绕着建提灌站谈自己的想法，一边等待着专家的到来。

两人同时听到了汽车的轰鸣声和汽车的喇叭声，两人又一同走出院子等待。很快一辆面包车开到了村委会办公室门口停下。从车上下来两个人，一男一女，男的叫刘文东，是负责乡水利建设的工程师，女的叫谢利平，是协助刘工程师工作的技术员。魏文太握着刘文东的手说："谢谢你们的到来，这就帮了我们的大忙了，非常感谢你们！"魏文太握过手之后，谢红也随后和他们握手致谢。魏文太把他们领到屋内，谢红也分别给他们倒了一杯水送到跟前。二人刚坐下还未喝水，刘文东便站起来说："魏书记！咱们还是先到外边进行实地考察吧，之后咱们再谈具体问题。"

魏文太按照刘文东的指点，和谢红一起陪同客人外出考察。他们走出村东口，先到了渡口地段考察。韩狗正运送客人到了东岸，和考察人员并未谋面。刘文东说："这渡船是村委会的还是个人的？"魏文太说："是村委会的。"刘文东说："这就好，给村委会增添了一部分收入。"

他们在码头并未待多久，便沿河向北考察，边走、边看、边说，大约走了约一公里的路程,魏文太说:"咱们这已经走到头了,再往前走上边的地都是别村的了。"他们由此向上走到地边,一眼望去一片青绿,给人一种欣欣向荣的感觉。他们又走回水边,这里正好是河的转弯处,由于水流的冲击,正好形成一个深潭,潭虽不大,但却很深。刘文东问:"这水有多深?"魏文太回答说:"大概有两米深吧,人下去是够不到底的。"

这是他们徒手查看的基本情况,之后他们又回到面包车处取来了测量仪和笔记本电脑,由此向西测量,然后又向南测量,最后又回到了东北角的深潭处。刘文东介绍说:"提灌站在这里建最合适,你们村的土地从东边到西边是平行的,高低相差不到十公分,而南北高低差距相差1.54米,从这里把水提上去,向西把地面稍加整理,水可以自行流过去,向南则流速会更快,所以可选地点只能在这里,选其他地方都不合适。"最后刘文东又从水面到庄稼地处地面的垂直高度,从水边到地边的平行距离进行了测量和计算,得出了一个准确数字也告诉了魏文太,但他依然还是一种模糊概念。

刘文东是专搞水利专业的工程师,对农村水利建设尤为熟悉。在这里他有两种设计方案:第一种方案是高架管道,管道由可耕地处起架,平行延伸到水面处,再垂直向下通到水里边。这样费时、费力、费钱,但做成之后非常壮观,可以说是一项很显眼的工程,提高大河湾的形象有好处。魏文太忙问:"需要多少钱?"刘文东已经意识到了这个问题,便回答说:"加上配套设备,少说也得八万元。"魏文太惊奇地说:"八万元可不是小数字,这在我们村是很难凑够的。能不能再换一种方案,只要能浇地就行。"刘文东说:"你说的没错,在农村,在缺钱的情况下,什么好看不好看都不是重要的,关键是有实用价值就是好的。我这里再给你提出第二种方案,这一方案是多出力,少出钱。出劳力没问题,农村有得是劳力。这样可以省出两万元。"魏文太听到这里,心里边非常高兴,脸上布满了笑意,当然谢红也不例外,都处在高兴之中。刘文东继续说:"从水边到地边要挖一道两米宽的深沟,沟深要低于水面八十公分,水可以顺流而进。单挖沟还不行,沟的三边必须用护墙石护实墙体,一护到顶,还要加上护墙梁相配套,这样可以防止墙体滑坡。沟的底部还要用水泥护底,这样使用起来不至于出现危险。最后要在深沟的西端上方建一间房子,大约十平米足够了,因为这是水的出口处,还要放电机和放一些其他工具。在开闸放水时还可以住上一个人，进行必要的安全管理等。这就是我谈的第二种方案。"魏文太又急着问："这个方案需要多少钱？""我刚才还没说完，加上水泵、加上通水管线，我估算总数不会超过六万，比上一个方案少两万块钱。"魏文太说："这就省了两万，照这方案我们可以考虑。"刘文东说："你先别高兴，下边还有第三种方案，这个方案是排水沟的底部宽两米，而斜向上到了顶部，沟的宽度则是三十米，这就有了一个较大的坡度，在坡度上面可以种草、种树，以增强两边坡度的硬度，防止泥土向下滑脱。这个方案大概有四万块钱就够了。"

刘文东在把设计方案介绍完之后，谢利平也已用笔记本电脑把设计方案中的要点整理了出来，顺手把整理好了的材料交给了魏文太。他高兴地拉着刘文东的手说："多亏你们二位的帮忙，一个上午就把方案搞出来，还省了不少钱。咱们先到办公室歇一会儿，喝点水。"他们边走边说，不一会儿就到了面包车跟前，把带来的仪器放到车上后，刘文东拉着魏文太的手说："魏书记！我们走了，等开工的时候给我打个招呼，我们再来看看。"一听说要走，魏书记急了，赶忙说："给我们帮忙办事情，哪有不管饭的道理。"谢红也拉着谢利平的手说："咱俩是一家子，我叫谢红，你就到我家吃饭。"刘文东一听急了，赶忙推辞说："我们是开车来的，开车回去也很方便，十来分钟就到家了，用不着在这吃饭。"魏文太说："帮我们勘察设计，不收费用就够照顾我们的了，所以这顿饭必须得吃！"双方一个要上车，一个要阻拦，各有各的理，谁也说服不了谁。在此情况下，刘文东只好把乡政府的相关规定告诉了魏文太和谢红，他说："规定写得非常明确：凡事因公在农民家吃饭，早饭一元，中午饭和晚饭各四元，连续三天在农民家吃饭，早饭一元，中午和晚饭各交三元。这项规定已经执行了一年多了，还没有听到不好的反映。今天来这里工作连钱都没有带，只带一瓶白开水，这就是我们不在这里吃饭的主要原因。"

魏文太把拉紧的手松开了，自言自语地说："哪有干活不吃饭的，这管得也太严了。"谢红把拉着谢利平的手也松开了，但她没有说话，只在心里边想着这是一项好政策，符合人民的利益。

在刘文东又要上车的时候，魏文太又拉住了他的胳膊说："咱都是为了干事情，你可别唬我啊！我可是真心实意请你吃饭。"看来这大河湾的老支书还真有点硬劲，刘文东便告诉谢利平，把自己用的一份规定交给了魏文太。刘文东说："这份文件就交给你了，我们先走了！"

在提灌站设计方案确定之后的第四天，大河湾村委会扩大会议在村委会院内召开，各方面的负责人全部参加。因为这是大河湾村历史上的一件大事，也与全村老百姓的切身利益有关，所以村委会主任魏文太做了精心的准备，桌面上除了刘文东交给的设计方案，他自己也精心地写了几张还不成文的扼要说明。人员到齐之后，他用眼光瞄了一下在座的各位，然后笑着说："同志们！今天给你们说一个好消息，咱们村要建提灌站了，今后天旱浇地就不用肩挑肩抬了，肩挑肩抬一天也浇不了几棵苗。提灌站建起来之后就不一样了，那是自流灌溉，一天就能把村里的地全浇一遍，这就叫旱涝保丰收，吃穿不发愁，家家户户的小日子过得该有多滋润哩。可是好事是好事，修提灌站得用钱修，钱从哪里来，当然还得从咱手里出。"讲到这里，听讲的人们脸上的笑容马上就收了回去，变为一脸严肃的情绪专注地听着主任的讲述。"谁出钱谁受益，这是合情合理的事，你一年出钱长期受益，这是非常划算的事。那么一家人要出多少钱呢？请大家不要紧张，这个钱谁都能出得起，因为能出得起，咱们的提灌站就得早上马、早受益。具体出钱的事由咱村委会会计谢红同志给大家做个介绍，下边欢迎谢红发言！"说完之后，魏文太带头举起手鼓起掌来，也带动了在座的都鼓起掌来。

过去开会还从来没有鼓掌的习惯，也许是太高兴，把在县委学习班上学来的经验给用上了，搞得谢红脸上一阵发烧。谢红说："大家这一鼓掌搞得我晕头转向，我从来都没遇到过这样的场面，魏书记把城里头的规矩学来了。"这几句话突然间使会场的气氛活泼起来，谢红说，"建提灌站的目的是保证粮食年年大丰收，使咱们农民都过上好日子。前几天乡里边管水利的刘文东工程师到咱这里进行勘查设计，不但提出了设计报告，而且还提出了用费基数。他一共提出了三套设计方案：第一套方案标准较高，费用也高，一共需要八万块钱；第二套方案需要六万块钱，少了两万块钱；第三套方案费用最低，只有四万元钱就够用了。不是抽水数量减少了，而是设计标准简化了。魏书记当时就拍案用第三套方案。咱们村是一千九百五十四亩地，平均每亩地只摊二十一元钱，咱村超过十亩地的人家不多，所以都能出得起。"

魏文太接过话题说："咱们的会计已经把问题说得非常清楚，我想不会有出不起这点钱的，如果真的钱紧，也没关系，可以拖到明年出，不过得多交百分之三的利息。当然，如果因特殊原因造成的困难可以考虑照顾，但必须经过民主评议。今天会议的内容就是这些，各小组回去后即开始做这项工作，五天之后把钱交到村委会来。下边还有什么不明白的地方请提出来。因为这是一项死任务，也是一项大任务，所以必须弄明白才好做工作。"下边你一言我一语地表白说："这是村委会搞的一项大事，对咱们老百姓都有好处，应该支持。"正面意见都大同小异，反面意见一个也没有，这使魏文太非常满意。他最后又重复说："大家说交这点钱多不多？"大家都异口同声地说："不多！"魏文泰又说："能不能按时完成任务？"大家异口同声说："这是村委会为咱村民办的大好事，我们都保证按时完成任务。"

魏文太重复自己的老话："只有落后的领导，没有落后的群众。过去对这句话有误解，现在彻底相信了。只要咱在座的都没意见，下边群众的思想工作就好做了。"

不负所望，建提灌站的资金陆续到位，到账的财务资金也一天一天地增多，这是大河湾历史上从未有过的事情。大河湾村的村民们也都一个个增光添彩，见面说话都增加了不少祝福的话：咱们村以后有奔头了，一用上水浇地保险都是大丰收。俗话说屋里有粮心里不慌，就是说人是靠吃饭而生存的，饭是用粮和菜做出来的，而粮菜是土里生长出来的，土里没有水就什么也生长不出来。大河湾建提灌站正迎合了人们的需求，异口同声地说魏文太是村里的"摇钱树"，摇钱树能带领全村人走致富路。

大河湾村的支部扩大会依然在村委会的院内召开，在树荫的遮盖下气温比较凉爽。魏文太的心情非常高兴，这在过去是很少见到的，他向大家打着招呼，让着座位。他说："我向各位在座的表示感谢，感谢大家对村委会帮了大忙。"下边有人发言说："不是给村委会帮了大忙，而是给村民自己帮了大忙。"魏文太高兴地说："对！你说得没错，既是给村委会帮了大忙，也是给村民们自己帮了大忙，这是全村人都受益的一件大事。"

会议刚开始不久，从院外走进来一位穿军裤、白衬衣的年轻人，被正在讲话中的魏文太看见，正在调整视力、辨认来者身份时，对方已经开了口："报告！我是周树光！"支书魏文太赶忙站起来走上前握着周树光的手说："你好！怎么回来探亲了？""不是！魏书记，我是向您报到来了。"说过之后把党员关系介绍信交给了魏文太。他看完介绍信惊奇地说："怎么？听说你在部队已经当上了连长，进步很快，怎么现在要复员？"在他们周围也围上来多位年岁偏长者，也都认识周树光，同他们一个个握过手后，周树光说："魏书记！你们正在开会，我现在已经是你手下的兵了，我先在这里听你讲完，会后我再向你汇报我的情况。"

魏支书继续他的讲话，他说："咱们村的提灌站就建在咱们村大片土地的东北角，也就是小青河一个拐弯处，那里的水深坡陡，距离可耕地最近。把水引上岸后，从东到西、从北到南，水可以自流浇地。有这样一块好地方，这是咱们村的福气呀。咱们农民靠的就是土地，土地靠的就是水，咱们有这两块法宝，还愁村民们不富裕？！当然有地有水这是大自然给我们的条件，最重要的还得靠人去管理，咱们村有富户，也有穷户，那么富户是怎么富起来的，而穷户又是怎么贫穷的，不用解释大家都看得清清楚楚。听说这次集资款有几户交不起，是借钱交上来的，这就好，有了压力，有压力就有奋斗，就变得勤快些，人一勤快不但有饭吃，而且还有钱花，这是多好的事情，今后希望咱们村户户都有饭吃，家家都有钱花。下边还谈咱们的工程，搞提灌站也是为了吃饱饭，有钱花，这是和咱们的利益相一致的。具体安排是这样的，从下星期一开始，每组派来三个劳动力，自带工具，到大队部集合，到这里后统一分组。这次出劳力和以往不同，凡是参加在这儿干活的，每人每天发五块钱补贴，直到工作干完结束。"

会议结束后，魏文太拉着周树光到办公室坐下，又倒了一杯白开水，然后说："你回来肯定是有原因的，现在谁不是都想往外跑，可是被七上八下的事缠绕着，一部分人想跑都跑不出去，就是跑出去了也都是打工挣外快，为家里添点钱罢了。你现在是当了干部的人了，有吃有喝有钱花，又有事干，干吗要回到咱村里呢？你得给我说一说，不然我心里都不舒服！"

"大叔！说细了一时半会儿也说不完，我只能给你简单地说一下，等以后有时间咱叔侄两个再详细聊。我回咱村是我自己提出来的，主要是我的文化程度低,已不适宜在部队长期干下去。""这不对呀!你是高中毕业,这我很清楚,怎么说你文化低呢?"魏文太感到很吃惊,立马就提出了自己的看法。"不!你还不知道外边的情况,现在在外边当兵的大都是高中生、初中生,能当上领导干部的已经很少,这主要是指连级、排级这一层,再往上基本上都是大学生。现在在部队搞训练,搞练兵都是高科技、信息化的科目,没有高学历怎么能适应部队的发展?我在部队再多待几年,不但会影响部队的基本素质,也会影响咱们村发展致富的进程。开始部队的领导说要给我安排工作,我拒绝了领导的好意,坚决要求回到生我养我的大河湾,和你一起并肩战斗。没想到您现在已经行动起来了,我保证在您手下当一名好兵,给您增加一份可靠的力量。"

周树光回乡,给魏文太增添了一股巨大的力量,在过去得力助手是谢红,但谢红是走是留始终是个变数,现在周树光的回归已是板上钉钉,村里边的重担以后会逐步向他身上转移。魏文太在沉思中有一股暖流在心里边涌动。

大河湾村引水灌溉工程马上就要动工了,数十人手拿各式各样的劳动工具站在施工现场的两旁,准备迎接施工动员令的下达;旁边一棵柳树的树枝上挂着一串三米多长的鞭炮等待着燃放;周边站满了前来看热闹的村民们,一个个喜气洋洋,满面春风。

村党支部书记、村委会主任魏文太站在两排施工队伍的中间,发出大河湾有史以来最庄严的召唤:"同志们!乡亲们!我们大河湾的一项举足轻重的大工程,也就是我们引水灌溉工程马上就要开工了,这是我们村走上致富路的里程碑,是造福子孙后代的前奏曲,为此,要保证施工质量,加快施工进度,争取在十天之内保质保量地完成任务。在质量监管方面,由乡政府派来的刘文东工程师负责,他是水利专家,在质量上一切都按他的要求办事。下边请刘工程师讲话,请大家热烈鼓掌!"

刘文东四十来岁,看上去偏老,办起事来也比较稳重,他走到两行队伍的中间,前后行了两次鞠躬礼,然后说:"我不是水利专家,只是学点水利知识,被评为工程师罢了!咱大河湾修提灌站是一件好事,是造福群众的一件大好事,我是搞农田水利工程的,在工程建设过程中我和大家一起来完成这项任务,在干的过程中有什么不明白的尽量向我提出来。我的话完了。"

在大家鼓完掌之后，魏文太宣布开工。这时地面上的挖土声、树下面的鞭炮声响成一片，场面十分热闹，也十分壮观，这是大河湾从未有过的喜庆日子。

工地上的分工井然有序，有刨地的，有翻土的，使引水渠道在一步步向下延伸，进度在逐步加快。由于天气比较炎热，谢红公婆在家负责烧水，谢红向工地运水，很有趣的是整天游手好闲的李二闲也整天泡在工地上，忙着给施工人们端水喝。周树光的回乡，给工程建设增添了缺少外联人员的缺口，他的主要任务是外出买钢材、买水泥、买砖石，而且第一车砖石已经卸在了工地上，使提灌站的任务有了后续保障。

工程进行到第六天，两侧坡堤也基本建成，准备挖坑种树，魏书记脚未踩稳，从墙体的半中间滚了下去，掉到沟渠的底部，把跟前正在忙工作的人们都吓了一跳，赶忙下到沟底要搀起魏书记，可是魏书记的腿部受了伤，已经站不起来了。刘文东看到了问题的严重性，赶紧向乡卫生院打了电话，要求派救护车来。人们七手八脚地把魏书记抬到水渠的上边，放到一个平稳的地方坐下。人们也把魏夫人叫了来，魏夫人在跟前问长问短，说要陪着丈夫到医院去，被魏文太谢绝了，魏文太说："刘文东是客人，在咱家吃饭，你应该照顾好他。"这时候周树光也来到了跟前，说："你交给我的采购任务已经全都办妥了，我可以到医院照顾你。""也好，我还有事要和你商量。"他又对站在一旁的谢红说，"在我回来之前，工地上的事情由你照管着，跑腿的事情可以叫司建军帮助办一下，我看他表现得还算不错；对于技术方面的事情主要由刘工程师负责，你协助敲敲边鼓就行了。"他说完之后，轻轻地闭上眼睛，不免有点伤感，怨恨自己工作中的粗心大意。

救护车把魏文太拉到了医院，这是他一生中第一次进医院治病。医院并不气派，是清一色的旧砖房，分前后两个院子，前院是门诊房，后院是住院部。经过路上的颠簸，魏文太的腿伤居然有所减轻，在周树光的搀扶下已能慢慢地一步一步地走到诊断室，这种减轻使魏文太非常高兴，只是左臂活动不很方便。检查结果出来了，医生拿着 X 光照片说："腿部没有伤着骨头，只是肌肉撕裂比较重一些，吃些消炎药、贴上消炎膏几天就会好的。左臂上的创伤要严重得多，主要是骨头上有裂纹，虽然不很严重，但也算是伤筋动骨。

医学上讲伤筋动骨一百天，就是说一百天才能愈合，才能长牢。"

伤筋动骨一百天，这是人人都明白的道理。如果在家养伤还好应付，如果要求在医院养伤治病那就麻烦了，一是经济承受不了，二是影响工作，这无论如何都是做不到的。因此他马上提出自己的想法："医生，你看我在家养伤可以吧？""可以，但是你需要在医院住一个星期进行观察治疗，之后才能回家休养，以防止骨头的裂度扩大。"

魏文太被送到了住院部，住进了病房，毫无表情地坐在自己的病床上，左胳膊被吊在胸前。病房有一把小方凳，周树光顺便坐在凳子上。

"树光啊，这次叫你陪我到医院来，主要想和你交换一下意见，想了解一下你的真实想法。你这次回来才刚刚半个多月，就已经为村里办了不少好事，特别是这次修引水工程，派你出去买水泥、买钢材、买砖石，你都干得非常到位，这是别人所不及的。"周树光听到书记的表扬，认为这都是自己应该做的事情，表扬不表扬对自己都无关紧要，只要有工作干，把事情办好就是自己最大的满足。从回乡之后的所见所闻，已经感觉到大河湾在党支部、村委会的领导下，正在发生着微妙变化。现在书记还想了解他的真实想法，他没有什么可隐瞒的，虽然刚回来时已经做过汇报，现在依然有再次说明的必要："魏书记，我的想法已经给你说过了，回村的目的是想帮助父老乡亲们致富。前边的路是生路，只有摸着石头过河，闯出一条新路来，才能带领大家都富起来。现在全村人已经在党支部、村委会的带领下，迈出了第一步，有了第一步必然会有第二步、第三步。我已经感觉到您在村里边的威望很高，这是咱大河湾人的福气，我已经说过，要在您的带领下走致富的路，使全村人都过上好日子。"

魏文太还没有听明白周树光说话的真实意图，唯一的办法是得先用绳子把他拴着，使他走不得、离不开。"树光啊，你看我这身体一天一天在衰老，再过几年恐怕就走不动了，还怎么能带领全村人走致富的路，未来的路是你们年轻人的。"周树光听到这里接话说："您可不能这样说，提灌站这工程不算小，不也是您提出来的，也是在您的领导下建起来的，就是再过几年，大河湾的带头人应该还是您，大河湾的领导权应该还在您的手里。""不！不！不！你说的话有点过头了，人的衰老是自然常规，谁都躲不开的。好了，今天不谈远的，只谈近的。你回来之前我在家召开了一次村委会议，决定在十月下旬或十一月上旬召开一次村民大会，一家来一人，投票选举下一届村委会主任，任期三年，可以连选连任。其实都是不脱产的，因为地都是包产到户，都是家庭经济，没有集体经济的含量，所以事情并不多。被选上来的领导只是多管点村子里的事情，心多操一点，话多说一点，路多走一点，事多办一点，多数时间还是干自家的私事，所以是不拿工资的杂事。上一届选举选来选去只选了我一人，我是被逼上梁山干了这一届，没干出成绩，也没出现大事。说实在的，村民们说我干得不错，也只是近几个月的事情，是挨了崔书记的批评之后才出现的效果。在你回来之前我曾想到让谢红担任村委会主任，这是不得已的想法，因为谢红的家庭困难太大。现在你回来了，我觉得由你担任村委会主任最合适。当然决定权在群众手里，我只是给你打个招呼，好有个思想准备。"

周树光在考虑带动村民致富方面，其思路比较简单，认为当领导可以带动群众致富，不当领导也可以带动群众致富，这都无关紧要。现在由魏书记挂帅反而更安稳一些，何况魏书记已经不是过去的魏书记，在创新路上已经走上了正道，摸出了一些好经验，在魏书记的领导下，路子走得会更顺一些。可是现在听了魏书记的想法，以及对自己的器重，感觉自己肩上的担子突然重了起来。村主任尽管由村民选举产生，但凭魏书记在村民中的威望，他的意见是很有分量的，他提出来的候选人十有八九会被选上，自己当村委会主任的可能性就会明显增加。当就当吧！这会减轻魏书记的一些负担，自己的一些思路也许会更明朗一些。

他们二位推心置腹的交谈还没有结束，有人在外边敲病房的门，周树光到门口拉开病房的门，一位陌生男子站在门外，问："这是不是魏书记住的病房？"听到声音，魏文太赶忙站起，忙接话说："崔书记来了，你怎么知道我来住院了？""你不知道我的眼睛尖看得远！我的耳朵长听得远！"崔书记笑着说，"说句玩笑话，我哪有那样的本事。我是听刘文东说的，所以就来看看你，我也没带东西来，不怪罪吧！"崔凯握着魏文太的手让他赶紧坐下，接着说，"怎么样？摔得不重吧！"魏文太答话说："不重，只摔了个小口！"崔书记说："一段骨头摔了个小口还轻啊！这是很重的，要好好养伤，把病彻底治好。"崔书记又扭头看看周树光,"这位是?"周树光反应很快:"我叫周树光,刚从部队转业回来的。"魏文太也接着说:"他在部队是连长,是他自己要求回来的,说要带领乡亲们致富。领导要给他在城里安排工作他都没同意。这回来快一个月了,表现得相当不错,真是一棵好苗子啊!"崔书记看周树光人模人样,一表人才,一定是一块好料子,又听魏书记这么一说,自己心里也有了想法,便说:"好苗得有好土壤,你们大河湾虽然是一片好土壤,但是现在由你们魏书记经营着,一定会变得越来越好,不愁老百姓富不起来。现在我想应该把你这棵好苗子放到更加需要的地方去。"现在魏文太和周树光都在集中精力听着崔书记的讲述,不便插话去打搅领导的思路。崔书记继续谈自己的想法:"在咱们十里铺乡的领导层中还缺少一位重量级的头面人物,至今都没有配上。我看树光同志符合这个条件,你看怎么样?咱俩配对,一定会成为不错的搭档!"

  魏文太是一位很正直的人,有什么说什么,从来不隐瞒自己的观点,也不轻易接受别人的奉承,他说:"我说过周树光是一棵好苗子,这是根据他的表现说的,他不讲任何条件就回到了大河湾,这对一般人来说是做不到的,而他做到了。尽管我对周树光回村感到惋惜,但对大河湾的发展是一种福气。刚才崔书记说由我经营着,要把周树光调到乡里去当领导,对于这一点我双手赞成,应该好钢用在刀刃上。如果说大河湾由我经营着也能搞好,我自己都不敢相信。过去走了几十年路,大河湾的穷还是穷,现在外出打工的还能挣点零花钱,在家守着这几亩地,想有点零花钱都很难。今年入夏以来,我领着大河湾人搞了两件事:一件是把青河水变成了游泳场、洗澡堂;另一件事就是现在搞的提灌站。这两件事村里人都满意,可是以后还能搞点啥名堂我心里是没数的。这两件事都是你崔书记批评后搞出来的,自你批评以后我真动了一番脑子,当然也有谢红他们的功劳,恐怕在这以后就很难找出新的项目来。""哎,刚才你还说有谢红的功劳,谢红在你们村是干什么的?"崔书记想知道谢红的底细。"谢红是我们大河湾的会计,也是共产党员,来我们村才两年多。""这么说谢红是个女的,是你们村的媳妇?""是的,是我们村的媳妇,结婚时她丈夫是我们大河湾的村委会主任,人非常正直,也非常能干,可是在外出考察时出车祸去世了,他们结婚还不到半年。在这之后村里人就又选我当了村委会主任，我现在是一肩双挑，两副担子都在我身上压着。我现在已是五十多的人了，力不从心，所以想把这副担子慢慢让给别人去挑。刚才我还对树光说先把主任这副担子交给他，可是你刚才说要把他调到乡政府工作，这我没意见，人才应该用到更重要的位置上去。"崔凯提出建议说："我想你们大河湾那么大一个村子不会没有人才！比如你刚才说的谢红就是一位不错的人才！""没错，谢红是一位很不错的人才，可是谢红才刚二十四岁，已经守了两年寡，她总不会长期这样下去吧！如果有合适的男朋友，走是迟早的事。"

两位书记的交谈暂时结束，处在短暂的冷场期，周树光找准时机，简短明了地谈出了自己的想法。"我这次回来是建设家乡的，具体说是建设我们大河湾村的，农民穷不能祖祖辈辈都受穷。过去农民穷是受社会制度的限制，现在社会制度好了，农民也应该尽快富起来，我回来的目的就是想让大河湾的农民都富起来。至于当不当村里边的领导，这都不是主要的，当领导有组织群众致富的资本，你得会运用和善于运用这种资本；不当领导也应当运用不当领导的办法，或许更自由一点，更灵活一点。归结到一点，就是学好当领头羊的本事，领头羊不是推举出来的，也不是选举出来的，而是自发形成的，这样力度会更可靠。"

九
手脚不灵能走路　干事还需有心人

　　住医院的第二天，周树光已被魏文太动员回到了大河湾，协助谢红完成提灌站的收尾工作。七天的住院期并没有应时应卯，当在医院住到第三天时，魏文太已经坐卧不安，他来到医务室找到王大夫说："我是大河湾的村委会主任，又是大河湾的村支部书记，要在其他时候还可以应付，问题是现在正在建提灌站，群众集资花了好几万元，我就是在这次施工中把骨头摔坏的，如果再出现一次大事故，我这个当领导的还怎么向群众交代！所以我应该回去为好。"王医生很理解他，回话说："你的胳膊用夹板固定住了，慢慢地促使裂缝愈合。本来想叫你在医院观察一个星期出院的，现在你提出要出院，我们也考虑你的需求，同意你出院。出院后一是不能动夹板，因为夹板是固定骨头用的；二是不能动吊带，这是为了防止你胳膊随意摆动，有益于骨裂部位的吻合；三是不能劳累过度，以利于新陈代谢功能的修复。这几点做到了，对病的完全康复有好处。除此之外，头一个月每十天来医院复查一次，之后每半个月来复查一次。"

　　魏文太遵照医院的嘱托，一步一步走上了回家的路。当他走到大石桥的桥面上时，便停止了脚步的前行，手扶在桥栏上，眼看着河水缓缓地、日夜不停地向下流着，转瞬之间汇入长白河的怀抱，流向更加遥远的地方。清河水像黄金那样宝贵，也像白银那样发亮，人们都在想着、盼着能拥有它、利用它，可它依然是默不作声地流走了，走得那样轻松，走得那样自然。

历史是在人们的悲叹声中走过去的，尽管走得那么艰辛，走得那么久远，但曙光已经升起，照在了大河湾的土地上，青河水的利用足以显示出大河湾现代人的智慧和力量。王玉莲在大石桥旁待了近半天时间，用青河水洗去了所遭遇的不幸和心中积存的烦恼，恢复了她原有的纯洁和善良。魏文太站在大石桥的石板上，凝望着河水远来的方向，心中泛起一层喜悦：河水终于被我们所利用，大河湾人从此开始走上富有之路。

魏文太走路虽然还有些不便，左只胳膊还缠着吊带，走路不能甩起，但是他依然步速紧凑地来到了工地。正在忙碌的村民们看见书记的到来，都忙着迎上前去握手问安。魏文太忙说："这么大的工程都叫你们干了，你们辛苦了！这么大的工程我没出上大力，实在对不起大家。"他又握着刘文东的手说，"提灌站的建设你出了大力，大河湾的村民们都感谢你，你是我们村的大功臣！"刘文东赶忙解释："这不敢当！我只是做了我应该做的工作，只要工作中不出差错，能够顺利把水提上来，我就算顺利完成了任务。"谢红在一旁插话说："这是你自己的谦虚话，我们可不是这么看的，你在我们村既没有耕地，也没有户口，虽然你是政府里边的工作人员，可是在我们这里干这么多天，我们应该给一定的报酬，这是合情合理的。"刘文东一听说要给报酬，马上拒绝说："你这话说的生分了，我们崔书记在给我们上课时说得非常明白，他说：'我们政府工作人员是干什么的？是为老百姓办事的，是人民群众的勤务员，为群众办事要吃群众的饭这不合理，为老百姓办事要拿报酬，这也不合理。为什么不合理？因为政府工作人员是老百姓的勤务员，是一家人。如果又管饭又拿钱这叫雇佣关系，就是你出钱我给你办事。我们政府工作人员为老百姓办事，这是应尽的责任，应尽的义务，因为老百姓已经给了你钱，你的工资就是老百姓给的，从今以后谁要是吃老百姓的饭不给钱，或者要什么报酬，你最好回家种地去，不要再当公务员了。'"魏文太听后感到很惊奇，从来都没听说过还有这样严格的规定。谢红和周树光心里边倒平静得多，认为这样才是为人民办事的政府，是和人民一条心的政府。

提灌站的建成，是大河湾人的一件幸事，支部书记魏文太围着主机所在的部位，围着引水渠的周边，边走、边看、边摸，面带微笑，心潮澎湃。他吩咐周树光、谢红："你们通知各小组，现在准备引水浇地，要求各家地里必须有人，看看水能否浇到每一块地，浇到每一棵苗。"周树光、谢红应声而去，魏文太本人依然在此观望着、等待着。

半个时辰过后，二人先后回到了魏书记的跟前，报告说："已通知到户、通知到人，现在可以开闸放水了！"魏文太连上电源，拉开闸门，一股碗口般粗细的水流从闸门内涌出，这是甘泉，这是雨露，在田野间流淌，散开，滋润着大地。这是大河湾的胜利，这是社会大发展的曙光，大河湾人的美好生活由此开始，通往久远。

张罗了多天的村委会换届选举今天正式开始，支部书记魏文太先讲了换届选举的重要性，接下来又谈了换届选举的基本层次，也就是换届选举的先后顺序，最后才谈了选举的注意事项。在注意事项中重点谈了这样几个问题："第一点，原来由各小组推选的候选人一律取消，由重点选举改为海选，也就是在座的都是候选人，这样显得更公平、更合理，你认为谁有能力，谁能把全村人引上致富的门槛，就应选谁。第二点，上一次因为没找到合适的人选就把我给选上了，说实在的，我没有这个能力，也没有这个水平。这次搞的这项水利工程大家都很高兴，也都很满意，可是这不是我的功劳，这是被逼出来的结果。还有，我今年已经是五十出头的年龄了，半截身子已经埋到土里边去了，再折腾起来是很费力的。这次建提灌站，参加的人有好几十个，现在别人都好好的，可是我——你们都看见了。"他把左胳膊略微抬了抬，右手又指向左臂说，"年龄不饶人啊！所以说这次就不要再选我了。支部书记这个活儿我再干几年还是可以的，但是再过几年是要让人的。第三点，我给大家介绍一位新人选，这个人年长者都认识，年轻人可能认识的不多，他就是咱们村的周树光同志。"魏书记讲到这里稍加停顿，两只眼乱转，在寻找周树光坐的位置。几百人坐的大场面，一时半会儿还没找到，便大声喊："周树光！"听到喊叫的周树光依然带有军人风度，便大声应到"到"，随之站了起来，在场人的注意力都集中到了他的身上。魏书记说："这就是我给大家介绍的周树光。"并用手示意周树光坐下。

开会之前周树光手拿一个小方凳，随着参加会议的人流进入了刚刚筹备好的户外会场，他坐在一处不起眼的边角地方。魏文太还在继续他的讲话，他说："周树光是周怀山的儿子，从十八岁参军，第二年就入了党，现在才二十九岁，是部队的一名连长，管着一百多号人。这次回咱们村是他自己要求的，领导说在县城给他安排工作他都没去，说要在咱们村带领大河湾人走共同致富的路。咱们大河湾人现在还很穷，靠各家各户单枪匹马怎么富？我心里没底，我想你们在座的心里头也没有底。关于致富的问题我问过咱村的一些年轻人，他们的回答只有一个，就是到南方去打工，可以挣点零花钱贴补家用。打工这件事很容易做到，只要你还年轻，只要没灾没病都可以出去打工，挣多挣少都能养活一两个人，这是最基本的出路，但这只能是求生存的路，还不能算是致富的路。周树光只是说回来带领大家走致富的路，究竟怎么致富他也没说，我也不知道他用什么办法可以带领大家致富。但是有一点我相信，他在外边奔波了十来年，具有一定的领导能力和与群众合作的办法，单靠这一点，他一定会闯出一条路来。路都是人走出来的，我相信他会把这条路走好！"他讲到这又停顿了一下，因为他忘记了下边讲话的内容，赶忙翻找他讲话的提纲，之后他说，"这次选主任是你们大家选，不是我选，我刚才讲周树光的优势，讲周树光的想法，是因为怕你们不了解他的情况。下边咱们海选开始，谁想带领咱们大河湾人致富，谁就站起来讲讲自己的想法，自己的治法，希望大家认真听，听了之后正式选举。大家要记住，一人一票，一人只能选一个候选人，最后谁的票多谁就是咱大河湾的村委会主任。"

偌大的会场鸦雀无声，大家都等待着参选人的讲话，可是讲话人迟迟不见出来。会场里边，大家互相观望着，寻找着，时间一分一秒在向后延续……似乎无人想竞选大河湾的领导。其实道理很简单：一是各种各的地，各收各的粮，别人无权干涉；二是人无分身之术，你忙了大家的，必然要影响自家的，这不是增收而是减收，减得多了会影响自家的收入。但是看法不同，想法也不同，社会的精英们认为，一家富不算富，家家都富有才算真正的富。正是在这种思想的指引下，总会有人站出来，宣示自己的致富想法。时过五分钟后第一个站出来的是有志青年司建军，他说："等这半天，没人站出来说话，我们这么一个大村总得有人出来挑担子吧！如果没人挑我来挑，我就不相信搞不好。我在南方打工七年，在饭店里做过饭、刷过碗，在种植基地里种过蘑菇，还在工厂里边学过钳工，开过车床。有些项目在咱们这里可能用不上，可是对我来说就等于开阔了眼界，扩展了思路，对创造新项目有好处。所以，只要大家相信我，我敢于挑这样的担子。"

司建军的发言，赢得了不少羡慕者的眼光。在这之后发言者依然没有露面，有不少的眼光都瞄向了周树光，可他装作没看见，依然"我行我素"，"目中无人"。魏文太更是急得喉咙发痒，很想提醒他几句，可是又怕适得其反，所以才忍了下来。

魏文太等待了足够时间，不得已才宣告发言结束，他宣布："会上发言的只有司建军一人，司建军值得我们向他学习，他一心为大家，想把全村致富的重担挑起来。他既然敢讲出来，也一定有力量把这副担子担起来。我们大家为司建军的勇气鼓掌！"下边掌声雷动，司建军激动得眼泪都流了出来，也以为担子已经压在了肩上，陡然间感觉这副担子好重、好累人。

魏文太继续他的发言："我们会议开始已经讲了，所谓海选，就是可以选在座的任何人，也包括你自己。但是我们选的是带头人，是有能力、有水平把咱们大河湾村规划好、建设好，能带大家都过上好日子的人。"最后他大声说，"大家听明白了没有？"下边齐声回答："听明白了！" "好！下边推荐两位验票人，一位是柴荣荣，一位是马伟，看大家有没有意见？" "没有！" "好！又是全票通过。现在大家手里都有一张空白纸，你认为谁能带领我们致富，你就写谁的名字，但是你记着，纸上只能写一个人的名字，如果上面有两个人的名字，这张票就是废票，写完之后你坐在那里不要动，等验票的去收票，检查之后宣布谁当选！"

一切都按顺序进行，当两人把选票收回来之后，他们站在已经竖好的黑板前，由柴荣荣念票，马伟写票。下边在座的人们都耐心地等待着，看看谁是带领他们致富的带头人。

当计票一结束，马伟便放开嗓门唱票："周树光 371 票，司建军 189 票，谢红 152 票，马伟 103 票，魏文太 95 票，李二闲 1 票。"

魏文太高兴得合不拢嘴，他大声宣布："周树光以 371 票的优势，当选为我们大河湾村的村委会主任，请大家热烈鼓掌表示祝贺！"在一片掌声之后，支部书记魏文太又大声说，"现在请我们的周树光主任讲话！"下面掌声雷动,欢呼声、叫好声响成一片。这代表了群众的向往,群众的心愿。周树光带着自己的板凳走向前台,他接过书记递过来的扩音器,开始了他简短的发言:"同志们!父老乡亲们!我周树光感谢大家对我的信任,我原来也是咱们村的一名普通青年,十八岁参了军到部队锻炼,在这十一年中我学了一些能耐,也学了一些做事为人的品德,为我以后的工作奠定了基础,指明了方向。请大家不要夸大我的优点,优点是在实践中、是在工作中表现出来的,我现在还没有工作,哪来的那么多长处。我的话完了,谢谢大家!"

散会后,魏文太第一个找的是李二闲,问:"你的那一票是谁写的?"闲子回答:"是我写的。"书记又问:"你怎么投你自己一票?"闲子又回答:"你不是说可以投自己一票嘛!所以我认为投我自己一票比较合适。"魏文太憋不住,便笑着说:"你为什么要投你自己一票?"闲子又说:"我也不知道,是马伟告诉我说投票可以找媳妇,我这才投了我自己一票。"

马伟正在忙着清理会场,被魏书记叫了过去:"你对李闲子说什么了?""没有啊!李闲子傻乎乎的样子,我能给他说什么?"魏书记把事情挑明说:"也不知道谁通知叫闲子也来了,结果他投了自己一票,刚才我问他你为什么投自己一票,他说马伟告诉投票可以娶媳妇。咱们这是工作,你给他说这些干吗?"马伟一听才知道事情的原委,便解释说:"前两天在和人们谈选举的事情,李闲子也在场,他是哪里有人就往哪里凑热闹,他问我选举是干什么的,我也没在意,便随口说选举找媳妇,结果他就用上了。"

魏文太也是一个遇事问到底的人,他又走到周树光跟前说:"你今天怎么这么沉得住气,说好了要到会上发言的,可好你坐在小板凳上纹丝不动。亏得把你选上了,要是选不上,这一耽误就是三年,咱们的时间等不起呀!"周树光笑着说:"我发言讲什么?你把我的优点讲那么多,给我留点余地都没有,所以我想了想还是不讲为好。其实司建军当主任也不错,我给他敲敲边鼓也能把村子搞起来。"魏文太自言自语地说:"不吃一堑不长一智,你没当领导你怎么能为村里共同致富出力。"说完便离开了周树光,忙自己的事情去了。

村委会成员大部分还是原班人马,主要成员有谢红、马伟、王三志、程露、周树光五人。周树光把成员都召集到办公室,又重新明确了各自的责任。

他说："谢红是会计，是咱们村的财务大臣。"这句话一出口，把几个人逗得都笑了起来。谢红说："你们笑什么？我又不给你们发工资，也不给你们发奖金！"周树光说："刚才说的只是一句笑话，咱们村的集体企业就是一只小木船，一名船老大，其他一无所有。效益好的时候一天三五十块钱，效益不好的时候十块八块的都有，单靠这一点村子永远也富不起来。那么还有什么办法把大家的生活提高一步呢？你们谁有好办法都可以提出来，我自己还没有，也说不出个子丑寅卯来。事情少就少吧，等事情多的时候是很忙的。马伟还搞你的保卫工作，就是把咱村的安全保卫工作做好。这几年村里边没有出什么大篓子，说明工作搞得还不错。王三志的工作可能要繁杂一点，因为是搞宣传工作，主要任务就是宣传党的方针政策，宣传村里边的好人好事，以及社会上比较好的先进事例，防止不好的东西在村内流行。同时要在村委会门前墙壁上制作出一大块水泥黑板，该宣传的东西都写在黑板上，以引起人们的重视。程露的工作比较专一，但有一定的难度，咱们的主要任务是不能超生。不是说生孩子不好，而是说孩子生多了不好，你没有地给他种，你没有粮食给他吃，你拿什么去养活他？所以要保证计划生育政策的落实，决不能超生。"

秋收已经结束，麦种也已接近尾声，而早种的地块麦苗已经泛绿，小麦在湿润的土壤中慢慢地给人们孕育出温饱、孕育出财富、孕育出希望。地是人的命根子，地是人的聚宝盆，有了地一切财富都能创造出来。大河湾的两位一把手魏文太和周树光在大河湾的地面上，在大河湾的田野间慢慢地走着、看着、聊着，心中充满了希望。尽管河道弯弯，路面不直、不平，但事在人为，只要两位领头人能把路子走稳、走顺，群众就能跟着领导转，乱麻就能拧成一股绳，虽然河道是弯的，但人道一定是顺的。周树光说："魏书记，党支部是大河湾的核心，您又是我的长辈，作为村委会也好，作为我个人也好，今后都要在您的领导下工作。今后看到我有什么毛病，有什么缺点，都要及时给我提出来，我一定虚心接受。"

魏文太只是约周树光出来看看用水浇地的喜人局面，以此作为引线探寻未来农村发展的新途径，并不打算研究工作中的具体问题。对于周树光提出的问题，他只是轻描淡写地应付而已："你回来这两个月表现得还都不错，以后工作上需要研究的，咱在一块商量就是了，也不要把长辈晚辈的塞进来，这不利于工作的正常开展。"周树光说："这我也理解，只是我认为你在村里当领导已经这么多年了，不但对村子里的情况比较熟悉，而且具有比较成熟的领导经验，对于这些我应该向您学习。"周树光对书记的评价使魏文太非常高兴，却谦虚地说："没什么经验，只是摸着石头过河，还得靠你们年轻人去完成。""魏书记！我是刚上任的主任，路该怎么走我心里没有底数。人们都会说新官上任三把火，可我这第一把火都不知道该怎么烧。我现在有这样一个想法，咱村的小麦也都种上了，已到了冬闲的季节，我想在村里边办一个小服装厂，也就是一个小裁缝铺吧，谁想来做衣服都可以。主要是铺个路子，尝试一下，如果行就办下去，不行再停业，再找别的事干。"

魏文太对此并未多想，便表态说："公家可没有钱，也没有力量办。要办就以你个人名义办，赚钱了是你自己的，赔钱了也是你自己的，只要不妨碍村委会工作就行。"

魏书记的表态使周树光非常满意。他们从地的东边走到西边，又从西边走到南边，把大河湾的土地详详细细地看了一遍，也和周边其他村庄的地做了比较，小麦的出苗率明显好于他们，这是魏文太书记感到自豪的明显标记。

十
想办大事得筹钱　这里女人赛过男

建服装厂并不是周树光一拍脑门想出来的策略，这是他在回村之前就已经想好了的，也是比较容易实现的一条路。建设新农村，引导农民致富，单靠这一人一亩多地是很难实现的。地是供人吃饭的，是人生存的基础，没有这个基础一切都是空的。所以吃饭这个基础必须打牢，在此基础上眼光要看远一些，路子要铺宽一些，步子要迈大一些，这就要向副业发展，建服装厂就是副业发展的第一步。周树光看到了这一点，也征求了魏书记的意见，这为服装厂的建设点亮了绿灯。

谢红是村委会的会计，又是一名共产党员，魏文太书记曾说谢红是大河湾妇女中的顶尖人才，村中的事情都少不了她的参与。为了把服装厂建起来，他首先来到了谢红家。谢红家是一处不算大的小四合院，正面是坐北向南三间正房，过去也叫"堂屋"，中间是客厅，茶几、沙发一应俱全，东侧一间卧室是公婆住的，西间卧室是谢红住的。院子的西边有两间厢房，是作为厨房用的。院子的南边也是三间房子，其中靠东头的一间是进出院子的过道间，另外两间是放柴草用的。整个院子干净利落，看得出是一个勤俭殷实人家。院内的一棵大枣树遮盖了半个院子，只是红枣已过了成熟的季节，是司建军爬到树上才把枣清收干净的。

谢红在自己的房间已透过玻璃看到了周树光的到来，忙走出门来迎接："周主任来了，到客厅坐吧！"两人一前一后来到客厅，落座后谢红又给倒了一杯白开水放到跟前。周树光并没急着说事情，把院内的外观看了后，到屋内又忙着看屋内的摆设，感到这不是在农村，而是在城市。谢红又到厨房洗了一盘子红枣放到周树光的面前："周主任！我家没有什么好招待你的，请尝一尝我家的枣吧！还没完全晾干，等干透了会更好吃。"周树光拿了一个枣放到嘴里，一边嚼一边品味："好吃，还挺甜的。"谢红笑着说："好吃就多吃几个！"

虽然好吃，周树光也没有多吃，因为是在别人家里，贪吃并不雅观，再者求人办事，以事说交情，显得更加高雅。

"谢红！我想找你商量一件事，不知你的看法如何？""你说吧！"谢红只是简单地应付着。"我是这样想的，就是想在咱村办一个服装厂，开始规模不大，是想解决咱村做衣服难的问题，如果你想参加咱俩可以合股办一个厂。这个事我想了很久，也是最省力、最赚钱的做法。人想办大事没有钱是不行的，所以办这个厂是为存钱准备的。你看我的想法行不行？"

"行——绝对行！"谢红未过多思考就表示支持。她说，"现在村里人买衣服、做衣服都到十里铺去，实在是不方便。现在多数家庭都有缝纫机，缝缝补补还可以，自己给自己做件新衣服穿都有难度。所以我同意你的想法，只是我不能参加，我没有这个实力。"周树光赶忙说："你没实力是指什么？"谢红回答："钱就是实力，现在干什么不都得用钱嘛！"周树光说："钱你不用发愁，到时候自有办法。现在我最想知道的是裁缝问题，不知道咱们村谁会裁衣服，而且是谁裁得最好？"谢红说："裁衣服的是有，我知道手艺最好的是王玉莲，她在县裁缝学校学过半年，是专攻裁缝专业。不知什么原因回来后没有找工作，一直在家待着。去年我叫她给我剪裁一件上衣，穿着还真合适，据说她家的人没有到外边买过衣服，都是她们家自己做的。"

周树光听了谢红的介绍非常高兴，忙问："王玉莲是谁？我怎么不认识这人？"谢红回答："就是王大庆家的闺女，你出去当兵的时候她还小着呢，当然不认识了。"周树光又问："她多大了？"谢红回答："她二十三了，比我小一岁。"周树光叹道："时间过得多快，我当兵走的时候她才十一二岁，现在已经二十三了。"周树光又进一步问，"农村姑娘结婚都比较早，她为什么现在还没结婚？"办服装厂王玉莲是不可缺少的人才，周树光想急于了解王玉莲的情况。

谢红犹豫了一下，还是把实情告诉了周树光，因为全村人都已经知道了这件事。"王玉莲是今年四月份结的婚，婆家是十里铺的。结婚场面很气派，是用花轿抬走的，可是第三天她就和人家离婚了。回来后门都不出，整天闷在家里，这时间长了是要闷出病的。我曾找她聊过一次，谈得还算可以，可是事后还没有发现她出来过。"周树光问："你知不知道她是什么原因离的婚？"谢红说："不知道，和她聊天时，我有意提到过这个问题，可能她有意避开了。我也问过她妈，她妈好像也不十分清楚，只是说这事都怨他们大人，孩子本来是不愿意这门婚事的，都是他们两位老人瞎胡折腾造成的。你刚才说想找个裁缝，我看王玉莲是最好的人选，使她从苦闷中解脱出来，对她对办厂都有好处。"

王玉莲是办服装厂难得的人才，长期闲在家里实在可惜，现在又遇到这么大的难处，应该帮她从苦难中解脱出来。应该说忘记过去，眼前就是未来，未来是由人去创造的。想到这里周树光对谢红说："办服装厂咱们已经定下来了，我想现在咱们就去找王玉莲谈这件事。当然主要是由你来谈，这样比较合适，我们已经十一年没见过面了，现在谁见谁恐怕都不认识。"

谢红同意周树光的看法，两人一同来到王玉莲家里。周树光站在院内，谢红直接进了王玉莲的卧室，两人经过简短的交流，王玉莲已经知道了他们的来意，便随同谢红来到了门外。王玉莲很礼貌地打招呼说："周主任来了，到屋里坐吧！"三个人一同来到客厅坐下。谢红对王玉莲说："周主任从部队刚回来就被选上了咱大河湾的村委会主任，一是想来看看你，二是想和你商量一件事。"王玉莲腼腆地应付着："有啥事，你就说吧！"周树光很规矩，说话声音也很低："我想在村子里建一个服装厂，带领村里人致富，谢红说你在城里学过剪裁衣服的技术，手艺还不错，所以想请你帮忙到厂里来工作。"周树光说到这里停了下来，等待王玉莲的回答。

王玉莲并没感到高兴，也没感到不安，只是在说话之前很自然地透出一丝笑意，使周树光感觉不到这种笑的含义。"周主任！实在不好意思，我是学过缝纫这门技术，如果在当时办厂，我也许能应付过来。可是这两年已经生疏了，恐怕完不成这项任务，从而影响你们的生意！还是另找别人为好。"

周树光还没想好说话的内容，谢红先开了腔，笑着说："玉莲！我今年二十四，你今年二十三，咱俩如同亲姐妹，周主任办这个厂是为全村乡亲们办的。你看全村这么多人，一到年关，一到换装季节，人们都到十里铺买衣服、做衣服，多不方便！这个厂办起来后我也准备在厂里干，是做衣服的，你在里边是裁衣服，咱姐妹俩在一块干活，说说笑笑，该多高兴啊！"

谢红的讲解，使王玉莲的心情由阴转阳，兜着的脸也一下子露出了笑容："红姐！你说的话有情有义，使我心里亮堂多了，你看这样行不行，容我再想一想，过几天我再告诉你好吗？"两人的心靠得更近了，缩短了两人之间的距离，并排坐在了一起，谢红一下子伸臂抱住了玉莲，高兴地说："你真是我的好妹妹，了解姐的心情。"王玉莲说："过去我叫你嫂子，现在我叫你姐姐，这比叫嫂子更有情味。"

周树光和谢红离开了王家，两人走向回去的路上边走边聊。周树光的感受最深，他说："今后办服装厂主力还得靠你，单靠我是办不成的。今天我直来直去说的几句话，你都听见了，结果差一点没把事办砸，人家一口就给回绝了，可是又经你这么巧妙地一说，把不成的事就又扭转了回来。时间不等人，过两天咱俩再来说一次她准能接受，这样就可以着手准备了。"谢红说："不是你在前边引路，我再有能耐恐怕也发挥不出来，今后你叫我参加也好，叫我帮忙也好，你尽管安排，我一定尽力而为。"谢红的表态使周树光非常满意，他马上又说："我看王玉莲基本同意了，要不咱俩明天再来说一次？"谢红笑了笑说："看你急得，不过我还有点私事，我妈捎话来叫我回去一趟，说有事要办！"周树光急问："什么事？"谢红说："不知道，不过我已经两个月没回去看我妈了，我看这样吧，最迟五天我准能回来！"

谢红走了，周树光坐在村委会办公室里想问题，魏文太书记从外边走了进来，直接问周树光："你不是说要办服装厂吗，现在有头绪没有？"周树光回答说："主要是裁缝不好找，谢红说王玉莲学过缝纫，我们两个一起找她谈了一次，她没说来也没说不来，我正在等这事呢。"魏文太说："王玉莲是个好姑娘，虽然很腼腆，但是说起话办起事来很认真，这次出这么大的事，对她的压力可真不小。我到现在也不明白，有什么大不了的事，结婚第三天就离了婚，这在咱们全县恐怕也找不出第二个例子来。现在王玉莲门也不出，话也不说，时间长了要闷出病来的。"魏文太说到这里叹了口气，"我是村里的支部书记，本来想问问这件事，尽一尽自己的责任。上次在路上碰到了她爹，我刚一开口就被人家谢绝了，说孩子们的事由他们自己去吧！可是我听别人说玉莲出嫁是被他们家大人逼出来的，我想一定是她爹这老倔头惹的事。"

周树光只是听听而已，并没有插话，因为他不知道这事的来龙去脉。

按照周树光的预测，王玉莲应聘当裁缝已十拿九稳，于是，他没等谢红回来自己先去了王家。王玉莲的母亲秦玉凤正在院内清扫卫生，还没看见周树光的到来，而周树光抢先打招呼说："大婶子，忙着呢！"秦玉凤抬头看见周树光进了院子，便热情地说："噢——是周主任来了！快到屋坐吧。""大婶，您是长辈，以后就别叫我周主任了，就直呼名字听起来也挺顺当的。我今天来是有件事想和玉莲商量，就是我想在咱村开一家服装厂，想叫玉莲在厂子里当裁缝。前天我和谢红已经来过了，当时您不在家，我们就把这事给玉莲说了，当时她有点犹豫，当考虑考虑再给我们个信儿。我是这样想的，在家里边待着也是待着，还不如到外边找点事干更合适。"秦玉凤听了周树光的说明后高兴得不得了，说："这比到远地方打工强多了，吃饭、睡觉都在家里边，这多好，我把她叫来你们直接说吧！"

王玉莲站在卧室内的窗台前看着他们在说话，其声音也能听到一些，她做好了应付的准备。这时她听清了母亲大声叫她的声音。她毫无表情地走了出来，秦玉凤高兴地笑着说："周主任想找你合作办服装厂的事，我看这是好事，你就不用再想了，就同意去吧！"周树光也说："还是前天咱们说的这件事，现在一切条件都具备，只要你说同意，三五天之内就能开张！"

王玉莲听后不以为然，毫无商量的余地说："我没有办厂的能力，我学的缝纫技术也都忘得差不多了，我考虑好了，我不参加，你走吧！"说完她扭头回了自己的卧室。周树光既没生气，也没着急，依然温和地说："好！你再想想，过两天我再来。"周树光说完也向院外走去。秦玉凤看在眼里，急在心中，赶忙又把周树光叫了回来说："周主任，你别生气，这孩子不懂事，说话也不知道分寸。她学的缝纫技术一点也没忘，你看我们家穿的衣服都是她做的。"她摸着自己身上穿的衣服说,"你看这多合适,你明天再来,我给她做做工作。"

周树光离开后,秦玉凤已没有心思干活,即来到闺女的房间,王玉莲歪靠在床头的被子上,半躺半卧,一心想着自己的所作所为。自从玉莲出事后,秦玉凤再也没有正面批评过孩子,总认为当妈的心亏理短,对孩子欠着什么。今天也一样,她坐在玉莲的床沿上,耐心地说着自己的想法。

"我听你魏大伯说,周树光是专门建设家乡才回来的,回来才刚两个来月,就做了好几件好事,现在又要建服装厂,他请你帮忙是看得上咱,咱为啥不去哩。上次来我不知道,可是人家刚才来连话都没说,就把人家给顶了回去,就这,人家也没有生气,说过两天再来,这是多好的人呀。你可不能再这个样子了,找个事干干,也好改变一下环境,老憋在屋里总不是办法。你一定要听妈的话,妈现在说的话是对的。"

王玉莲听妈妈语重心长的话,又在自己脑海中掺和搅动,觉得还是对自己好,不能再让妈妈生气了,便轻声细语地和妈妈聊了起来。

"妈!其实我不是不讲理的人,这你是知道的,刚才把周主任赶走,现在我也感到是不对的,是对人的不尊重,可是,当时我就不这么想,总认为男人都不是好东西,尤其是年轻的男人们,所以就忘了思前想后了。你刚才说得没错,如果周树光真是个好人,和他合作,在他那里干事也是可以的。我也在想,长期闷在屋里也不是办法,永远也没有出头之日。"

"你这样想,妈就放心了。"母女两人都露出了笑脸,这是几个月来从未出现过的。

王玉莲在和妈妈交谈之后,又很慎重地对妈妈说:"妈!刚才咱俩谈话的内容你不要告诉任何人,尤其不能告诉周树光,也不要告诉谢红,我的性格你最清楚,是从来不求人的。如果他们再来找我,我尽量满足他们的要求,如果不来我绝对不会去找他们!"

王玉莲最终能否当裁缝,周树光心里并没有底。他自己单独去找王玉莲所遇到的尴尬局面搅动得他坐卧不安,连吃饭都感到无滋无味。两天来他吃不好也睡不好,晚上做噩梦能把他惊出一身冷汗,白天他多在码头转悠,等待谢红的回来,对此韩狗并不了解实情,心想周树光并不常来河边转悠,这几天为何情绪反常？他想问又不好意思实说，因为和他毕竟没有和魏书记那样熟悉，也没有和谢红那样来往的多。因此来就来吧，转就转吧，也许人家有人家的想法，外人也没必要去打扰。

还是周树光眼尖，大老远就看到了谢红从东边走来，他赶紧告诉韩狗开船去接。他自己依然站在岸边等候，而没有上船去接，因为他兜里没有上船过河的钱。谢红上岸后同周树光一起朝村内走去。他们边走边聊，周树光把遇到的难题一并都告诉了谢红。谢红并不感到吃惊，她说："明天咱们再去找她谈吧！"

韩狗并不知道他们之间的工作来往，还以为是单身青年男女之间的私生活所致，在情感交往方面局外人总是半暗半明的。

第二天周树光没有陪谢红一起去王玉莲家，周树光并不隐瞒自己的想法，他告诉谢红说："现在农活已经收尾，天气不热也不冷，正是设厂营业的好时光，所以我没等你回来就又去了王玉莲家。我是先到院内看见她妈，我简单说明情况后，她妈非常高兴，随即把她姑娘叫了出来。我满面笑容看着她，可她却兜着个脸，开口就说：'你走吧！我想好了！我不参加！'这一下子就把我吓愣住了，弄得我半天想不出招数。所以这一次我还是不去为好，也许事情好办一些。不知怎的，这一折腾我倒有点害怕她了，一见面就感觉有点怵得慌！"

谢红走进了王家大院，她没看见别人，便照直拐进了王玉莲的卧室，王玉莲还是上一次见面时的姿势，坐在自己屋内的床沿上聚精会神地织毛衣，连谢红进门她都没发觉，直到谢红喊出"玉莲妹"后她才意识到是谢红姐来了，便站起来和谢红拥抱在一起说："前天周树光来你怎么没跟着来哩，我感觉不大顺劲，但又搞不清是什么原因，所以我回绝了他。"两人坐下后谢红说："我妈捎来信叫我回去一趟，我在家待了五天，也陪着我妈山南海北地闲聊了五天，直到昨天我才回来。"王玉莲把自己的担心说了出来："我是这样想的，周树光的服装厂就是办了起来，你在服装厂的时间也许不会太长，早晚是要走的。""为什么？""为什么，你比我更清楚，这次你妈叫你回去十有八九是要再给你找一个婆家！是不是？"谢红假装生气的样子，顺手拍了王玉莲一巴掌说："你就不会说点好听的，怎么专找我不爱听的话说呢！""不是你爱听不爱听,我是实话实说,你总不能在这个不完整的家过一辈子吧!"谢红缓了一口气说:"你说的也许没错,我妈是在忙着给我找男朋友,可我有我自己的打算。我现在的这个家虽然不完美,但是很亲切,我现在的这个妈已经把我认作她的亲闺女,我也把她认作我的亲母亲,所以我的这个家庭是一个非常安详、非常和谐的家庭。"王玉莲接受谢红的观点和看法,但是对于中国来说,作为年轻女性来说,终究是要嫁人的,也终究是要离开自己的亲生父母,到丈夫家去的,对于这个问题,王玉莲直白地提了出来。她说:"作为女人终究是要嫁人的,你和你妈的关系再好,感情再深,也不能在她跟前守她一辈子吧!"谢红勉强笑了笑,猜不透王玉莲说起此事会这么认真,她真诚地告诉王玉莲说:"我离开我亲妈又找了个妈,如果我再离开这个妈,又去找另外一个妈,我这个人不就太低下了嘛!作为女人来说,应该撑起自己的腰板,不能低三下四地活着。我是这样想的,女可以嫁男,男也可以嫁女,社会是平等的,男女也是平等的,我已经决定守着我这个妈一辈子,决不离开。别的男人愿不愿意进这个家,随其便,我相中的可以来,我相不中的休想进这个家门。"王玉莲听后搂着谢红说:"谢红姐!你说到我心里去了,现在我决定进服装厂当裁缝了,咱们姐妹两个可以并肩战斗一辈子。"说后王玉莲笑得非常开心。

谢红已明白其意,高兴地和王玉莲握过手离开了王家。

周树光并没走远,始终在谢红家的门外转悠,当谢红回来的时候,他马上快走几步迎了上去:"怎么样?同意了吗?"谢红笑着反问:"你说哩?""我心里直打扑腾,我哪知道人家同意不同意!"谢红爽朗地笑着说:"没问题!走,到屋研究具体问题去。"

两人一同到了谢红家的客厅坐下,谢红说:"你把想好的方案说说吧!"周树光说:"我考虑问题没有你考虑得周全,我看还是你说吧!"谢红半真半假地说:"这不是喧宾夺主了吗!哪有你办厂先叫我提方案呢?你给我说一件我就办一件,其他我一概不知。"周树光说:"这事我真考虑得还不成熟,关于房子问题我已经想了多日,至今还没想好。村里边的房子各家各户都住有人,只有韩狗家的房子可以租用,但位置不合适。现在看来唯一的办法就是盖两间房子。我就是这些想法,最终还得听听你的意见。"谢红说:"我认为盖房子是可以的，但是盖两间不够用，至少得盖两间半到三间房子，因为得有人睡觉看摊子的位置。但是把房子盖好收拾好至少也得二十天时间，所以我的意见是不盖房子，就用我家这两间南屋，稍加整理就可以使用。房子的改造可以这样进行：从东侧开一扇门和过道连通，里边这一扇门堵死改成窗户，把屋内的柴草清出后，里边进行整理、粉刷后就可以使用了，三五天就可以完成。地点没说的，正对着村中间的马路，东西来往的人们都能看见。招牌就挂在我家过道门旁边。这就是我的想法，你看行咱马上就可以整理，如果不行咱再另想办法。"周树光高兴地说："你说行没有不行的，我完全赞同你的想法，这一下子不但省了不少钱，还省了不少时间，你看什么时间开始干，由你安排。"谢红说："既然你同意了，咱们说干就干，今天下午我把柴草搬出去，明天就可以拆墙安门了。你先去找泥瓦匠，还有做窗户的木工，明天就把他们带过来。"周树光说："不用了，泥瓦工、木工我在部队都干过，而且干活的质量还相当不错。"

第二天上午，周树光自带工具，还带来了自己家族中的两位兄弟前来帮忙，为工程的进度夯实了基础。

在房屋改建过程中，谢红起着举足轻重的作用，墙体的开挖、门窗的改造、墙体的粉刷、设备的放置等，都是谢红说了算。周树光的理由是："我是外行，你是内行，当然拍板定案的权在你手里。"就这样谢红并没有推辞，总是大着胆子提出自己的看法，周树光也总是"理来顺受"，按照谢红的思路去办理，就这样不到四天的工夫，整个场地整理完毕。

服装厂开张在即，而压在周树光心中的一块石头还没有搬开，他把谢红叫到新装修的房子内商量此事。他说："服装厂的担子太重了，我一个人恐怕担不起来，开始我问你你说没钱，现在有两间房子已经兑进来了，另外还有过道，这就值不少钱的，加起来可能比我投入的钱还要多。所以，这个厂应该是咱俩的，各有 50% 的股权，这就是我的意见。你看怎么样？"谢红马上插话说："房子是借给你的，不是入股的，到时候不用了再还给我就是了，何必找这么多麻烦事！""不，不是麻烦，是合情合理。你没想想，咱在整理房子这几天，一些人总在旁边叽叽咕咕说些什么！我是刚被群众选上当了村委会主任，村子里的什么事情还没干，先拨弄自己的小算盘，群众该怎想？人家议论都不过分，所以请你参加进来帮我承担点责任。"谢红解释说："现在农村是土地承包责任制，而不是集体承包责任制，支部书记、村委会主任个人也要承包土地，也要穿衣吃饭，他们忙点自己的私人事情有什么不可以？现在又是农闲季节，别人没事干想说什么就让他说去吧！"周树光说："我不是怕别人说什么，又没有做什么对不起群众的事，只是认为别人老在背后说三道四的总不是滋味。我当兵回来的时候是想着带领村民们致富的，现在我的想法没有变，也不会变。作为一个人，想比别人先富起来，并不难做到，路子走宽一点，办法想全一点，是可以实现的，可是带领全村一两千人致富其难度要大得多。我的一切行为都是为全村人致富着想的，但是没实现的事我是不会挂在嘴上的，只有实现了的事，群众才会从实践中去认识，只是这一天的到来不会一帆风顺，必然要经过曲折和努力才能实现。"

谢红理解周树光讲话的含义，为了减轻他心理上的压力，也为了承担其中的一部分责任，她接受了周树光所提出的入股要求，因此她当面提出自己的想法："我同意入股，但不是50%，而是只有20%的股权。"周树光十分高兴，他感激谢红的善解人意，分解了压在自己身上的思想负担，为了平衡，为了合理，也为了工作上的顺风顺水，他对谢红解释说："咱们的投资省了不少钱，满打满算再投资一万五到一万七千元就足够了，咱们俩人在股权份额上也用不着你推我让的，为了对外解释上的方便，合情合理，我算大股东，占60%的份额，你算二股东，占40%的份额。至于厂子的管理问题，你我都是股东，还有村里边的事情要做，所以厂长这一职务咱叫王玉莲担任，她一天到晚的时间全在这里，所以叫她当厂长比较合适。你的任务是既要做衣服，也当会计，你如果没有意见就这样定下来。明天上午你去把王玉莲叫来，咱们把具体事项再商量一下。"

十一
身正不怕影子歪　理顺思路好办事

大河湾服装加工厂的招牌已经挂了出来，醒目而招眼，似乎这里已经不是住户，而成了服装加工厂。推门进屋，这里也不像是过道房，好像是进了厂子里的接待室，一张会客桌、一条长板凳已摆放就位，院子里的影壁离过道房很近，好像房子内的后山墙，连院子内的一砖一木都看不见。从过道间进入西侧门，就是服装厂的工作间，这里的两间房子没有隔墙，显得宽敞明亮。一进门的侧旁摆放着王玉莲的裁缝桌，宽大而平稳，靠西侧四台缝纫机已摆放到位，也规整气魄。这就是大河湾新建服装厂的概貌，一切摆放到位，开张在即。

这是员工们正式上岗的第一天，王玉莲坐在她的工作台旁，也是她上任后的第一次和大家见面。围着工作台就座的有谢红、杜鹃、何红梅、陈寒草。王玉莲说："咱们大河服装厂只有咱们五位员工，周主任任命我为服装厂的厂长，开始我没有接受，因为我没有当厂长的经验，怕领导不好，后来经过他的反复说明我才接受。周主任说咱们的厂子很小，只有五个人，这只是开始，发展还在后头。我是这样想的，说发展还在后头，这里有两个条件必须保证：第一，质量必须有保证，做衣服也好，买衣服也好，首先是样子要好看，其次是质量要耐用，当务之急是先把这一条做好。第二，服务态度要好，到我们这里做衣服的、买衣服的，大多都是婶子大娘们，这是我们的长辈，要尊重她们，爱护她们；其次是兄弟姐妹们，这是我们的同辈人，我们要说话和气，以礼相待。只要把这两条做好了，我们的工作就有了后劲，发展是必然的。"最后她说，"我们的厂子虽小，但也有我们的制度，我们的规定。咱们每周上六天班，休息一天，每天工作七个小时，上午八点到十二点，下午两点到五点，必要时有可能要加班。我在县城学习的时候，说是学习班，实际也是一个服装加工厂，通过实践才能学到真功夫。咱们的工作安排就是根据他们的经验提出来的。"

王玉莲讲完之后，谢红插话说："咱这个厂是股份制企业，实际上只有两股，一股是周树光，他出资一万五到一万七，另一股就是我，因为我没有钱，所以就用房子顶替。开始我是只出房子，不要股权，周主任坚决不同意，我这才接受了。我在厂里接任会计工作，以后每个月发工资由我来安排。我在咱这厂里也是一名工人，接受王厂长的领导。不过我的工作是兼职的，因为我还是村委会的会计，接受周主任的领导。"

大河湾党支部大会在村委会办公室召开，七名党员全部到会，因为是发展党员的大会，韩狗和柴荣荣作为发展对象也列席了会议。支部书记魏文太指名韩狗的第一培养人谢红介绍对韩狗的培养情况。谢红拿记事本翻到第十五页，她说："我每个月都找韩狗正式谈一次话，韩狗也都能认真地谈自己的看法，谈自己的工作，我认为他有这样几个优点：一是工作认真，勤勤恳恳，任劳任怨，无论是刮风下雨，他都能按时上岗，从不迟到早退；二是工作热心，对人和气，对乘船过河人无论大人、小孩儿、年老、年少，他都热心照顾；三是他忠诚老实，不损人利己，不损公肥私。就凭这几点，我认为他符合一名共产党员的条件，我同意韩狗加入中国共产党。"

韩狗的身世大家都十分了解，也非常同情。由于韩狗的工作单一，独往独来，在思想表现方面、工作成效方面多数同志并不十分了解，平时接触也不多，议论也少。而平时接触最多的唯有谢红一个人，其次是支部书记魏文太。其他同志都知道韩狗是一个好人、实在人、老实人，现在经谢红的一番介绍，才认为韩狗应该是一位完全合格的人，应该加入党组织，增加党组织的正能量。所以在魏书记的引领下，全体党员一致同意韩狗加入中国共产党，成为一名预备党员。韩狗加入党组织打破了大河湾七年来未发展新党员的沉闷气氛，这为基层组织建设孕育了新的生机。与此同时，柴荣荣也发展为预备党员，大河湾的党员总数达到九人，只等上级党委的批准。

　　大河湾服装厂的开业，为大河湾村带来了新的生机，原本打算到十里铺做衣服的人们一个个都调整了方向，舍远求近，把注意力都放到了本村的大河湾服装厂来了。不到半个月，工人们的清闲时间已经所剩不多，整天忙碌在做衣服上了。工人们的忙碌带来了经济效益的提升，周树光提供的一万七千块钱连零头还没花出去，新的经济增长点就已经显现出来了。

　　由于农村正处在农闲季节，但天气还未完全转冷，各家各户在户外忙事的人还不少，闲转的人更多。周树光除了转自己的发展思路，也到村里村外走一走、看一看，遇到善谈的人也聊聊感兴趣的事情。除此之外，他也常到自己办的服装厂里边转悠，有时到工作间看一看，有时也在接待室坐一阵子。今天他到服装厂是有事要和谢红商量，他把谢红叫到接待室，他自己坐在长条板凳上，谢红坐在小方凳上。周树光说："咱这个厂办起来快一个月了，看来效果还不错，我每次来看到你们都很忙的，想闲聊一会儿都没工夫。我在想能不能再招两个工人来，由四台机器变成六台机器。一是工人们的工作会轻松一些，二是咱们效益还会提高一些。所以我在想你抽空再去找两个做衣服的。"谢红轻松地笑了笑说："我已经找好了，一个是西头的王桂芝，年龄有三十一二岁，孩子已经上学，家中还有公婆做饭，这人也比较勤快，干起活儿来一定是一把好手。还有一位是东头的谢辉，和我是一家子，虽然她的女儿还小，但有公婆照看着，也是能离开家的人，所以也不会影响工作。"周树光说："既然已经找好了，叫她们十一月一号来上班吧，这样也比较好算工资。"说完后谢红站起身说："好，没事我就去工作了。"周树光没马上说话，谢红以为没事了，这就要走，还没进屋又被周树光叫了过来，说："你坐下吧！还有点事想问问你，就是咱们厂办起来后外边有没有听到什么反映，比方说好听的说法、不好听的说法什么的，特别是不好听的，咱们也好给予解释。"谢红不以为然地说："好听的话听到了，比如说：你们为咱村老百姓做了一件大好事，以后做衣服就不用跑腿受累了；还有的说你们做衣服的样子还蛮好看的，不次于城里头卖的衣服。不但说咱们做的衣服质量好，还说咱们的价格比十里铺的便宜。我听到的都是优点,没有听谁说过什么缺点。"周树光说:"说优点我们应该高兴,说明咱们的成绩是主要的。不过做任何事情都不会十全十美,有时候也会暴露出一些缺点和问题,对我们自己来说一定要管理严格,少出或不出问题为好,对于别人提出的意见也要耐心地听。我想外人肯定对咱们还有什么看法,如果听到了、看到了也不要和人家争吵,咱是以理让人,以理服人。"

周树光已经看到了一些人的小动作,当到跟前插话时,对方说话的内容马上就变了口味,这是周树光猜不透的谜。谢红也遇到过这种情况,由于谢红的交往比较广,结交的女性朋友也比较多,这就为一些信息的传递提供了方便。谢红是一位心胸比较开阔的年轻女性,这种性格被魏文太魏书记看得比较清楚,他为此十分欣赏谢红的这种性格。谢红对一些无聊的议论十分反感,自己的看法是一不参与,二不胆怯,认为"人们的嘴碎,想说就说吧"。就这样,没把这些闲言碎语放在心上。

一些闲言碎语传到了支部书记魏文太的耳朵里,越传越多,越传越像回事,最终在书记的心目中形成了一块板结,这块板结越积越厚,越积越重,到了不得不疏解的时候……

周树光正坐在办公桌前看书,魏文太从外边回来坐在自己的办公桌前,在思考了一阵子之后,才正式做他的疏解工作:"树光,你先别看书,我想给你说点事。"周树光停止看书,聚精会神地听着,也认真地看着支部书记。

魏书记表情比较沉重,他说:"自你们办厂之后,外边的反映也比较多一些,开始我也没当一回事,办事情哪有不落闲话的。可是时间一长闲话就变了味了,我是支部书记,总不能听之任之,所以我找你说一说,希望能够有则改之,无则加勉,免得闹出不好的事情来。"周树光并非等闲之人,尽管说得转弯抹角,他依然能听出话中的含义,并直爽地说:"魏书记!你有什么话请直接说出来,我是共产党员,有什么不好听的我都能听得进去!""这就好!"魏文太说话的语气明朗了许多,他说,"你办厂我是同意的,现在有些人不理解,说刚被选上村主任,村里的事情不开展,就私自办起厂来了,这哪像个村委会主任?我给他们解释说,村委会主任也承包有土地,他自己不干谁帮他干,现在他办一个小厂,这也不算啥,现在正是农闲时候,也影响不了啥事情，谁有什么事情都可以找他，找我也可以。另外他办这个厂都是请别人干的，他自己也不是都忙在办厂上。说实在的，过去大家都跑十里铺买衣服、做衣服，现在不用跑了，所以办厂这是一件好事，以后就不要再乱说了。"这一点只是很一般的问题，周树光完全能够接受，魏书记解释得也比较到位，"下一个问题我说了你可能不好接受，但我也不能不说，谢红是一个非常好的女同志，我非常看重她，也非常爱护她。你们合作办厂这很好，你也一定要爱护她，尊重她。谢红结婚半年时间丈夫就死了，这对她的打击是很大的。她今年才二十四岁，早晚是要结婚的，是走是留现在还猜不透。现在你和她靠得比较近，这村上的不少人都看到了，闲话也说得不少，也向我反映过，可我的看法不同，青年男女接触是很正常的，谈恋爱也是好事，我希望你们能走到这一步。谢红是个寡妇这不假，但谢红很年轻，也很漂亮，在待人接物方面也是很出色的，这在一般女人中间是不多的。"

魏书记的这一番话周树光并不反感，他解释说："我和谢红只是一般的工作交往，没有更深层次的交往。我知道谢红很能干，在工作上主要是向她请教，听她安排，就是这些，没有其他想法。"魏文太说："既然没有其他想法，相互之间接触就要注意点分寸，不要对外边造成不好的印象，更不要对谢红造成的伤害。"周树光感到话越说越离谱，便插话说："你这话说得我不明白！我们之间的正常来往，有什么内容会对外边造成不好的印象？有什么事情会对谢红造成伤害？所有这些我都弄不清，也接受不了！"

周树光的表态，搞得支部书记魏文太内心错乱，一时不知如何开口，待思虑之后说："你不要生气，我只是反映群众的一些看法，今天是提醒提醒你，这对你没有什么坏处！""群众有反映，你应该当面解释，不应该不加分析，像个传话筒一样就反映给我，因为你是支部书记，有这个责任！""就是我有这个责任才传递给你，比方说人家说你和两个年轻寡妇搅在一起，我怎么和人家解释？人家说的都是实实在在的事，我给你说的目的无非是提醒你一下，没有任何恶意！"周树光越听越生气，站起来说："请你不要再说了，越说越恶心！"说完走出屋外，离开了办公室。

魏文太对这样的揪心局面毫无思想准备，他牢牢地坐在自己的位置上，心里边像猫抓一样难受，也在反思着自己在做法上是否不当。

周树光虽然走在路上，心里边却还在想着刚才发生的事情。自己在办厂用人方面没有私心杂念，谢红是最好的帮手，找谁都没有找她合适。找王玉莲是谢红推荐的，不找王玉莲又找谁合适呢？似乎只有她最合适，可以说找这两位帮手没有任何感情上的因素，虽然对谢红有好感，也只是在内心深处的一种想法，在外表上没有任何的流露。因为自己才刚刚回到农村，才刚刚回到自己的家乡，还没为家乡父老乡亲做出成绩。在这种情况下把个人婚事向后推迟一些是没错的，当然，如果谢红能主动向自己提出来，相信自己是绝对不会拒绝的。

周树光一边想问题，一边漫无边际地向前走着，不知不觉间来到了提灌站。屋门是锁住的，东西都在里边，他站在门外的一大块石头上，毫无目标地向远方观望着。

周树光离开办公室已经有半个时辰了，可支部书记魏文太还在那里坐着，似乎对此事还没有抖搂清楚。他想：所谓的群众议论，其实主要是那几位爱说闲话的婆娘们在那里瞎编排，弄得满村子都是唾沫星子。我相信周树光是个正派人，不会干出那种见不得人的事情；可是话该反过来说，如果真的出现了那种不体面的事情，不光你周树光的面子没处放，我这当书记的日子也不好过。树光啊树光，千万不要把个人的利益树得太高了，太高了就失去了做人的本分。这就是魏文太书记思虑的结果，既有自己说话中的粗心之处，也有周树光目中无人的傲气。

东旺沟村的年轻媳妇领着她的儿子回娘家，从兜内拿出一元钱交给了韩狗，韩狗又把钱投进了铁皮箱子，就在这一低头的瞬间，他看见了孩子脚上穿着重孝鞋子，鞋帮的外面全部缝上白布，而他母亲却没有穿孝。对此韩狗已明白了十之八九，便问年轻媳妇："这孩子是给谁穿孝的？"年轻媳妇回答说："是给他爹穿孝的，他爹去世已经两个月了。"年轻媳妇说话声音很低，但音质很清晰。

时令已进入冬日，一次寒流把这里的气温又降低了好几度，人们明显地感觉到了凛冬的凉意。孩子穿着有点单薄，又有一阵风刮过，他两手紧紧地抱着妈妈的腿，好从妈妈身上取得一点热温。船到了岸边之后，韩狗劝说母子两人到屋内暂避风寒，暖和一下身子。屋子不大，但整理得干净有序，给人的第一直观感觉是：韩狗是一位勤快人。屋内摆设十分简单，靠近北墙是用木板铺好的单人床，靠近门口摆放着蜂窝煤炉灶，还有米、面、油、盐、菜等一些必备的食用物品。屋内最显眼的是墙壁上挂着的一把弦子，显示出此屋的主人是一位具有文艺细胞的人。在农村随便唱几句地方戏的人不少，可是会拉弦子的人不多。韩狗的本事是从他爹那里学来的，他的爷爷生活在旧社会，带着弦子走乡串村，靠卖唱混口饭吃。他爹常跟着他爷爷一起出去，天长日久便学会了拉弦子，也会唱几句河南曲子。解放后卖唱的营生结束了，穷人分了土地，靠种地为生，拉弦子便成了一种业余爱好。韩狗就在这种环境的感染下，慢慢地也成了拉弦子的好手，虽然唱戏不算在行，但是在农村流行的一些曲段，也常唱常乐。

韩狗把母子二人领到屋后，先给孩子倒了半碗热开水说："可以先暖暖身子。"年轻媳妇关心地问："你怎么不在家住，晚上就住这里呀？"韩狗回答说："在村里头有房子，可就我一个人，住哪儿都是家，所以在天气不算冷的时候就住这里，再过几天就搬回去住。"年轻媳妇不好深问，只是说："你恐怕有三十几岁了，怎么到现在还没结婚？"韩狗如实回答说："一是家中贫寒；二是父母早年去世，就把说亲的事耽搁了……唉！不说了，事都过去了，就这样过吧！"

郭凤英的不幸，引起了韩狗的同情，由此便多了一个心眼，想就此拉近与郭凤英的关系，说："你看，你们母子老坐我的船，也不知道你们母子姓甚名谁？能不能告诉我，以后咱们见了面也好说话。"

郭凤英并未在意，随口便说："我叫郭凤英，俺儿子叫撇志。"韩狗高兴地说："这就好，咱们是一家人。"

撇志拉着妈妈的手说："妈！你们都互相介绍过了，怎么今天又介绍一遍？"郭凤英如梦初醒，赶紧向儿子承认自己的不对："我的好孩子，妈妈都忘了，儿子还记着。"

屋外的风还在刮着，郭凤英拉着儿子就要走，韩狗赶紧把自己没穿的外罩衣服给撇志穿上，撇志把胳膊伸起来抖动着说："我不穿！我不穿！太大了。"郭凤英站在一旁笑得非常开心。韩狗说："没关系，我给你打扮打扮，不但暖和，还非常好看！"韩狗从他提包里翻出一条很长的线绳子，把这件宽大的衣服在撤志的身上裹了两圈，又用绳子绑牢，两只长袖子也卷了上去，看起来很精神，韩狗说："这就是送给你的大袍子，走到你外婆家绝对不会再冷了。"郭凤英也高兴地说："看起来还挺精神的，赶紧谢谢韩叔叔！"

服装厂虽然增加了两台机器，两个员工，但工作人员的工作量依然很大，每天的工作都是排得满满的。每天上午工人们一上班的前十分钟是例行会议的时间，厂长王玉莲做上一天工作的点评和当天工作的安排，她说："我今天说的内容面要宽一些，内容要多一些，希望大家能够理解。现在到咱们这里做活儿的人不少，甚至一些外村的人也有来的，咱们的优势就在于做活质量不比城里的差，但价格却比城里头便宜，这样既省了体力又省了做衣服的钱。周主任说了，这种优势要长期保持下去，咱们的生意就不会萧条。咱们不光价格比人家便宜，而且质量也应该比人家的好，这样咱们的优势就更加会显现出来，不愁咱们这里没活儿干。咱们都在一起工作，谁做出来的衣服质量好一点，谁做出来的衣服质量差一点，咱们大家都清楚。上个月之前咱们是五个人干活，谢红姐做的活儿是最好的，现在又增加了两个人，王桂芝做的活儿是最好的，今后咱们都要向谢红、王桂芝学习，争取快点摆脱工作靠后的局面。过去咱们之间的称呼都是姐妹、姑嫂称呼，在城市里边叫小姐或者叫大姐这样的称呼。我看咱们发扬老传统，干脆还叫同志比较好，也比较亲切。同志就是一样的身份、一样的志向，这有啥不好呢？以后外边咱不管，可是在咱们自己的工作间还是叫同志好。"几个姐妹们一口同声地说"好"，就这样一个不成文的叫法被确定下来了。王玉莲继续讲第三点，她说："两个月来的实践证实房间中的东西摆放不合理，每天总有几个客人来量尺寸、做衣服，也免不了总是要说话的。这样，我在这里说话，必然要影响你们做衣服，所以我和谢红同志想了一个办法，就是把外边的过道房改成一间大房子，这样就可以把我这一摊子搬出去，条件改善了，咱们干活的效率就会更高些。外边的过道房怎么改还没定下来，因为这是谢红家的房子，最后还得谢红同志说了算。"谢红没把自己当股东，而坐在一旁听着王玉莲王厂长的讲话，对王玉莲的能力也心服口服，最后她说："王厂长讲的几个问题我都同意，关于过道房的改造问题，周主任还不知道，待会我就去找他商量这个问题。我估计他不会有什么意见，关于怎么个改造法，最终还得由王厂长拿主意，因为影壁是在院内，大概离过道房还有一段距离，是要大房子还是要小房子，这事由王厂长做决定。要小房子，就在过道房的里侧再垒一道后山墙，旁边留一处过道门就可以，以方便我家人进出；如果要大房子，就把影背墙加高加宽一点就行了，和过道房连接起来，这就是大房子，可以多放不少东西。不管是什么样的改造方案，这项工程只有周主任能承担起来，他在这方面最在行！"

　　王玉莲听了谢红的一番话，心里边突然亮堂了起来，高兴地说："还是谢红姐的办法多，这下说到我心里去了。"谢红纠正说："叫谢红同志！不能叫谢红姐！"王玉莲笑着说："对！对！叫谢红同志，不能叫谢红姐。刚才我听了谢红——同志说把房子的应用面积扩大的办法，这是个好主意，这样不但留出了来人接待的地方，也解决了工作台放置的问题。以后咱们的工作量肯定会扩大不少，这就不只是给客人做衣服的问题，咱还要卖衣服，把样品挂到外边，叫人家来挑来看，这样，咱们的生意就红火了。我的看法讲完了，看看大家还有什么看法没有？""我说一点！"何红梅很腼腆，说话声音也比较低，她说："你们说得挺好的，我没意见，只是都叫同志，说起来有点不习惯，是不是不定死，谁想怎么叫就怎么叫，完了！"其他几位你一言我一语，似乎都有这种想法，王玉莲最后拍板说："那就想怎么叫就怎么叫吧！"

十二

闲言碎语能乱局　心胸开阔稳阵脚

　　季节严格按照它的常规运转，冬至已过严冬即将来临，关于服装厂的冬季取暖问题，周树光已经考虑了多日，是用炉灶取暖，还是用现代化的空调取暖，始终没有定下来。为此他找到谢红商量，他没直说，只是问谢红用什么办法取暖最合适。谢红回答得非常简单："那就买个蜂窝煤炉子吧，再到十里铺买几百块蜂窝煤，差不多可以烧过春节了。"周树光说："这我也想过了，现在还有一种取暖工具，就是'空调'，这是用电取暖，可以调节室内温度。"谢红第一次听说空调这个名词，也是第一次听说可以不用火而用电取暖，便问周树光这空调是什么样子，是怎么发热的。周树光说："我只能大概地给你做个解释，里边的详细情况我也没见过。这空调的外观有两个小箱子，大一点的放到房子的外边，可以放在地上，也可以固定在墙上；小一点的是个长条形，是挂在室内的墙壁上。当电源线接上电以后，里边的设备就开始运转，能把冷空气变成热空气排放到室内，室内的温度就升高了，这就是升温的效果。屋外边的箱子可能是排气用的，排出室内的废气和冷空气。"谢红感到非常新鲜，便问："这价格一定很贵吧？"周树光说："也不算贵，大概四五千块钱就能买到。"谢红说："如果你认为不算贵就买一台空调用，这样有两个好处显示出来：一个是比较卫生，比较干净。咱们是做衣服的，对室内卫生要求比较严格。如果用煤炉子，一天得换几次煤，得捅几次炉子，肯定会对室内卫生造成影响。二是空调是新东西，在咱们这里谁都没见过，也没听说过，在咱们服装厂安上一台，咱们服装厂的名气就能显现出来，对咱们的业务开展肯定有好处！"就这样，安装空调的办法定了下来。

眼光越看越远，道路越走越宽，这是事物发展的普遍规律。周树光和谢红两人走街串户，了解群众中的典型致富经验，便于推广和运用，因为群众是致富的主体，致富的基因存在于群众之中。他们两人敲响了一家住户的院门，开门的是石榴花，她的眼尖嘴快："哟！是两位领导来了！快到屋里坐。"三人到屋后都落了座，周树光说："现在快到年底了，我们想到下边了解一下群众中的一些情况。"石榴花马上意识到二人的来意，便说："我知道你们是来访贫问苦的，这算你们走对了门。我家虽说有个儿子，可是儿大不养家了，这不——刚娶了个媳妇就离开家自己过了，我们老两口可真成了五保户了！过年如果有什么慰问品给我们分点，有什么慰问金也给我们送来一些，给多给少也是个意思，我们只会说好不会说坏的。"

石榴花在这里闭着眼说故事，谢红在这里睁着眼听故事，一个编故事编得认真，一个听故事听得仔细，当石榴花的故事说完之后，谢红就接上了话题："大嫂，咱村有规定：家中有儿有女的不能算作五保户。你说你儿子结婚后离开了你们老两口，不管你儿子走到哪里，离你多远，他都有义务、有责任照顾你们老两口，所以你们家不能算作五保户；咱们村还有规定，对于无儿无女户，年满六十岁后才能享受五保户待遇。"石榴花已经意识到自己说的话不周全，马上改口说："不是就不是吧，我也不是非争这三块两块的钱过日子，目的还不是给你们当领导的提个醒，叫你们办事要公平一点，免得群众有意见也不敢提！"周树光接过话说："大嫂说得对，我们办事一定要公道、公平，不能让想占便宜的占上了，应该照顾的而没照顾上。今天我们到你家来主要是想学习你们家搞副业的经验，如果可用，我们村委会准备向全村推广这种经验。"

石榴花感到刚才自己说的话过了头，叫谢红给顶了回来，弄得面子都没处搁。现在周树光又提出了新内容，石榴花想不就是知道我家养的牛、养的猪吗，看来是树大招风，我得隐藏点，不能都叫他们知道了。

"我说周主任,这你可走错门了,人家西头石大豆家那才是养殖大户呢,人家养的一群牛又大又肥,用手一摸准能摸出油来。我家才养了两头牛,又小又瘦,用手一摸就能碰到骨头。"周树光说:"我们不是评哪家养的牛好,哪家养的牛不好。我们只是走一走、看一看,而且不只是养牛,像养猪、养兔、养鸡,只要能赚钱,只要好养活,都可以多养点。光靠种地不行,光种粮食,只能满足人们的生存条件,而不能满足人们走致富的道路。"石榴花故作高兴地说:"对!你说得没错,我们以后按你说的做。"

周树光、谢红刚走出屋门准备离开,听到斜对过的房子里传出铡草的声音,门未关严,灯还亮着,他们俩已猜出这是牛屋,是养牛的地方。周树光推开门两人走到了屋内。"忙着呢,赵大哥!"周树光先打了招呼。正在向铡刀内续草的赵大春停下手中的活儿,接话说:"是周主任来了,你看这屋也没个坐的地方,都让麦草给占满了。"周树光说:"没关系!我们随便看看。"周树光走到牛槽跟前,夸奖说:"看来人勤牛也有福,你把这两头牛喂得膘肥体壮,看来你还真有一套喂牛的好功夫。"

赵大春是个勤快人,又是一个实在人,不像他老婆那样花花肠子多。他也走到牛槽跟前说:"其实这喂牛也不复杂,一是把麦草铡碎一些,使牛吃起来顺口顺胃,便于吸收消化;二是适当多加一些细料。所谓细料,就是用黑豆、豌豆、苞谷、麦麸等混合在一起,简单加工成粗粒状面料,在喂牛之前用一小勺面料倒进牛水缸中搅拌均匀,这就不是清水拌麦草了,而是加进去了一定量的粮食,这就成了精饲料,牛吃了肯定会上膘的。"周树光激动地说:"看来喂牛这套本领你都掌握了,怪不得把牛喂得这么好!"赵大春又谦虚地说:"其实这喂牛也没啥大学问,牛和人也一样,人总是想着法吃好的,牛也是这样,有好吃的牛也想多吃几口,不好的草料牛也会少吃几口,所以喂牛是个细致活儿,人勤快一点谁都能把牛喂好。"

赵大春家不止养了两头肥牛,还养了三头肥猪,这是赵家致富的主要法宝。儿子在结婚之前曾多次要求外出打工,都没得到批准。他爹说外出打工是能挣几个钱,可是除了自己的吃喝还能剩几个钱?春节来回一折腾也就花得差不多了,不但钱没挣多少,而且家里的活儿也耽误了。如果在家里边养几头牛、几头猪,不但能挣一些钱,连买化肥的钱也省回来了。这就是赵大春打的小算盘，而且确实起到了致富的效果。因此石榴花的儿子哪儿也没去过，结婚前结婚后都住在家里。

严寒的冬天已经来临，码头的生意也清淡了许多，而韩狗依然守候在河边的草房中，透过靠河一面的玻璃窗户，寻找着需要过河乘船的人们。

收入减少了，交钱的次数也相应有所减少，改为双日交钱，单日不交钱，这是谢红和韩狗两人定下的规矩。其实过河的人减少得并不算多，因为这是近距离两岸通行的必然通道，并且东旺沟村过河做衣服的人也在增多。

太阳已经落在了西山的背后，大河湾的空气已经变得十分阴冷，村中的街道已经没了行人，只有韩狗提着他的铁箱子向谢红家走去。门没有上闩，韩狗轻轻一推门就开了，谢红接过铁皮箱子放到桌子上。韩狗一边搓手一边说："你们这屋怎么没有生炉子还这么暖和？"谢红用手指着墙上挂着的空调对韩狗说："你看看这是什么？"韩狗伸手去左右来回摸一摸，然后说："这不是个铁箱子吗？也不热也不冷的，怎么会与这屋的温度有关呢？"谢红笑了笑说："这是空调机，我们这里一下班就把空调关了，这屋的余温还没散去，你要是早来一会儿，这温度比现在高哩。"韩狗也高兴地说："现在这人可真聪明，什么东西都能鼓捣出来。"

谢红有意把空调打开，也让韩狗享受一下这现代化带来的乐趣，然后她打开铁皮箱子，从里边取出零乱无常的纸币和小钢镚儿。她把钱放在桌子上一张一张数起来，最后她在三联纸上写上壹佰零叁元，又写上年月日，约韩狗和她自己都签上名字。最后她说："没想到这大冷的天过河的人还不少。"她把铁皮箱子递给韩狗说："快回家吧，做点热饭一吃就不冷了。"

韩狗并没有马上走开，是在犹豫中走到了门口，然后又扭转身回过头吞吞吐吐地说："谢、谢红，我、我还有点事！"谢红正在整理东西，看到韩狗难为情的样子，知道他还有什么话要说，便主动开口说："韩大哥！你还有事吗？"韩狗说："我想请你帮我说媒！"韩狗找谁，谢红已猜出个八九不离十，因为郭凤英回娘家总是要坐韩狗的船，郭凤英的男人去世，韩狗应该是清楚的。谢红让韩狗坐下，然后再做详细了解。"韩大哥！我过去还没有给人说过媒，你现在突然间叫我给你当媒人，我不是不愿意承担这个义务，只是怕我当不了这个角色，影响你的事情。"韩狗怕谢红拒绝，又恳求说："这事只有求你能办到,别人恐怕还都不行,因为你们是一个村的,过去还都比较熟悉。""噢!我知道了,你说的是不是郭凤英?"韩狗马上说:"对!就是郭凤英!"谢红犹豫一阵子说:"现在说恐怕不行,她男人才刚去世,心中的苦痛还没去掉,现在就给她提亲也恐怕接受不了。"韩狗有点着急,说:"我是怕夜长梦多,要是被别人抢走了我不是又落空了!"谢红说:"你说得也是,不过——你们已经认识了,她在坐你船的时候,你直接给她提出来不是更好吗?不要怵,你就大着胆子直说会更合适。"

谢红提出的这个办法韩狗也想过,只是到了关键时刻就张不开口,前边的两次坐船就是这样错过了。所以他恳求谢红说:"看来这事我是完不成了,非得由你出面不可。昨天她才从她娘家回来,等下次再来坐船还不得等个把月的,到那时别人一旦领了先,我这一辈子恐怕也娶不上媳妇了。"

谢红看到韩狗的表情,又听到在情在理的语言,像这样一位忠实能干的汉子,应该有一个家,有一个温暖顾家的妻子。韩狗是一位直性人,万事不求人,现在主动求谢红帮忙给他说媒,这是鼓了多大的勇气才走到这一步的。谢红爽快地告诉韩狗说:"请你放心,明天我就去给你提亲去,只要她还没有别人给她提亲,我就争取把她拉到你这边来。我在娘家称她为撒大嫂,等到你们结婚后我还称她为韩大嫂。"谢红的表白使两人都笑了起来。

韩狗面带微笑离开了谢红家,村中的路面上没有亮光,而心中却有一道很亮很亮的光源在引领他前行……

谢红推门进院,把撒大嫂从屋内叫了出来,撒大嫂喜出望外,赶紧把谢红请到屋里坐,两人客套话说完之后,谢红没有拐弯抹角,而是直奔主题:"撒大嫂,我今天来是直接给你提亲来了,你不会不欢迎吧?"谢红面部笑得十分开心,等待对方的回话。"看你说的,你自己的问题还没解决哩,怎么就张罗着给我提亲呢?""我没给你开玩笑,是受人之托来找你的。"郭凤英没有回话,很想听听谢红说的是谁。谢红说:"其实我说的这个人你认识,就是我们村划船的韩狗啊!"郭凤英的脸一下子就红了起来,不好意思地说:"原来是他呀,这人俺认识,俺老坐他的船。"谢红说:"怎么样,不坏吧?"郭凤英回答说:"人是好人,可俺现在还不能找人,俺男人刚去世,从情感上也说不过去。还是以后再说吧,这事先不提,免得别人说闲话。"

谢红没有回她娘家去，而是直接来到了码头，她告诉韩狗说："这事没给你办成，也没给你办砸，至少把这条红线给牵上了。"韩狗马上问："那她提出什么要求没有？""没有，她只说你是个好人！""既然说我是个好人，为啥还犹豫呢？"韩狗带着疑问，也带着忧虑，不知如何应对。谢红看出了他的这种心绪，为了把套给他解开，使他敞开胸怀应对这种局面，便从关心的角度说出了自己的一些想法。

"郭凤英刚刚失去了丈夫，这放在谁身上都不是滋味。事情才过去两个多月，心情还处于茫然之中，在这种情况下就张罗着找对象，不但自己的心情承受不了，外人知道了也会笑话的。你说我说得对不对？"韩狗没有说话，只用点头表示理解，谢红继续说，"你们的这事已经挑明了，以后她回娘家一定还得坐你的船，你千万不要再提这事，至少在七八个月之后再看情况行事。但是有一条你要记着，就是你身上带些零钱，她上船的时候你把钱提前放到钱箱里，使她能够看到就行了，其他多余的话都不要说。"韩狗领会其意，认为这是谢红对他的最大帮助，他要在工作中表现出对谢红的感激。

元旦已过，春节将至，大河湾的两级领导班子正在开会，研究部署过春节的有关工作。主持会议的是支部书记魏文太，他说："春节快到了，乡里边给咱们拨来了一千元救济款，要求咱们救济那些有特殊困难的困难户。虽说钱不多，但意义重大，体现了党的政策对咱老百姓的关心。这个工作今天不说救济谁不救济谁，等同志们回去了解了情况后再做决定；今天开会的第二个内容是强调安全保卫工作，这就要求咱们在座的负责人员，要多在咱们所在的地面上走一走、看一看，看到那些不顺眼的地方纠正一下、提醒一下，这就能起到好的作用。王三志负责把院外边的墙报更换一下内容，显示出春节的气氛。

书记把要说的话说完之后，扭头看了看周树光，虽然话未出口，但周树光已明了其意，是看看自己有什么话要说，便未加推辞，接过话茬说："我只说一件事情，就是我和谢红同志合资办的服装厂已经开业三个月了，现在给在座的同志们做个交代，避免产生误解。现在在农村是以户为单位的个体承包责任制，谁想搞什么经济都是合法的。我是以现金支付入的股，谢红是以房子抵押入的股，所以这个厂属私有资产，与村中的经济没有任何关系。

但是我是一名共产党员，在选举村委会主任时，魏书记已经把我回村工作的主张向村民们做了宣传，我没有推辞，接受了魏书记的说法。说要为大家办事，我现在没有硬话要说，因为我还没有说硬话的资本。刚才魏书记说乡政府给咱一千块钱救济款，看起来钱数很少，我也认为很少，可是全乡大大小小好几十个村，发下来的救济款少说也得七八万元，这对一个穷乡来说实在是不容易。前几天我和谢红走访了一些农户，发现有的户很富，他们是靠勤劳致富，夏天不闲着，冬天也不闲着，自己找事干，自己找致富的门路，所以他们的生活水平明显的要高出别人一截子。"

周树光讲到这里稍作停顿，想观察一下周围听讲人的表情，以做到心中有数。然后他又继续讲："富户有一些，穷户也有一些，我们今天讲的是特穷户，是因特殊原因造成的特穷户。像西头的王成栓家，因为王成栓是肝癌晚期病人，家中的农活都是他不满二十岁的儿子干，再加上吃药看病，可以说是一无所有。在知道了他的情况后，谢红给他送去了两千元钱。今天是研究救济问题，我们服装厂再拿出三千元钱交给党支部，交给村委会，由魏书记统一进行分配，我说完了。"大家都看着魏书记，看他怎么解释这种局面。

"这钱是你们自己办厂挣来的，现在拿出一些钱救济困难户也是应该的。不过这三千块钱就不要交给党支部，也不要交给村委会了。这是你们的私人钱，想照顾谁就照顾谁，你和谢红商量着办就可以了。"魏文太合情合理地又把这事推给了他们自己。

周树光从不隐瞒自己的观点，他说："魏书记，这个厂从名义上说是我和谢红的，但这只是为了管理上的方便、资金运用上的方便而已。从我们的本意出发，我们并不想以办厂的名义实现自己的发家致富，住在一个村子里只有大家都富了，这才是真正的富有。所以我们今天交这点钱只是个开头，今后一定还会有，而且会更多。今天交这三千块钱就算我们捐给支部的救济款。我们办这个厂是经过深思熟虑才定下来的，而且也是经过魏书记同意的，并且也得到了很多支持。任何事物的发展都不会是一帆风顺的，大河湾服装厂的建立也遇到过不少难题，但最终都被克服了，走上了正常发展的道路。建厂才三个多月，就拿出了五千块钱救济困难户，这说明这个厂的效益是不错的。今天在座的同志们、乡邻们都是咱大河湾有头有脸的人物，我和谢红办的这个厂需要大家的支持和帮助,我们在这里表示感谢了!"周树光讲完后站起身向大家深深地鞠了个躬,弄得在座的都立马激动起来,不约而同地鼓起掌来。

魏文太取消了要把党员留下来召开党员生活会的决定,这是在周树光讲话之后才改变了的想法。服装厂是大河湾的一个新生事物,它在向前发展的过程中,也在检验着大河湾每一个人的认知能力。支部书记魏文太表现得尤为典型,在建厂初期他是支持的,认为这是在政策提倡的范围之内;在之后的发展过程中,在一些村民议论的影响下,也误认为周树光当选为村委会主任是为自己的发家致富创造条件,私心大于公心。在这种思绪的产生过程中,这件事萦绕在其脑海中始终删除不掉。他认为在这次会议的后期,在党员生活会上有必要提出来进行批评教育,使其树立好正确的思想观、价值观,避免今后做出不好的事。

一场没必要的误会解除了,这是魏文太思想上的一次大解放,他感到了轻松和愉快。

周树光来到服装厂接待室把大家召集在一起,名义上是在开年终总结会,从内容上看也是一个群众座谈会。大家坐好后,周树光准备开讲,谢红妈提着暖壶走进来说:"给你们送一壶开水放桌上,你们谁喝自己倒!"说完即离开接待室。周树光说:"你们这里的条件比村委会办公室强多了,屋内有空调,一进屋暖烘烘的,喝开水有人送,这条件上哪儿找去?你们到这儿工作算是到福窝里了!"说完大家都开心地大笑起来。何红梅插话说:"这都是周主任领导得好!""这不是我领导得好,这功劳都归功于谢会计,这房子是她们家的,这开水是她妈烧的,你们到这工作也是谢红把你们叫来的,你说这功劳不归谢红还能归谁?"周树光几句话又把大家引出一阵笑声。谢红接过话题说:"周主任把功劳都归到我身上,这话说过头了,我看这功劳算大家的,是大家共同努力干出来的!"

开场白的热闹场面结束了,大家静下心来听周树光的年终总结。周树光说:"今天的会也说不上总结,只是给大家通报些情况,交流些看法。咱们这个厂才成立不满四个月,开始是五个人,现在增加到了八个人,人数不算多,厂子不算大,但在咱们大河湾,也包括咱大河湾的周边村庄,像咱们这样规模的厂还没有。咱们的工资不算高，但也不算低，和咱们的省会城市相比可能要低一些，如果和咱们本地的城市相比，就企业中的平均工资相比，可能还要高出一点，这是通过考察、通过比较得出的结果。就整体工作条件来说，咱们也有优越性，咱们吃住都在家里边，这就省出了不少开支，在城里工作具备这样条件的就不多。现在农村外出打工的不少，多数都跑到南方，离家几千里地，一年忙到头能挣多少钱？所以靠打工致富是很难的，只是处在穷不了也富不了的地步。当然如果不出去打工，想在家里安安稳稳地过日子，就只有受穷这一条路。咱们村外出打工的不少，谁也没富到哪里去，谁也没穷到哪里去。而没出去打工的也不少，有富的，也有不富的，还有相当穷的。我到他们中间了解过，凡是比较富的大多是搞家庭养殖取得的，凡是比较穷的都是单靠种地造成的。地无懒地，人有懒人，地是靠充足的农家肥增产的，你不搞家庭养殖哪来的农家肥养地。人来到这个世上是干事情的，人不但有欲望，而且还有理想，有理想才能干事情，而动物则没有理想，只有欲望，所以人一定要有做人的样子。"周树光讲到这里暂停了一下，拿起杯子喝了口水，就是利用这一机会，调整了下边说话的内容。

"前边的内容我讲得远了一些，不过这对你们都是有好处的。咱们办的这个厂很小，这与咱们所处的环境有关，今后也不会大到哪里去。咱们这个厂不是集体所有制，而是个体所有制，更具体地说是谢红我们两个人的厂，谢红占40%的股份，我占60%的股份。除了工资支出、成本支出，它的利润都是我们两个人的。你们可能会说，利润好的时候能不能再给我们增加点工资？这个要求不过分，我们两人要那么多钱干啥？何况这钱又是大家干出来的。就是说这个愿望是可以实现的，因为你们都出了力，也都有获利的权利。不过这个厂是为谁办的？说到底是为咱们大河湾的乡亲们办的。咱们建厂才四个月，就拿出了五千元钱救济穷困户，咱们挣的钱今后还有更大的用场，所以为咱大河湾的大发展你们是出了力的，是咱们村的功臣！"

十三
农村致富路多条　发展养殖是头条

时间是个宝，转眼即跑掉。周树光深知时间的宝贵，把春节要休息的短短几天都充分利用了起来。在他的提议下，村党支部书记、村委会主任都要在五保户家过除夕，这是从未有过的新倡议。书记魏文太是在五保户李任义家过的除夕，他们老两口都已七十多岁，跟前无儿无女，在他们的父母去世之后，就他们老两口相依为命。两位老人的身体还算硬实，家务事还能应付，虽然生活水平不算富有，但也有吃、有喝、有穿、有房。支部书记的到来给两位老人增添了不少喜庆气氛，说这都是共产党的好政策给咱老百姓带来的福气。

周树光是到五保户程全福家过除夕，这老两口年龄已接近七十，虽然年龄不算过高，但程全福的腿脚不很灵便，走起路来总是一瘸一拐的，也给日常生活带来了某些不便。老两口正在忙着剁馅包饺子，周树光进屋时他们并没有看见。周树光打招呼说："大伯、大娘，忙着呢！"这时两位老人才抬起头看到是周树光进了屋，忙放下活儿给周树光让座。周树光说："我是来给您二老拜个早年，祝二老过年幸福！过年快乐！"两位老人同时说："快乐！快乐！没病没灾的，可是快乐！"程大娘又加了一句说："周主任来了我们就更快乐了，你这来了就别走了，就在我家吃饺子！"周树光说："大娘！

听说您包的饺子特别好吃,那我就不走了,就在这儿吃饺子!"周树光陪着两位老人包饺子、吃饺子、看电视,给程家增添了不少喜庆气氛。到了晚上十点钟时周树光说:"大伯、大娘,你们二老都是上岁数的人了,晚上看电视不能看得时间太长了,现在可以早点休息,到明天还可以再看!"说完从兜内拿出五百块钱交给程大伯。程全福坚决不收,说:"前天谢红给送来了五百块钱,这五百块钱坚决不能再要了!"周树光说:"谢红给你的钱是村委会的救济款,今天这钱是我个人给你的,你家没我家富裕,这钱给你是应该的。另外您的身体也不太好,主要是腿行动不方便,找人看一看,能治就治一治,老拖着就会越拖越重。"程全福接过钱后以大鞠躬致谢!周树光见此情景便慌忙阻止,但为时已晚。

大年初一早饭后,周树光又来到谢红家,一是来拜年,二是憋在心中的一些想法还想给谢红说一说,想听听她的一些看法。当他走进屋时,看到母女二人悠闲自得,边嗑瓜子边看电视,当她们看到周树光进屋时,周树光已经深深地弯着腰面向大婶:"大婶!我给您拜年了!"母女二人忙站起来,大婶说:"周主任来了我们都没看见,实在不好意思,赶紧到这边坐。"客套话说完之后三人都坐了下来,谢红说:"过年了来往人也多,我就把过道房里的东西都放到工作间里去了,这样会更安全一些。"周树光说:"这就好!我还有一件事要和你商量。要么咱们到接待室去谈?"

周树光把对街门关上,又把空调打开,屋内的温度马上就升高了不少。周树光说:"单靠服装厂起步满足不了咱大河湾发展的需求,过完节后我想外出考察一下,看看外边的行情如何。"谢红说:"考察得有个目标,也得有个地点,没目标乱跑恐怕是不行的。"周树光问:"那你说考察什么项目好呢?"谢红笑着说:"我四门不出的就在咱村里转,我哪知道考察什么项目好呢?不过我在想——咱们这个地方太闭塞了,交通又不方便,项目如果不对路,产品恐怕销都销不出去。"周树光说:"你说得没错,我这次出去就是考察销路问题。具体销什么,我也想了咱们要发展的项目,是搞养殖,可以大规模地养牛、养猪,最好养的是牛,因为麦草多,饲料好制备。我这次主要是考察大黄牛的销路问题。"谢红说:"我同意你的想法,过去只想着办服装厂这一件事,现在看来我不如你,路没你想得远,面也没你想得宽,看来我只能给你做个参谋了。不过在你走之前,要把做衣服的料多准备一些,现在已进入晚冬,过完年很快就立春了,已到了换季的时间段。"周树光说:"准备布料还得找王玉莲商量,等一会儿咱们去王玉莲家,一是给家中老人拜年,二是和王玉莲商量备料的事。这事完了之后咱们再去其他员工家拜年,以增加和员工们的感情。"

农村的习惯是三天戏,五天年,"破五"一过年就算过完了。过年这几天周树光都是忙外边的事情,而破五这一天则是准备和父母在一起唠唠家常。城市有城市的过法,农村有农村的规矩,周树光家喂了两头牛、一头驴,全由父亲照管着,没有时间坐下来唠家常。母亲有母亲的想法,她要按自己的想法说事:"我说儿子呀,你可是老大不小的人了,这年过后你就是三十岁的人了,在咱们大河湾谁长到三十岁还不结婚、还没对象呢?你弟弟比你小三岁,跟前闺女都五岁了,要是上边让生孩子,这儿子恐怕也有两三岁了。咱们家是个善良家庭,不能没有儿子接续,现在只有靠你了,就是赶紧找一个媳妇到家来我就放心了。"妈妈的话有理,但不合周树光的心思:"妈!我不是不想找媳妇,而是我现在忙得不可开交,哪还有时间忙着给自己找媳妇!""孩子!你没时间我有时间,我跑着给你张罗,到时候你见见面、说说话就可以了,用不着费多大事,之后你只说同意不同意就行了。"周树光害怕的就是家里边托人给他找对象,搞得不好会打乱自己的思路,出现不合乎自己心意的结果。周树光稳定一下情绪说:"妈!您的儿子已经不是小孩子了,我自己的事我会考虑的,而且时间不会拖得很长,您要是忙着给我找对象,可能会打乱我的思路,所以请不要再管了!"

话说到这里,周树光的父亲周丰山走了进来,一知半解的只听到了最后的几句话,便埋怨自己的老伴说:"咱树光这孩子我清楚,他比他弟弟强多了,今后树光的事你不要再管了,他自己会管好他自己!"就这样把周树光和他母亲之间的疙瘩解开了。

农历正月十五刚过,这里的天气已经暖和了许多。上午八点还没到,王玉莲就早早地来到了服装厂,看见工作台上的三捆布她十分高兴,立即打开一捆布的一个角验看,然后验看第二捆布,再看第三捆布,三捆布的格式、色彩都不令人满意。

员工们一个个都来到了工作间，坐在自己的工作台前等待王厂长的点评。王玉莲从外间走进来后，用眼扫了一下大家的坐相，然后简单地说了几句话："我想这一年大家过得都很开心，因为大家手里都有了钱，钱虽然不是很多，但总比两手空空的好。过去没有钱是因为我们没有挣钱的机会，现在有了这个厂，就给咱们提供了挣钱的机会。所以服装厂是咱们的摇钱树，咱们要爱护它、维护它，使它开更多的花，结更多的果。"

　　周树光已经坐在了接待室的板凳上，对王玉莲的节后开场白十分满意，本来想说几句鼓励的话，但被王玉莲的继续讲话打断了："周主任，这布是什么时间买回来的？"周树光回答："是前天上午买回来的，怎么？不合适？"王玉莲说："是不合适！你现在就去换，因为超过三天人家就不给换了。"她拿出一张纸交给了周主任，周树光接过纸就看上面写的内容。王玉莲说："你不要看了，因为你看不明白。到人家卖布的地方后，你把这张纸交给卖布的师傅，他一看就明白了。"周树光说："要么咱俩一块去吧！你想要什么花色的咱们自己挑，这不更方便。"王玉莲说："你自己去吧，我不想去。"王玉莲不想去另有心理上的因素，因为她忌恨十里铺，更忌恨十里铺的人，是十里铺的人给她带来了莫大的心理上的创伤。

　　周树光带着理想、带着抱负离开了大河湾，向他认为该去的地方进行考察。先到南阳，再到洛阳，之后又去了漯河、驻马店，最远的时候跑到郑州，连来带去一共跑了十天才回到大河湾。他没回家，首先来到了服装厂，王玉莲告诉他："布已基本用完，这两天必须进货，不然就有停工的可能。"周树光眉头紧皱，仔细盘算进货的渠道，然后对王玉莲说："我看这样吧，这次从县城进货，那里的布料全，品种多，想要什么花色的都能挑到。明天上午咱俩一块去吧，咱们多买一些可以用它几个月。"王玉莲说："那么远的路，我可不想去，还是你自己去吧。"周树光说："你去对咱们的工作有好处。要么这样吧，你先想一想，明天走之前再告诉我。"

　　周树光离开后，王玉莲把谢红从工作间叫出来说："周主任说明天到县城去买布，要么你跟他去吧！待会我给你写个单子带上，照单子上说的去买就行了。"谢红一听就拒绝说："不行！不行！这事我可办不来，离县城这么远，要是买错了换都换不来，还是你去比较合适。"王玉莲解释说："周主任是说让我去的，可是我真的不想去，所以我是想请你代我去的。""噢——我知道了！"谢红说，"这样吧！我给周主任说说，让他绕过十里铺过去，路也远不了多少！"

周树光骑着自己的大阳摩托，让王玉莲坐在车子的后座上，顺着村子中间的东西马路向西，然后又折弯向南驶去。无巧不成书，石榴花正站在马路中间处的交叉口，两只眼不停地东看西瞅，似乎在观察什么事情。正在这时，周树光骑着车从她眼前经过，她的脸部表情徒然一笑，一个活鲜鲜的故事便在她的脑海中形成。

张嫂有事从西边走来，刚要转弯向北，被石榴花叫住了："我说张嫂，你看这事有多新鲜，一个大姑娘家结婚还不到三天就跟自己的男人离了婚，这在全国恐怕也找不出第二个，咱大河湾一下名气大多了。说起来也怪邪门的，这事情才过去几天，人家就又攀上了。刚才周树光骑着摩托，人家王玉莲坐在后面，把男人的腰抱得紧紧的。"张嫂听完毫无表情地走了。

石榴花是个合不拢嘴的快嘴婆娘，什么事到了她的嘴里都会变味儿，还要以最快的速度传出去。

支部书记魏文太迈着四方步从东边走来，嘴里还哼着小曲，自由自在。石榴花看见后又是一阵高兴，这可是个重量级人物，叫他也多见点新鲜，多闻点腥味，便大声说："书记，您好！"魏文太没有吱声，便停止脚步，听她说话。石榴花神经兮兮地向他跟前走两步说："咱们大河湾的大主任又有喜事了，刚才骑着他的大摩托，后边坐着王玉莲向南边去兜风去了。去就去呗，这有什么新鲜的，可是王玉莲把周树光抱得紧紧的！"魏文太已经明白了一二，这是石榴花添枝加叶编造出来的假新闻，因为周树光带着王玉莲去城里买布是向他请过假的。随即魏文太告诉石榴花说："以后没事不要瞎编乱说的！"魏文太说完走了，石榴花狠狠地生了一阵子气，便说："真是官官相护，没有一个好东西。"

周树光骑着摩托车穿过大石桥没有向十里铺方向折拐，而是顺路略向东南方向走去，时间不长便又折转向西南方向走去，很快就开进了进城的主干道。这里离长白河只有十公里的路程，过河即进入到城市区。他们慢走多问，很快就找到了布匹批发市场。这是一处不小的大院子，院子的周边是一圈存储布匹的标准间。周树光、王玉莲挨个看了一遍，心里边大体有了印象，然后把卖布的老板叫来，即开始挑选所需要的布料。大约用了两个小时的时间，一共挑了三十捆布。老板十分高兴，这是多年来首次遇到的大户，承诺免费送货到家。

货物到手，揪紧的心一下子疏解了许多。他们走出大院，来到了大街上，这时已接近中午十二点，已到了该吃饭的时候。城市虽然不算大，又是改革开放的前期，但在王玉莲的眼里，这已经是非常繁华的大场面，比她几年前来县城学习的时候又热闹了许多，楼房也高了许多，场面也大了许多，一切都新奇了许多。周树光带她进了一处还算像样的大酒店，两人坐下后服务小姐给他们各倒了一小碗茶水，然后拿出菜单请他们点菜，周树光把菜单交给了王玉莲，说："你想吃什么就点什么吧！"王玉莲拿着菜单上下左右看了一遍又交给了周树光，说："我看不懂，也点不好，还是你点吧！"周树光一边看一边点，他没给王玉莲商量，一股脑儿就点了六个菜、两碗汤，还有两碗米饭。等菜上齐后王玉莲犯难说："你怎么点这么多菜呀？一人一盘就够吃了，你要了六盘，这吃不完扔了多可惜呀！"周树光说："扔不了，原来我还想买八盘菜哩！这叫八八八，发发发，可是我怕你不高兴，所以就买了六盘菜，这叫六六顺，也是好兆头。所以你就大着胆子吃吧，今年咱们的服装厂绝对顺顺当当。"周树光一通话使王玉莲瞬间高兴起来。

周树光向服务小姐要了六个小塑料袋，把剩下的菜都装了起来，然后交给王玉莲说："把它拿回去，晚上叫你家里人也尝尝城里人炒菜的味道！"王玉莲不接，说："这都是你出的钱，还是叫你家里人吃吧！"周树光说："前天我带回来的比这还多，他们都尝过了，都说城里人做的菜就是好吃！"王玉莲说："我长这么大还是第一次吃这么好吃的菜。"周树光说："咱们回去后要开足马力，加快发展致富的步伐，使咱大河湾的人都富起来，都能吃上好菜。"

支部书记坐在他自己的办公桌前，这是十多年来属于他自己的专有位置。由于他办事公平合理，为人谦逊而自律，他在村民眼中的威望越来越高，他的专有位置越坐越稳。村委会主任坐在桌子的对面，与书记隔桌相向，显示出晚辈对长辈、主任对书记的尊重与敬仰。

两人坐下来研究大河湾的发展是周树光提出来的,这是在他走访了一些富裕户之后,尤其是外出考察了养殖大黄牛有了销路之后,才在心中形成了搞养殖业是引导农民走上致富路的有效办法,这一办法要经过支部书记的同意和支持才有力量。

魏文太办事稳重而认真,没有想好的事情他是绝不会贸然行事的。他从抽屉内取出记事本放在桌子上,然后对周树光说:"你不是有事情要说吗,你说吧!"

周树光把大河湾的发展渠道已经谋划了多日,也准备了多日,今天是有备而来,便说:"我是这样想的,咱们大河湾离城市比较远,交通也不方便,在这种条件下发展经济应该因地制宜,因时制宜。在前段时间,我和谢红到一些富户家庭考察过,发现他们富都是靠养牛、养猪、养兔富起来的,而最富的一户养了五头牛、七头猪。很多人都是冬天闲着没事干,而他们这些富户没有闲着的,这就是他们富的原因。我这次外出考察,一些屠宰厂家都是货源不足,承诺咱们有牲畜他们可以上门收购。所以我建议咱们村开展大规模的养殖业。这里有两条渠道可以采用,一是可以以家庭为单位,进行养殖,所有权归自己;二是以股份制为主,组建股份制企业,凡是出钱入股的都是股份制企业的股东,年底分红的时候,谁的钱多谁就得利多。这就是我的基本设想,具体实行还得靠群众的支持。"

周树光说完后,魏文太开始谈自己的看法,他说:"你提的第一点意见我完全赞同,只要群众愿意搞养殖这都是好事,至于第二条,我看难度比较大,如果你认为行,可以到各家各户摸摸底再说。"周树光说:"第二个问题我还没说完,就是说咱们村委会也要有一股,而且是最大的股,就是说股份制的领导权是在村委会的领导下工作。当然了,股份制是由董事会领导的,因为村委会入的资金最多,所以主导权还在村委会。"魏文太说:"这不行,村委会只有几千元钱,而且这钱是不能入股的。"周树光说:"这我知道,我已经估计到你不会让用。我现在手里还有些钱,可以拿出一万元叫村委会使用,记在村委会的账上,这样村委会还是最大的股。"

看来周树光是铁了心要搞股份制企业,但是他对股份制企业的深浅并没有搞清楚,有必要把可能出现的问题点出来,也许能扭转他的这种认识。魏文太思考之后说:"家庭搞养殖业我不反对,如果以村委会为主搞集体养殖,我是不赞成的。咱这里不是牧场,也不是草场,牛不能自己养活自己,你得给它拿东西吃,稍微照顾不周到,不是这个瘦了,就是那个病了,对这种结果不能不考虑。这就是我的想法,为此,集体的钱不能用,你自己的钱你想怎么用就怎么用,不能和集体搅在一起。"

魏书记的话已经说得非常明了,而且不无道理。周树光多日的奔波、多日的设想很可能付诸东流,他无法扭转这种局面,多日徘徊在河道岸边冥思苦想,始终都未想出一个更好的办法。活人不能让尿憋死,一个人想不出一个好点子,多个人或许就能想出来。谢红的点子多、思路活,或许能比自己想得远一些,宽一些。想到这里,他决定找谢红去商量此事。

周树光推开过道房的屋门,便听到谢红的问话:"谁呀?""是我,周树光!"谢红知道了来者的身份后,谢红并没有多说话,也没有离开她自己的座位,而是继续做她的衣服。周树光走进工作间,发现只有谢红一个人,便问:"其他人到哪儿去了?"谢红不以为意地说:"今天不加班,都在家休息哩!"周树光突然发现今天是星期天,是员工休息的时间,便说:"你看我这思路想哪里去了,把星期天都忘了。"又说:"你先别干活,我有话给你说。"谢红停下手中的活,看着周树光听他说话。

周树光说话的声音明显偏低,他在为自己的抱负不能实现而犯难,也在为自己的想法不被人接受而发愁。他对谢红说:"我找你是想让你帮我出主意想办法!"谢红说:"你这是开玩笑吧?你有难题找魏书记商量才是,干具体事找我没问题,找我出谋划策我可没这个本事。""不!我不是给你说闲话,我真的遇到了解不开的难题!"周树光把和魏书记交谈的全部内容都说了出来,最后叹口气说:"看来这条路是走不通了,其他路我也没想出来,所以想把我遇到的难处也给你说一下,看你有没有能帮助村民致富的好办法。只要能开好头,就能想出办法叫它发展下去。"谢红说:"村里边不能领头干,你自己领头干不也可以吗!像咱们干服装厂这件事不也办起来了!"周树光说:"搞养牛哪像搞服装厂这样简单,你我一商量就办起来了。养大牲畜得要地方,得要房子,得要人管理,得要资金。还有一个问题,牲口管不好是要生病的。"谢红说:"你是不是也受到魏书记的影响了啊?一下子把养牛看得这么复杂！其实事在人为，管理得好牛就不会生病，管理得不好牛才生病的。咱们村爱养牛的专业户也不算少，你家养了牛，魏书记家也养了牛，没有听说谁家牛生了病的。你为养牛已经做了不少准备，既然这样就不要放弃，先由小到大，由少到多，先找三五个人入股就行，先把经验积累起来，然后慢慢扩大。"周树光说："你说的办法我完全赞同，可是我找了几个人，没有一个人愿意参加。"谢红想了想说："要么这样吧，我负责给你找一个人，当然是有点钱的人，没有钱你找他也没有用；你负责找两个人，这两个人都应该是复员回村的人，你和他们比较容易沟通，这样就有了四股，四股的概念是钱有了保障，管理有了保障。这是初期的规模，以后挣了钱还可以发展，这就是我的想法，仅供你参考！"

谢红的一席话使周树光大为震惊，没想到一个农村的年轻女子竟有如此高的理论基础，能把养牛的发展思路和发展方向讲得如此到位。为此谢红的形象在周树光眼里一下子拔高了许多，自感自身还存在着弱势。他静下心来对谢红说："我原来听魏书记的分析心里边就产生了动摇，到群众中一了解情况，就彻底打乱了我的想法。刚才听了你的一番表述，在我脑子里已熄灭的想法就又开始燃烧起来了。按照你的说法，我这就去找人了解情况，如果成功，这是莫大的喜事。"

周树光走了，谢红也没闲着，她放下手中的针线活，也忙去找司建军商量此事。

司建军并不在家，他自感在家中的心情并不愉快。谢红也没有到他家中去找，因为外边的闲言碎语她也略知一二，到他家中去找只能惹事上身。因此，她装作没事人一样在村子里边东走西转，又到村子外边北走南看。村子就这么大，你也不可能跑到天涯海角，今天找不到明天我再找，总有一天会把你找到。功夫不负有心人，就在当天的下午，在她转到村子的东北角外边时，隐约看到提灌站旁边有一个人影在晃动，她猜是司建军无疑！谢红心想他家地又不在这里，一个人走到这里来是干什么的？她加快了脚步，在来到跟前时，司建军这才抬起头漫不经心地看了一眼，便又低下头复原了他原来的姿态，随便地慢慢地在原地晃动。

"司建军！"谢红轻轻地叫了一声，司建军这才抬起头，停止了他的慢步走动,看着谢红轻声细语地应了一声:"你来了!"谢红装作生气的样子说:"我问你!这几个月为什么不到我家去?希望你能把真实原因告诉我。"谢红的话一针见血,说到了实处。司建军不慌不忙地说:"去不去你家那是我自己的事,与你无关,以后请你不要问了。"司建军拒绝了谢红的问话,因为其中的原因不好出口。谢红毫不客气地说:"今天我既然费了好大的劲找到了你,你就必须把真实情况告诉我,不然于你于我都不好!"谢红打破砂锅问到底,抓着不放,猜想这里边的深层次含义。司建军并不想隐瞒自己的隐私,认为当面告诉谢红也许有好处,于是他便直截了当地说:"好!既然你说到这里,那我就实话告诉你:我笨、我没本事,我不配到你家去。人家周树光是党员,又是主任,现在又建了一个服装厂,可以说是财大气粗。现在你又把房子交给了周树光,他到你家来去都方便。而我是啥哩?可以说是一穷二白,一无所有,在人家眼前一比就矮人一截子,我还有什么脸面到你家去!"

这是司建军的心里话,说得直爽,说得贴切,也说得真实。既然这样,就以实对实地把实情摆出来,免得都产生误解,甚至产生隔阂。谢红轻轻地笑了笑说:"你是这样想的,可我从来就没这样想过,总认为你人好,性格好,办事稳健,平易近人,尽管这几个月你不到我家来,可我还是这么认为,直到现在我还希望你今后能多到我家来,希望得到你的帮助。关于周树光办服装厂的事,他是主动找我帮忙的,王玉莲是我找来的,其他几位员工也是我找来的。至于房子的事是我提出来借给他的,当时他要给我租金,我没要,后来就按入股的方式计算,结果是周树光按60%计算,我的股小一点,按40%计算。不过——按照周树光的设想,这个厂的产权归周主任和我所有,但是这个厂的收入可能要用于咱大河湾的发展。春节前已拿出了五千元交给了村委会,救济咱村的贫困户,所以我对周树光的人品是很崇拜的。我和周树光没有私人方面的纠缠,只是工作上的相互往来,就像你帮助我们家干活那样平常。"谢红说到这里,自己反倒笑了起来,接下来又嘲弄似的说:"人家哪像你呀,心眼这么小,人家来了就把你给吓跑了!"

谢红的话说得司建军无地自容,只是低着头傻笑,连说一句话的勇气都没有了。

谢红已经看透了司建军的表相,也猜透了他的心思,但还没有把话说出来。以说为实，谢红步步紧逼："怎么？我已经把实情都说出来了，你总得表个态吧！我也想听听你有什么话要说！""我——"司建军突然变得不像个男子汉了，在谢红面前说起话来竟也变得羞羞答答，吞吞吐吐，一时语塞又变得满脸通红。"以——以后我都听你的，你家的活我都包了。"谢红开口大笑，笑得非常开心，然后又郑重其事地说："你也没必要都听我的，我家的活用不着叫你全包下来，我只希望像以前那样就行。"

像以前那样就行，这句话使司建军摸不着深浅，但有一点是可以肯定的，就是周树光的出现并没有使自己的形象受损。谢红满意周树光的人品，自己在这方面显然有所不足，今后在这方面应该有所提升。

谢红轻轻推了一下司建军说："走，咱们到房子那边说。"谢红没有说到房子另一侧说话的原因，实际上他们在这边说话，村里人一出来就能看见，为避免引起不必要的猜测，到房子的背面说话更为合适。她说："我今天来找你是有一件重要事和你商量，希望你能够配合。"谢红的话还没明说，司建军就把自己的观点表了出来："你说吧！只要是你叫我办的事，我一定配合。"谢红说："那就好，但有一点你要记住，不是我叫你办你就办，而是要出于你内心的想办，因为我给你说的是一件好事，大好事。是这样的：周树光计划要在咱们村建一个黄牛养殖基地，开始规模小一点，以后逐年扩大，可以大到养几百头、几千头牛的规模。这个基地实行股份制形式，谁想入股都可以，周树光的股可能是最大的，我估计有七八万元之多，别人恐怕都没这个力量。服装厂也挣了几万元，如果按 40% 分红，我大概能分两万块钱，我也准备全部入进去。你外出也有多年，手中肯定也有一些钱，也希望你能参加进去。"司建军没说参加，先问有多少人报名。谢红说："还不清楚，不过销路没问题，你养多少人家就买多少，周树光的决心很大，说参加的户多要办、户少也要办。"司建军说："我现在手里只有一万八千元，我妈说一点也不能用，我要是用了我妈肯定会生气的。"谢红说："你妈没告诉你这钱是干啥用的？"司建军说："她没告诉我！"谢红又问："那你家近期有没有可用钱的地方？"司建军思考后肯定地说："没有可用钱的地方！"谢红已猜出其中的一二，便实话直说："你妈说这钱留下来有别的用途，其实这话说得很清楚：一是盖房子，说到底就是给你盖房子，因为你哥已经有房子了；

二是娶媳妇，就是给你娶媳妇，因为你哥已经有媳妇了。盖房子、娶媳妇，单靠你的一万八千块钱是不够的。所以这个事你得想好了，不然你会后悔的。行了，其他事我就不说了，等你想好了过两天再告诉我。""我想好了，我现在就参加！"司建军说得非常坚决，谢红暗自高兴，说："不给你妈说了？"司建军回答说："不说了，不说倒觉得安稳。我准备把一万八全投进去，明天就把钱拿来。"谢红满意地说："好！我同意你的选择，这叫放长线钓大鱼。办服装厂一年就能分红，而养牛少说也得三年后分红，但是有一点你不用担心，只要你说用钱，我随时都可以借给你。"

　　谢红找司建军参股并没有费太多时间，从找人到谈妥只用了三个小时。而周树光花了两天半时间，也只谈成了一个，而这一个人的入股资金只有八千元。周树光的面部表情并不乐观，他害怕谢红的找人效率还不如自己。在他来到服装厂时，谢红正悠然自得地做衣服。他把谢红叫到院内问："你找人的事怎么样？"谢红回答说："找好了，是司建军。"周树光又问："他投多少资金？"谢红照实回答："一万八。"周树光高兴地说："这就好！这就好！这样我们办养牛基地就有基础了。"谢红也高兴地说："你谈得也不错，看把你高兴的。"周树光呆着脸说："别提了！我花了两天半时间只谈成了一个，而且投入的资金还少得可怜！"谢红说："你找的是谁呀！"周树光说："是尚明义呗，没想到他家会这么穷。"谢红说："他投多少？"周树光说："他投八千元。"谢红笑着说："这户不算穷啊，咱村能拿出八千元的户可不多。"

十四

好事难办终有果　难事巧对也好过

大河黄牛养殖股份有限公司的前期准备工作已经顺利完成,项目申报计划也已经送到乡里。崔书记得到消息后非常高兴,打电话给魏文太表示祝贺,并且希望能在最短的时间内把养殖场建起来,这会在全乡起到示范带头作用。对集体养殖持怀疑态度的魏文太书记听到崔书记的指令也不敢有丝毫的怠慢,立刻打电话告诉周树光到办公室有要事相商。两人碰头之后,其要义已商量完毕,他们即离开办公室,到村子的东边进行考察。两人沿河道向南,又折转身沿河向北查看,最后把养殖场的场址确定在提灌站南边一百米到五百米的范围之内,这里一是用水比较方便,二是坡度较缓,有利于场地的扩建。

地点确定之后,基础建设马上就要开始,大河湾的一老一少共同用脚步丈量着建筑的规模,以及房屋的大小和走向。在建筑式样上,支部书记魏文太考虑得似乎更为周全,他说:"咱们养牛就像做生意一样,多养一头牛就能多赢一头牛的利,所以地面要大一些,用地要多一些,房子要简单一些。房子简单一些是为了省点钱,多买点牛。咱们是土生土长的本地人,都清楚咱们这里的气候条件,一到冬天西北风特别多,也特别冷,所以在建房的时候,北墙的墙体要厚一些,而南墙只要柱子,不要墙体,等到冬天来临时加上一层包谷杆帘子即可，夏天天热还可以把它去掉。墙体的底部一定要用砖砌，防止夏季水浸，而墙体的上部可以全用土坯。再就是房顶可以全用秸秆铺严实，既能防雨、防雪，又能防风防寒，这样建房可以省不少钱。院子可以大一点，这里的大树小树很多，简单清理、简单剔除就可以，这样的环境冬可以防冷，夏可以乘凉，是个不可多得的好地方。"

魏文太今天士气十足，既像一个解说员，又像一个房屋设计工作者，说得头头是道，板板有眼，使周树光佩服得五体投地，他说："魏书记的一番话使我大开眼界，我还得多向魏书记学习。"魏文太说："你别把我说得过高，开始说集体养殖风险太大不也是我说的，只是在崔书记指点之后才改变看法的。"周树光说："不管怎么说，姜还是老的辣，今后咱养牛场的管理还得由你来挂帅。"魏书记说："挂帅不敢当，也没有挂帅的资本，说客观一点当个养牛场的管理员还差不多。咱们是股份制企业，原来村里边没有兑钱，就没有股份，现在咱们占用了村里的土地，尽管这是河坡地，分给谁种粮食谁也不会要，但这是村里的集体财产，何况地里边还长了很多种树，所以咱占了大约有五亩地，一亩地按一千元计算，就是五千元，这五千元就算村里边的集体股算了。这个价格是我个人提出的，我想其他村民也不会有意见，这主要看你能不能接受，其他股东能不能接受。"周树光说："这是书记您深思熟虑提出来的，肯定是合理的，我完全接受，我想其他股东也不会有意见。现在是房顶上的横梁用量比较大，大横梁用得不多，但梁上的小横杆用量就比较多。咱村河边上的杂树很多，有成材的，也有不成材的，咱们用清理的方式砍伐一些用于盖房，这样就不用出去买木料了。咱们折价算也按五千元标准，这样集体的股金就是一万元，所以也请魏书记接受这样的条件。"

2000年，大河黄牛养殖股份有限公司成立大会在大河湾村委会办公室召开，会议临时由村委会主任周树光主持，他宣布："股金筹集额，按投股基金多少排序：周树光六万五千元、谢红二万元、司建军一万八千元、魏文太一万元（大河湾村集体财产）、尚明义八千元。合计十二万一千元。这里需要说明的，就是魏书记魏文太名下的一万元，这是用村里边五亩河滩地顶替的，还有咱们盖房子用的木材也要用河边的树木顶替，这就等于我们已经用去了一万元。这就是我给大家介绍的情况,看看大家还有没有疑义！"没有！""好！没有就好，这说明咱们的工作很有成效，按时完成了咱们的预期任务。现在我的开场白就完成了，下边推举咱们董事会的领导，噢——对了，这个工作应该由咱们的魏书记主持，现在请魏书记讲话！"魏文太说："咱们都是自己人，谁主持都合理合法。主任说叫我说两句，那我就说两句吧：咱们这个股份制企业是周主任提出来的，是谢红帮助策划的。在初步形成之后又向乡政府写了书面申请报告，崔书记知道后非常感兴趣，指示咱们要当成一回事，要快点上马。现在是万事俱备，只欠东风。东风是什么？当然是人，主要是靠我们在座的各位，要齐心协力，多快好省地把咱们的养牛基地建设起来，建设好。好的标准就是把根基建牢靠一点，使风刮不走，使水冲不走，为以后大发展奠定基础。我的话就说这么多，关于推荐企业的领导，咱们也按股份制企业的章程办事，谁的入股资金多谁就是领导。周树光的入股资金是六万五千元，高居榜首，当然领导的责任就是我们周主任了，大家鼓掌！"

周树光上任了，他带着喜悦，也带着压力，他说："我回到大河湾就想办一件大事，办黄牛养殖基地就是我想象中的大事。现在在你们几位的热心帮助下，我的这个梦想就要实现了，当然也是在座的各位的梦想，再往大处说当然也是咱大河湾人的梦想。当然了，我们看问题的方法应该是客观的、辩证的，任何事物的发展都不会是一帆风顺的。中间会有曲折，会有困难，困难克服了，光明才会到来。我们人就是在困难中前进的群体，所以，我们的基地才刚刚组建，今后的困难肯定很多，我们要在困难中锻炼自己，磨炼自己，我们每一位同志都要成为本企业的精英。我们这个企业有个人股，也有集体股，我们的魏书记就是咱们大河湾集体股的代言人，他对咱们这个股份制企业有领导和监督的责任，咱们要尊重魏书记的身份。之后还要把咱的这个企业的筹划、领导、股权等向咱大河湾的乡亲们通报，不但要吸纳他们的支持，而且要尊重他们的监督，使我们这个企业在和谐的环境中成长。"在讲完该讲的内容后周树光宣布："谢红同志为我们大河黄牛养殖股份有限公司的总会计师，财务上的事情全由她来管理。"

大河黄牛养殖股份有限公司的成立，是大河湾村的一件大事，在公司的第一次会议之后，随即召开了村民大会，通报这件牵动人心的大事。会议由村委会主任周树光主持，支部书记魏文太讲话，他说："所谓股份制企业就是个人自愿入股成立的，咱们村的这个企业一共有五股，最大的股东是咱们的周树光主任，他投了六万五千元，所以股东们推荐他为董事会的会长。我也是股东，可我这个股东不代表我个人，我是代表咱大河湾村的，咱们村一共投入资金一万元。这一万元是从哪里来的？大家都知道咱村没有钱，大家也没交过钱，说清楚点这钱是用地换来的，用咱们不长庄稼的河坡地换来的。一共用了差不多五亩地，当时我要五千元已经不算少了，周主任硬要算成一万元。这个企业是咱们村的新生事物，大家都要维护它、帮助它，使它在我们大河湾的土地上茁壮成长！"

魏书记介绍完之后，周树光接着发言，他说："我同意魏书记的讲话，下边我再补充两点：一，大河黄牛养殖股份有限公司属股权所有制，谁的股大谁说话的分量就重，这是以钱多少为依据的，在公司里边我兑的钱最多，所以我的身份也最重，统管公司的全面工作。凡是股东都有发言权，也有监督权，作为公司领导要虚心接受下面的意见和建议。二，我说过，我周树光回家的目的是要带领大河湾人走共同致富的路子，一人一户富了不算富，只有全村人都富了起来，成了地地道道富裕村，我周树光的心才能平静下来。那么怎样才能富呢？单靠一个养殖场不行，因为人员太少，资金太少，力量不足。那么怎么办呢？办法只有一个，那就是群策群力，每家、每户、每一个人都要动起来。比方说家家都养牛，家家都养猪，还有养鸡、养鸭、养兔等都是致富的门路，这就是说人要勤快一点，勤能致富，勤有钱花，这是天下人都明白的道理。"周树光的讲话引发了下面一阵热烈的掌声。

群众大会散场后，司建军的母亲谢家志把司建军拉到无人处问："你是不是参股养牛公司了？"司建军回答："我没参加！"谢家志又问："那你那一万八千块钱放什么地方了？"司建军回答："在银行存着哩。我说你问这么细干吗？我自己出外打工几年才挣那么一点钱，还不好好保存着！"谢家志发出狠话说："我告诉你！你那一万八是给你娶媳妇用的，你要是把它弄没了你这一辈子就别再找媳妇了！"

谢家志并不相信儿子说的话，在和儿子说完话之后，又马不停蹄地把谢红请到跟前说："谢红！我知道你是咱们村最贤惠的媳妇，所以大伙都喜欢你。现在我想问你一件事，就是我们建军兑钱参股了没有？我想这事你肯定知道！"谢红一听就知道这是找事来了，便说："他入没入股我哪儿知道，你问你儿子不就知道了。""我问了，他说他没参加，我想他肯定给我说了瞎话，因为现在总跟我们不一条心，问他个事总是带搭不理的，真叫人生气。所以我想请你帮个忙，告诉我他是不是参加了，他兑了多少钱。因为你和他熟悉，肯定会知道的。"

谢家志找对了人，因为司建军参加不参加，兑钱不兑钱，其关键点全是谢红的作用。既然司建军不给他妈说实话，她谢红当然也不会去说，"我说大娘，您建军都是大人了，他还不知道哪轻哪重，他说没参加，他说没兑钱，那可能就是没有。其实参加了也不会是坏事，人家周树光走南闯北的，见识要多得多，如果说养牛这件事不合适，人家干吗一下子就兑进去那么多钱！所以想开了就什么也不怕了。"谢家志也是敢说话的人，想什么就说什么，便又说："你说周树光兑那么多钱，既然好那你兑没兑钱进去？"谢红毫不掩饰说："我兑了，我兑了两万元！""两万元！你哪儿来的那么多钱？"谢家志立刻怀疑谢红的钱是自己的儿子司建军给她的，她非要问个水落石出不可，一个单身女人无论如何也不会有这么多钱！谢红理直气壮地说："钱是我自己挣来的，我们服装厂第一次分红，就给我分了两万，这两万元钱我全部入了股。周树光比我分得还多，不然他怎么会有那么多钱。"

谢家志信服了，心里边也宽松了许多，认为自己的孩子可能真的没入股，要是真的入了股也不会是坏事情。有钱可以吃香的喝辣的，没钱连点剩菜剩饭都舍不得扔，实在是相距甚远。但是谢家志在心里上的思路是矛盾的，一方面认为有钱能过好日子，她也知道了谢红现在已经有了钱，以后的钱还会更多，但是她是人家的媳妇，不是人家的闺女，现在建军和她走那么近，总有一天会出事的。现在是两个大男人围着一个女人转，一个女人围着两个大男人转，究竟谁是胜者，外人很难分得清楚。谢家志又想，周树光又有钱，又有势，长得又端正，可为什么三十岁了还不结婚，据说连个对象也没有，现在却跟一个小寡妇搅在一起？看来他的目标不是在找对象，有可能只是闻闻腥味而已。可是建军就不一样了，虽然长相不算差，可论起富有来就比周树光要差一大截子，三个人搅在一起吃亏的肯定是建军，他斗不过周树光，也斗不过谢红。那两人都能得冒尖，而建军只有老实、本分，两相对比，也必然要吃亏的。现在建军一心追着谢红不放，除了谈朋友，绝对不会义务帮忙。现在谢红追着两个男人不松手，第一个肯定是周树光，当追不到手时再换成我家建军。谢家志思来想去，决定先下手为强，阻止他们这种关系的延续，避免夜长梦多。

"谢红！我还有些别的话想给你说，请你不要嫌弃我的嘴碎，不该说的话也给你说。"

"大娘！您说吧！该说的不该说的，只要您认为想说都可以说出来。"谢红已猜出谢家志要说话的内容，便直截了当地满足了她想要说话的理由。

"闺女！我知道你是个好人，这两年我家建军老到你家帮忙干活，我也没有阻拦，因为你家也缺少人手。不过事总得有先有后，有轻有重，你比方说我家那孩子今年都二十七了，到现在还没定下亲事，这叫我这个当妈的有多着急，可这孩子一点也不着急。前些时候给他说了个三里湾的姑娘，人长得也比较好看，干活也勤快，说出话来也好听。就这样给他说好的相亲日子，结果左说右说也不去。在没办法的情况下，经过好说歹说，女的才勉强同意到咱这来。这是早上说好的事，叫他上午在家里等着。结果人家来了，他却偷偷地跑了，从家里找到村里，把大河湾都找遍了也没找到。到了中午，饭都放到了桌子上，人还没回来。我劝姑娘不要着急，先吃饭，可人家姑娘噘着嘴，一句话都不说。你说这事放到谁身上也受不了啊！又过了一会儿姑娘突然站起来说：'像你们这样的家庭天底下都少有，算我瞎了眼跑到你们家落没趣。'说完拉着媒人就走了。谢红！你说这叫什么事！"

谢红没说话，只是看着谢家志在讲故事，也在分析着司建军做出此事的原因。谢家志接着说："谢红！我不知道你和我们建军有过私交没有，这两年我家建军帮你家干了不少活，这是村里人都看到的。过去我也没在意，帮就帮吧，谁还没个难处！可现在我不这么认为了，老在你这里搅合，不光影响了我们孩子的前途，也影响了孩子的婚姻。我知道你是个好女人，也通情达理，我们建军再来的时候，请你对他冷淡一点，劝他以后不要再来了。"

谢家志给谢红找了个难题，她已听出了对方说话的真实意图，带有明显的贬低和恫吓。但当面不好辩白，也不好直说，只有隐匿为度，让其自然运转吧，运转到什么程度都是自然发展的结局。这时谢红客气地说："大娘！

您说的话我听明白了，我还有别的事情，我走了！"说完后即转身离开，把谢家志一个人留在那里，使她半天都没转过神来，暗自埋怨："这女人咋就这个样子？"

养牛场地建设已经进入到倒计时的关键时候，场地里边有十几位参与建设的工匠们在按照具体分工忙碌着。支部书记魏文太是工地的总指挥，工地的大体布局在他的指挥安排下慢慢地显现出它既朴实又实用的框架结构。司建军是这里的忙人，在魏文太的指挥下，忙东忙西，跑上跑下，既是工地上的通信员，又是干杂活的壮劳力。

谢家志从村口走来，东瞅瞅，西看看，别人不知道她在找什么东西。她的目标当然是养牛场的工地，她走到支部书记魏文太的跟前说："魏书记您也在这忙着哪！"魏文太回答说："不忙，你也来看看！""啊！我也来看看，你们真是干大事情的，看！有多少人在这里干活。我是来找我们建军的，他在这里吧？"魏书记说："他在！"便大声说："司建军！你过来一下！"司建军从一堵墙的背后走过来，一眼就看见他的母亲站在这里，便开口说："妈！您来了。""啊！我来了，我找你有点事。"便拉着司建军到一处安静地方说："我问你是不是入股了？"司建军已有思想准备，便理直气壮地说："没有啊！就我那点钱，人家还看不上哩。""你胡说！你没入股干吗还要到这里来凑热闹！"司建军说："妈，看你说的，我哪是来凑热闹的，我是来帮忙的。你看工地上那么多人都没入股，不都来了吗！"

谢家志用眼看了一下工地，随后说："妈是心疼你才这么说的，其实入股也不一定是坏事。钱都是人挣来的，不挣钱人活着还有什么意思，我主要是怕你和谢红搅在一起是要吃亏的。谢红那女人有多能，你和她搅在一起是斗不过她的。她能说会道，看上去叫人喜欢，可她全身都带着刺，是要扎人的。我问了，谢红也入了股，是两万元，所以明天你就给我在家待着，这个养牛场不是咱家的地面。"

司建军一边听着母亲的述说，一边盘算着自己的应对措施，他接过母亲的话题说："妈！你说的话不对，谢红怎么了！谢红能说会道，脚踏实地地工作，挣了钱是她的本事，难道没本事的女人才是好人，而有本事的女人就不是好人？我不同意您的这种观点。"谢家志生气地说："我没说有本事的女人不是好人，而是谢红有她自己的短处，一个大男人身强体壮，无灾无病，可和她一结婚不到半年就被车给撞死了，难道这不是被她妨死了又是什么？我说的话都是对你好，别不识抬举。"司建军接过话题说："妈，以后我的事你不要管，是死是活我都不在乎！"

谢家志明白了，这小子肯定是和谢红好上了，不然不会说出这样绝情的话，难道父母把你养活这么大就算白养了？不行！非得把他拉回来不可。想到这里眼泪吧嗒吧嗒地掉落下来，反而把口气缓和下来说："我知道你对谢红已经有感情了，或者已经看上谢红，可是这是单方面的，难道谢红也看上了你？我看不一定。谢红是什么人？她玩你还玩不转？你想想看，她身旁除了你还有一个周主任，周树光走南闯北的，比你见识得要多得多，怕你在后边跑也跟不上。我看你还是早点收手，这对你对咱们家都有好处。咱不攀枝引凤，赶明找一个地地道道的本分姑娘比什么都好。"司建军不高兴地说："您说的话我都听了几百遍，再说下去我烦不烦？我给你说实话，我和谢红只是普通的乡邻关系，没有任何私人感情方面的成分。你刚才问我那一万八千块钱是不是入股了，我也实话告诉你，我全都入股了，我想挣钱，我不想落后，你想骂，你想打我都认了！"

谢家志并没有生气，因为她对入股正处在模棱两可之间，而最担心的还是怕和谢红搅在一起。"我猜这肯定是谢红叫你入的股？""不是！是周树光叫我入的股！"司建军对母亲说了瞎话。"我问你！到时候给你娶媳妇用钱怎么办？""周主任说了，到时候用钱问他要。"司建军的说辞非常到位，这使他母亲无话可说。

司建军听妈妈的唠叨，心烦意乱，用手推着妈妈说："我都给你说清楚了，你快回去吧，没看我还有很多事要做吗！"

谢家志走了，但还时不时地回过头来看一看场地的情景。她关心的不是牛屋的建设，而是司建军的作为。现在他把一万八全都入了股，这和谢红的关系拉得就更近了，时间长了还不知弄出啥乱子。一个男人如果被女人迷住了，就会痴情到底，你拉都拉不回来。谢红是个很聪明的好女人，人长得也很排场，这对一般男人来说，是有一定的吸引力度，周树光的过分靠近已经引起一些人三长两短的猜疑，现在自己的儿子又靠了上去，还不知能引出什么样的闲言碎语来的。谢家志边走边想，越想越不是滋味，总感到会有一种不良的结局会落到司家人的身上，也始终没有找到一个可以应对的好办法。谢家志又想，建军已经二十七岁了还不急着找对象，一定是被这个小贱人给迷住了，不行，一定得阻止他们的来往。谢家志想得很多，也伤透了脑筋。

　　太阳已经下山，晚饭已经吃过，中央电视台的新闻联播节目也已经结束，直到这时司建军还没有回到家里。谢家志急得从屋内走到屋外，在院里转了一圈，也看了一圈，又漫无边际地从屋外走到屋内，她不知道司建军现在何处，又在哪里把肚子灌饱。在困惑中勉强把中央一套中的两集电视剧看完，便叫着老头子跟她来到养牛场建设工地。老头子不大高兴地说："我看你是瞎折腾，孩子都那么大人了还能丢到哪去！真是多操心。"

　　这里非常安静，没有任何声响。周树光率先听到了工地外边的脚步声，便小声告诉司建军外边有人过来，注意观察。声音越来越近，人影模糊可辨，看来这不像是小偷！

　　夜深人静，来到村外荒野的谢家志有点害怕，紧靠着自己的男人司振伍。他们小心来到所建牛屋的外边，细听屋内的动静。老头子本来就不高兴，又遇到这种景象，便生气地说："都是你瞎操心，这里连个人毛都没有，找——找什么找，走！回去。"老头子转身就走，被老婆子一把拉住，小声说："屋里还没看哩！"屋内两人都已听清了外边说话的声音，已经穿好衣服、防范意外的司建军赶忙走出屋外："爹！妈！你们怎么来了？这黑灯瞎火的，摔着怎么办？待一会月亮就下山了，我这里没事，你们俩赶快回去吧！"谢家志生气地说："你没事我们可有事！走！现在就给我回去！"她拉着儿子就往回走。司建军就用力向后缩，并且解释说："我在这里有任务，是在这里看东西的！"谢家志越发生气地说："有什么东西可看的，这些破烂东西谁也不稀罕。"谢家志心里边已经认准了自己的判断，认为儿子现在已经有了外遇，而且这贱人就在这屋里藏着。这大冷的天还干这事，真不要脸。谢家志越想越生气，既然拉不走儿子，你们也别想在这里安生，她大声吼道："司建军！你要是不回去，我就把这个工地闹个底翻天。我问你这工地除了你还有谁？"司建军直接回答："还有周树光主任也在这里。""你胡说！这阴冷的天他还能到这里睡。"话音刚落，周树光从屋内走了出来。"大婶！我也在这里住啊，一点也不冷。"谢家志已经感到自己的被动，不好意思地说："树光也在这里边睡觉啊！我是说建军晚上饭也没吃，被子也没带，还不是怕他受了委屈才来找他的。"周树光爽快地说："我们都这么大人了还能不知道爱护自己？"他又用手电筒照着新铺成的床说："你看我们的床下边铺的厚麦草，上边一床大褥子，再加上这一床大被子，晚上睡这里暖和着哩，你们二位就赶紧回去吧！"

谢家志走在前边，领着自己的老头子司振伍向回走。谢家志松了一口气，可司振伍却闷闷不乐，憋着一口气还没发泄出来，总不是滋味，嘟囔着说："天天都这么着折腾，弄得一家人都不安生，弄来弄去不还是老样子。孩子都是二十七八的人了，走什么路是他自己的事，今后这事还是少管点好！"谢家志被老头子数落后心里边也不痛快，便反唇相讥说："咱家的事不都是我张罗着，你管啥了？整天就知道伺候那两头笨牛，种那几亩地，这家要不是我管理着早七零八落了。"老头子也理直气壮地说："你别哪杆子摸不着你摸哪杆子，咱家要不是我喂这两头牛你哪里来钱花？要不是我种这几亩地你早饿得走不动路了，还有今天这精神！"谢家志承认老头子的功劳，便撇开管理家务这件琐碎事，下边直奔主题说事："我今天不是跟你说吃喝之事，而是咱的儿子司建军的事。听儿子的口气，看儿子的作为，好像他和谢红好上了，你看这事咋办好？"凡事司振伍想得开，他说："他和谢红好上了有什么不好呢？我看这是好事，这该省你多少心，今后的日子轻松多了。"谢家志又生气地说："你咋迷糊哩，谢红结婚不到半年就把丈夫方妨了，这村里人谁都清楚。以后再嫁到咱家来不知又该妨着谁了。"司振伍想得很坦然，他说："他们家又没男人，住他们家不就没事了！""亏你说得出口，把你儿子妨死了你也高兴？""我不高兴又该怎么办？不行就到咱家住。""到咱家也得死人，不是儿子死就是你死，要么是我死！"老两口你一言我一语互找说辞，谁也说服不了谁！最后司振伍搬出古人的话说："人的命，天注定，谁死谁活都无所谓，是老天爷说了算。"谢家志生气地说："你想怎么死我管不着，但我还不想死，我也不想看着建军死，所以建军的婚事我一定要管！他要是不听，我就给他点颜色看，我就不信管不住自己的儿子。"

十五
妈妈托媒说儿媳　儿子设法来躲避

　　每月一千元的待遇使王玉莲的干劲倍增，她加班加点，不知疲倦地工作，力争使产值再上一个台阶。除了工作上的忙碌之外，她又利用星期天书写宣传材料，又领着员工们到邻村张贴宣传。她们的宣传词很简单，但也很直观，就是：大河服装厂成立于一九九九年九月十八日，承做春夏秋冬各式服装，做工精细，样式好看，穿着舒适，价钱便宜。你们想了解情况，到大河湾村一问便知，到服装厂看一看，一目了然。

　　由于质量上乘，价位低廉，宣传到位，服务热情，服装厂的经济效益日渐提升，这是周树光和谢红两人的财富。但他们并没有铺张浪费，依然是精打细算，省吃俭用，为以后的大目标积累资金。

　　影响生产进度的最大障碍是厂房面积太小，王玉莲向周树光提出扩建厂房的建议，周树光接受了这个建议，并表扬王玉莲说："你工作踏实，技术精湛，待人热情，是咱们厂难得的人才。正是由于你的领导和推动，才使咱们这个小厂发展这么快。"

　　周树光带着王玉莲的建议找谢红商量。

　　谢红在与韩狗谈话之后，正从码头走来，正好与前来找她的周树光碰面。这里的柳树已经发芽，满树青绿，使小青河两岸展现出春初的生机，他们沿河慢走，好似一对恋人在野外漫游。周树光说："厂房的扩建现在还真是一个难题，不扩建吧会影响生产，扩建吧还真没有一个合适的地方，在村委会办公室旁边建两间房子也算可以，但两处又离这么远，管理起来也很麻烦，所以我想听听你的意见。"谢红说："我考虑过这个问题，要想最省钱、最省力又好管理，只有一个办法，那就是房子的面积不增加，而把我自己的缝纫机搬到我自己住的房间去，再就是接待室的面积比较大，东西放置也比较宽松，稍微紧凑一些就能腾出放两台缝纫机的位置，这样增加三台缝纫机是没问题的。当然这只是暂时的应急办法，以后再需要扩大的话以后再说，这就是我的想法。"周树光点头表示赞同，只简单地说："这个办法不错，我完全同意。我还有别的事要办，你就和王玉莲商量着办就行了。"

养牛场院门外边墙上挂上了十分醒目的大字匾额：大河湾黄牛养殖基地。周树光说："我们把黄牛养殖股份有限公司在这里改成黄牛养殖基地，有着更深层的含义，就是公司可以有大有小，你养几百头、几千头牛叫公司，你养几十头牛也可以叫公司，而我们现在写成黄牛养殖基地，就预示着一定是大的，我们把目标看得更高、更远，这就是咱们办养殖基地的初衷。

黄牛养殖基地建成才一个多月，场内的大小黄牛已有近百头。司建军、尚明义正忙着给黄牛编号、定位，以后上槽喂养，屋外放风，都要按号定位，使黄牛养成温顺、听话的好习惯。

养殖场内养了两条大黑狗，它们已经熟悉了这里的一切，也熟悉了它们自己的特殊任务。特种狗既有狠的野性，也有善良的人性，它们对内部人员非常温顺，但对外来的生人则非常凶狠，没有内部人员的引领，休想进院内部。为了防止意外伤人，白天把狗拴住，晚上则把狗放开，这样既可防止黄牛晚间被盗，又能给人壮胆，使人睡觉安稳一些，踏实一些。

正在家吃饭的司建军狼吞虎咽，旁若无人，而在一旁说教的母亲谢家志严肃认真，她说："过去你连招呼都不打把钱入了股，现在已经没有办法再要回来了，不过在娶媳妇问题上绝由不了你，必须听我的。现在在北村又给你说了一个，到明天你哪儿都不能去，我陪你一块相亲去！"

司建军一句话都没说，吃过饭连向母亲打一声招呼都没有，照直向养殖基地走去。

谢红是股份公司的第二大股东，又是村委会集体股的经手人，在公司成立时又被聘任为公司的总会计师。为了例行自己的职责，为了熟悉养殖场内部的管理程序，当然也掺杂有个人的一些心绪，便时不时地来到养殖基地走一走、看一看。司建军不只有喂养五十头牛的任务，而且还被任命为养殖场内部的总管。他勤奋好学，任劳任怨，曾多次受到董事长的表扬。可今天与往日不同，牛龙活虎般的一条汉子，今天却无精打采、沉闷不语，就是谢红已经走到他跟前也是带搭不理的样子。

"司建军！"谢红的突然喊叫并没有使他从沉闷中醒来，因为在此之前他已看到谢红的到来，现在只是抬头看看而已，并未主动说话。谢红不知其意，被蒙在鼓里，心想他怎么突然间就变得如此冷漠寡言。谢红问："你怎么了？现在冬天已过，春天刚刚来到，你怎么还像霜打了一样抬不起头？"司建军这才抬起头看着谢红说："我比霜打了还不好过。刚才在家吃饭的时候，我妈对我说，明天哪儿也不能去，要我跟她一块去北村相亲，我确实没法再反对了。"谢红很自然地说："没法反对那就去呗！这有什么难为情的？你妈给你找媳妇这是好事，你都二十七了也该成家了！"司建军说："我不是不想找媳妇，而是我的条件还不够，等条件够的时候再找也不迟。"谢红一边在听对方的表述，一边使自己的大脑加速运转，以便探测到对方说话的含义，但对方说话已经结束，这使谢红感觉有点失望。也许条件还不成熟，那就等以后条件成熟了再说吧。作为同事，也许是作为朋友，应该帮他解脱这种困局："既然你妈妈叫你去相亲，你又难以推脱，那就按你妈说的去办。相亲这事说难办也难办，说好办也好办，关键在个人。在这里养牛这事你可以放心，由我安排就是了。"司建军不好意思地说："这一年多我妈请媒人给我说了几个，我都给推掉了，惹我妈生了不少气。"谢红说："看来是有难度，为了不让你妈生气，如果人样长得还可以，你就同意算了，人一辈子几十年怎么都能过去。"司建军说："这不行，人这一辈子过得舒心才行！"谢红说："这也不行，那也不行，你总不能装疯卖傻吧！"司建军突然心里一亮："对！就这样！"

谢红在养殖场里里外外看了一遍，准备要走时司建军又赶过来对谢红说："我想参加中国共产党！"谢红高兴地说："你想参加中国共产党这是好事呀，说明你想进步，在向组织靠拢，我欢迎你！"司建军也高兴地说："那我要办什么手续才算参加？这我一点都不知道！"谢红说："你当然不知道啊，当初我要求入党的时候也不知道，是党组织告诉我之后才知道的。这样吧，你先写一个入党申请书，写好后交给我，我再交给魏书记，等党员会上同意你为培养对象后，再指定你的培养人，对你进行正式培养。"司建军抢过话题说："你现在就对我正式培养算了，我对党的感情很深，我想快点入党！"

第二天谢红早早地吃过早饭，便来到了养殖场，去干司建军应该干的那份工作，在接受了尚明义的指点之后，就开始忙碌起来。先是喂牛，一筐一筐的草料往牛槽里倒，再把掺过精饲料的汤水也倒在牛槽里进行搅拌，之后再去清理夜间留在地上的粪便。正在忙碌之中周树光走了进来，看见谢红在这里干活，已累得满脸冒汗，心疼地说："你怎么在这里干活？建军哪儿去了？"谢红这才直起腰，抬起头来说："他妈领着他去相亲了，所以我也来体验一下喂牛的工作。"周树光说："这活是重体力活，以后有啥事给我说，你以后不要再干这种活了。"周树光说完后要过铁锨，自己干了起来。

司建军早上起床后像囚犯一样，没让走出院外一步，饭后又被母亲逼着穿上一套蓝色的西装，脚上又穿了一双新买的黑色浅腰皮鞋，这在偏远的大河湾，给人一种合体不合时的感觉。司建军没有办法，任由母亲摆布。

上午八点三十分，媒人徐凤仙准时赶到，看着仪表帅气的司建军便赞不绝口："司建军这娃子本来长得就人才，再穿上这身合体的新衣服，恐怕十里八里也找不出第二个来，就是走在那县城的大街上，别人也得高看咱几眼。看来这门亲事说成了，到时候一定得喝你们的喜酒。"谢家志也高兴地插话说："这门亲事真的要成了，不光请你到俺家喝酒，还特地给你准备两瓶好酒送给你。"徐凤仙说："要真的送给我两瓶好酒，那我现在先提前谢谢你们了。"

他们说着笑着走出了院子，又走出了村口，引来不少村民们的刮目相看。出村向北，顺着一道高高低低的牛车路照直前行，大约五十分钟便到了北村，他们七拐八拐便进了一家四合院。徐凤仙在路上对谢家志、司建军说："相亲的这一家姓潘，姑娘叫潘秀丽，高中文化，人长得很标志，建军跟姑娘见面时一定要表现出知礼知貌的礼数，说话声音不要高，也不要低，这样使姑娘见了人又听了声就一定会高兴。"徐凤仙说得有声有色，而司建军听得却隔三岔五，左耳朵进音，右耳朵出声，连在脑子里打转转的机会都没有，也形不成一个完整的概念。所以徐凤仙的说辞等于没说，而司建军满脑子都是谢红的影子。

徐凤仙在院内大声喊叫："温嫂在家吗？"温嫂论年龄也只有四十几岁，从屋内走出来后把三人领进北屋，相互唠叨几句后便把姑娘从里屋叫出来，也在一旁坐下。

徐凤仙看着两家人已经到齐，便当着两家人的面又把双方人的情况作了简单的介绍，用手指着司建军说："这位就是司建军，他是大河湾的一把能手，前几年在南方打工，挣了不少钱，现在又和其他人投资建了个黄牛养殖基地，现在上百头黄牛膘肥体壮，几年后就是大河湾的富户，姑娘去了后一定有享不完的福。潘秀丽不光人长得好看，而且说话也韵味十足，无论在家，也无论在外，这里里外外都是一把好手，你们两个结合在一起，谁看了都会眼馋的。行了，我就不再多说了，给你们两个留出空来说悄悄话吧！"三个女人一起来到西屋坐下闲聊，北屋只留下两个年轻人说心里话。因为在这里他们是主角，两个人能不能走到一起，他们说了算。

司建军文质彬彬，低着头，没看屋内的任何摆设，就连潘秀丽长什么模样他也是一团模糊，他的眼睛只看着地面一动不动。司建军的这一形象给潘秀丽创造出了极好的相亲条件，给她的感觉是对方害羞，见了姑娘尤其如此，这是一个男人应该有的品行。既然有了这样的条件，潘秀丽就可以仔仔细细地把对方看个够。她睁大眼睛，聚精会神地把司建军的面部形态、衣着穿戴等看了个仔仔细细，在心里边留下基本相当的底数。在她已经心满意足的时候，司建军依然如痴似醉，没有从他原有的固态中清醒过来。潘秀丽不解其意，便拿足了勇气，试探着问了一句："你的衣服挺合身的，平时也穿这套衣服吗？"司建军纹丝不动，大概没有听到对方说话的声音。女方满意的心情有所减退，难道在这种场合还有睁着眼睡觉的心意？既然这样，那就把说话的声音再提高一点，以起到敲山震虎的效果，以激发对方的情绪："司建军！我给你说话你听到没有？"司建军猛然抬起头，这才从"梦魇"中清醒过来，坐正身子看着潘秀丽："我刚才好像睡着了，没听清你说话的意思，要么你再说一遍叫我听听？"

潘秀丽心中的满意度已经减退了许多，好在这种场合不是发怒的地方，只好忍着心中的怨气，照原话又说了一遍，以试探对方的思路："我刚才说你这套衣服挺合体，平时是不是也穿这种衣服？"司建军说："平时不穿，我妈说了只有在相亲的时候才可以穿！"潘秀丽又问："你一共相过几次亲？"司建军说："好像是两次，第一次没有穿这样子的衣服，所以没有相成，这是我妈到十里铺买来的，这次相亲我妈就给我穿上了。"潘秀丽又转入新的话题说："你家养几头牛？""我家养两头牛！""刚才媒人说你家养好多牛？怎么现在就变成了两头牛？""那牛是我们周主任买的，他家钱可多了，我是在那儿喂牛的！""那你喂牛让你穿这套新买的衣服吗？""她才不让穿哩，只能在相亲的时候穿，要么在结婚的时候穿。""噢！我明白了，你全得听你妈的话！"司建军抢着说："我妈在我们家像阎王爷一样厉害，谁都得听她的！"

两个人你一言我一语，已经亮明了各自的身份，没必要再兜圈子了。潘秀丽由开始的心情舒畅，已经演变为心内暗伤，她认为这是被人骗了，骗得好重也好惨，没想到会把一个半傻子送到这里找食吃，未免太天真了点。她果断地说："你走吧！咱们谈完了。"

司建军走出屋门，大声说："妈！我们谈完了，咱们回家吧。"谢家志和徐凤仙先后从西屋走了出来，徐凤仙忙于求功，便先开口问司建军："谈得怎么样？喜欢不喜欢？"司建军回答说："喜欢！"喜欢二字说得自然而轻松，这不但使谢家志满意，徐凤仙也非常满意。她转过身对谢家志说："你看看，这叫人的眼差不远，我说能看上就一准能看上。"然后又转身问建军："人家姑娘说同意没有？"司建军照直回答："她没说，不知道。"徐凤仙的脑袋反应很快："这就对了，对于同意不同意这种话，一个姑娘家当着面是不便说出口的，如果人家当面就说没意见，你又该说人家脸皮厚了。"她又对谢家志说："我看这样吧，咱们先回去，过两天我再来，先叫人家母女俩商量商量，我看没问题，这是十拿九稳的事。"

潘秀丽回到自己的卧室，呆坐在自己的床上，泪珠不断地从眼眶里流出。她恨透了徐凤仙，拿她这堂堂正正的大闺女开玩笑，真是不要脸，不知道天高地厚，嘴里骂着也解除不了这心头之恨。

潘秀丽的母亲送走了来相亲的客人，便来到潘秀丽的房间，当看到女儿在伤心落泪，马上意识到可能是司建军这混小子有什么不规矩的行为，便问孩子："人家来相亲这是喜事，你怎么哭起来了？是不是那小子欺负你了？你告诉我，我来给你出气！"潘秀丽擦了擦眼泪，抬起头勉强笑了一下，给妈妈大事化小、小事化了的印象，避免妈妈也生起气来把事情闹出去会不好看，便对妈妈说："他没欺负我，只是我觉着咱是被人骗了，觉着委屈才掉泪的，现在事已过去了这就好了。"然后她又擦了一下含在眼窝中的眼泪，勉强地冲着妈妈呆笑一下，以算完事了。

妈妈对女儿的话半信半疑，说："你徐大姊和咱家的关系不错，虽然不是一个村的，但也常来常往，每年总要见面几次，她怎么会骗咱们呢？你再给我说说，看他是怎么骗咱们的？"

潘秀丽按妈妈的要求又重新说了一遍，这才相信女儿分析得没错。

时间过得好快，一转眼春天已经来到了人间。杨柳已经发芽，小麦已经返青，到了加快生长的季节。

俗话说"麦盖三次被，头枕蒸馍睡"，可是一个大冬天只下了一场雪，小麦只盖了一次被，显然小麦的底墒不足。开春前后虽然稀稀拉拉下了几次小雨，但也赶不上小麦的生长需求。村委会研究决定开闸放水，按照分工负责组织实施。书记魏文太留守提灌站，负责开闸放水；主任周树光则负责田园检查，发现哪里有漏浇的地块以便及时补浇。

小青河的水被抽水机牵动着爬上了高架水槽，然后又按照人们设计好的排灌水道流向块块麦田，在这里人定胜天的美好愿望已经变成了现实。

谢红手拿铁锨在自家的麦田里拨弄着水的流向，使水均匀地浸润到每一棵麦苗，她注意力集中，关注着自家麦田的管理。

"姑娘，忙着呢！"谢红直起腰，向发出喊声的方向望去。马路边一位四十几岁的女人向她走来。靠近后说："你这么年轻的姑娘在地里干这活多不合适，怎么不叫家里的男人们来？"谢红未加思索，又抬起头照实说："我家只有婆婆，没有男人！"说完又重新干起活来。对方已明白了八九，怎么一个年轻轻的女人就没了丈夫，也怪可怜的，能帮也得帮一把，便又说："姑娘！家里有什么难处？有什么困难？能不能给我说一说？我是挺关心你的。"

谢红不解其意，又重新直起腰版，直盯着来人的一举一动。"你是哪村的？我不认识你！"对方回答说："我是龙湾村的，我叫徐凤仙，刚才听你说家里只有一个婆婆，没有男人。我先告诉你，我给你说话没有恶意，是想帮助你的。你能不能告诉我你男人去哪里了？"谢红感到此人说话有点出邪，大老远的没事找事来了，便告诉徐凤仙说："家里男人出村了，到另一个世界去了，想请你把他再请回来！"

徐凤仙已经摸清了底细，探出了虚实，现在的年轻女人如果没了男人，那日子是很难过的。把男人找回来的意思已经很清楚，就是再给她找一个男人回来。我徐凤仙别的本事没有，找男人可是行家里手，要找原汁原味的没有，要找周周正在的、年龄相当的人可是不缺。她颇有诚意地拉近距离说："我想妹子一定是大河湾的吧，你们村有个叫司建军的小伙子，人长得很帅气，我刚给他介绍了一个对象，女的是北村的，人长得很漂亮，前天两个人才刚见过面，这小伙子高兴得不得了，当场就表示同意。我现在就是去北村的，我想女的也一定会满意。你别着急，等这事办妥之后咱们再细谈。"

徐凤仙说完话扭头走了，谢红看着她的背影沉思良久。司建军去相亲真的成了？去之前他还对我说是应付，怎么就成了！难道这女人真的就那么漂亮？那么迷人？谢红的思路成了一团乱麻，理不出头绪，连浇麦地的水流到脚底下都没发现。

"谢红！"周树光没到跟前就先打招呼。听到喊声谢红才从沉思中抬起头来，看到是周主任向跟前走来，心情才舒展了许多。心想，跟前有两位大龄男人，他们的条件都还不错，可为什么都不急着找对象？如果是我的存在，或者王玉莲的存在，才影响了他们，可我们两个都在跟前待着，当面提出来不什么都解决了，何必在心里边隐藏着。或许我们两个都是寡妇，配不上他们罢了，可王玉莲只有三天两个晚上的婚期，难道这也算寡妇？谢红想到这里不免有些伤感。

周树光走到跟前说："快浇完了吧？"谢红说："周主任来了！我的地不多，在待一会儿就浇完了。"周树光发现谢红的鞋子都湿透了，不免产生一种同情的感受，一个家庭如果没有男人撑着，也实在是作难，便从谢红手中要过铁锨自己干了起来。

一个男人在跟前干活，立马就能感觉出身心轻松了许多，除了心里想的之外，话也就多了起来："周主任，你家的地浇完了吗？"周树光边干边说："我家的地安排明天浇，魏书记说要保证每一棵苗都要喝足水，所以我到浇麦的地块进行检查，如果发现有没浇上水的地方再补浇。"

谢红听说是魏书记的安排，便接上话茬说："魏书记干啥事都很认真，他在咱们村当书记，可真是咱们村的福气。"周树光也接着说："你说得没错，我也是这么认为的，可以说在为村民办事方面真是一心一意，这真值得咱们年轻人学习。"

谢红看着周树光干活得心应手，麦田里的水顺着他手中的铁锨走路，心里边十分羡慕，这是男人们特有的绝技，自己身边这一辈子还能不能有像样的好男人守着心里边还没底数。

谢红又接着前面的话题说："魏书记的人品、魏书记的能力我是很佩服的。其实你的人品、你的能力也是很强的，我说句不好听的比喻，你们两个'合套'，是最好的搭档，一个在后边掌舵，一个在前边冲锋，咱们大河湾村实现小康水平，准能跑在前边。"

谢红的夸奖使周树光心满意足，干活的劲头就更足了，一不小心就把一棵麦苗给挖掉了，鼓捣好一阵子才把挖掉的麦苗又栽到地里。接着说："谢红！你对书记的评价我完全同意，可是对我的评价就不能太高了。人都喜欢好听的，我也是这样，你刚才的夸奖我听起来很舒服，可是我工作的旁边还有你的支持，没有你的支持恐怕我是办不成大事的，就目前干的这两件事，都有你的功劳在里边。作为一个女同志，在咱们大河湾，甚至包括咱十里铺乡，恐怕找不出几个来，所以这也是咱大河湾人的福气，你就是咱大河湾人的小诸葛！也是我的好帮手。"谢红笑着说："你把我比成小诸葛，又是你的好帮手，这么说你就是咱大河湾的刘备了！""不！不！不！"周树光赶忙推辞说，"这可不敢当，咱大河湾用不了这么大的人物。"谢红说："没有刘备哪来的诸葛亮！"两个人你一言我一语，说得都哈哈大笑起来，显得十分开心。

院门并没关，徐凤仙也没打招呼，还面带微笑就走进了院子。潘秀丽顾不得姑娘家的腼腆，从屋内迎了出去，说话的声音不算高，但也丝毫没留情面："你还有脸进这个院子，我们家不欢迎你，你走吧！"徐凤仙丈二和尚摸不着头脑，心想好好的一个事，怎么两天就变样子了？不问个明白我怎么好出去？"秀丽！你这话说得有点蹊跷，前天两个人见面不是说得好好的么，怎么今天就变了味了？你说话的含意我不明白，能不能再给我解释一下？不过有一条你记住，我是抱着好心给你们家说媒的，不是来听你教训的！"潘秀丽应声说道："你想听好话就到别的地方去听去，这里没有好话给你说。我问你，前天你给带来个什么人？你必须给我说清楚！"徐凤仙脑子快速转了一下，认为没有什么不妥，便直言相告："我给你带来的是一个精干的小伙子呀！我多次接触，什么毛病也没有啊！"潘秀丽说："过去说骗人的人会说话，今天我才领教了，没想到你们说媒的人也会说瞎话，能把坏的说成好的，能把假的说成真的，真没想到你也有这样的本事。你不是说你带的那个男人嘴很甜吗？我问你他从这北屋出去给你说什么了？我想你不会没听到吧？"徐凤仙说："他没说什么呀！他只说了一句话：'妈——我相亲相完了，咱们走吧！'这句话也没毛病呀！那他在屋里还说什么了？"潘秀丽果断地说："说他的话我感到恶心，你去问他吧，我没工夫陪你说废话，你走吧，以后不要再来了，我就是一辈子不嫁人，也不会和这样的人过日子。"

徐凤仙走在去大河湾的路面上，她边走边想心里边总不是滋味。没想到这姑娘说话这么冲，使人没有回旋的余地。司建军说话是有点简单，可是在这种场合说话简单点也不算失礼，何必要发这么大脾气？难道他在屋里真的说出不礼貌的话来？

谢家志正在院子里忙事情，徐凤仙径直走到她跟前，客气地说："大嫂，您忙着呢！我可是给您提供消息来了。"谢家志接话说："他婶子，你来了，快到屋里坐。"两人到屋都坐下后，徐凤仙把到北村遇到的麻烦详详细细地说了一遍，谢家志并没有感到吃惊和意外，而是长长地叹了一口气，悲观地说："看来这孩子是没救了。"徐凤仙以为谢家志是因为女方不同意而悲伤失望，便劝解说："嫂子，您可别发愁，这个不行咱们再找别的，在我眼里好姑娘有的是，我这个人有一个长处，就是不怕跑腿，也不怕费嘴……"谢家志没让她说完，就把话截了过来："这事不能埋怨人家姑娘，是我们建军不好，我看这孩子是没救了，他不把我气死是不死心的。"徐凤仙以为谢家志气糊涂了，便赶忙劝解说："大嫂！可不能这么说，我看你们家建军还是不错的，无论长相还是办事，都有模有样的。我看前天建军说的话没有大错，只是那丫头片子要求的条件太过分罢了。我看这个不行咱们再找别的，说不上比潘秀丽长得还要漂亮。"

俗话说远隔没有近明，徐凤仙只是来回跑腿给人说媒的外人，别人家的底细她永远都不会明白。谢家志是司家的内当家，司建军的一举一动她都看得清楚，印象挂在心中。她在从北村回来的路上就在观察儿子的表象，他似乎对今天的相亲不以为然，不是漫无目的地东张西望，就是漫不经心地假笑，透露着一股得意忘形。她回家后有意问自己的儿子，结果不是言无标准，就是瞎说，他不是在给你说事，而是在给你捉迷藏，搞得做母亲的心情不安，无以应对。现在是徐凤仙给自己交流看法，只能实话实说，以求得对方的谅解和帮助。

"他凤仙婶，这事不怨人家秀丽姑娘，都是我们建军不好，这次去相亲他压根就不愿意去，是我逼着他去的。见了面后他不是跟人家说正事，而是招三不招四地跟人家应付，这样人家姑娘咋能看得上呢？我们建军这孩子是比较聪明，办事也都在理，可人家姑娘哪能知道这些，还以为你给她带去个半傻子欺骗她哩。所以这事不怨姑娘，也不怨你，只怨我们建军不争气。"

"嫂子！你这一说我还不明白，你们建军都二十七的人了，难道他这一辈子不打算再找对象了？给他找这么好的姑娘他都不愿意，这里边究竟有什么原因能不能给我说说？"

谢家志没有犹豫，她说："按说这事我都不好意思对外人说，今天也顾不了那么多了，咱们一来二往也都熟悉了，所以也不怕你笑话，就是我们建军在本村相上了另外一个女人，也就是我们村的谢红，按说这女的长得蛮好的，在人前说话都合情合理，可是这女人跟前有两个大龄青年围着她转，现在也看不出她跟谁走得近，跟谁走得远，就这样我那孩子却迷着了心窍，这死疙瘩我怎么也解不开，我怕他早晚是要吃亏的。现在我是一点办法也没有了，你说这可咋办呀？"徐凤仙说："照你说的就是再给他介绍一个也是没用的，不如这样拖下去，他要是赢了，你也省了这份心思，要是输了，咱们再给他找，你单在这里发愁也是没用的。"谢家志说："我不是怕他输，我是怕他赢啊。"谢家志一边说着一边眼泪就掉了下来。徐凤仙已经看出了其中的缘故，便进一步问："你说的那个女的是个什么样的人？"谢家志说："她现在是我们村的会计，还是一名共产党员，挺有能耐的。"徐凤仙听到这里说："那这不很好吗？你干吗还要反对？"谢家志说："她要是个姑娘我当然同意，可她不是姑娘是个寡妇。"徐凤仙说："姑娘寡妇都一样，只要跟前没孩子，只要两人都愿意，就不要阻拦他们！"谢家志说："她的男人不是病死的，是出门在外被车轧死的，这事说起来也叫人心里怪难受的。她男人是我们大河湾的村委会主任，小伙子聪明能干，有文化有礼貌，可是结婚不到半年就死了，我怕我们建军也走这条路啊！所以我死活也不能让他们走得太近。我们建军原来是在南方打工，过春节回来后听说她男人死了，这孩子就再也不去打工了，谢红家一有重活他就去帮忙，我拦都拦不住，就为这事把我气得心窝都疼。"

"噢——我明白了！"徐凤仙说，"你认为她男人死是她给妨死了，这都是过去的老皇历了，现在谁还信这个。今天我去北村，正从你们村的西边经过，还真的看见了这个女人，人长得白白净净，谁看了也喜欢，您建军要是能找上她还真是有福气哩！"谢家志说："不叫人迷信这我也知道，可有些事正应了迷信这一说法。过去老人们说厉害女人有两种属相，一种是属阴，一种是属阳，当阴相重的时候是会伤人的，谁靠得最近就会伤着谁！所以还是防着点好。今天我是想请你帮忙的，不是请你成全他们，而是想请你拆散他们，编个故事哄着他就行。"

一副重担压了过来，这使徐凤仙难以承受。她慌忙推辞说："我这一生是给人家说媒的，还从没有给人家拆过媒的，拆得不好是要落后遗症的。这事你还是找别人吧，我可干不了！"徐凤仙说明了情况，推掉了担子，一身轻松地离开了司家。

十六

韩狗船上把亲定 创业力靠年轻人

柴荣荣老师正在给小学生上政治课,村支部书记魏文太从后边侧门走了进来,他不声不响地坐在最后一排一个多余的小凳子上。正在讲课的柴老师发现了魏书记,正要向他打招呼时,魏书记却用手示意她不要说话,继续讲课。

"同学们,咱们中国是一个大国,有九百六十万平方公里的面积。如果你坐上火车,无论你从北向南,或者从东向西,你走上三天三夜恐怕也看不到和外国接壤的边界。我们国家又是一个多民族的国家,一共有五十六个民族,他们各有各的习惯,也各有各的风格,有的穿的衣服不一样,有的戴的帽子不一样。大家聚在一起就像一个大家庭,穿着打扮花花绿绿,可好看了。五十六个民族中有多种语言存在,其中有汉语,有蒙语,有维吾尔族语,有藏语,有朝鲜语,等等。语言是说话的工具,一个单独学汉语的人和一个单独学朝鲜语的人在一起,他们相互之间说话是听不懂的,这就必须有懂两种语言的人在中间翻译。"有一位同学站起来问:"老师,我是哪一个民族的?"柴老师回答说:"你是汉族!"一个女同学也站起来问:"老师!那我是哪一个民族?"柴老师又回答:"你也是汉族!"第三个同学也起来问:"老师!那我是哪一个民族?"柴老师说:"同学们,咱们在座的都是汉族,咱们村的人也都是汉民族,往大处说咱们国家五十六个民族中汉族人数最多,其他民族人数较少，所以他们称为少数民族。五十六个民族在一起组成一个国家，成为一个大家庭，为建设我们的国家共同奋斗，齐心出力，所以咱们国家是一个伟大的国家，伟大的民族大家庭。"

柴荣荣的课讲完之后，告诉同学们说："咱们的魏书记也来到这里来了，就在大家的后边坐着呢，咱们欢迎魏书记给咱们讲话好不好？""好！"同学们一起说，并随着柴老师的鼓掌而拍起手来。

魏文太走到讲台上向同学们问好，同学们回答："魏书记好！"在相互之间礼节性的问好之后，魏书记说："同学们，今天我是专门来听课的，可是柴老师点名叫我讲话，既然这样那我就讲几句吧！不过我不讲多，只讲两个问题：一个是艰苦奋斗，一个是努力学习。艰苦奋斗不是要求你们要艰苦奋斗，因为你们年龄还小，正处在学习阶段。给你们讲艰苦奋斗的目的是使你们懂得我们国家事业的发展，我们人民生活的提高，是靠我们的人民艰苦奋斗创造出来的。人最大的优势是能创造财富，因为人有思维，其他动物则没有这种优势，因为其他动物没有健全的思维能力。所以一般动物只有欲望，为了自己的生存可以去抢、去夺、去偷，目的是吃饱肚子，求得生存。而人则多了一道程序，那就是有理想，而理想的前提是思维，有思维才有理想。人的理想产生出人的事业。人的知识有高低，人的能力有大小，但都有用武之地，都可以发挥自己的一技之长，为自己，也为人民创造出财富。你们的年龄还小，还处在学文化、学知识的阶段，等到学习阶段结束之后都要走上自己干事业的岗位。但有一条要记住，就是不能只有欲望而没有理想。在我们人类的群体中，也有极个别人，他们只有欲望而没有理想，给社会带来了很多麻烦。你们的年龄还很小，还处在学习阶段，但也要学会吃苦，为以后的创业创造条件；要努力学习，不但要学好书本上的知识，而且要学好做人的知识。在咱们国家解放初期，毛主席曾教导学生们说要'好好学习，天天向上'，这就是要求学生们不但要学好文化，而且要学会做人、做好人、做会干事业的人。咱们村现在还比较穷，还不富裕，还没有资金改善咱们的教学条件，说起来是所小学，看起来是很旧的老房子，这都是我这个书记没干好造成的。不过现在已经有希望了，咱们村的周主任说明年建一所新小学，后年建一处敬老院，'一老一小'这是咱村规划的重点。咱们周主任说他和谢红的服装厂，还有已经建起来的养牛基地，正在为咱这两件工程筹集资金，所以周主任就是咱村艰苦创业的带头人。过去村民们都说我是个好书记，是个好人，可是我没给大家带来多少福气，现在在周主任的带动下我只是个帮手而已，年轻人要超过年老的，这是时代发展的必然趋势。你们现在还是孩子，所以你们要利用现在的大好时光把学习搞好，把头脑武装好，为将来的工作打下一个好基础。"

魏书记给小学生讲完了话，走出校门又来到养牛基地。他走到每一头牛的跟前，看了又摸，摸了又看，牛成了他的心肝宝贝，他还不时发出赞叹和评论："这头公牛毛色纯正，骨架宽阔，膘肥肉嫩，是留作种牛的好苗子，千万不能阉割了。""这头牛也不错，长成了准能卖出个好价钱。"他又走到一头小母牛跟前说："这头牛的成色也不错，体格健壮，毛质油光，也得留下来。发展养牛业，光靠买小牛喂养不行，成本太高，最后还得靠自养繁殖，科学管理。"

"魏书记！你在给牛说话呀！"正在给牛准备饲料的司建军走了过来。

魏文太看到司建军走到跟前，便对他说："你们喂牛的本事长进得还不慢，要是考试都可以给你们六十分！"司建军着急地说："啊，才刚刚及格呀！我想怎么也达到八十分了。"魏文太说："要达到八十分不是你说了算，得实践说了算，喂牛不光是体力活，更是技术活，比方说铡草要碎，拌料要匀，喂水要合适，牛粪要及时清理，牛体要及时梳理，所以养牛是技术活，马虎不得。"司建军是个办事很认真的人，他表态说："魏书记，请您放心，我们一定按您说的办，再过一个月您来检查，保证人人都是八十分。"魏文太表扬说："这就好！这就好！我相信你们一定能做到。"他又把司建军叫到他刚才赞美过的公牛和母牛跟前说："你对这两头牛照顾得要更好一些，多喂些精饲料，你看它们的毛色多纯正，这是准备留下来做种牛的。当然，单这两头牛是不够的，在喂牛的时候，凡是吃东西不挑拣的，个头长得快的，精神状态活泼的，都可以考虑留下来做种牛。"

司建军看到魏书记对养牛的关心劲，便开玩笑说："魏书记，听说开始您对集中养牛并不感兴趣，怎么现在开窍了！其关心度都超过了别人，您的弯度转得也太快了，能不能把这经验也给我传递过来？"魏文太对司建军笑了笑说："你这臭小子也学会给我挑毛病了，不瞒你说，我这是由后进变先进变过来的，可你就和我不一样了。"司建军说："我当然和您不一样了，我开始对养牛就很积极，到现在都没落后过。"魏文太说："你别在我跟前耍小聪明，你那一万八千块钱一开始不也不愿意入吗？可后来就偷偷入股了，你能不能把你的小秘密也告诉我？"司建军还以为是谢红把秘密告诉了魏书记，便问道："是谁告诉您的？我没有这样的事。"魏文太说："你还犟嘴！是你妈告诉我的。"说完之后两人都开心地笑了起来。

　　这种开心只是一事一议的开心，从大河湾的发展大局看问题，这种开怀常笑的局面还不具备，还有一段很长的路要走，就养殖基地的规模，还只有预计中的设想，连影子的映象都没露出来。支部书记魏文太对司建军说："你心里边的秤砣落了地，可我心里边的秤砣还没有落地。等到咱们的牛群增加到几百头、上千头的时候，而且把牛卖了出去，把钱赚了回来，这才算吃了定心丸，秤砣才算落了地。要记住，开弓没有回头箭，既然走上了这条路，就要不惜一切把这路走好。我开始是不同意集体养牛的，主要是怕养不好赔了钱。现在既然养起来了，我这个当支部书记的就不能袖手旁观。现在我比较欣慰的是你们已经从第一步走过来了，而且走得还不错。这第二步，能不能走好，现在还不能说死，但我相信走好的把握性很大，因为第一步是总结经验的基础，第一步打牢了，这就为第二步开阔了视野，瞄准了方向。还有一点使我欣慰的是，你们几位都是在外闯荡多年的年轻人，你们酸甜苦辣的滋味都尝过，利害攸关的事都碰到过，做人做事的标准都掂量过。所以我敢这样说，把你们几位绑在一起干事业，取得成功的概率不敢说百分之百，但百分之九十的把握是有的。好好干吧——小伙子！大河湾的发展要靠你们年轻人了。"

　　东旺沟村的郭凤英把撤志放在娘家由母亲照看，独自一人来到谢红家里。由于几个月都未见面，谢红已猜出她的来意，便等郭凤英亲自把事情讲出来。郭凤英也具有一般女子的心态，对于自己个人的隐私一般不便向外透露，放在自己心里边由自己承受，直到承受不了的时候，才选择合适的方式，选择自己信得过的人，把自己的一肚子的苦水倒出来。她从大老远的娘家单独跑到这里，就是想把自己想要说的话告诉谢红，求得谢红的指点。但话到嘴边却又难以启齿，其音质，其口语，都有上下连接不到位的感觉，关键词语引而不出，令人难以明了。

谢红是一个办事豁达、说话口直的人，但对于个人隐私也同样有如此相同的感受。也总想有人出来为她排忧解难，引线搭桥，但这样的人始终都没有出现，因为她的目标太集中了，能帮忙的人也不愿出来解套。

尽管个人隐私难以启齿，但郭凤英还是来了，已经有了不再顾羞的勇气，而且谢红也已经探出了她要说话的内容，便启发她说："凤英嫂！你看你都已经来了，一定是有话想说，路都是人走出来的，话也都是人说出来的，事已至此还有什么不好意思呢？上次我去找你，只是把事情提了提，同意不同意的话还都没说，这次你来找我，一定是来告诉我好消息的。咱俩走这么近，我又猜透了你的心思，你何必还扭扭捏捏不好意思。"

谢红这一番表白一下子就拉近了两人之间的距离，郭凤英未说话先轻微地笑了笑，以示刚才的言语不够直爽。她说："你上次到我家去说起这事我没说同意，也没说不同意，只说了些客观理由。其实我是很高兴的，过去我也感到韩狗这人不错，也明白事理，只是我从来都没想过他还是一个单身，现在我能够嫁给他也算是我的福分。我现在有个想法不知合适不合适？"谢红很直率地说："有什么合适不合适的，你有什么想法都可以说出来，只要是能办到的，我一定帮你的忙！"郭凤英说："是这样的，如果韩狗没意见，我同意和韩狗成亲，这是第一步，如果他同意的话我想和他早点结婚。"谢红说："这没问题，我估计韩狗也不会有意见，只是你准备几月份结婚，叫韩狗也做些准备才好！"郭凤英说："这事你不要给他说死，因为还要给我公婆打个招呼，求得她的支持。我现在心里还没底数，什么时候能成什么时候再说。"

郭凤英突然提出结婚，这是谢红没有预料到的，因为他丈夫去世才七个多月，显然时间太短，要按正常的路子走至少在一年之后。谢红在猜想，这里边一定有什么不顺心的事才促使她选择结婚这一措施的，不问清楚自己心里都不会踏实。

"凤英嫂！你好像还有什么事没有说出来,根据你的性格,根据你的人品,你好像不会突然间就提出来要结婚,你能不能把真实原因告诉我,我也好帮你出点主意。人这一生避免不了都会出些难处,女人的难处会更多些,不能都放在自己的身上,应该及时地释放出来,以减轻自己的负担！"谢红把自己的想法说了出来,以求得凤英的理解。

"谢红妹！我真是把你当成我的好妹妹看待,今天把我的难处和想法统统都告诉你,心里也许会好受些。你知道吗,我早都想提出结婚的事,只是我丈夫才死几个月我不敢提,提出来别人会笑话我,说我脸皮厚、不要脸。可我的难处谁又会知道哩！一到晚上,一个院子,一个屋子空空荡荡的,真是吓死人哩。院子里如果有个动静,这一夜就别想再睡着了。一个壮胆的人也没有,一个说话的人也没有,撤志年龄小,一睡着一夜不会醒的。我也想叫他奶奶过来住,可去说几次人家也没出口说来。理由是过去一直跟着老二,住习惯了,再换个地方住也不习惯；还有一个理由就是老二家的孩子小,需要她照顾,就这样拒绝到我这住。自从撤志他爹过世后,老太太连过来看一看的机会也没有了,你说我有多伤心啊！还有地里的几亩庄稼,到成熟收打的时候请人帮帮忙,管人家吃顿好饭也就过去了,可平时田间管理还都得我自己去忙活,我哪有那么大的力气呀！过去都说单身男人难,可单身女人就难上加难了。"

谢红丈夫的去世郭凤英至今也不知道,她的难处谢红也都尝过,只是跟前还有公婆壮胆,这么长时间过得还算顺当,当然跟前还有司建军的出现,也有魏书记的关心,再加上工作上的充实,这两年多过得也算顺心。可凤英的难处显然不能和她相比,这就需要外人的关心和照顾,谢红想到这里愿意出力帮忙。她说："凤英嫂,你说的难处都是实情,我都理解,我的想法是这样的：韩狗他也给我说过,他早就同意了,只是在等你的消息,你说什么时候结婚他都没意见,只是给他留点时间做准备就行了。"凤英说："他都同意了怎么他也不给我透点风过来,我老坐他的船怎么也没看出来有什么反应,这人也是太实诚了。"谢红说："你说他实诚这不假,女人不就需要这样的男人守在身边吗！我是这样想的，你回去后赶紧找你婆婆商量这件事，好话要多说，争取她的同意，这样事就好办了。她要是反对你也不要和她吵，因为这里的风俗是丈夫死了一年后才能嫁人，你这还差五个来月，估计她不会同意，所以你要多给她说好听的话。"

郭凤英按照谢红的思路，第二天就去找公婆商量此事。开始公婆说话还算客气，脸上还带着一丝笑意，只是还在忙着自己所干的事情，面对大儿媳妇是似看非看，似说非说的表情。"大媳妇来了，你坐吧！看来你是有事才来的，有什么话你就直说吧，不要隐着藏着的，我能帮着的我也会尽心帮你，帮不了的你说了也没用。"

公婆的不冷不热，叫人听起来总是令人发怵。郭凤英壮着胆子把自己的想法说了一遍，连头都没敢抬，听着公婆的回话。

"我说大儿媳妇，你也是本地人，应该知道咱这里的规矩，你男人死了你可以不在乎，不到一年就想另嫁他人。可你男人是我的儿子，你不心痛可我还心痛哩。撒志是你的儿子，这我改变不了，可撒志也是我的孙子，是我儿子留下来的根苗，长着撒家人的骨肉。一年之后你结婚可以，你走到天涯海角我都不阻拦，但必须把我的孙子留下。"

"妈，您说这话我就不愿意听了，咱们是一家人，撒志是您的孙子，我是您的儿媳妇，走到哪里这层关系是抹不掉的。您儿子走了，可我还在，撒志永远都是我的亲生儿子，妈妈应该和儿子在一起，儿子也应该和妈妈在一起，这层关系谁也拉不开的。"过去待人温柔的郭凤英，今天倒是横眉冷对，胆子升温了不少。

老太太并不老，说高了也不超过五十岁。老头子身体健壮，常年管着家中的八亩农田，生活自给自足。二儿子常年在南方打工，每年春节回来一次，住上半月二十天就又回到南方。二儿媳原先也去南方打工，自从生下女儿后就再也没有去过，平时总在娘家待着。所以平时只有老两口守在这个家里。老太太对两个儿媳妇并没有偏爱，只是在大儿子去世之后，这种偏爱就表现了出来。这就是她非要这样做的原因。

郭凤英及时把这一信息告诉了谢红，希望谢红再给她分忧解难。说实在的，谢红又不是上天派下来的神仙，她哪有逢凶化险的本领，无非是能够顺其自然,灵活应对罢了。她说:"你也不要太悲观,这里的老百姓都有这种观点,人们想要改变这种习俗谈何容易。我说话你不要不爱听,你如果硬着头皮结婚，这也能做到，一个是政府办事机构不会阻拦你，二是韩狗也会同意，但是你阻挡不了周围人的冷眼斜对,说风凉话的人喷出的唾沫星子就会把人淹个半死。我的意见是你坚持等几个月，到那时候一切都会顺理成章，高高兴兴地就把事办了,至于你儿子,我想问题也不会太大,你又不是真的跑到天涯海角。不是到大河湾，就是住在你现在的家里，所以到时候再说，先不要把这事放在心上。"

谢红的一番解说使郭凤英的心理压力解脱了不少，面部表情也舒展了许多,对此她很满意。人心舒展了话也就多了起来,她说:"我来两次怎么也没看见你男人？他也跑外去了？"因为谢红没有压力，说话也轻松得多，而且也随意得多:"他是跑外去了，而且跑得很远。"郭凤英说:"那能跑多远,咱乡下人也跑不到国外去吧？"谢红说:"他是跑不到国外,可是他跑得比国外还远，是跑到另一个世界去了！那里的生活安宁，去享福去了。"

郭凤英已经明白了事情的原委,反过来又引伸出对谢红的同情,她说:"这都是我不好,把你的伤心事也扯出来了。"说话时自己的眼泪先掉下来一滴。谢红是个性格开朗的人，何况事情也过去了这么长时间，便说:"开始是难以承受,时间一长也就过去了,老想着还有啥用。你今天说话引出这事,我怎么能怨你哩，是因为你不知情才说的嘛。"郭凤英又说:"那你家办这么大的服装厂都是你自己搞起来的？"谢红说:"哪是我自己搞起来的，我也没这么大的本事,这是和别人合伙办起来的,我只是提供房子给他们用。"

两人的谈话结束后，谢红送郭凤英走出家门，又一同来到码头，和韩狗一起坐在小木船上，谢红说:"今天算是大喜的日子，经过半年的等待，你们两个算是正式定亲了,从今往后就以恋爱关系的身份出现,今后你们有什么事情可以直接见面商量,不过有一条你们要记住,在你们结婚的时候不要忘记告诉我,得送给我一杯酒喝！"说得三个人都笑了起来。

服装厂已有十一台缝纫机的规模，在王玉莲、谢红的主管下业务井然有序，生意蒸蒸日上、红红火火。对此周树光十分满意，他可以抽出更多时间光顾养牛业的发展，也可以到外边看一看市场上的运转情况。他听说十里铺有一家专业养鸡户，规模很大，效益很好。这是家门口的先进典型，应该去瞅一瞅，看一看，或许能学到一技之长。

周树光肩上挎着一个军用小挎包，走进了十里铺显丰养鸡场的院门。把门的门卫拦住了他的去路，"先生！你有什么事？"周树光已经有了外出考察的经验，便说："我是来考察一下你们养鸡场的情况，然后跟你们老板谈合作的事情。"门卫说："好！你等一等，我给老板打个电话！"门卫拨通了唐老板的电话说："唐经理！现在外边来了一位客户，说想和你谈生意。"门卫放下电话说："唐经理说了，叫你进去。"

周树光和王玉莲走的是同一条路线，先看了养鸡场的鸡舍，又询问了养鸡场的细节，最后才来到了养鸡场经理的办公室。唐经理不知道来谈生意的是何方人士，便提前站在门口等候。左等右等客人还未出现，便猜想此人一定是行家里手，准是进了鸡舍看实情，只好在办公室门外迈起四方步来回走动，边思考问题边等候客人。果不出所料，周树光从鸡舍的门内走出来，径直来到经理的办公室。两人进屋落座后唐经理先问来人实情："看来你不像远道而来，大概是本乡本土的人士吧？"周树光说："看来唐经理不愧是做大事的人，一看就知道我是您的近邻。不瞒您说，我是本乡大河湾村的，我叫周树光，是村委会主任，听说您是咱们乡的致富能手，特来学习您的致富经验，您不反对吧？"唐经理说："不反对！不反对！应该说咱们是一家人，我儿媳妇就是你们大河湾人。"周树光忙问："您儿媳妇是我们大河湾人？她叫什么名字？"唐圣元说："她叫王玉莲，是去年上半年和我儿子结的婚。""噢！是这样的，那就好，您养鸡的经验一定会如实地告诉我们。"周树光故意打迷糊眼，装作不知道。唐圣元也不是傻子，一个大河湾的村委会主任，难道连这件招人眼的事情都不知道，这可能吗？当然真实情况该说的还是要说，做生意还是以本分为重，唐圣元如实地告诉周树光："我现在养了六万只鸡，已经到顶了，如果再多养一定会滞销，卖不出去是要赔钱的。大河湾离我这儿很近，又是在农村，交通不便，搞大规模养鸡肯定是不行的。"

周树光问:"那你看我们搞什么养殖合适呢?"唐圣元说:"这我可说不上,这几年我一直在忙着养鸡,其他项目我都没调查过,所以不敢谈看法,你们要是想搞什么项目,先考察之后再立项不迟。"周树光说:"谢谢唐经理,你给我们提供的这种想法很好,我回去后会按照你提供的思路去做。"说到这里周树光站起来要走,因为已经没有更多的话要说,也没有更多的事要问,在这里多一事不如少一事为好。恰在这时唐圣元有话要说,这是周树光已经预料到的事情。"周老弟你先别走,我还有话要说,需要你的帮助。"周树光又重新坐下说:"我们那里一穷二白,能有啥帮助的?"唐圣元说:"我说的不是经济上的帮助,也不是生意上的帮助,这事你肯定知道。我刚才说你们村的王玉莲是我的儿媳妇,可现在不是了,他们已办理了离婚手续。这事说起来也蹊跷,到现在我都不知道他们离婚的真正原因。"

话说到这里也引起了周树光的兴趣,儿子离婚难道当老子的都不知道?这里边肯定隐藏着更深层的内幕。既然话说到这里,还是详细了解一下为好!

"你说他们已经离婚了,这事倒有点奇怪了,你们唐家是家大业大,王玉莲不就是攀这枝高枝才嫁过来的吗?怎么就离婚了?"唐圣元说:"这事也怨不着王玉莲,都怨我那儿子,为了能娶到王玉莲,我那儿子下功夫追了三年,才把亲定了下来,因为双方年龄都比较大了,所以很快就结了婚。我估计玉莲对这门亲事是不满意的,在不得已的情况下才勉强同意的。当然了,为了儿子的婚事我也托过人,说过话。"周树光说:"这么大的事我怎么一点都不知道哩,这是啥时候的事情?"唐圣元说:"你是村委会主任,你应该知道。当时接亲的时候骑着马、抬着轿,是很热闹的。"周树光说:"过去我在部队工作,是去年夏末秋初复员回来的,你说的这事肯定在这之前!"唐圣元说:"是在这之前,是去年'五一'之前结的婚。王玉莲可真是个好媳妇啊,来的第二天就到养鸡场来了,先到鸡舍里边看了一遍,又到我这里坐了半天,我们也说了不少话。媳妇进了门就是这家里的人,我们也没啥隐瞒的,我就把儿子的一些不良习气给她说了说,也希望她能把我儿子管住,也希望这个家的产业交给她管理。可是我万万没有想到啊,第二天他们就办理了离婚手续,实际上在我们家只待了两天时间。结婚时候是惊天动地般张扬,离婚时又是这样出奇现丑,这叫外人知道了我这老脸往哪儿放啊?可是现在外人早已经知道了,传遍了十里铺的大街小巷,我现在见人连说话的勇气都没有了。"唐圣元越说心里边越难受,越说心里边越不是滋味,无意间两珠眼泪从眼眶中流了出来。

周树光没有插话,专心听着对方的叙述。唐圣元说到这里也作了短暂的停歇,缓解了一下自己的情绪,然后继续说:"他们离婚的当天晚饭时候,我们左等右等媳妇没回来,问儿子他说不知道,我看表情断定他是知道的,只是装聋作哑罢了,摆出与己无关的姿态。在这种情况下,我还能忍得住吗?一巴掌打过去使他后退了好几步,逼着他把情况说清楚,他这才吞吞吐吐地说:'都是我不好,是我把她撵走了。'我又问:'你为什么撵她?'他说:'她指着我鼻子说我懒,我受不了就吵了几句,就这样一气之下就离婚了。在一起感情也不会投合,晚离不如早离好。'这就是我儿子说的实情,由于没有双方的对证,我也只有相信了。现在看来年轻人办事情是比较草率,不考虑后果。我是这样想的,我们家的产业在十里铺也算是富户,我们老两口也都是五十多岁的人了,这一摊子总得有人接管才是,现在除了王玉莲别人还真不行,所以我想请你帮忙,他们离婚了还可以复婚嘛!复婚这也是常有的事。我的儿子是不争气,也比较懒,可是只要对他管严一点也会慢慢地变勤快的,总不能一棍子把他打死、一眼把他看死吧!现在他们婚已经离了,儿媳妇也走了,我尽管有这个想法,可我这张老脸也不敢到她们家开这张口啊!就是开口说了情人家也不会同意的。现在你正好有事到我这来,这也是咱们的缘分,是我们唐家的福气,只要这事成了,你就是我们家的大恩人!今后你有什么难处,需要我出力的地方,我一定会尽力而为,助你一臂之力。"

周树光没有过多说话,只表示愿意帮这个忙,对于王玉莲现在的情况他丝毫没有提及。

周树光走在回家的路上,因为他的大阳摩托出了点毛病,是步行到养鸡场考察的。他走到小青河的大石桥上,在桥上停留了一会儿,看了一会儿小青河的流水,依然那样的不紧不慢,缓流而下。王玉莲那时是在桥的旁边坐了两个钟头,周树光没走正路,而是沿着河边的坡地走回去的,由于河道弯弯,他多走了一个小时的路程。他的心思并不在观景望柳，而考虑的是唐圣元的嘱托，更多的是想王玉莲的不幸。王玉莲是一位好姑娘，聪明能干，心胸开阔，又有一手好手艺，人长得也如出水芙蓉，怎么就遇上了这种不幸？唐圣元似乎说得在理，但这也只是单人说梦，王玉莲也绝非是轻率之人，不会拿人生做儿戏。周树光想，唐圣元叫办的事是办还是不办？办——是做人的本分，对于唐圣元这样的好人应该帮他，可王玉莲肯定会不满意！王玉莲是我的员工，我应该爱护她，不能使她受任何委屈。周树光想好了自己的应对措施，便加快了脚步，向回家的路上疾走，忙着去处理一些应急的事情。

唐圣元交给的事情，周树光没当成应急的任务去处理，而整整向后推延了三天，在缝纫工人们下班之后他把王玉莲留了下来。他说："前几天我去十里铺考察，参观了唐圣元的养鸡场，还在他的办公室里边坐了一阵子。唐圣元这人不错，他说他养的六万只鸡已经饱和，再多养鸡蛋是卖不出去的。还说咱村地处农村，交通不便，这就更不能靠养鸡赚钱了。我看这话说得有道理……"王玉莲插话说："你不要说了，我不想听！以后你生意上的事都不要给我说，我只管服装厂里的事，其他事一概不过问！"

周树光没想到王玉莲会提前拒绝听他后边说话的内容，难道她已经意识到后边要说些什么？看来王玉莲的洞察力也不亚于谢红。不想听也得说，不然就对不住唐圣元的盛情托付！"玉莲！你别着急，有些话还真想叫你知道。"王玉莲没说可以，也没说不可以，现在既然周主任把话说到这个份上，那既然周主任敢说王玉莲也没有啥不敢听的！就这样用眼盯着周树光的一举一动。周树光已经感觉到对方面部表情的严肃，知道自己说话的重点和语气不敢拿大，只能去轻捡重，适可而止："我是受人之托，不好当面拒绝，他说的话是对是错我不敢断定，至于你说的话我会如数转告他，也算尽到我做中间人的义务，或者把我当成传话筒我也甘心接受。那一天我们谈事之后，他恳求我说：'你们离婚的事他一点都不知道，他也知道你和他儿子之间有解不开的疙瘩，但也不至于把我们两位老人丢一边就离婚。'他说这事一定怨他儿子，是他儿子不好，但教育一个人得从长计议，一天两天改好是不现实的。他非常恳切地说希望他们复婚，给他儿子一个改邪补过的机会。"

周树光说到这里仰脸看了一下王玉莲的表情,因为他在说事的时候不愿看到一个女子在动怒情况下的面部表情,一是会有同情之心,二是会有胆怯之意,在此情况下,这两点他都不希望出现。好在王玉莲还在聚精会神地听着,动怒之意好似还在内心深处隐隐地存着,并不希望爆发出来,而且还在有意听下去。

周树光的心放下了,继续转述唐圣元的一段原话:"为了弄清是非,我对儿子动了狠的,不但打了他,而且逼着他把离婚的真实原因说清楚,结果儿子说王玉莲指着他鼻子说他懒,就这样两人吵了起来,最后怕惊动你们,我们自己商量着离了婚。"

原原本本的话周树光传达完了,王玉莲站起来说:"你说完了那我走了!"周树光也站了起来说:"你先别走,你的意见还没说哩,我得把你的话传过去。"王玉莲说:"那好!你告诉他,我王玉莲不是那样不讲是非的人,也不是小孩子玩过家家,更不会把结婚当儿戏!想问事找他儿子去,少在我这里弄是非!"说完之后她绕开周树光,离开了服装厂。

十七

内部矛盾像根绳　善解疙瘩自然通

时间已到了午夜,可周树光还没有睡着,尽管是躺在床上,可一点睡意也没有。他一会儿翻身向左,又一会儿翻身向右,向左看不到墙,向右也看不到窗,因为是夜黑头天气,屋内屋外一样黑。在这样的条件下,正是睡觉做梦的好时光,可他为什么不入睡呢?他没有想养牛的事,也没有想做衣服的事,因为这两件事都已成胸在握,板上有眼,是可以吃得下、睡得香的事。那么他在想什么呢?这叫外人来猜,很可能是一个难题!可是对于常在一起的人来说,也并非难猜之谜,稍加思索,总会猜上十之八九。

"我王玉莲不是那样不讲是非的人,也不是小孩子玩过家家,更不会把结婚当儿戏……"这几句话像过电影那样在周树光的脑海中转来晃去,总想从中找出一个完整的解题,来解开这几句话的深层含义。可是他没有解开,恐怕以后也很难解开,可王玉莲的人品却在周树光的脑海中深深地扎下了根……

周树光已年过三十,是名副其实的大龄单身。凭他的条件,早就该是娶妻生子的人了,可他没有这么做,家人的用意他推掉了,别人的帮忙他也谢绝过,一拖这就到了三十岁。别人看不出他的用意,可他自己并没有不想,想是人的本能,周树光也不例外。在他离开军营回到本村之后,看上的第一个女人就是谢红，原本打算干出成绩之后再亮明心意，便可水到渠成。天有不测风云，没想到的是司建军已走在了他的前头。他从别人的言谈碎语中，也从自己的细微观察中，似乎也证实了这一点。尽管当事者双方心诚无语，但最终也会并蒂花开，从影子中走向真谛。周树光是正人君子，从不以己之私去伤害别人的利益，就这样他从暗恋中走了出来，又以正人君子的形态去忙自己的事业。

王玉莲是受聘当了服装厂的厂长，又是厂里的服装剪裁设计师，尽管厂子里的资产没有她的份额，可是服装厂的存在和发展都是在王玉莲的支配下运转的，这可以说是厂里的主心骨，也是厂里的摇钱树，这在周树光的心里头已占据了重要位置。但是这种位置只是工作上的利用，更确切地说也是工作上的依靠，这种依靠一旦缺失，服装厂也将失去存在的条件。周树光非常明白这一点，所以王玉莲的工资待遇也明显高于他人。

正是王玉莲几个钟头前的几句话，深深地打动了周树光，尽管还没有理出几句话的真实含义，但几句话的分量却毫无保留地显现了出来，这已充分显示出了她的超凡性格和高贵品质。这使周树光已经隐去了的暗恋心理又重新燃烧起来，把目光向王玉莲转移，尽管这种暗恋只是隐晦的，只有他一人知道，而且在短时间内也不会公开出来。不是他不想公开，而是他不敢公开，原因是王玉莲还没有从过去的阴影中走出来，对于向她求爱的人很可能会有一种逆反心理，搞不好一句话就会把好事变成不好的事。对于这一点周树光深有体会，当然这不是谈情说爱中的人情世故，而是第一次登门谈工作时就遇到过类似不愉快的阴影。在什么时候公开出来，这只能由时间来决定，周树光绝对不敢贸然行事。

唐圣元委托的工作已经完成，而且是按照唐圣元的心意行事，丝毫没有半点扭曲的地方。但是事情的结果一定会使唐圣元失望，这种失望不是来自王玉莲的绝情，而是来自他儿子的作为。周树光想，唐经理是个好人，好人应该有好报，我必须把原话告诉他，使他从现实中走出来。儿子是自己养大的，儿子的过错也是大人娇惯出来的，现在想把家业交给儿子管理，恐怕靠上一次的一巴掌是打不出来的。周树光想到这里感受颇深，一方面是对王玉莲的赞美，另一方面是对唐圣元的同情……王玉莲是服装厂的领导，今后在工作上应该多支持她,帮助她!对唐圣元的同情也只能是口头上的适度表述,在行动上的适度帮助都做不到,因为那是人家的家务事……

三天之后,周树光骑上他的大阳摩托去十里铺,向唐圣元经理汇报托付给他的任务的完成情况,也想顺道看一眼唐圣元儿子的模样。

两人坐下后周树光直奔主题:"你儿子没来上班?"这句话说到了唐圣元的痛处,他说:"玉莲离婚的原因就在这里,当时我就告诉我的儿媳妇,唐开举这孩子太懒了,整天泡在朋友圈里不回家,为此我生了不少闲气。"说到这里,他把话题一转说:"怎么样?玉莲愿不愿意复婚?"周树光话到嘴边又犹豫了一下,担心照原话说出口对唐经理的刺激太重,而新的想法又没想出来。唐圣元已看出了周树光的表情,知道事情不是他想象中那样美好,便接着说:"我知道了,王玉莲不同意复婚。这样吧!过两天我亲自到她们家去,当面向她父母、向她本人赔礼道歉,甚至给他们磕头都可以!"周树光连忙说:"这可使不得,您都这么大岁数了,闹出去会叫外人笑话的。""笑话不笑话这都算不了什么,除了这一招,我还能有什么办法?我连儿子都打了,总不能说我没尽到心吧!"

周树光看着唐经理无可奈何的样子,也实在令人同情!但是问题出在他儿子身上,要想使这个家重振旗鼓,必须得把儿子不好的一面纠正过来,对于这一点不下狠心是起不到好效果的。想到这里,周树光认为除了把真实情况告诉他,还得有意用重话来刺激他,使他认识到问题的症结所在。

"王玉莲到你们家来如果没遇到特别不顺心的事,我相信她一定是你们家的好媳妇,可是她现在已经不是你们家的媳妇。前天我去找她,说了您的想法,开始她只是听,没有说话。我是先讲你家养鸡场的发展,接下来又讲了您的人品,和您对王玉莲的期望,以后肯定是一个美满幸福的家庭,最后才谈了他们离婚的原因。没想到这一说她立刻就火冒三丈,说:'你去告诉他唐圣元,我死都不会再进他唐家的门,我王玉莲不是小孩子在玩过家家,更不会把结婚当儿戏,要了解情况找他儿子去,别在我这里瞎掺和。'"周树光把王玉莲的重话说完之后看着唐圣元的表情,用以观察他情绪上的反应。结果还好,没有过激的表情,只是睁着眼一动未动……周树光在想,唐圣元的儿子绝非只有好吃懒做这一种缺陷,必有更加严重的私下作风方面的问题,单靠一巴掌是打不出屁来的。于是,为了帮助唐圣元,需要外人给他出一点力,给他添一点勇气,不然这老头子是下不了手的,于是他把自己的想法告诉了唐圣元。

"现在看来你儿子不只是懒这一个问题,很可能还有更加严重的问题隐藏着,而你挣的钱很可能在支撑着他干坏事。所以,你的一巴掌恐怕太轻了,俗话说'好钢要用重锤敲',所以我看你还得加点力气,方能使他清醒过来,不然你这个家就不会安生。"

周树光说完后,唐圣元依然还是那种姿势,除了眼睛在眨巴,身上的其他部位好像都僵在那里,一动都没动过。在这情况下再待下去已经没有任何意义。周树光站起身说:"唐经理!我走了,您多保重!"唐圣元没有睁眼睡觉,更没僵在那里,而是边听边想自己的心事,现在看到周树光要走,赶忙站起说:"周老弟你先别走,我还有话给你说!"两人又同时坐下后周树光说:"唐经理你还有什么事?你说吧,只要我能办的,我一定尽力而为。"

唐圣元的声音很低,带着难为情的口气说:"我家的情况你都看到了,也都听到了,给外人的印象好像很富有,从内部的实情看,实在是很空虚。我已是快六十的人了,已经折腾不了几年了,赶明儿我干不动了,靠我那不争气的儿子是担不起这副担子的。你是走南闯北的人,道理知道得多,经历也多。我现在有这样一种想法,就是我在帮我儿子改正错误的时候,你能不能在跟前出点主意,说几句硬话,单靠我个人恐怕起不到太大的作用,因为我的底气不足,没有力量!"

唐经理给出了一道大难题,这使周树光的心思急速转动了起来,认为好人遇到难处应该帮,这是做人必须具备的本分。可是这个难事却是人家的私事,既插不上嘴,也说不上话,你怎么去帮!俗话说,"好官难断家务事",周树光这既不是官,也不是故,这个忙帮起来实在无话可说,力不从心,便站起来说:"唐经理!我连你家的孩子面都没见过,实在不好帮这个忙,不如把你家能说上话的亲戚叫来帮忙比较合适。""那你走吧!"唐圣元只说这四个字,既没起身,也没目送,依然是呆呆地坐在那里。人是安静的,心里边却在翻动着,热起来像大火在燃烧,冷起来却像一块冰。

周树光离开了养鸡场,也离开了唐圣元,但心里边也在翻江倒海,并不安静。走一路想一路,他在想唐圣元下一步的行动,很可能照自己的方法去做,以武力征服儿子,可是儿子已经走到这种地步,身强力壮,能征服得了吗?千万不要闹出乱子来!

周树光回到家里,已到了吃午饭的时间,他不愿把这种不好的情绪在饭桌上表现出来。人家的事与己无关,便狼吞虎咽般吃饱了肚子,径直来到养牛场,忙里忙外干了一个下午,把上午与自己毫不相干的事忘得一干二净。

魏文太和周树光正在说事情,李二闲东看西瞅地走了进来,两位领导不约而同地向门口看去,看见是李二闲已经抬腿进了屋,便感到很新奇,这个地方他一般是不来的。魏文太先打招呼说:"李贤贵可是稀客!你有什么事吗?"李二闲笑了笑说:"我爹问今年割麦还用不用机器割了,要是不用了我们家就把镰刀拿出来再磨一磨,这样割麦就省劲了。"魏文太笑着说:"你回去告诉你爹,就说今年还用机器割麦,不用磨镰刀了。"李二闲听到魏书记发出的指令,好像领到了圣旨那样高兴,快步走回家去。

支部书记魏文太、村委会主任周树光,两人分工合作,一人手里拿着用白面熬成的浆糊,一人手里拿着已经写好的收购麦秸的通知,每走到一处招眼的地方就贴上一张。当他们把手里的通知张贴完之后,两人并没有向回走,而是向西走出了村子。他们沿着田间小路,一边察看各家各户快要长熟的麦子,一边谈论着大河湾村今后发展的大政方针。

"魏书记!您可能也看出来了,我这个人办事没有您那么老练,那么细致,办事总是毛手毛脚的,您以后要多观察着点,多批评着点,多指点着点,这样才不至于把路走歪。"这是周树光的真心话,尽管认为魏书记在工作上有些保守,但是只要是他认准的事情,他的工作精神,他的工作耐力,都是非常到位的,也是值得年轻人学习的。

魏文太把脸扭向周树光说:"你这是在挖苦我呀,还是在讽刺我呀,我这一把老骨头磨得都没有棱角了,还有什么优势可学的?以后这天下都是你们年轻人的,论知识、论长处还是你们年轻人占优势,我以后还是向你们年轻人多学点才是,只要不掉队我就满意了。"周树光赶忙解释说:"魏书记!我没有挖苦您,也没有理由挖苦您,我是在说心里话,是从心眼里佩服您、感激您。解放后咱村已经走过了五十年,按说时间不算短,可是咱们的路还是老牛拉破车，慢悠悠地在向前走。可是在您的领导下，走路的步子已经开始加速，从慢车道走上快速发展的路子。去年提灌站的建成，这是咱大河湾的一项标志性工程，它能保证咱大河湾一千多人世世代代有饭吃、有衣穿，这就是一件大事，是顶天立地的大好事……"魏文太接过话题说："你这话说过了头，我承认修提灌站是一件大好事，为咱们村的大发展开了个好头，可是你说是顶天立地的大好事，这句话说得太过头了。所谓顶天就是已经到顶了，干今后的事情都是在这顶下活动，那就把咱村的发展限制住了。我敢断定：你周树光今后所干事情都在这之上。还有一点我也有想法，你说咱村一千多人今后世世代代有饭吃、有衣穿，这句话也说过了头。首先咱村的地不会增多，而且会继续减少，再过五十年每人大概不到一亩地。再过一百年呢？究竟还有几分地这谁都说不准！所以，这后边的工作都很重要，尤其是计划生育绝对不敢放松，得保证咱村的人有地种、有饭吃。俗话说'地里有粮，心里不慌'，你连种粮的地都没有了，还能保证世世代代有饭吃吗？"

周树光心悦诚服地说："这姜还是老的辣，你刚才说的只是吃饭问题，就把这一大串问题点得很清楚，这第一是吃饭问题，然后才是发展其他项目，这个问题讲得很有深度，也很有哲理，所以我应该好好向您学习。学习您实事求是的精神，学习您大公无私的精神，一步一个脚印地把咱大河湾的工作搞好。"

"其实说我实事求是也好，说我大公无私也好，这两种优点我都有一点，但不是很多，如果说我是个老好人这我承认。在当初选我当支部书记的时候，就凭老好人把我选上的，在上一届选村委会主任时，也是凭这一点长处上任的。所以上任之后除了老好人这一条保留了下来，其他长处没有。至于建提灌站，这还不到一年的时间，也是在大伙的共同努力下才建成的，所以这事已经过去了，以后就不要再提了。"周树光接过话茬说："其他事不说可以，唯独修提灌站这一条不让大伙说是不可能的，为吃饱饭咱村的人走的路不算少，吃的苦也不算少，可是直到去年才把这事解决了，你说这事能忘得了吗？当然了'金无足赤，人无完人'，天下再好的人也有不足的地方，何况咱们普通老百姓？上一次你批评我，我不但顶撞了你，而且站起来就走了，这事我想了很久，心里也纠结了很久，总想找个时间向你检讨自己的过错，承认自己的不是。其实你对我的批评都是好意，是对我的帮助和爱护，希望我把前边的路走得更稳些，避免走错了路，出现没必要的损失。可是当时我没这么想，总认为是对我的偏见，是无端的指责，这就把您的本意想偏了，把您对我的爱护想歪了。我现在深深地向您表示道歉，承认自己还存在着很多缺点和不足，今后一定虚心地向您学习，把各方面的工作做得更稳妥些。"

周树光在讲这些事的时候，魏文太也在思考着自己的长处和短处，哪些该发扬，哪些该更正，这是当领导的本分。同时他也在思考着周树光的优点和不足，所以他打断了周树光的说辞，说："你把我的优点说得太多了，而把你的优点说得太少了，这是不合情理的。那一天咱俩发生矛盾，你有缺点，但根子在我，是我说话的方式不对，才引起你的反感，为此事我也想了很多。不过时间已过去了这么久了，咱以后的合作还是很愉快的。俗话说'吃一堑，长一智'，只要咱们注意总结经验，咱们今后的路子会走得更顺当。我总在想，你们年轻人和我不一样，我想问题比较保守，保守就挪不开步子，走路的速度肯定会慢很多。可你们年轻人不一样，想问题比较超前，别人不敢想的问题你们敢想，别人不敢做的事情你们敢做，这就具备了很大的优势。你回来这几个月我在你身上学到了不少长处，你看得比较远，走得比较快，大方向没有错。你关心村民、爱护群众也是好的，你每走一步我都看在眼里，记在心中，现在已经证实，你每走一步都和你刚回来时的决心相一致。前些时候你曾告诉我等明年开春要建一所敬老院，这叫我想都不敢想，还说要给学校翻盖校舍，这是一笔多大的开支呀！可是村里边没有钱，所以我在想这肯定是用你自己的钱进行规划的。你有服装厂可以挣到钱，养的牛也能挣到钱，你是用自己的钱为村里人办事，这对一般人来说是做不到的，可是你能做到，我非常佩服你的作为，你是一名真正优秀的共产党员。"

两人边走边看边聊，转眼间就到了大河湾的西边地界，又绕着蜿蜒不直的地界边沿向北走去，两人既没耽误看景，也没耽误聊天。当然这种看景不是以消遣为目的的，而是带有某种渴望来看景，这种景不是山川河流，也不是奇花异草，而是大河湾土地上的麦浪滚滚，丰收在望。他们聊天既不聊山南海北，也不聊人情琐事，而依然是出村时所聊内容的延续，既聊大河湾发展的大政方针，也聊他们自身的处世为人，这说明一个村级领导干部的担子并不轻松。

"魏书记，有您在村里边掌舵，我这心里边就安稳得多了，就是走错了路，也可以撤回来重新再走。"周树光稍加停顿，又说："过去人们做衣服也好，买衣服也好，都把钱送到了外边，送到了城市。自从咱大河服装厂建起来后，钱都送到了咱这里，现在离咱较近的村子也有人来做衣服了，这样咱的钱就会越积越多，可以为咱村办很多事情。"周树光谈到这里兴头未尽，想得更宽更远，具备了有志青年应该具备的高贵品德。他说："咱大河湾有四百多户，有一千多人，可大河服装厂只是我和谢红两个人的，这说明大河服装厂的资产只有我们两人有使用权，其他人没有，也不能干预，因为这是私人财产。现在我们家有房子住，有饭吃、有衣穿，也有零钱花，虽然说不上很富，可离富的距离不算很远，三两年就可能是咱村的富户。我的想法和谢红交谈过，她和我的想法完全相同，她说咱们都是共产党员，光咱们富不算富，只有全村人都富了，才像一个大家庭，是一个名副其实的小康村。她说的话完全符合我的心意，俗话说'人心齐泰山移'，也包括你魏书记。另外还有司建军也在争取入党，咱们都是一个心眼为乡亲们办事，可以说咱大河湾离富裕村的距离已经不远了。"

魏书记听着周树光的宏观大论，心里边也热乎乎的，心想这大河湾真的有希望了。过去只是怕穷，没敢想富，现在村里边突然间回来个有能耐的年轻人，过去这种不求进取的观念一下子就改变了过来，连他这个偏重于保守的老头子也改变了看法。他想到这里便转过身来语重心长地说："树光啊！你说的我都赞成，因为我已经看到了你们的一些做法，都是为咱老百姓着想，咱村有你这样一位好带头人，咱村有希望了。"周树光赶紧接过话题说："你把我一个人拔得太高了，单枪匹马是干不成大事的。咱们村有你当书记，我的底气就充足得很，再加上谢红、司建军的支持，就形成了一股强大的力量，干一番事业就有了力气，否则是挑不起来的。"魏书记说："你说这话我也赞成，如果没有一帮人支持，单靠一个人势单力薄，也干不成大事，但挑头的更加重要。我这里举一个例子：咱们十里铺乡在崔书记没有到任的时候，乡里人下来指导工作本来事已办完了，可就是磨蹭着不走，目的想混一顿饭吃。其实在农村吃顿饭也算不了什么，无非是炒几个鸡蛋，弄两样菜罢了，但把干部的作风搞坏了，为人民服务的根基动摇了，对整个工作都有影响。自从崔书记上任之后，狠刹了这股不正之风，使全乡的工作又走上了健康发展的道路。我在想——无偿吃喝看似小事，实际上是影响全局的大问题。公务员是拿薪水的，在你的职责范围内执行公务，应该说都是无偿的，不应该再有过高的要求，也包括吃喝在内。实际上咱们农村人生活并不富裕，家里边养几只鸡下的鸡蛋，一般都是留着招待客人的，所以单靠几亩地过生活不容易啊。咱们村解放后换了几茬领导，虽说没出现大的问题，平平稳稳地都走了过来，可是村里的面貌没变过来，基本上还是原来的穷模样。现在解放军把你培养了出来，这不只是你个人的福气，也是咱大河湾人的福气，我相信咱村由穷变富的时间不会太长了！"

魏书记的一番表述，使周树光十分感动，也十分满意。这不光是魏书记一个人的信任，也是大河湾一千多人的信任，要把这种信任变成力量，使大河湾人尽快地都富起来。两位领导顺着大河湾的地界边沿一路来到养牛基地，这里是一派繁忙景象，周树光把袖子一卷，随着场内一班人的节奏就忙了起来。

魏文太并没留下来干活，而是沿着河边向码头走去，很想了解一下韩狗的近况。他还没走到码头，就已发现韩狗在河的对岸正在和一位年轻女人说话，他断定这位女人是韩狗的对象。他便坐在河沿上等待韩狗带来的好消息。

韩狗才刚到河对岸，还没来得及跟郭凤英说话，便看到魏书记已经坐在了北岸的河沿上。他似乎猜透了魏书记的来意，并不是想着急过河，而是想了解他和郭凤英谈话的内容。

"你来了！有什么结果没有？"韩狗急于想了解凤英找公婆谈话的结果。"没有，这次谈得比上次更糟。"韩狗问："那她没说咱们等到什么时候可以结婚？"郭凤英说："第一次我去找她，她说少说也得一年以后才能结婚，这次可好，说得更绝，她说：'你是他的媳妇，他是你的男人，你们两人在一起恩恩爱爱过了十来年，现在可好你男人一死你就急着另嫁他人，我给你说清楚了，他是我的儿子，你不心痛我还心痛哩，你必须给你男人守孝三年，以后你愿意嫁鸡嫁狗我都不干涉！'这就是她的原话，你说我还能有啥办法？干脆还是等吧，等一年以后再想办法。"韩狗气得只咬牙，放出话说："赶明我去找她去！看这老太太能厉害到什么程度？"郭凤英说："你还是不去的好，她扭起劲来你还能把疙瘩解开吗？说不清楚也就罢了，可是生一肚子气是划不来的。我看还是按谢红说的办法比较合适，日子就这样将就着过吧，急也是没用的。"韩狗说："我现在有一个想法你看合适不合适，如果你认为合适咱就这样办：咱俩不对外说，先把结婚证领回来，然后把你的东西拉过来，就在大河湾成家，这不也挺好吗？"郭凤英说："你说的这个办法是可以，可是哪有不透风的墙，这要是叫孩子他奶知道了，还不得闹翻天才怪哩！我看还是等等再说吧，急是没用的。"韩狗说："其实我倒没关系，我主要是考虑你太作难了，一个人苦点、累点都没关系，可是你一个人生活在这样一种环境中，我这心里真是为你发愁。"郭凤英最后说："你忙你的去吧，这半年都过去了，再过半年也能熬过来。"

郭凤英扭身拉撒志回家，韩狗又突然想起一件事要说："凤英！你再稍等一会，我有一件东西送给你。""什么东西？""你看见就知道了。"韩狗跳上船，很快就划到了对岸。魏文太坐姿未动，但却满脸春风般看着韩狗走上岸来，笑着说："韩狗，有什么新消息能不能透点叫我也高兴高兴啊？"

韩狗脸上并无笑意，听到魏书记这么一说，脸上便立时由阴转晴，笑着说："魏书记来了，您先在这坐着，我一会回来再给你说！"

韩狗快速从屋内取出他事先准备好的物件，很快就来到了郭凤英跟前，双手托起送到郭凤英的面前，说："我把一片心意交给你，请你接收！"老实巴交的韩狗突然说出这样一句时髦话，使郭凤英非常感动。接过礼物从布袋里取出一看非常高兴，感到有一股暖流涌上全身。这是一件上衣短袖衬衫，白底蓝点，十分耐看，她穿上一试还真合适，便说："你怎么知道我穿这么大小的衣服？"韩狗憨笑着说："我叫谢红给做的，她说你们两个人高低、肥瘦都差不多，所以都是她安排做的。做好后我给她钱她怎么都不要，她还说这衣服是我送给你的，也有她一份功劳就行了。谢红对咱俩这事看的可重了，还真得感谢她！"说到这里，他把眉头皱了一下，这说明后边可能还有新的内容要说，这是他表述心思的一种习惯，果然如此，接下来他说："过几天就要收割麦子了，到时候你告诉我一声，我去帮你割麦。"郭凤英说："不用了，我们村今年也是用机器割麦，我把名字已经报上去了，撒志他爷说到时候他过来把麦子拉回去。"

韩狗送走了郭凤英，和他未来的小儿子，高高兴兴地把船划到了西岸，并排坐在魏书记的旁边，接受魏书记的提问："韩狗！""嗯！""我说你小子的桃花运还真不错呀，我真想知道你们进展到了什么程度。"韩狗说："进展程度说不上，不过我们不是桃花运，桃花的季节已经过去了，我们现在是梨花年代，也算梨花运吧！"魏文太说："梨花也不错，梨花洁白如玉，看起来更纯洁。咱们什么时候喝你的喜酒？"韩狗说："喝喜酒还得往后等，为结婚的事凤英给她公婆说了两次，第一次说守孝一年以后再结婚，可是第二次说这事时就变成了必须守孝三年才可以结婚，你说哪有这样的规矩——说起这事就让人生气。"魏文太说："这你可不要生气，年轻人有年轻人的想法，老年人也有老年人的想法，两茬人站的位置不一样，想法也就不完全相同，这是很正常的，所以你不要着急，也不要生气，到时候自然就会有法子解决！"

魏书记说的是模棱两可的意见，这使韩狗迷惑不解，他开口便问："那你说我是等一年合适，还是等三年合适？"魏文太笑着说："傻小子，等三年还不得把媳妇等跑了，我说的是等一年……"

十八
家有充足隔夜粮　全家生活都安康

麦收的时间快要到了，人们都在忙着麦收前的各项准备工作。天已渐黑，周树光来到了大河服装厂，他刚一抬脚进门，王玉莲就把屋内的气氛烘染了起来，她说："欢迎周董事长给大家开会！"说完并带头鼓起掌来。这一举动搞得周树光心里边热乎乎的，赶忙解释说："你们这么一鼓掌，我连说什么话都忘了，其实我不是什么董事长，咱既没有那么大的家底，也没那么大的规模，说到底我也只是一个管事的。咱们大河服装厂刚成立时只有五个人，现在是十一个人，人增加了一倍多，产值也增加了一倍多。这里边有谢红的功劳，有王玉莲的功劳，也有你们大家的功劳，唯独没有我的功劳，因为我的工作重点不在这里。我是被村民们选举出来的村委会主任，我工作的重点当然是在村里边，考虑村里边一千多人的生存问题。人们生存得好得有条件，一是吃得好；二是穿得好；三是住得好。我认为这三点都没达到，我们要为这个目标而努力，争取早一点实现小康生活水平。那么实现这三点需要多长时间？我估计了一下，说快一点需要三年时间，说慢一点需要五年时间，咱们村就是小康村！"说到这里快嫂笑了起来，笑得周树光莫名其妙。快嫂的名称是有来由的，快嫂年方三十二岁，她的真名叫王霞，一是她干活快，手脚麻利，二是她说话快，敢说敢为，村里的年轻人都尊重她，称她为快嫂。

由于习惯上的原因，她的身份就有了明显的提升！就连一些长辈人也都叫她快嫂了。周树光说："快嫂，你笑什么？我说得不对吗？"

"我没有说你说得不对，我只是笑你说话没有依据。你说咱村三五年实现小康，我听着像说故事一样，一是咱村没有钱，二是咱村地太少，你拿什么来实现小康？我听着好笑，所以就笑了起来，实在不好意思，请周主任不要见怪！"周树光说："你说得很对，我不会怪你的。"他又提高嗓门，看着大家说："其他人还有没有要说的，也请说出来，我欢迎大家说事情，这对我也是个帮助。"下边的同志都同声回答："没有！"

"既然大家都不说，那我就再接着刚才的话题再说几句：我刚才说咱村实现小康的时间是三到五年，这件事我已经想了好多天了，白天想晚上也想，晚上一躺在床上，或者一闭上眼睛，实现小康的事就在脑袋里转悠，直到天亮都没闲着。"快嫂又说话了："你这个梦要是变成现实那才真是咱村人的福气哩！""你说得没错，我也是这么想的。可是现在还是个梦，所以这件事我还没有给魏书记说过，也没有给其他人说过，今天也没打算给你们说，可是没把住嘴，就给说出来了，不过你们也不要当真，就认为我是在说梦话吧。现在国家提出的口号是要建设小康，小康生活水平不是喊出来的，而是建出来的，现在全国很多地方都在向这个目标迈进，那我们大河湾也绝对不能落后，我就是抱着这样的目标复员回村的，回村后在谢红的帮助下建起了服装厂，厂权是我们两人的；又在谢红的帮助下建起了养牛基地，现在的大牛、小牛有一百多头，以后还要增加，最后可能要养五百头到一千头牛的数量。"快嫂又有了新的感受，憋不住又插话说："周主任，这样发展下去，你可是咱村的第一大富户了，可咱村的老百姓们离富还差得远着呢！光养牛你就投进去八万元，可咱村一千九百多人一共才投了一万元，平均一个人十块钱还不到，那能富起来吗？"她这一句话说得大伙都笑了起来，周树光也笑着说："你说得没错，就靠这几块钱投资，不是三年、五年富不起来，恐怕一百年也富不起来！服装厂我有60%的股权，谢红有40%的股权，所有产权是我们两人的；光养牛我投了八万元，谢红投了两万元，可是后来我又投进去五万元，谢红又投进去三万元，这样养牛的数量才发展到一百多头牛的水平。那么我们两人的钱是从哪儿来的，这件事我不说大家也会明白，这就是从咱服装厂赚的钱又投入到养牛方面去了，这也有你们的功劳在里边。但是这钱不是你们的，因为你们没有投入钱，你们只是干活拿工资，可以说你们是咱村先富起来的人群。当然了，如果你们说我周树光在村里边先富起来，这我不否认，如果你们说谢红也先富起来，我想谢红同志也不会否认。我为什么这么说呢？因为服装厂是我们两人的，养牛场我们俩又是最大的股东，钱我们挣得最多，就凭这一点，我们两人要比你们富得多。可是我们不能富，不能先富，因为在我们两人的名字有照着一层光彩照人的招牌，那就是中国共产党党员，它的价值就是全心全意为人民服务！如果不能全心全意为人民服务，他就不是一个真正的共产党员。我和谢红商量过，要把我们挣到的钱都用到村民的致富上去，和大伙一起富。"周树光讲到这里王玉莲带头鼓起掌来，也带动了大家都鼓掌，这是周树光没有料到的，为此他特别开心。王玉莲接着说："我的工资太高了，我也用不完，都在屋里存着哪，希望周主任再给减去一些。"周树光说："你们不嫌少这我很高兴，但是你们的工资也不算高，咱们是按劳分配，谁的劳动量大，干活多就多挣一些，这合情合理。王玉莲是咱们服装厂的厂长，又是剪裁设计师，工资当然应该高一些。只要你们好好干，准备明年还要给你们涨工资！"大家又是一阵掌声。

　　前边讲的内容是周树光临时加上去的，在讲完之后他才意识到有些话不合适，便给大家解释说："我刚才讲的只是我自己的想法，事先既没给魏书记请示，也没和谢红同志商量，如果有不合适的地方请谢红同志给以批评，也请其他同志提出来。"周树光的眼睛看着大家，足有一分钟的时间没有人说话，他这才讲今天要讲的话："今天中午我给王厂长打了电话，说晚上下班叫大家晚走一会儿，我有事要说：我说什么呢？这不是秘密，大家一想就能猜出来，就是一年一次的麦收快到了，麦收后接下来的就是夏种，这两件事必须保证完成，所以谁需要请假的请给王厂长打个招呼，按时间计算一共给十五天假期，如果不请假的，咱这里有活干，要从这里抽调四个人到养牛场帮忙，去收购麦草，谁家把麦草送来，咱收买，五分钱一斤。凡是到这里干活的，除了原来的工资，每天再多发五块钱，凡是请假回家的，工资只发二分之一。这个办法不是我一个人的意见，是和魏书记、谢红一起开会定下来的。"

会议已经结束，员工们一个个走出厂房，朝自己的家走去。周树光最后一个走出屋门，突然向左一扭头看见一个人影走过来，定眼细看才认出是司建军。可来人突然间向左一拐又不见了人影。周树光心里暗自好笑，哪有谈恋爱还怕人看见的，又不是偷鸡摸狗的事。周树光早已观察到他们之间的关系，可就是不知道为什么还隐藏着，这是他猜不透的谜。在他走远了的时候，人影又悄无声息地走了出来，照直走到谢红的家门口。

谢红还未走出屋子，就听到了外边的敲门声，她以为周主任回来又有什么事，便紧走几步把门打开，随口就说："你怎么又回来了？""是我！周主任已经走远了！"谢红恍然大悟，忙解释说："是建军来了，我们这里刚才开会，周树光刚才才走，我以为他又回来有什么事哩。你来就好，待会就在家吃饭吧！"司建军说："我刚才看见周树光走远了，我是来给你说一声，到收麦的时候给我打声招呼，我用车把麦给拉回来。"谢红说："不用了，周主任说你们养牛场很忙，人不够用，到收麦的时候还要从这里调去四个人帮忙哩。"司建军说："他是说过这个事，可是再忙我也得来把你家的小麦拉回来呀！我看这样吧，到时候咱再说，只是你别忘了告诉我！"

麦草收购工作井然有序地进行着，一车车麦草从收割麦田的现场向大河养牛基地运来，农村特有的大木杆秤担负着称重麦草的任务。两个成年男人站在两边垫高的地面上，把木杆插在秤上边的吊环上，把一捆麦草抬起称重。这里是现卖现付款，凡是割麦户几乎都把麦秸卖给养牛场，也算是帮农户增加一点收入。麦草垛已经堆成了小山，这是为养更多的牛准备的饲草料。司建军从麦草垛的另一侧走过来，到谢红跟前后小声说："你家的小麦啥时候收？"谢红说："大概是明天上午十点钟，到时候你过去吧！"两个人的信息交谈很简单，但被书记魏文太观察到了，而且也猜出了他们谈话的内容。魏文太主动走到谢红跟前探听消息："怎么样？两个人的秘密还不公开出来？""什么秘密？我能有啥秘密？我有什么秘密也不能瞒着你书记呀？"魏文太笑着说："你以为我什么都不知道啊，刚才小司问你收麦的事对吧！"谢红心里想，这老头猜得还真准，便理直气壮地说："你说得没错，我现在是单枪匹马，身单力薄，谁想帮忙我都不会拒绝。"

好！看来还不到火候，还没有丝毫向外透露的意思。魏文太非常满意地离开了谢红，在养牛场的里里外外走动着，检查着每一处工作是否到位，这里已经成为他工作的重点。关于谢红的再婚问题，这也是她关注的主要问题，虽然嘴里没有直说，但心里也一直在观察着谢红的一举一动。司建军的动作他早就观察到了，但也始终没有传来他们的直接信息，今后希望他们能好事成双。

  第二天上午十点，司建军准时来到谢红家的麦田地，站在地头向整块地看去，麦子已经收割完毕，麦子已经给拉了回去，还真有勤快人走在了司建军的前边。

  司建军骑上车照直来到谢红的院内，看到几袋子小麦已放到了院内的地上。谢红看到司建军的到来，便从屋内走出来说："今天赶得巧，我家的小麦刚收完，就从外地开来了一辆面包车，停在了周主任的地头处，这时周主任又叫把车开到我这边，就先把我家的麦子拉了回来，准备明天晾晒以后再放到屋里。"司建军说："看来你家的麦子收得还真不少，要是你家两个人吃不完，我来帮助一块吃！"谢红高兴地笑着说："保证叫你天天吃饱不会饿！"司建军又进一步说："开车人准是周主任家的亲戚，不然怎么会这么熟？"谢红回答说："好像不是他家亲戚，他把粮食送来后到屋坐了一阵子，说话挺开朗也挺和善。他说他也是从部队当兵回来的，现在是自己创业，自己挣钱自己花，生活上过得还算不错，他说这次来主要是看看周主任在干什么事，如果行就合作干点大事。"司建军说："看来他离这里不远。"谢红说："他说他家是南屯的，现在开了两座砖瓦厂，生意还不错，一年能挣几十万元。"

  魏文太来到提灌站，拉开闸门，接上电源，一股水流汹涌而出，流向它该去的地方。麦子收割之后，土地的墒情有些不足，为了使禾苗出匀出齐，魏书记决定抽水浇地，充分满足庄稼对水的需求。

  无事可干的李贤贵离开村口，游走至提灌站看热闹。魏文太看到闲子来了，便热心地接上了话题："闲子来了，这大忙的天你不帮你爹干活，跑到这干什么来了？"贤子接过话题说："我爹嫌我碍事，不让我干事，我就到你这儿来了。"魏文太说："那好！正有事要你干呢，你来！"魏书记把贤贵领到一块麦茬地里说："这里掉的麦穗很多，你把它都捡起来放到提灌站。"闲子顺从地接受了任务，便不停地捡起麦穗来。大约两个多钟头时间就捡了一大塑料兜麦穗。魏书记告诉他说:"带回去交给你爹,说是你自己捡回来的。"李贤贵带着魏书记的交代,真的就把麦穗交给了他爹,他爹直夸奖他的进步和勤快,贤贵也满意得笑个不停。

河水顺着人们的安排流向每一块农田,土质也由干硬变得松软,这是人智胜天的结果,由过去的人由天命变成了现在的天随人愿。夏种也方便得多了,过去是小麦割完之后,用牛拉犁把土深翻一遍,然后再行播种,现在就省去了这一大道工序。现在割麦后麦茬很高,夏种就在麦茬的行距中间点播,等禾苗长出后的半个多月,麦根沤烂,麦茬倒地,既成了禾苗的肥料,又为秋粮的丰收创造了条件。

在水漫灌之后,正是夏种的好时机,各家各户的人们都在地里忙着点种,显示出一派忙碌的景象。李富安也带着儿子李贤贵在地里干活,这时他的闺女李贤妹也来到地里,担心哥哥完不成任务时她可以接替。爹爹在前边挖坑,哥哥在后边丢籽,她在后边观察了一阵子,认为哥哥丢种子的水平有一定的长进,便放下心来。

谢红母女二人也在地里干活,谢红负责挖坑,母亲负责下种子,两人配合得十分到位,只是动作慢了一些。在谢红感觉累了的时候,就站直身子稍歇一会,也顺便看一下别人家干活的情景。她转腰扭脸看了一圈,大多都是男的在挖坑,而女的在丢籽,而唯有她这一家是个例外。想到这里不免心中有些伤感,只有她们这一家是一老一少两个女人在干活。这是无法改变的悲剧,连续三年都是这样走过来的,尽管已经适应了这种环境,但悲伤会时隐时现地偷袭过来,搞得当事人都无法躲开这种局面。

在需要的时候周树光及时来到了跟前,谢红喜出望外,赶忙把锄头交给了周树光,干活的速度明显加快了许多。时间不长,司建军也来到了跟前,周树光是个明白人,赶忙说:"建军来了,你来得正好,我正好还有别的事要办。"接着把锄头交给了司建军,自己也快速地离开了这个地方。

无巧不成书,快嘴张嫂家的地也离此不远,她正在和老头子一起点种包谷,看到周树光和司建军都来到了谢红的跟前,便眉开眼笑地站直身子说:"你看热闹事来了,两个大光棍争抢一个小寡妇,咱大河湾以后可有热闹戏好看了。"老头子指正说:"你是来干活来了,还是看热闹来了?人家的事你管得了吗!"张嫂说:"你们男人们都不是好东西,要不是我在这站得稳,恐怕你也凑上去了!"老头子不高兴地说:"我看你是没话找话说,就不怕烂了舌头,你看人家周主任是不是已经走了!""走了?"张嫂看着走远了的周树光说:"真没意思,戏没开始就散场了!"老头子又说:"你说的哪一出戏是真的?还不都是你这张臭嘴编出来的!以后别在外人面前瞎编乱说,别人的眼睛都比你看得准确,说出的话也都比你有分寸。"这话说到了张嫂的痛处,把手拿的篮了重重地放到地上,说:"好啊!说半天你倒嫌弃我来了,你有能耐你自己干吧,我回家清闲去!"说完真的走了。

  周树光的爽快离去,使司建军摸不着头脑,是喜是忧都不敢下定论。昨天找谢红要过来帮忙下种,结果被谢红加以拒绝,说我的工作太忙。可周树光比我的事重要得多,也相当忙,可他今天却来了,这又是为了什么?实在令人费解!要不然周树光也在偷偷地爱着谢红,而谢红还在踩钢丝,哪边的引力过大,就倒向哪边,如果真是这样,我以后的日子不会好过。论经济实力他比我强,论政治水平他比我高,论工作经验他比我多,我司建军站在跟前无可比之处。不过自己尽管有许多不尽人意的地方,但也绝对不是见利忘义之人,始终都把做人看做高于一切,至于谢红喜欢什么样的人,那是她自己的事,别人都无法左右。一切都顺其自然吧,顺其自然是最公正的选择。司建军想好了自己的主张,便加快了自己挖坑的速度,尽管你一言我一语地在交流着情感,但也只是一些鸡毛蒜皮的小事情,两个人都有意在情感上向深度延伸一步,但在表述上都在盼着对方能超前一点,而给自己留下一点主动。等是等,盼是盼,还都认识到是自己的条件不足所带来的被动,这种被动何时能够化解?还是一个谜。

  尽管播种速度很快,还是留下了没有干完活的尾巴。他骑上自己的交通工具很快就来到了养牛基地,几十头牛已经认识了他的身影,等着他的到来。周树光从地里回来直奔他的养牛基地,他知道司建军不会按时回来,是来接替他的工作的。先是清理场地,后又准备草料,等司建军回来的时候,养牛的事情已经准备就绪,这是他没有预料到的。他赶忙走到周树光跟前说:"谢谢你来帮忙,我回来晚了,实在不好意思。"周树光说:"我过来干活也是应该的,这不用说感谢的话。我问你,地里的活干完了吧?""没有,还有一点没干完。""这就好，剩一点她母女二人就能干完。"

周树光把司建军、尚明义、刘文喜、韩士贵叫到跟前说："我准备出去买牛去，再买五十头小牛回来，这样咱们养的牛就超过了二百头，这也算是有相当规模的养牛场了。场面大了，就得有比较正规的养殖程序和养殖技巧，经过和魏书记研究，决定由司建军担任养殖场的场长，全面负责养殖场的工作，使其走上更加成熟、更加正规。这次买牛用的钱不是村子里的钱，也不是其他个人的钱，而是我和谢红的钱，因为这是私人的钱，我们想怎么用就怎么用，所以我们就商量用于买牛，买来是小牛，半年之后就是大牛，咱们事业的发展就得有小到大，由弱到强，是一步一步走出来的。咱们的养牛业才刚起步，是股份制企业。你们四个人负责在这里养牛，只有司建军、尚明义是股东有股权，但是你四个人在这里只负责把牛养好，你们四人平起平坐没有高低之分，至于股权只能在股东会议上发表看法，提出自己的见解，在这里养牛场地只能以工人的身份出现，勤勤恳恳地按照自己的身份工作。我就说这些，你们谁有什么想法可以说出来。"

"我说几句，"尚明义抖抖精神说："我不是提建议，也不是提意见，只是有些想法想说出来。我是一名共产党员，是在部队入的党，当时感到是一名党员很光荣。可是退伍回来以后情况变了，现在是各种各的地，谁也帮不上谁的忙，人家也不用你去帮忙。所以感到当党员的任务已经结束了，曾经产生过退党的想法。这是一种落后的想法，不求进取的想法，回想起来真是有点后怕。自从安排我来喂牛以后，好像又回到了部队的感觉，每天工作都很充实，今后我一定会尽力而为，起到一个党员应有的模范带头作用，我说完了。"周树光说："好！你说的不错，我就喜欢青年人有这样的精神。下边谁还说？"

在周树光的鼓动下，在尚明义的启发下，司建军也表态发言，谈了自己的一些想法："我今年已经二十八岁了，没有接触过大的市面，前几年一直在外面打工，目的只有一个，就是想多挣点钱，好成家立业，使生活宽裕一些，结果干了多年，到现在才积存了一万八千块钱，不敢花也不敢动，因为稍一折腾就打水漂了。因为再想多积点钱是很难的。这次集资建养牛场我就全部投进来了，下这样的决心是经过一番思想斗争的，也是在其他党员们的启发下转变过来的。在南方打工的时候，周边都是打工者，既没有党员，也没有党组织，你想进步都没人帮你这个忙，所以我到现在还不是党员。最近我也写了入党申请书，争取早点加入中国共产党，成为一名光荣的中国共产党党员。这样，身上就能感觉多一层温暖，多一股力量。今天周主任通知叫我当养牛场的场长，尽管现在我还不是党员，但我要按照党员的标准要求自己，把这里的工作做的更好，请周主任和各位领导都放心。我就说这些，完了！"

周树光掩饰不住自己的喜悦心情，畅快地说："你们两人的发言很好，我好像又回到部队的时光，战士们的发言就是这样明了直爽，毫不隐藏自己的观点，这是多么高尚的品德，我就喜欢你们这样的年轻人，希望把这种精神发扬下去，不但要把咱们的养牛场建设好，还要把咱们的村子建设好，使全村的乡亲们都过上好日子。我周树光只是一个人，单枪匹马，没有多大力量，可是你们都站起来，咱们就是一群人，人多力量大，群策群力，要不了多久，就能使咱们大河湾锦上添花，大变模样！"

四人当中已有两人谈了自己的想法，后来的两位是不是也有话说，他不大清楚，就在这时手机响了，是魏书记来的电话，要他回办公室有事商量。他把四位工人指挥走，自己照直去了办公室。

"魏书记！我来了。"周树光很有礼貌地打了招呼。魏书记接过话说："刚才乡政府崔书记打来电话，说准备召开一个座谈会，会期两天，具体研究十里铺乡经济发展问题，还专门说要介绍咱大河湾的经验，要咱们带个头，具体介绍一下咱们的发展经验。他说每村只去一个领导，我看你去比较合适。"

周树光没有推辞，接受了任务，第二天准时参加了乡政府召开的座谈会，他选择了一个偏远的位置坐了下来。崔书记在前边向在座的人看了一遍，终于发现了目标，大声叫着："周树光！"周树光突然站了起来，以军人的礼节大声回答："到！"崔书记非常满意，说："请你到前边坐来！"周树光回答："崔书记！我坐这里挺好的，你讲话我能听得见。"崔书记说："不是我讲话你能听得见，而是你讲话别人听不见。"他又面对大家说："今天这个会我不是唱主角的，唱主角的是咱大河湾村的周树光主任，他要给大家介绍他们的发展经验和发展计划。"他又面对周树光说："你坐在那个旮旯角里讲话，别人怎么能看清你的脸面,又怎么能听清你的声音?今天是你的主讲,所以还是到这来讲吧。"周树光豪不情愿地坐在了崔书记的旁边。

崔书记说:"咱们在座的都是咱十里铺乡各村的领导,刚才已经给大家打过招呼,说今天的主讲人不是我,因为我的肚里边没有那么多油水。今天的主讲人是咱大河湾村的周树光主任,在他讲完之后分组讨论。"周树光说:"崔书记!我连讲话稿都没写,恐怕是讲不好的!"崔书记说:"我知道你没有讲稿,这是我有意安排的,如果你准备了讲稿,你讲话的真实性可能要打折扣。所以,今天叫你讲话你说没写讲稿,这就是我的用意。"

周树光是个明白人,他完全理解崔书记的用意,做法是自己想出来的,路子是自己走出来的,用不着添枝加叶,也用不着涂脂抹粉。周树光心里边有了准备,讲起话来也就顺辙顺路。从提灌站的建设到服装厂、养牛场的发展讲起来都顺风顺水,波浪起伏,使人们听了如临其境,感受逼真。在讲到生动之处时,崔书记多次带头鼓起掌来,这对周树光是极大的鼓舞,也对听者是一种满足。在周树光全部讲完之后,崔书记作了有关下边工作的安排,他说:"今天上午是周树光主任谈经验介绍,因为他有经验,有内容可谈。今天下午是你们在座的谈,是分组进行谈,各谈各的,你想怎么谈就怎么谈,我这里不提要求,不设条条框框,但我要看讨论记录。咱们这次会议是一天半时间,明天上午还有别的内容要讲,午饭之后你们都可以回去了,回去后有一项工作要做,就是订计划,订脱贫计划,一个月后把脱贫计划报上来。报上来的目的不是乡里边批准你干什么,而是乡政府知道你们在干什么,做到心中有数。"

十九

家教不严必出事　村风不正"乱"上头

崔书记提前十分钟就到了会场，和先进场的人员聊上几句话，打声招呼，这是他的习惯。他开会讲话也很随意，他说这便于上下沟通感情，有利于工作的协调。他还说凡是上边定了的事情，领导必须带头执行，其中包括开会时间，一分一秒都不能迟到。还有开会的内容应该直截了当，一目了然。他说："现在农村很穷，穷的没钱买肉吃，所以有些嘴馋的年轻人都养成了偷鸡吃的习惯。从客观上讲咱这里比较穷，从主观上讲说明咱们的主观能动性没有发挥出来，生产水平十分落后，只靠粮食吃饱肚子，身上连点油水、连点腥味都没有。所以要想办法找出挣钱的门路，把自己的能量发挥出来，创造自己的事业。人懒是人一切弊病的基础，现在在农村偷鸡偷牛的事件比较多，这都是人懒志穷造成的。今后要把这种懒去掉，把志提升起来，把穷根挖掉，咱们的大河湾村已经走上了挖穷的上坡路，尽管上坡的难度很大，但他们决心要上，三两年之后，这顶穷帽子有可能被摘掉。那么这道上坡的路其他村敢不敢走，这要靠你们自己出主意，想办法，别人成熟的路子不好走，因为那是别人走过的路，你们要闯出一条新路来，顺着自己的路走，成功的希望就大得多！当然了，大河湾走过的路别的村也可以走，关键是要有自己的出奇之处。一个月后我要看你们的报告，一年之后我要看你们的成绩。"

"上边是我今天讲的第一个问题，第二个问题是讲安全，讲管理。最近咱们十里铺出了个大事，而是家破人亡的大事。这件大事不是外部原因造成，而是家中矛盾造成的，说起来令人痛心……"周树光听到这里不觉心中猛然震动了一下子，他担心是唐圣元家出了大事……

果不出周树光所料，正是周树光和唐圣元见面后的当天晚上，唐圣元坐在自家院里的靠背椅上，面无表情地等着自己儿子的到来，儿子是八点钟进的院子，口中哼着别人听不懂的小曲，自由自在地走到他爹跟前，很有礼貌地说："爹！您回来了！"随说随走，朝自己的卧室走去，又被正在气头上的父亲叫了回来，"你给我说清楚你今天到哪儿去了？""去朋友家去了！""我问你，你到底有几个朋友？""好几个！""是男朋友还是女朋友？""男女都有。今天奇怪了，我的事你从来都不管不问，今天怎么问这么细？你别忘了，我都三十一岁了，该怎么做，不该怎么做我都清楚，你还是省点心好，对你对我都有利！"唐开举此话一出，把唐圣元气得脸发青，唇发黑，"你别走！你看着我在给你说话，我问你！你媳妇是怎么走的，她为什么要跟你离婚，你必须给我说清楚！"唐开举不满意地说："她不是我的媳妇，我也没有这样的媳妇，她走那是她自己的事，与我没有任何关系！""你说的是混账话，你死皮赖脸地追人家三年，人家在多方面的压力下才同意和你结婚的，你们结婚证都领了，还说不是你的媳妇？""结婚证是虚的，睡觉才是实的，他连碰都不让我碰一下，这叫什么媳妇？我死都不会承认她是我的媳妇！"

唐圣元明白了，王玉莲确实掌握有儿子的真凭实据，不然她也绝对不会轻易离婚的。多好的儿媳妇啊，可只在家待了两天半时间啊！最后唐圣元才向儿子说出他不愿说出口的重话："我问你——你外边还有没有别的女人？"儿子也不加掩饰自己的作为："有！""有几个？""你没必要问那么细，有几个都不犯法。"唐圣元气得心火上攻，硬站起来向儿子挥去一拳，同时说道："你这个不要脸的东西！"伸手还没有打到地方，话音刚落，儿子的手就已经伸了过来，老人毕竟已年老体弱，儿子的手刚一触到老人，老人便一个趔趄重重地倒在了地上，双眼紧闭，除了呼吸之外，再没有任何动弹，直到一周后去世，都没有和后人有任何交代。

崔书记讲到这里长长出了一口气，他为唐老先生的去世而伤心。他说：

"唐老先生是咱们十里铺有名的企业家，也是咱十里铺最大的税收户，我们乡政府里的人对他都很尊重。刚才我讲的一些情况，都是他夫人亲口告诉我的，他儿子唐开举是去年四月份结的婚，我参加了他们的婚礼，姑娘长得相当标致，可没想到过门两天半就办了离婚手续离开了这里，这件出奇的大事始终都没传出来，我是最近知道的。我认为他家的这个媳妇相当不简单，刚进门就把他丈夫的情况摸清楚了，不然也不会这么快就办了离婚手续，这对一般人来说是做不到的。这个女子是哪个村的，叫什么名字，我不便向人家公开，在你们中间在座的肯定有知道这个女的，也有认识这个女的，因为他们是一个村的。但是我不想把这件事张扬出去，我估计这个女的也不想把这件事张扬出去，这毕竟也是一件不光彩的事情。但是这个女人绝对是个有主见的女人，一个有正义感的女人，今天我把这件事讲出来不是宣传它的神奇，而是讲发生这件事的内在原因，它给咱们提供了可以借鉴的内容。唐圣元是自主创业的富户，他开始就是单枪匹马，没有合作的伙伴，到今天依然这样。他连他自己的儿子也不用，但是他所挣到的钱，他儿子却可以随用随取，这就给他儿子造成了自由享乐、放荡不羁的性格，这是造成唐圣元不幸去世的直接原因。事后由唐家老太太上诉，把她儿子告上了法庭，现在他儿子被关在看守所里，正在由组织按程序进行调查，其结果如何，现在还无法下结论。我在这里提醒同志们注意，咱们在座的都是各村的领导，不但要领导村里边的经济发展，使村民脱贫致富，还要抓好村里边的治安管理。对喜欢偷鸡摸狗的人要严加管教，对游手好闲者也要管教，号召全村人都走勤劳致富的路子。"

对于唐圣元的去世，周树光非常悲痛，他站起来说："唐圣元的养鸡场我去考察过，规模很大，管理得也很规范，现在听说唐经理去世了，我心里很悲痛。他是一位好人，说话、办事都很和善，我非常喜欢他，我们是好朋友。我想问一下他的养鸡场怎么样？搞不好垮掉了怪可惜的！"

根据周树光说话的意思，崔书记也想知道更多的情况，便问周树光："既然你和唐圣元是朋友，他家的情况你一定知道不少，这样吧，今天下午你晚走一会儿，你到我的办公室，咱俩再详细交换一下看法，我也想多知道一些他家的情况。"下午他把其他到厂开会的人员送走之后，便领周树光来到他的办公室说:"你说吧!这里很安静,只有咱两个人,说深说浅都没关系。"周树光说:"我上午的话没说清楚,我想知道唐先生的养鸡场现在还在不在了,因为这是个大摊子,丢掉了怪可惜的。""噢!我知道了,你是想把养鸡场接过去由你来管理?"周树光回答说:"不是的,我们村离那里太远,把它管起来也不现实,我只是担心它垮了,这是唐先生用心血建起来的,应该让它存在下去。"崔书记说:"你说得没错,我也是这么想的。事后我到唐家去,正说话间,鸡场的一个女职工进来说,鸡场工人多数人都走了,养的鸡也少了好几百只,要是没人管这鸡场就快不行了!唐家老太太说:'不行就不行吧,家都不行了,还说鸡干什么。'我赶紧接话说,'你不还有闺女、女婿吗!叫他们过来先管着,我再派两个人过去帮忙。'就这样鸡场算保住了。我问你,听说他家媳妇是你们大河湾的,她现在怎么样?"周树光说:"她叫王玉莲,我刚去参军的时候,她才十来岁,在我当兵回来之后,她已经离婚了。在我办服装厂的时候,托人找裁缝时才知道她学过裁缝技术。现在她是我们服装厂的裁缝设计师,又是厂长,对厂子管理得相当不错,也算是一个人才吧!"崔书记说:"这就好,你们应该关心她、爱护她,保护她!这个女的不简单,现在有不少人关心的是钱,只要有钱,至于人品都无所谓,这个女的不是这样的,她现在应该还是一位姑娘,而不是寡妇。她对人品看得很重。一个人连人品都没有了,他还能算是一个人吗?钱对人来说固然很重要,它是人富有的象征,但它不代表人的高贵。唐圣元是个好人,也很能干,单靠自己的力量办了那么大的一个养殖场,成为咱十里铺乡数一数二的大富户。从表面看这个家是光彩照人的,可从实质看这个家却是空虚的。唐圣元是这个家庭的主人,却没有看清这个家的全貌,整天像驴一般在屋内拉磨,养着一个像皇帝一般的儿子在家里享用。可是一个乡间女子,一个农村的大姑娘才进这家两天,就看清了这家的实质,毫不犹豫,就断然离开了这个家。这个女人有多大本事我不敢说,但至少可以说她的品德高尚,智力超人,以后她不管到了谁的家,这个家肯定是幸运的……"

没有设定目标,两个人很随意地聊了两个多小时,最后崔书记才放周树光离开了乡政府。

周树光直接回到了自己的家,因为晚饭还没有做好,他走到自家猪圈边看自家养的猪,又走到牛槽边看自家养的牛,毫无疑问,他在思考崔书记在会上提出的发展要求。尽管要求一个月上报发展计划,但早做准备主动权就掌握在自己手中,所以他正在思考这个问题,准备明日上午向魏书记汇报。

周树光详详细细把会议精神作了汇报,停下来等着魏书记说话,而魏书记没有说话,他也没有思想准备,脑子里是一片空白。周树光深知其意,便主动说:"实现小康水平上边还没有标准,我看咱们自己先定一个自己的标准,这样就能使村民们有个目标,有个方向,也好有个奔头。现在咱村人的生活水平普遍比较低,粮食虽然基本够吃,可副食显然不足,一个是没钱买,一个是无处买,地里边都种上粮食,就是没有种菜的,这种局面应该改变。以后想办法集体种菜,谁想吃谁去买。现在咱村的人们最缺的是钱,所以得鼓励人们学会挣钱,办法就是发展养殖业,当然谁有招数都可以用出来,谁通过自己的劳动能挣到钱,就算谁有本事,每年开一次表彰大会,给以鼓励。那么,挣多少钱才够鼓励呢?咱们制定的标准是人均五千元,一家五口人就得挣出二万五千元,这个标准看起来可能有点难,但经过努力是可以达到的,而且咱村有几户现在已经达到了,他们也没感到难到哪里去。只要你敢于出力,就一定能达到,生活水平也一定会提高不少。这就是我的一些想法,看你还有什么补充,到时候开个会,咱一并向下布置。"

魏书记眉头皱了一阵子也没想出个所以然,因此开会的内容就按周树光的想法向村民们布置了下去,一个月后又向乡政府写了书面报告。

在周树光向下边布置工作的时候,有人提出了一个新的设想,说外地已经有人用沼气做饭了,又干净又省事,要比烧柴火做饭好得多,能不能派人去学一学,把这套办法引进过来,为咱们所用。周树光对此很感兴趣。散会后他立即把这件事报告给了魏书记。魏书记听了也十分高兴,说:"咱们农村从古至今就是烧柴做饭,搞得人们受了不少屈,吃了不少苦,如果真能把这办法引用过来,这又是咱村人的一项福气。"周树光接话说:"我参加乡里开会时遇到了刘文东,他不但是水利工程师,对沼气也很有研究,也帮助过别人搞过沼气,不过那都是一家一户,规格很小。现在可以把他叫来,把咱们村的沼气使用问题也设计一下,人家是专家,肯定考虑问题比咱们要全面。"

魏书记支持周树光的意见,第二天便把刘文东叫了过来。他们三人围着大河湾转了一遍，最后又来到了提灌站、养牛场，刘文东对养牛场特别关心，里里外外都看得很详细。最后他站在门口说："你们现在有多少牛？"魏文太开口说："一共是一百五十三头！"刘文东说："如果现在全部出手，少说也能卖一百万元，当然你们是不会卖的，不卖有不卖的好处，一是可以肥地，为各家各户节省不少买化肥的钱；二是可以闷沼气，足可以满足一百多户人家用沼气的问题。只可惜你们村的房子太凌乱，不规整，这牛粪用起来可有难度啊！"周树光说："这事你不要作难，因为我们村里人要用沼气，你看怎么合适就怎么说，如果有难度我们再想办法解决。"刘文东说："这样也好，就是谁家有条件谁家先搞，先在有条件的家搞个样板，然后逐步向其他家推广。"周树光扭脸看看魏书记，希望他能谈谈看法，魏书记也看出了周树光在向他示意，但他没有表态，他在等待周树光的看法。周树光是年轻人，具有向前看的眼光，他告诉刘文东说："我们养这么多牛，就是为村里边的住房改造准备资金的，现在养了一百多头牛，到明年就可能养够三百多头牛。"刘文东知道了，心里边有了底数。现在的牛价格不低，便宜的能卖几千元，贵的能卖一万多元，几百头牛就是一个不小的数字，三两年后搞房改是可能的。刘文东告诉魏文太和周树光说："既然你们有房改的希望，又有这么多牛做担保，我想这个目标是可以实现的。"刘文东的心意已经形成，便决定为大河湾设计出一套新的沼气设计施工流程方案。

刘文东领着两位村领导在养牛场的南边，边走边谈边量，说要在这一大片地方建六个大型沼气池，每座沼气池十米见方，建成之后是可以满足全村人使用。但是在你们村房改的时候，必须建成排字房，也就是一排一排的洋房。不过到那时，你们大河湾可就真洋起来了。

周树光对刘文东的说法很感兴趣，赶紧问："你说一排一排的洋房是个什么样子，能不能详细说一说？叫我们也开开眼界！"刘文东说："你问的这个问题我也不一定说得清楚，我只是在外地见过人家建的小洋房。都是一家一栋房子，有一层的、两层的，也有三层的。现在农村的耕地已经比较少，所以建两层三层的多，建高一点用地的面积就少一些。所以我建议你们村在房改的时候一定要考虑这个问题。"

刘文东走了，大河湾利用沼气问题并没有解决，关键是想一步到位，可是房改问题还无法确定，关键是一大批资金还无法落实。

周树光牵着四头小牛进了村子，引来一群孩子们围观，也有几个人过来探问消息。有的小孩精神头十足地说："你们快过来看哪，四头小牛可真听话，都摇头摆尾地跟着周主任回来了。"周树光说："你们好好看看，它们为什么听话？"有小孩脑子转得快，"每头小牛的脖子上都有绳子，它们想跑也跑不了。"周树光说："没错，不是它们不想跑，而是绳子把它们套牢了，想跑也跑不了。"有大人问："这牛是多少钱买的？"周树光回答说："这头小牛是七百块，这头大点的是九百块，中间这两头都是八百。"

周树光拉着小牛进了养牛场的大院子，院内满是大牛小牛的身影，这给新来的小伙伴增添了不少新奇，也增加了不小的恐惧，只是眼睛不停地转动，而四条腿却不敢朝前迈动。周树光把它们向前推，而它们却向后缩，当把它们推到一头卧在地上的母牛跟前时，大母牛不以为然，没有任何恶意，小牛便慢慢地胆子壮了起来。周树光把它们脖子上的绳套解开，使它们活动的自由度明显放开，它们便在牛群中走来晃去，与牛群融为一体。

韩狗的生活水平猛然间提高了很多，这是他从未想过的。在过去的连续五年间他的月工资始终是二百元，这已使他心满意足，每年都有几百元的结余，现在少说手里也有几千元的现款。自从村中服装厂、养牛场建起来之后，村里的经济条件已明显提高，工人们的待遇也都高出韩狗一截子，而韩狗的工资提升也成必然。为此，经村委会研究，韩狗的工资由过去的月工资二百元，提升到四百元，虽然还有所偏低，但这是以劳动量为衡量标准的。当谢红给他发四百元工资时，他坚决不要，他说："二百元已足够我花了，给得多也是浪费，还是留下来干别的用吧！"韩狗说得认真，退得坚决，硬是拿出二百元往谢红手里塞。谢红坚决不接，说这是两位领导的决定，已是板上钉钉，是不能更改的。韩狗不再推让，他在为自己的工资能够花出去找出路。

月亮吊在半空中，铮亮铮亮的。周围的繁星除了几个争强好胜能显现出亮度，其余的都被月光所淹没。

韩狗躺在自己的单人床铺上，屋内虽然没有点灯，但在月光的影射下，依然能看清他体格健壮的轮廓。他两腿平伸，两手重叠放在自己的肚子上，脸面朝上，时闭时睁的双眼看着阴暗无序的屋顶，还不时露出淡淡的笑意。

自从和郭凤英处上对象，晚上上床之后他总要重复着此时的这一表情，这不是在做梦，而发出的是内心的表情。过去睡觉没有表现出过微笑而是忽隐忽现的暗伤。因为家中没有女人，回到家中总是人单影孤，所以总是害怕晚上的临近。好了，现在虽然还没有结婚，但郭凤英的影子总在眼前晃动，已经增添了不少生活的勇气，令韩狗更满意的是凤英还带来一个七八岁的儿子，这个孩子已经和自己熟悉，这是天然的融合，只要和凤英一结婚，就是天然的一家人。现在使韩狗最不满意的是自己的家，由于长期无人居住，院子已不成院子，屋子也不成为屋子了，东西乱七八糟，灰尘已遮住了地面，放的器物已看不清它的原样。最令人讨厌的是满院满屋的蜘蛛网，人在里边活动硬往身上绕。韩狗已下定决心，在结婚之前一定把家里边整理干净，装修像样，使其像个新婚之家，让新媳妇一进屋就能感觉家的温暖。

韩狗昼思夜想着郭凤英，是想早一天结束自己的孤独日子。郭凤英也在东旺沟村朝思暮想着韩狗，是想早一天逃离这胆战心惊的环境。可是由于公婆的阻拦，这种愿望没能如愿来临，只能在痛苦中慢慢等待。

郭凤英把书包挎在儿子的肩上，并告诉儿子走路不要东张西望，要注意安全，要和同学们和睦相处，相互帮忙，另外还要听老师的话，好好学习，天天向上。把儿子送走之后，又无事可干，便觉得屋子里空落落的。为了打磨时间，看电视是最好的，也是最方便、最省心的方式。她拿起遥控器，手指不断地点压，来寻找自己喜欢的节目。无意间《李二嫂改嫁》映入她的眼帘，此剧过去正好没看过，自己现在也要改嫁，看看人家的路是怎么走过来的，也许能对自己有些帮衬作用，便把遥控器放在小桌子上，聚精会神地看起来。她边看边和自己对照，总感觉自己所处的环境要比李二嫂强得多，这对她是最大的安慰，不再表现出悲观和沉闷。

四十多岁的东旺沟村村委会主任钱仁义迈着他的四方步，大模大样地来到郭凤英家的大门口。四周略加观望并无他人，便轻轻地推开院门，走进去后又轻轻地把门关上，还上了栓。他走到堂屋的正门口便开口说："大妹子在看电视呢！"因为门是没有关着，里外都能看见，这时郭凤英也看到了钱仁义，便应声说："是钱主任来了，你有事吗？"这时他的脚已迈进屋里，便说："没事，只是来看看你！"同时又说："就你一个人，老太太没来陪陪你？"

郭凤英不知道对方说话的真实含义，便应口说："人家不来，自从我们那一口子走了之后，很少到我这里坐一会。我专门问过她，可人家说的话更绝：'你早晚也是别人家的媳妇，我现在到你这里住还有什么意义？'"郭凤英又突然想起忘了给对方让座了，便改口说："你请坐吧！我这光顾说话了，也没有给你让座，实在不好意思！""没关系！"钱仁义在跟前的凳子上坐下后说："你公婆说这话也没错，你早晚有一天要离开这个家的，离开这个家就不是这家的媳妇，当然就是外人了。我今天来就是给你商量这个事的……""商量！商量什么事？"郭凤英立刻警觉起来。

钱仁义很冷静，他说："你先别急，听我慢慢给你说：我和你嫂子看是两口子，实际上是面和心不和，结婚后这路就是这样艰辛地走过来的。自从你那一口子走了之后，我就有了这个想法，和她离婚，咱们结为夫妻……""请你不要再说了！咱们没有这个缘分。"郭凤英气的脸色由阳变阴，开口就拒绝了他。

钱仁义没有胆怯，也没有发急，依然是慢条斯理地说："你先不要着急，也不要生气，我又不是逼你，只是心平气和地商量，商量不成咱们向后等，什么时候磨合成了，自然就想通了，这是大自然给咱们提供的绝妙技巧。"

钱仁义很客气地离开了郭凤英家，他没给郭凤英留下任何可以记恨的把柄，郭凤英没离开座位，依然在看着《李二嫂改嫁》，直到把剧看完。

钱仁义结婚已二十余年，跟前有十八岁的儿子，在县高中上学，还有一个十四岁的闺女，在十里铺上初中，一家人和和睦睦，在外人看来家中并无矛盾。他的妻子已年过四十，面部已显老相，面色也没有郭凤英水灵，再加上自己是村委会主任，在身份上明显占有优势，这就是他想把老婆换位的初衷。

二十
寡妇门前是非多　根正身直能躲过

钱仁义走了，可他的影子却留了下来，还时不时地在眼前转悠。

钱仁义在待人接物方面有一个很直观的标准，那就是见人行事，见什么人说什么话，该说的话要说，不该说的话不说。他认为在路上两人碰面可以打招呼，也可以不打招呼，因为双方是平等的，没有深浅的利害关系，所以说不说话谁都不会计较。可是村委会主任就不一样了，虽然他不是村中的土皇帝，也算不上什么重要的官衔，但他在村中的地位却是最高的。村中邻里之间发生什么矛盾、出现什么纠纷，最好的解决办法就是找村主任评理。尽管生产、种地是各家各户自己做主，但年终提留多少，村委会主任可是睁只眼、闭只眼的。所以在一些村中的老百姓对村主任的评价也是睁只眼闭只眼的。所谓眼熟好办事，这对一般人来说，是不学自通的。

钱仁义摸清了村中人们的脉搏，在村里边活动的自由度也就如鱼得水，舒心而畅快，来去都自由。

钱仁义喜欢郭凤英已有些年头，在郭凤英嫁到东旺沟村的婚宴上，眉目清秀，身段飘逸的新娘子，已经深深地触动了钱仁义的眼球。以后到撒家的机会明显增多，由于没有机会打破这种"单相思"的局面，也只能起到一饱眼福的效果。

现在的客观条件发生了变化，对方由小媳妇变成了小寡妇，自己由普通村民变成了村委会主任，条件在向有利于自己的方向靠拢，这种机会无论如何也不能让它错过。上次见面被她拒绝，这在情理之中，所谓好事多磨这也在情理之中，自己应该知难而上，转弯抹角也得把路走通。他提醒自己，任何情况都不能性急，性急吃不了热豆腐。一切心理准备就绪后，一周后第二次到郭凤英家拜访。

　　郭凤英还在看电视，这一次看的不是《李二嫂改嫁》，而是《穆桂英挂帅》，受穆桂英的英气所染，女人应该有一身骨气和志气，遇事不能畏首畏尾，畏缩不前，做人应该有做人的勇气。

　　时过七天，钱仁义又一次来到郭凤英家，因为没谈妥的事不能算完结，所以再次来商谈此事。郭凤英已看到了钱仁义进了院子，但她没有理会，依然在心神贯注地看电视剧，没把钱仁义的到来看在眼里，等钱仁义走到屋内也依然如此。钱仁义站在原地看了一会儿电视剧，站着看实在掉价，便开口说："你看我来半天了也不叫坐下。"郭凤英说："那不是有个小板凳，拿去自己坐。"说完又无声无息地看起电视来。钱仁义不是来看电视的，而是来说事的。当然了，说什么事都得有引言，有插曲之后才能进入正题："刚才我刚进屋时，仔仔细细看了你一会儿，你还真保留着刚结婚时的模样，依然是小家碧玉。"

　　说自己是小家碧玉，郭凤英并不反感，但此话出自钱仁义之口，必须防着话意背后的小动作。防人之心不可无，处在郭凤英这种环境下的女人，必须具备这样的心理。她笑着说："我看你的视力减弱了不少，还是到大医院看看，该治的早点治一治。你说我是小家碧玉，我不反感，因为谁都想年轻。可我已经是三十岁的人了，孩子都上学了，已经跨进老太婆的行列，以后请你不要无话找话说，我不爱听。""不不不，我可不是胡编乱说。"钱仁义辩解说，"你本身长得就比较俊秀，现在年龄还不到三十，怎么能说是老太婆呢？在我眼里你永远都赛西施，以后不要再说自己是老太婆了，在我眼里你永远都很漂亮，永远都不会长老。"

　　听其言，观其行，郭凤英已经窥测出钱仁义话语中隐藏着的弦外之意，提醒自己既要给对方留足面子，也要为自己筑好防护之墙，避免出现令人不愉快的局面。她说："钱主任说的话有些不合情理，西施是中国古代的一个大美人。我只是现代的一名农家女人,干的是农活,穿的是粗布衣,怎么能和西施相比。我来到这个世上就是干农活的命,没有更高的要求。"钱仁义说:"你说你没要求这不现实,叫你婆婆来陪你,这就是要求,结果没给你面子,人家不来。我是咱村的村主任,对群众中的困难都很清楚,凡是能帮助的都尽力帮助。对于你的困难我是清楚的,如果你需要我会帮助的。"

郭凤英未加深思地说:"你来帮什么?"钱仁义已往明处说:"我晚上来帮你作伴呀!"郭凤英说:"你来帮我作伴,我在村里还做不做人了?"钱仁义说:"当然要做人,我是村委会主任,看他们谁敢说闲话。"

郭凤英有些生气地说:"以后这些不好听的话不要再说了,我不想听。你记住了,我是堂堂正正的女人,不是低三下四的女人,如果想说就不要再到我家来了,想说就找别人说去。"

钱仁义看出了郭凤英面部表情的变化,立刻变换了说话的方式,但万变不离其宗,依然围着他原来的思路绕圈子:"现在城里人都喜欢养宠物,什么宠物狗、宠物猫的,这些小动物在咱农村是比较多的,但在过去只是利用,并不宠爱,可现在不同了,不但给狗做衣服穿,还和狗睡在一个被窝里,亲密无间。咱们说正题,如果你不把我当人看,当成宠物照料我也毫无怨气。"

郭凤英没生气反笑了起来,人为了达到自己的目的,竟说出了这种下贱之语,实在可悲。她说:"你想给我当宠物狗啊,如果真是那样,我可真得善待你呀!不然也对不住你的一片好心!"钱仁义忙说:"你怎么个善待法?""很简单!"郭凤英说:"把你脖子上套一个大铁链子,白天拉着你在村子里转悠,晚上再把你关在打铁笼里边,饿了再给你点刷锅水喝,叫你好好享享这种宠物狗的福!"

几句开心话,使郭凤英觉得自己长高了许多,成熟了许多,敢戏弄堂堂正正的村主任,这在过去是敢想但不敢做的。这也是他咎由自取,活该这样。

事出有因,各有所图,想法不一。也许近旁没有外人,能在心爱的女人面前丢丑,并不感到难堪,反而感到是一种荣幸,甚至是一种受宠。不管对方怎样表述,他都如痴如醉。他接着她的话说:"你既然这样看重我,那我就心满意足了,你不但给我喂饭,我还可以在你怀里撒娇哩。"钱仁义的话音未落,手已经伸到了郭凤英的胸前,吓得她赶忙用手去挡,身子也歪向了一边，这才使伸过来的手没有摸到得意之处。这时郭凤英厉声说："钱主任！请你放尊重点，咱们之间说话随便点没关系，要是动手动脚我可不答应。你是有老婆的，稍有不慎，你我都不好交代。"

钱仁义坐原地方未动，对于郭凤英的提醒也并不在意，似乎有不达目的不罢休的意思。他进一步解释说："凤英啊！你还不了解外边的形势吧，别人给我做过介绍，说外边的生活自由得很，比方说住旅馆，在过去一个女的和一个男的想住一个屋，必须有结婚证，否则是不能住一个屋的。可现在不要结婚证了，如果一个单身住旅馆，你要想找一个女的玩一玩，只要你打个招呼，旅馆就会帮你找女人，随便得很哪！哪像咱农村，还是那种封建脑袋。"郭凤英说："这话我听不懂，回去给你老婆说去！"

"给我老婆说？她的脑袋像榆木疙瘩，给她说还不等于对牛弹琴。另外，好赖她也是我老婆，给她说还有啥意义？"钱仁义一边说一边想，最后他说："话已经说到这个份上，干脆就把我的老底全交给你算了。我是这样想的，你是个女人家，又带着一个孩子，这过日子可真不容易。顾了家里顾不了地里，顾了地里又顾不了家里，这就够难的了。我才四十出头，有的是力气，把你的地承包下来，是完全可以的。另外我又是村委会主任，谁也不敢说什么！还有可能评价我是干好事，在帮助困难户呢！另外，晚上我还可以帮你看看家，给你壮壮胆，这都是一举两得的事。等你把我了解透了，认为我这个人还不错，这时我再和老婆离婚，咱俩结婚，做长久夫妻。我说的就这些，我走了，等你想好了再告诉我。"

钱仁义真的站起来要走，却被郭凤英叫住了。"你先别走，我有话要给你说！"

钱仁义立马站住了，没想到郭凤英这么爽快就想好了，只要有利什么事都好办，郭凤英这样的女人也不例外。他看着郭凤英说："你有什么想法尽管说，我保证让你满意！"郭凤英很严肃，也很认真地说："你刚才把你的想法都说出来了，我听得十分清楚，也得感激你的好意。我现在就把我的想法告诉你，也免得你费心劳神。第一，我不想当别人的情人，这种事在城里行得通，在咱们农村是行不通的；第二，我和你没有结为夫妻的情分，你也用不着和你老婆离婚。我现在实话告诉你，正是因为我有很多难处，所以我也已经找好了男人,他是大河湾村的韩狗。"

"什么?大河湾村的韩狗!"钱仁义非常吃惊。

"对!没错,是大河湾村的韩狗。"郭凤英话音很重,掷地有声。

钱仁义听清了对方说话的内容,他吃惊到难以相信,而且十分认真地对郭凤英说:"你说大河湾的其他人我可能不认识,你说韩狗,这人我是再清楚不过了。第一是他的名字不好,一个人叫什么名字不好,偏偏要和狗连在一起,我第一次过河要坐他的船,就听说了他叫韩狗,惊得我半天都没转过弯来,从此我就记着他的名字了。第二次我坐他的船,由于他的名字好笑,无意间就和他聊起来了。他说他父母早亡,由于家境贫寒,一直也没说上媳妇。就这样三十多岁了还是一条光棍,不光我瞧不起他,就连大河湾的人也没几个能看上他哩。就这样一个船小三,你怎么能看上他里,千万别糊涂了,这要影响自己一辈子的。你听我的话,一生都是好运气。你跟着他走,一生都是晦气。"

"什么晦气不晦气的,我不怕,我这个人本身命就苦,跟着一个苦命人,那就在一块过苦日子。另外,我再说明一点,韩狗不是船小三,他应该是船老大!"

钱仁义对郭凤英的解释不感兴趣,他反驳说:"他上边有主任,每天收船回来还得会计验收,得把每天挣的船钱如数交到会计手里,连会计都能管着他,这样的身份只能降为船老三。"郭凤英又接话说:"按你说的,他应该是船老四,连船老三也够不上。韩狗是共产党员,他的上边还有党支部书记管着他,所以他的位置是老四,而不是老三。"钱仁义因为有事要走,他也没时间再继续辩解下去。

钱仁义既没有回家,也没有去村委会,而是急忙朝大河湾渡口走去。他三步并作两步,不到半个时辰,他就来到了小青河的东岸。也许两岸无人来往,韩狗为了避热走进了他的避暑胜地——河岸上的茅庐。他可以坐在屋内透过东面墙壁上的封墙玻璃看到河的对面,他已经看到河对面的来人,便走出屋外。钱仁义已大声叫着"韩狗",感到十分好玩,也十分好笑。韩狗只知道来人过河,便把船开到了河的对岸。钱仁义并没有上船,而是把韩狗叫到了河岸上。韩狗尽管不知道来人的真名实姓,但他却知道此人是东旺沟村的村委会主任:"主任来了,既然你不过河,把我叫过来有什么话说?"钱仁义说:"一回生,二回熟,咱们已经多次见面了,可你只知道我的身份,还不知道我的姓名。我姓钱,叫钱仁义,咱们两个可以说是老朋友了,我有些话想给你说,可又不好意思说。有一件事在我心里闷了好多天了,不说吧,心里不是滋味,怕对不住老朋友,说了吧——又怕惹你生气。想来想去还是对你说了好,这样既对得起老朋友,又对得起我自己的良心。"

韩狗没有应声说话,只是用心品味着对方话中的深意,似乎其中有什么不祥之兆。韩狗在东旺沟没有熟人,也没有和该村人有任何来往,如果谁与自己的利益有牵连,就一定出在郭凤英身上,他为此而担心。

钱仁义说:"我是东旺沟村的村委会主任,喜欢我的人很多,有男人,也有女人。特别是郭凤英,她来我们村之后,我们慢慢地就熟悉了,之后也在心里边产生了爱慕之心。不过这只是在心目中的一种想法,因为我们俩都是有家有口的人,也不可能有过深的来往。只是在她丈夫去世之后,在过去了一段时间之后,相互之间才有了靠近的条件。她是一个女人家,又种地又顾家,跟前还带有一个孩子,一个女人确实应付不了。这样我们的关系才向前发展了一步,她干不了的一些事我就去帮一帮,以便减轻她一些负担,有时晚上也去她那里给她做个伴,壮壮胆。但这毕竟不是长久之计。我有老婆,她也要嫁人,最终还是要分开的。在这种情况下,便到了我能不能和老婆离婚,也谈到了她和你的关系,我才知道了你们两个的恋情。"

钱仁义把事先设计好的内容,当着韩狗的面一股脑抖了出来,然后用眼睛紧盯着韩狗的面部表情变化,看看他到底会出现什么反应。韩狗圆睁双目,单口紧闭,毫无目标地看着前方,其表情让钱仁义摸不着头脑,也不免有点胆怯。

钱仁义为解开此局,便主动说话:"韩狗兄弟,我知道你会生气的,我要是能掐会算也就不说这事了。可事已至此,也只好现事现办,你千万不要气坏了身体,反而得不偿失。如果你心里还有郭凤英,我以后绝对不和她来往,而且会帮助你们把事办成。"

韩狗终于开口说话了,他气呼呼地说:"你走吧!请你以后不要再来当说客,我和她的关系已经走到了尽头。"从韩狗的话语中已经能够看出他的心情，他既痛恨钱仁义的不仁不义，也痛恨郭凤英的水性杨花，因为钱仁义说得有模有样，他未加怀疑。

钱仁义点头弯腰，"多保重"地叫着扭回了头，眉飞色舞地，顺着他来时的路线走了。他认为韩狗这块绊脚石已经错位，如何才能春风化雨，还得在郭凤英身上下一番功夫。

韩狗站在原地未动，连钱仁义怎么走的，走时的面部表情变化他都没有看见，如果能有丁点儿发现，也许会增加一些新的判断，现在已经晚了，因为钱仁义已经走了很久、很远。

一个三十多岁的大龄光棍汉，对媳妇的追求心情，别人大概是难以体会到的。正在为迎娶郭凤英而整日沉浸在幸福之中的韩狗，突然间传来了女朋友的风情艳事，这对于他来说好似重重的一棍打在脑门上，半天都没缓过神来，还处在激烈的痛苦之中。

在这个世界上，痛苦常在人们的身边走来串去，如果谁有缘惹上某种灾难，谁就会真正倒霉一阵子，甚至会倒霉一辈子。倒霉是一种灾难，灾难来临想躲都躲不开。好在韩狗是一名共产党员，他有宽阔的胸怀，在难受了一阵子之后，他把"不幸"深深地埋在了心底，由自己慢慢地消化隐去。不就是找不上媳妇吗！三十几年都过去了，我韩狗也没有矮人一截子，再过三十几年我这个人也可能消失掉了，还有什么可愁的。就这样韩狗隐去了他的不幸，依然堂堂正正地站在他的船上面，为东来西往的行人服务。

对于钱仁义的骚扰，郭凤英确实担心了一阵子，但事过之后也没有把它看得过于严重。对于一个年轻寡妇来说，遭受某些男人们的关注也并不稀奇，要是把此事宣扬出去反而不好，人多嘴杂，弄得满城风雨，甚至会搞得自己一屁股骚气，弄得在人面前抬不起头来。

钱仁义离开韩狗之后，并没有直接去找郭凤英，并不是他因不受欢迎而不敢再去，而是想缓冲一下局面，看看韩狗这块绊脚石还有没有死灰复燃的迹象。他每天都到郭凤英家外边的可视之处去观看动静。

还好，七天都过去了，依然是平安如初。钱仁义在郭凤英家周边观察着、思考着，这就应了好事多磨这一条，磨到一定程度条件自然就会成熟，看你郭凤英不归我还能归谁？

郭凤英正在卧室柜子里翻找衣服，钱仁义已经不声不响地站在了卧室门口。他没敢走近，只是在门口打了声招呼："忙着呢！要不要我来帮忙？"他深知语言对于沟通情感的重要。郭凤英扭脸看了看站在门口的来人，心中不高兴地说："你走吧！这里不需要你来掺和。"钱仁义回了一句："我不是来掺和，我是来帮你。"说完之后转回身坐在客厅内的沙发座上，从衣兜内拿出纸烟抽起来，两根烟柱从鼻孔内窜出，在空中盘旋上升，最后散失在天花板下边的空气中。

郭凤英再无心思找衣服，从里间走出来直接来到院子里，他走到院门口把已经上了栓的门打开，这才回到客厅坐下，面无表情地说："你有话就快说，我还有事干，没有时间陪你。"钱仁义说："我好赖也是个村干部，在咱们东旺沟村，我坐的是头把交椅，到谁家也感到是一种荣幸，可是到你这里来，不是带搭不理，就是催我快走，你说这犯得着吗？俗话说一回生，二回熟，三回就是老朋友。我和你不但应该是老朋友，而且应该比老朋友更亲切才是。我这才刚来就下逐客令，这哪像老朋友？实在没有人情味。不过我这个人脸皮也厚，什么话都能听进去，不会生气的，你放心，我这人办事厚道，咱们永远都是好朋友！我说话如果有什么差错，请你不要见怪，也不要生气，这叫忍气吞声，忍一忍什么事都能过去。"郭凤英说："你的话说完没有，说完了就赶紧走，我还有活要做！"钱仁义没有言语，他用力吸了两口烟，把烟屁股扔到地上，用脚踩灭，然后扑通跪在了郭凤英的面前说："我是喜欢你的，请你不要赶我走，我这一生一世都是你的人，我为你效劳一辈子。""那你就在这儿跪着吧，我走！"郭凤英站起身，边说边向外走，突然被钱仁义在后边抱着了两条腿，挪不开步子。郭凤英生气地说："你想干什么？""我想干什么？这你还不清楚吗？"他边说两手在向上移动。郭凤英急中生智，扭过身一巴掌打在钱仁义的脑门上，打得他两眼昏花，随即松开手站了起来，冷不防又从腰间抱住了郭凤英，硬把她从客厅抱到里间，扔到床铺上。可想而知，在这种情况下，一个弱女子只有认输的道理，毫无反抗之力。可是郭凤英早有预防不良行为的准备，她早就在自己的枕头下边暗藏了一把菜刀，没想到今天竟用在了村主任钱仁义的身上。她趁对方松手的机会，迅速拿出菜刀，猛然跳到了地上，这是她过去从未出现过的烈女动作。很快刀就举过了头顶，这一动作很快就被正在解扣脱衣服的钱仁义发现，寒光闪闪，足以使他胆战心惊。钱仁义急忙后退几步说："你怎么拿这玩意来吓唬我，这是要伤人的！""伤人，死人我都不怕还怕伤人！""不！不！不！这事可不能这么说，这刀砍到哪里哪里就会出血，这可不是闹着玩的。今后我再也不惹你生气了，不过今天这事等于没发生，咱俩谁也不要把它宣扬出去，因为不光对我不好，对你也不好。"说完之后钱仁义出门走了，带着一身的晦气。

残阳西下，太阳的余晖还在西边的天地之间变换着多彩的景色，美不胜收。谢红离开服装厂来到了码头，她和韩狗一同来到船上来取钱箱中的钱款。韩狗的一举一动一言一行都被谢红看了个一清二楚，但是何原因并不清楚。在他们返回河沿上后，谢红主动问起原因，韩狗因无思想准备，一时不知如何回答，只是随口说："没有。"然后装作笑脸地说："我挺好的，没有啥事。"谢红笑着说："不要隐藏了，你那两下子还能瞒哄着谁呀？从上个星期我就看到你的面部表情的变化。可是一个星期都过去了，你的情绪还没有缓解过来，这说明有什么大事在影响着你。如果我没猜错的话，一定是和郭凤英有什么不愉快的事吧！说吧！是不是这个事情？"

谢红说完之后用眼盯着韩狗，用以观察他情绪的变化。果不出所料，韩狗半天才蹦出一句话："我和她已经没有关系了，我还是以前的我，这辈子就这一个人过吧。"谢红冷静地说："你这话是从哪儿说出来的，绝对不会是郭凤英说出来的，一定是别人在背后捅了刀子，遇事你可真得动脑子想一想再下定论，避免叫别人给骗了。"

听谢红这么一说，韩狗心里还真亮堂了许多，判断自己可能委屈了郭凤英，便告诉谢红说："你说得没错，我是听她们村的钱主任对我说的，说她们两个已经好上了，还住到了一起，叫我不要在里边瞎掺和。你说我听得这样的消息，我心里能好受吗？不过只是情绪上受些影响，工作上没有受影响。我这几天一直在提醒自己，要为党的事业奋斗一辈子，就是找不上女人，这一生也是如此。"谢红说："你说的话我明白了，我就是在东旺沟村入的党，对钱仁义也有些了解，你说他好——也好不到哪去，你说他坏——也坏不到哪去。只是一个很一般的村委会主任。他的年龄也有四十多岁，他有老婆，有孩子。只是他老婆没有郭凤英好看，也没有郭凤英年轻，正好趁郭凤英还是一个人，他就想先下手为强，想占有她。郭凤英在不得已的情况下才提到了你，使他不要再打搅她。不然的话他怎么会知道你们两个的关系？所以请你不要怪郭凤英，她是一位很贤惠、很正派的女人，你这一辈子找到她是你的福气，千万不要胡思乱想了。"

谢红的分析推导，使韩狗心服口服，他说："你这一说使我心里宽敞多了。你知道我这几天晚上连觉都没睡好，心里边老在这件事上转悠，怎么也转不出去。有时候真想跳到这河里淹死算了，活在这个世上太作难了。可又反过来想自己是个共产党员，应该多为人民服务，多为人民办好事才对。如果跳河淹死了，别人是要评论的，至少说你没本事、窝囊废。自己是一名共产党员，哪能落下这种坏名声！所以就压下了这口闷气，好好地活着，多为咱村里人办好事。"谢红说："你这样想就对了，咱大河湾人就要有大河湾人的一种骨气，就要像咱村周树光主任那样，堂堂正正地做人。"

说过之后，谢红扭身要走，又被韩狗叫住了，他说："你先别走，有一件事要求你！""求我，有什么事你就说吧，只要我能办到，一定尽力而为。"韩狗说："也不是什么大事，就是说现在有人欺负郭凤英，我在这里袖手旁观不合适，应该帮一帮她，你告诉她——以后谁欺负她，就叫她找我来，随叫随到，我就是她的后盾。一个大男人如果保护不了自己心爱的女人，这还叫什么男人？所以请你把这话传递给她。"

谢红经过一番思考后说："不用了，我相信郭凤英现在很安全，她已经采取了保护她自己的措施，她不告诉你说明她有这个能力。另外她也怕增加你的思想负担，影响你的情绪，产生没必要的思想负担。你们什么时候见了面，你也不要提这件事。不过你们的关系可以想办法公开出来，使东旺沟村的老百姓也知道这件事，这时候你的力量就显示出来了。"

二十一

男婚女嫁平常事　两厢情愿费心思

　　谢红带着船钱快步走回家去，在她刚走到门口时碰见了从对面走来的周树光。谢红先开口问："周主任来了！有什么事吗？"周主任回答说："我是来借钱的。"谢红说："要借多少？""大概是三万元差不多！现在家里有多少钱？""够你用了,现在柜子里有七万多元！"周树光惊奇地说："才两个月，怎么就进这么多钱？"谢红说："这都是王玉莲的功劳，她不但自己认真负责，也把员工们的积极性都调动了起来。到年终的时候应该论功行赏，给她们以奖励。"他们边说边走就走到了屋里。"坐吧！"谢红自己给他拉过来一把椅子，自己把船钱放进了保险柜，然后又关上了保险柜的门。她并没有取钱，而是在一旁坐了下来，问："你这次取这么多钱干什么用？"周树光说："我想出去考察一下，特别是到那些农村改革开放比较好的地方，学学他们的经验，学学他们的办法，看得上的就照人家的办。特别是人家的房改，人家建房的布局，总之有用的咱都学，这对咱村的建设是有好处的。至于买什么东西，我还没考虑好，大概还是买牛吧，钱多不压身，到用的时候可就方便得多了。"谢红说："这样吧，先给你五千块钱，这是路费，不是买东西。到时候一旦确定买什么东西，说好了价钱，到时派人把钱送去。钱多不压身，可钱多风险大，还是小心点为好。"

两人正在说话间，谢红妈王凤梅端来一盆凉水，硬叫周树光洗手吃饭，周树光推脱不掉，这才洗了手。接着又端来了饭菜，非要他吃不可。周树光无奈之下只好吃起来，三个人围着一个小方桌，边吃、边说、边笑，好似一家人在一起就餐，和睦相处，其乐融融。

晚饭后谢红送走了周树光，刚回到屋就被母亲叫住了："闺女——你坐下，妈有话给你说！"谢红莫名其妙，不知有什么重要的事要说，便按妈妈的旨意坐在妈妈的跟前，"妈——您说吧，我听着哪！""这个事我想了很久了，就是周树光都三十了，为什么还不急着找对象，实在叫人想不通；还有就是司建军，他也快三十的人了，可为什么也不急着找对象？这俩人都帮过咱家的忙，也经常来咱家，我看他们是喜欢你，你说是不是？"谢红抿着嘴笑了笑说："我的看法和你一样，他们可能有这个想法。""他们有这个想法，那你喜欢哪一个？""我喜欢哪一个？两个我都喜欢！""两个都喜欢，那么大闺女了，说这话都不害臊，叫外人听见了不怕人家笑话！""妈！这话只能当着您的面说，在外人面前我是不敢说的。""这就对了，我是说——既然喜欢，就从中挑一个，避免夜长梦多，一旦两个都泡汤了怪可惜。"谢红并不感到担心，她说："找对象不是掰棒子，该是你的就能到手不该是你的掰是掰不过来的。现在我们的关系都挺好，如果我去主动提这件事，人家愉快答应下来，这双方都高兴，如果对方不同意，这样会使双方生疏了许多，这对双方都没好处。不过——给我的感觉是，在这两个人之中总要有一人向我求婚的，到时候你会有一个很好的养老女婿守在您身边的。"

谢红妈并没有完全相信谢红的话，没有落实的话并不靠谱，三个人的关系并不坏，但要发展成为恋爱关系谁都说不准。她又继续劝解谢红说："闺女！妈是对你好，当然也对我好，最近我听说小司他妈正在给他找媳妇，都是跑外村去找，说咱村的他谁都看不上。""妈！我也听说了，他妈给他找的几个都被他推掉了，给他妈气得不得了，可他依然坚定不移，这是为什么？别人是说不清楚的。"谢红妈又说："我还听说周主任他妈也在给儿子找媳妇，可他们找的都是外边的闺女。"谢红说："妈！我已经说了，这俩人对我都不错，我也喜欢他们，可这只是同志关系，工作关系，再把关系拉近一些，也只是朋友关系，再往近处拉就没法拉了。人家的事咱不要再管，他们愿意找谁叫他们找去，都与咱没有关系。"谢红妈说："嘴里边怎么说都容易变化，可心里怎么想的是不容易变动的，你今年都快二十六岁了，你说妈能不想吗？现在的时代变了，什么都跟着起变化：比方说现在的朋友关系好像都变成了恋爱关系，电视里边也这么说，谁是谁的女朋友，谁是谁的男朋友，这就是恋爱关系。妈现在想的只有一条，你什么时候把对他们的关系变成对象关系我就放心了。"

　　王凤梅是逼着谢红转变观念，希望能由被动变为主动。可是对谢红来说这一转变相当难。她思前想后还是按照自己的思路行事，尽力说服母亲放下心来："妈！这两个人确实对我不错，我也喜欢他们，可是这只是一般的朋友关系，绝没有超出朋友关系的恋情关系。至于外边一些人的传言我也听到一些，谁想怎么传就传吧，你总不能把人家的嘴都堵住，何况咱们也没办法去堵。"谢红妈说："这做人难，做事也难。"谢红接话说："妈！你别发愁，现在不难啊，咱们的服装厂搞得红红火火；咱们养那么多牛，一个个膘肥体壮的，那都是钱，咱是花不完的。"

　　谢红的话使正在发愁的王凤梅也笑了起来，但这是勉强的笑，依然没有转出给闺女找女婿的想法："我说闺女啊！我知道你们三人之间是朋友关系，我更希望你能和他们两人中的一个发展成为恋爱关系，这种关系定下来了我也就放心了。你既然说他们两个你都喜欢，那我就托媒人给你说一个，从我的观察看，给你说谁他们都不会拒绝。这事就由我办好了，到时候你同意就行！""这不行！"谢红说，"妈！找媒人说这事有可能把事说砸了，本来可以成的事结果弄得鸡飞蛋打，又伤人又丢脸，这在人前连说话的勇气都没有了，所以这事不能着急。我是这样想的，他们两人的年龄都不小了，可是谁也没有找女朋友，就是还没有找对象，谈恋爱。他们为什么不找？这事我不好问，恐怕别人也不了解。我想他们早晚是要找的，据我的观察，他们两个人中至少有一个是冲我来的。到时候我表示同意不就可以了，这就是水到渠成，又省事、又省心、还省力，何乐而不为呢？我的想法就是这些，主动权始终掌握在自己手中，事后也不会出现七上八下的后遗症。"

　　周树光外出考察回来还没有谈工作，也没谈考察，他先找到谢红谈生活。谢红已看到周树光进了院子，忙出来迎接："你考察回来了，一定收获不小吧?"周树光回答说:"成绩是有,但任务不急,过几天还要专门开会研究。今天我来是专门谈生活上的事!"谢红回答说:"那好啊,咱们就坐在院子里说吧,你有什么话都可以说。"

两个人坐下后周树光直接把话引入到生活中去,他说:"你感到现在生活怎么样?"谢红话没拐弯,直接说:"生活蛮好的,自从服装厂建起来后,手里有钱花,想买什么都不作难。还有我家种的几亩地,有你和司建军的帮忙,也没有困难了,只是我得感谢你们两位老大哥,今后恐怕还需要你们帮着。"周树光连连点头说:"那一定!那一定!我是说你这单身已经几年了,还是再找一个吧,该成家的还是早点成家好。"谢红说:"我当然想早点成家,只是没人向我求亲,如果有合适的,我可能会同意。"周树光问:"你要求什么样的条件?"谢红说得很直爽:"到我家当过门女婿,要照顾我这个家。"周树光说:"我一个老战友最近给我来两封信,要求我给他传话,表示向你求婚。""向我求婚?"谢红说:"你的战友不认识我,我也不认识他,怎么会向我求婚?"周树光说:"他认识你,你也认识他!在部队的时候他是我们连的一名老战士,他比我复员得早,复员后在他们村建了两座砖窑,也赚了不少钱。他家是南屯的,离咱这不算远,就是上次给你送小麦的年轻人。"谢红回话说:"是他呀!这人似乎认识,从表面看还算温顺,说话也比较和气。只是没在一起共过事,还看不出他的内心思路是什么样子。"

两个人的交谈结束了,相互之间也没谈出实质性的内容,因为周树光内心不希望老战友到这里来掺和。更深层的了解由他们自己进行,作为局外人还是少说为好,不该说的绝对不说,这是自己做人的标准,以事实为依据。他把上述的对话内容,用手机给对方回了信息。对方高兴至极,也许是信息的误传,他赶忙放下手中的活计,准备以实际行动做求婚的准备。之后他又先后卖掉两座砖窑,又到县城买了一束鲜花,并带着他的几十万元存折,开着他的面包车,兴高采烈地来到了大河湾。他哪里都没光顾,直奔谢红家走来。刚进院子便大声叫着:"谢红——我来了!"听到喊声,谢红从里屋走了出来,一眼就认出是送麦人,便热情地走上前去打招呼。手还没有伸出,话还没有出口,对方已单膝下跪,双手举花送了过来。谢红丈二和尚摸不着头脑,心中乱成一片,便说:"你这是为什么?"对方说:"请你收下!"谢红没有伸手,稍加冷静便知一二。这是她从电视中看到过的情景,已知道对方的用意,便开口说:"你走吧,我还有事,没时间陪你!"谢红说完扭身便走,对方立马站起,伸手拉住谢红的胳膊说:"我是向你求婚来的,我带来了八十万元的现金,还有我的汽车都带来了,我是真心实意的。"对方说得恳切,谢红回绝得利索:"请你把手放开,你给我拉过麦,这我感谢你,可是咱们没有谈情说爱的缘分,是走不到一起的。"对方说:"能走到一起,你的条件不就是上门女婿吗?这我不在乎,这一切都能满足你的条件,我是实心实意的。"谢红又说:"我是结过婚的人,咱们没有谈的条件。"对方说:"这我知道,你是结过婚的人,我是离过婚的人,咱们的条件都一样,结婚之后和和美美地过一辈子,谁也说不了谁。"谢红最后说:"你走吧,咱们是不可能在一起的。"

谢红的回话激怒了对方,他相当不满意,说:"你不就是个没人要的寡妇吗!我告诉你,这天底下除了我来向你求婚,恐怕再也不会有第二个人来,不信咱走着瞧,你就在这屋里做一辈子寡妇吧。"

谢红妈听到来人的这种狠话,便从里屋拿出一把笤帚来给闺女壮胆,服装厂的几位员工在王玉莲的带领下也都走到院子里,气势汹汹地站在谢红的跟前。来人看到这阵势对自己不利,便绕开人群向外走,边走边说:"算你们人多,斗不过你们我走!"引起院子里的年轻女士们哄堂大笑。

来人叫向东子,他没有回南屯,而是开着车去了周树光家,周树光不在家,又开着车去了养牛场。两只罕见的大狗在门口立着,向东子敢看却不敢进,便大声喊叫周树光的名字。周树光从院内的办公室走出来,向门口站着的向东子打招呼:"你来了,看看我这牛喂得怎么样?"周树光走到门口摸摸两只狗的头,两只狗便又顺从地卧在门口的两边。这狗是司建军训练的结果,已经懂得听从院中自己人的安排。

周树光领着自己的老战友来到办公室,向东子开口便说:"你这养牛场有多少头牛?"周树光随口回答:"二百三十五头,到明年至少要养五百头。"向东子说:"那你养牛的规模够大的了,刚才我站在门口看到这满院子的大黄牛,心里边就兴奋得不得了。这可是一座大金山了,看来在部队当了几年连长没白干,在养牛方面也有成就。我原来是你手下的兵,我现在还想当你的兵,不知你愿不愿意接收?"周树光说:"当兵是人民需要,是报国为家的;

现在养牛是为村民致富，提高村民的生活水平。不过你是外村人，想参加这里的养牛工作必须具备两个条件：第一必须是大河湾的户口；第二必须带钱入股。"向东子高兴至极，他立即回答说："我完全答应这两个条件，只要你们村接收我，我可以马上办理过户手续。"周树光说："你入股交多少钱？"向东子回答说："交五十万！"五十万已经不少，周树光非常满意，他接着说："钱带来没有？"向东子说："带来了，钱不离手，都在我这一提包里放着呢。"周树光说："那好！把钱交给谢红。"向东子心里边打了个冷战！突然愣在那里，不知如何是好。周树光莫名其妙，忙问："你怎么了？"向东子缓过神来说："没什么！我是在想这钱为什么要交给谢红？"周树光说："谢红是我们村的总会计，财务上的权都由她管，所以这钱交给她才合情合理。"周树光又突然想起了另外一件事情，便说："你不是向她求婚吗？进展怎么样？"向东子说："什么进展？要是有进展就好了。我带来八十万元就是向她求婚的，可是被她一口给回绝了，弄得我十分难堪。没想到一个寡妇还要求这么高的条件，对我这八十万块钱没看上，对我当过门女婿也没看上。我感到很不理解，和我当初的想法差距太大了。"

　　谢红的拒绝使周树光非常满意，他做不到的事情谢红做到了，避免了以后麻烦事情的发生。他不是看不起向东子，而是他油腔滑调的性格使他很反感。既然他的求婚被拒绝了，那他为什么还要在这里入股，还要在大河湾落户口？看来他另有打算，很可能是落下户口后放长线继续找谢红的麻烦，所以必须阻止他在这里投资落户。他灵机一动说："你投资五十万元，数额比较大，我们正需要资金，你这是雪中送炭。不过有一点也得给你说清楚，你投资的五十万元股权是你向东子的，可五十万元的产出使用权不是你的，而属于大河湾全体村民所有，要带动全村人致富。"向东子说："那我投这五十万不就白投了吗？"周树光说："没有白投，在全村人都富起来的时候，你也一起富了起来。"

　　向东子庆幸周树光说了实话，如果五十万元投进去了，这损失可就太大了。他对周树光说："周主任，这五十万元是我用血汗挣来的，如果都投进去了，我可就一无所有了。我想好了，还是再等一等为好，我还是回我们的南屯去住，过一段时间后你可以帮我问一问谢红，就说我向她求婚没有过时，这五十万块钱，不——再给她加三十万，一共是八十万给她存着，什么时候答应，这钱马上送到她手里。在这个世上除了我，恐怕没有第二个人这么大方，我等着她，有好消息请及时告诉我。"

事实归事实，说法归说法，向东子是明白人，他知道谢红钱不多，但也不是没钱花，门口的服装厂也许不是谢红的，但绝对有她的份额，向东子找谢红既有人颜上的考虑，也有金钱上的追求，这对别人来说可能想不到，但向东子都想到了。但谢红拒绝了他的求婚要求，这是向东子绝对没有想到的。

对于向东子拿出五十万元投资入股问题，周树光是处在矛盾之中，一方面是缺少资金，由此想叫他入股，另一方面又怕他进来后搅局，弄得股东们心绪混乱，很难由着自己的想法办事，影响大河湾形势发展。最后也算得出了心满意足的结局，这种结局是由谢红引出的正路取得的，对此他非常满意。

任何事物的出现都有它必然的因素，韩狗的第二次发昏也有他特定的事由，你说他无知也好，你说他性直也罢，终归事情已经出现了，闹出了一段不愉快的感情纠葛。

在谢红的开导下，韩狗的精神状态已好了许多，在无人过河的情况下，他坐在柳树荫下，尽情拉着他的二胡，有板有眼，韵味纯正。由于村委书记在座，他拉弦的精力更加集中，以至于对岸过河人的喊叫他都没听见。在魏书记的指点下他才放下弦子，过河接人。

来人是东旺沟村的村委会主任钱仁义，他站在离水很近的河沿上。韩狗把船划到钱仁义的跟前说："上船吧！这里没工夫等你。"他感到韩狗的口气有点情绪，赶快说明来的真情："韩老弟，我是来感谢你的，我们的感情已经比过去好多了。"他的话音未落，韩狗的狠话已出口："请你滚开，我韩狗用不着你来说教。"韩狗说着把船掉过头开回了西岸，这时魏文太已经离开了码头。

第二天早饭刚过，郭凤英拉着她的儿子撒志回娘家，由于在船上和韩狗的不愉快接触，便决定先找谢红了解实情。

谢红听到郭凤英叫她，赶紧从屋内走出来说："郭嫂来了，看你脸上带着情绪，一定又和韩大哥闹别扭了。"郭凤英交代儿子在院里玩，自己便和谢红一起到屋内说话。谢红说："你说吧！你们两个又有啥矛盾了？我分析不是什么大事，把误解一摊开一切都明了了。"因为谢红已经知道了事情的原委，说起话来直爽而明了。郭凤英说："也许你说得没错。刚才我带着孩子来上船，在这之前我们来上船，韩狗待我们很热情，船钱都是他替我们出的。可是这一次就不一样了，他告诉我把钱放到钱箱里，从上船到下船兜着个脸，一点笑意都没有。你说一下子就变成这个样子，我心里能好受吗？"谢红说："你不好受，他心里也不好受，关键是这层疙瘩还没有解开。就是说你们两个是各想各的，如果你们两个在一起梳理一下，这种隔阂就会迎刃而解。"谢红简略思考一下又说，"你和你们村的钱主任是什么关系？"郭凤英一下子就震惊了，谢红怎么会知道她和钱仁义之间出现的是非，这一定是钱仁义在中间搞的名堂。她便直截了当地说："前些时钱仁义是找过我，说些不三不四的话，死皮赖脸地缠着不放，不得已我就把韩狗提了出来，说是我的男朋友，也是未来的男人，以此来吓唬他。可也灵验，这一个多月来就再也没到我家里来。真没想到他会找韩狗说我的坏话。从今天的表现看，韩狗对我是有误解的，不过韩狗既恨我，也恨钱仁义。钱仁义是吃了韩狗的狠话，不然怎么会一个多月都没有来找事呢？看来我还得提高点警惕，做好保护自己的准备，以防他再来捣乱。"谢红说："对！狗急是会跳墙的，实在不行叫你妈来给你做伴。"郭凤英说："不行啊！我妈跟前的事也多得很，她是离不开的。"谢红说："那你可得小心点啊！"郭凤英说："没事的，我不害怕。自从这事出了之后，我的门后放有棍子，我的枕头下面还藏了一把菜刀，到了关键时刻是有用处的。"谢红说："没想到，你还真有些胆量，这对一般的女人来说是做不到的，可是你做到了，我佩服你。"郭凤英说："不是我做到了，而是事情逼出来的，要是不释放点胆量出来，对方就会变本加厉地欺负你，吃亏是必然的。现在我的胆量已经大多了，什么也不怕了。现在你可以替我告诉韩狗，叫他好好工作，不要辜负党的培养，我这里一切都安全，叫他放心。这事本来不想叫韩狗知道，怕影响他的情绪，影响他的工作。可是人家逼着叫我说，也只有说了。尽管明着不让韩狗说话，但韩狗背后的力量足以显现出来。钱仁义也怕他三分。"

韩狗和郭凤英之间有误解，两人并没有直接对话，中间经谢红的沟通，很快烟消云散，韩狗的二胡又清脆响亮地欢叫起来，给夏日的码头带来了清新和欢畅。

二十二

群羊有头能上路　群雁有头能起航

现在是炎夏季节，太阳从东边一出头，气温就会节节攀升。服装厂的空调虽然开着，但一到下午，室温还是上升了不少。谢红从厨房端来一盆绿豆汤放在裁缝桌上，吆喝姐妹们过来解渴。十姐妹都带着自己的喝水茶杯云集过来，谢红拿起大铁勺子一人舀了一杯，大家都品尝着、体会着，面部留存着一种满意的微笑。这是谢红妈王凤梅的功劳，每到寒冬腊月，她总要煮些姜糖水送来，以给同志们增温送暖，避免感冒；到了炎夏，她又会给她们煮些绿豆汤送来，用以降温去火，预防中暑。这是一组和谐的小团队，又是清一色的大家庭，工作起来严谨有序，休息起来有说有笑，热闹非凡。这是在厂长王玉莲的主导下，在谢红家配合下形成的一股正能量，足以促进产品质量的上升和产品效益的增长。

在大家喝完绿豆汤之后，王玉莲说："同志们！我在裁缝学校学习的时候，在中间休息的时候，大家都到操场里边做广播体操，咱们这里是小工厂，又都是年轻人，咱们也应该有点热情洋溢的气氛，像唱歌、跳舞、说故事、猜谜语等都可以。唱歌、跳舞可以在院子里边活动，说故事猜谜语就在这里就行。我说的这个办法大家说好不好？"姐妹们你一言我一语的都说好，就这样把新的活动方式定了下来。王玉莲最后说："咱们这样做，是为了活跃咱们的生活气氛，也有利于咱们的身心健康。我们干工作，干事业，一个得有好的心情，一个得有好的身体，这两条缺一不可。今天时间到了，我也不再多说，明天是星期天，从下周一开始，咱们就按今天说的做，咱们都要做好准备，把自己的特长都拿出来……"

谢红是闲不住的人，因为她肩上的担子太重，所管的事情又太多太杂，没有时间坐下来休息。她对韩狗的一些做法只是猜想，因为是猜想就不可能百分之百地准确，还必须有进一步的了解。她站在码头边的河沿上，看着韩狗送人过河时待人的亲切感和他划船的熟练动作，再次猜想他不会有太大的思想包袱。

韩狗把船又划回来了，因为他看到了谢红站在河沿上找他有事，他也猜到了谢红找他的真意。他把船固牢，下船后和谢红一起坐在河沿上的一条大石板上，上边有柳树遮阴，要比太阳底下凉快多了。谢红开口先问："你最近有什么烦心事没有？"韩狗笑着说："没有啊！一切都挺好的。"谢红知道他在说瞎话，严肃地说："你说你什么事都没有，你这是在糊弄谁呀？在糊弄你自己！你说郭凤英又怎么对不起你了，你对她这么横眉冷眼的。今天你必须给我说清楚，不然我都不会原谅你！"

连谢红都不肯原谅，说明问题的严重性。韩狗解释说："这事是不是怨我我也说不清楚。郭凤英这次从我这里过河回娘家，是我的态度不好，就在这前一天，钱仁义又来找我说事，我对他非常反感。他只说了一句话：'我是来感谢你的。'你说我听了这话心里能高兴吗？他们的关系好了，那我和郭凤英的关系肯定就吹了。既然这样当初她就不应该和我有这层关系，这就是我的心里话，现在叫我表态该怎么做我也下不了决心。"谢红说："他第二次来给你说这一句话就走了？你能不能把过程也给我说一下？"韩狗说："当时他站在河沿上，我站在船上，两边的距离也只有两三米远。他第一句话说完，把我气得不得了，我就狠狠地说：'滚！我没有时间听你说废话。'就这样我掉转船头回了西岸。这中间每人只说了一句话。"

"好！"谢红高兴地说："你这个'滚'字说得恰到好处，说得正是时候。郭凤英给我说，钱仁义一个多月没去找麻烦了，因为郭凤英已经做了充分的防备，只要你们两个人的关系保持完好，他就不敢放肆。钱仁义这次来找你有两个目的：一个是对你和郭凤英关系是好是坏他不清楚；二是想促使你们两人彻底分裂，你说的这个'滚'字，就打消了他的这个念头。如果我分析得没错，我敢肯定钱仁义以后不会再去找麻烦。"

谢红说得韩狗愣头愣脑，半天才转过弯来，才意识到自己为什么就不分析一下钱仁义来说事的目的，要不是谢红从中帮忙，自己才找的这个媳妇肯定又泡汤了，这一辈子还能不能找上女人都是一个难题。看来郭凤英比自己的能力强，自己的水平在其下而不在其上；谢红的水平要比自己高的多。今后要多向她们学习，遇到问题要冷静处理，不能盲目行事，乱下定义，首要的一条是承认自己的水平还比较低，要通过不断的学习来加以提高。自己的能力为什么比较低？其原因就是自己学的知识太少，认识能力太低，这就给生存造成了困难。这就是韩狗对自我能力的解剖，相信以后会取得好的效果，尤其在对待郭凤英的问题上不会再偏听偏信，这要作为一条规矩印在脑子中。

周树光的一项房改计划已经在脑子中逐渐形成，他有理有利的论述征服了参加村委两级领导班子扩大会议的所有参加者。他设想的目标是三年建成五年收尾，不留死角，完好无缺，使大河湾形成为一个集居住、生产、旅游、开放的多功能小市场。"小市场的筹建需要强大的资金做支撑，这种资金的来源：一是服装厂的满负荷运转，一年可以积累五十万元的资金；二是养牛场的扩建，如果顺利，一年可以有一百万元的收入。这两项加起来是一百五十万，五年合计起来就是八百五十万元。当然这是一个平均数，开始——也就是现在没有这么大的比重，但最后肯定会超过这个比重。就是说咱们的生产还要发展，咱们的挣钱门路还要拓宽，不是只会养牛，也不是只会做衣服。所以咱们的起步质量要高一些，房子建得要漂亮一点，生活设施要齐全一些，生活环境要优美一些。尽管建设资金会遇到困难，建设周期会向后延长，但建设标准绝不能降低。"

这是周树光对大河湾建设规划的设想，他还没有完全公开出来，因为资金的缺口还比较大，是要靠一边赚钱一边建设来完成的，这对一般人来说恐怕连想都不敢去想，而他想到了，而且马上就要付诸行动。首先的行动是备料，备料主要是砖、瓦，这是建屋盖房的重要用项，所以必须事先准备出来，储存起来。

周树光给向东子打电话，求他帮忙建砖窑的事项，话还没有说透，向东子就答应了下来，说："明天上午你在家等我，我准时赶到与你商量此事。"

向东子来了，依然是开着他的小面包车。由于天气比较炎热，周树光事先准备好了一杯茶叶水等着他。向东子进屋后先把一杯水喝了下去，接下来便转入正题，向东子问："你有那么大的养牛场，还有服装厂，现在又要建砖窑，你想发多大财呀？建砖窑这玩意儿不像干别的，只要干得好，就能玩得转，想挣钱比较容易，可是卖砖这玩意儿，你是不能走街串巷去吆喝的，你只能把砖摆在窑洞边等人来买。盖房子人多这还好办，如果人家不盖房子，你这砖头码在那里不就成了摆设了？我的观点是你最好想一想再做决定。"

"不！"周树光回答说，"我烧砖不是为了卖砖，而是为了省钱。我们村为了房改，得盖很多房子，得用很多砖，用很多瓦，要是用钱去买得用多少钱？对于这个问题我是算过账的，恐怕大河湾的发展速度还得向后推迟五年，所以等不起呀！必须从现在开始用自己的地烧自己的砖。在这方面你是专家，请过来帮我的忙，把烧砖的工作搞起来。当然了，把你请来是有报酬的，也就是工资待遇吧。这里先征求你的意见，就是你要多少待遇，你提出来我心里就有数了，我们村委会经过研究就可以定下来。"向东子说："说要报酬就有点外气了，在部队咱们是老战友，你又是我的领导，我到你这里来也就是凭这层关系。要没有这层关系，你也找不到我，我也找不到你，因为咱们相互之间都不认识。现在我到你这里工作只要有个地方住，只要有口饭吃我心里就满足了。"

"好！"周树光回话说，"既然你说到这个份上，我心里就有数了。我们村委会院里边还有两间空房，准备粉刷之后给你住，本月十五号你来报到就行了，在你来的时候再带来一名技术人员，生产砖的大小，瓦的式样，质量等都由他负责。你们俩人住在一起，吃的问题我们都准备得一应俱全，你们俩人自做自吃就行了，这样方便。建砖窑的位置就在码头南边河坡地上，离村很近，离码头更近。凡是砖厂的工作都由你来安排，你看怎么样？""这没问题。"向东子又问，"房屋建设什么时候开始？"周树光说："秋后全面开始，主要是先把地基挖出来，把自来水、沼气管道埋起来。"向东子惊奇地说："看来你们大河湾的发展规模很大呀！那你们有那么多资金吗？"周树光说:"主要是靠银行贷款,建房后五年内把贷款还清。当然这些事还都没做,只是我的设想,烧砖算是第一步,所以就把你请来商量此事。你要是能来,就按咱说的办,你带着你的技术人员十五号正式来上班,你要是抽不出身,也要再找一个会管理的人员来。这一来可能时间不会太短,少说也得两三年时间,就是要保证盖房子用砖用瓦。"

周树光的安排正合向东子的心意,在上次没办成的事,说不定在这三年时间里会有转机。他说:"我来就是了,在部队你是我的领导,我来了之后你还是我的领导,保证听从你的指挥!不过我只带来两个人,包括我自己,除此之外,大概还需要十个人,这都得由你们村出。"周树光说:"这你放心,等你来的时候,这里一切准备就绪。"

周树光把自己的设想,把与向东子合作的具体内容向村党支部书记作了汇报,把魏文太高兴得合不拢嘴,他说:"没想到咱大河湾真的要变样了,这都是你周树光的功劳呀!咱们村要没有你出谋献策,我看再过十年二十年也不会有这么大的变化。我相信你的话,你就领着大伙干吧!""不!"周树光说,"单靠我的力量领着大伙干是不行的,我这个人是敢想敢说,敢干也算有这个勇气,但是单靠这一点还不行,还必须会干,把路走顺一点才行。河道弯弯是大自然形成的,弯是有依据的。可路是在人的支配下走出来的,想法有错,就会把路走错。走弯了路还得再走回来,损工折将,费力费钱,如果弯度太大,咱的损失可就太大了。咱们大河湾现在到了十字路口,下一步该怎么走还得靠你老支书掌舵。"

周树光的一番论述引得老支书一阵哈哈大笑,他说:"你这副担子给我压在肩上有点太重,你想想看,你虽然年纪很轻,可毕竟是走南闯北的人。但我呢?虽然比你多吃了二十年的五谷杂粮,可我走过最远的路是到过县城两次,一次是年轻的时候,一次是去年开会学习去的。至于文化水平就低得太多了,你是高中毕业,我是高小毕业,整整少上了六年学。可是,因为我是支部书记,不干事情、袖手旁观是说不过去的。所以以后在你的通盘计划中,我也要尽力多做些事情,减轻你一些负担,分担一些我该负的责任。"

周树光向魏书记汇报完之后又找谢红交谈情况,商量问题。当谈到邀请向东子来帮忙时,谢红把脸一嘟噜说:"天下会烧砖的人多着里,你干吗非要找他来瞎折腾？你最好再换一个人来，他来没法给他发工钱！"

周树光沉思一会儿才开口说话："关于找人问题我也想过，如果找别人，一是对这个行业不熟悉，到处乱碰还不一定能找到合适的；二是对开多少工钱心里也没数，怕人家要得太高，咱承受不了，所以就找到了向东子。在部队我是连长，他是战士，是在我的领导下工作，尽管他有些缺点，但都是鸡毛蒜皮的小事，也算不上大毛病，所以我就把他请来进行了研究和规划，从总体来看，这对咱的工作有好处。"谢红说："既然你已经想好了，那就照你的想法办吧，我没有意见。还有一个问题，那就是他们的工钱怎么支出？"周树光说："这个问题我还没有想好，不过这钱都是股东们的钱，关于钱的支出还要开个股东会进行决定，使大家都明白。"

事不宜迟，股东大会在周树光的安排下，在养牛场内的办公室召开。他直话明说，只几分钟时间就把大河湾的房改设想说了个一清二楚，鼓励大家多发表意见，把自己的想法都说出来，只有这样咱们才能齐心协力，把事情办好。

司建军第一个发言，他说："我是股东，可是我这个股东的分量太小了，我只投入了一万八千元的原始股，它只能买三五头小牛而已。所有股东的钱加起来也只能买五十来头牛，咱们的牛还没有出栏过，还没有变成钱，可是咱们养牛的总数已经达到二百三十头。这买牛的钱是从哪里来的？是从服装厂赚来的钱买的，可是服装厂是董事长和谢会计的私有财产，是用他们的钱买来的。现在又用赚来的钱为全村乡亲们盖房子，这对一般人来说是做不到的，可他们做到了，我要向他们学习，向他们看齐。"

接着发言的是支部书记魏文太，他说："我也是股东，可我这个股东只是个小股东，只有一万元，而且这一万元不是我个人的，而是全村一千九百多人的公有资金，平均每人只有几块钱，分到各家各户最多的只有几十块钱。咱们在座的第三大股东是司建军，有一万八千元，也只能买几头小牛。咱们村这么大的房改任务，在资金问题上，需要几百万上千万元做支撑。这么大的数字咱们能承担起吗？钱从哪里来？这二百多头牛最多也只值一百多万元，这距离一千多万元还差得远着哪！为了房改，我们开了个支部扩大会议进行研究，因为房改是周主任提出来的，他在会上提出了自己的设想，他说：

咱大河湾一两千人，要搞这么大的房改，单靠我一个人的力量是不行的，还必须靠咱们在座的力量。咱们的养牛场现在有二百多头牛，明年可能发展到三百多头、四百多头，有可能达到五百头的规模，至少有上百头牛可以卖出去，就这样有卖有买，循环发展，五年后咱们的资金总数有可能达到八九百万元，上千万元的水平。说准确点儿，这里边还含有服装厂的收入。咱们大河湾现在正处在建设发展时期，因为资金还没到手，但咱们的房改计划还不能向后拖，所以就必须向银行贷款，来满足咱们的需用。咱们的砖窑厂马上就要动工了，先把盖房子的砖瓦储备起来，这样会节省不少的资金。接下来是沼气工程也要开建，这些工程的费用先从服装厂中挣的钱中支出，等大批量用钱的时候，咱们贷款的钱就能到位。"

魏文太说到这里砸吧砸吧嘴，然后顺便喝了一口水，又接着说："刚才我把周主任的设想简单说了一下，如果说得不到位，周主任下边还可以补充。在大河湾的建设上，你们都有发言权的，因为你们都出了力。周树光复员回村见到我就说，我是回来建设家乡的。当时我没过多去想，也不知道他是个什么样的建设法。直到现在我才真正地明白过来，他是在用自己挣的钱来为村民们致富，当然这里边也有谢红的功劳，她也出了很大的力，用了很多的钱。咱们现在能养到二百三十头牛，都是用他们服装厂挣的钱才发展这么快的。"

魏书记讲完后周树光又接着发言，他说："魏书记把我看得太高了，说得也太多了，其实论能力我不如谢红，服装厂是谢红出点子、想办法才建起来的；养牛场也是谢红出点子、想办法才建起来的，单靠我个人可以说无能无力。现在建起来了，走上了发展的路子，这与大家的共同努力是分不开的。咱们大河湾的发展不只是服装厂、养牛场，以后还要找其他门路，建其他项目，为大河湾奠定坚实的发展基础，使村民们都不受穷，都成为富裕农民，这样咱们就算尽到了责任。这样咱们这些人也会在村民中留下好印象，至少说咱们是好人，这就是对咱们这些好人的最大满足。"

周树光的讲话，包括前边魏书记的讲话，都是大河湾房改工作的主要设想，也是大体规划。关于股东们的利益问题，还有关于股东们的股权问题，还没有涉及，在今天的会议上应该提及。周树光对此仔细琢磨后接着又说："在这次房改工作中，用这么多钱，似乎都是在座股东们的钱，没有叫全村的村民们出一分钱。"周树光照直说:"是的,一是村民们没有钱,就是有也不多,硬叫他们出钱,这房改工作啥时候才能起步?二是不出钱得出力,咱们的房改工作任务重,用人多,咱村的劳动力都得用上,他们是不拿工资的劳动力,这样就会省下不少钱,这就是咱们村有钱的出钱,有力的出力的原则。当然了,所谓合理只是相对的合理,所谓公平也只是相对的公平,利益偏重点都是在群众这一边。这就体现了合理,也体现了公平。咱们村在房改之后,大家的生活条件都改善之后,咱们的服装厂,咱们的养牛基地还是个人的,到时候按股分红,由自己支配使用,只要是用在合理合法的地方,我想是不会受到限制的。当然了,这只是以后的话,到时候另做安排。"

散会后谢红回到了服装厂,还没有进屋就听到屋内热闹非凡,当她的一只脚刚迈进门槛,这种热闹场面戛然而止,弄得谢红莫名其妙,便说:"怎么了?我大老远就听到这屋里热火朝天的,这一进屋就变得鸦雀无声了?"王玉莲说:"这才刚休息,我说谁给大伙说个谜语猜猜?这不——大家正在你推我、我推你的找人说谜语,现在你进来了,是不是你给说一个?""我给说一个?"谢红说,"说点别的事还可以,叫我说谜语我可没这个能耐。"谢红也在寻找说谜语的人。她把目光在员工身上扫了一遍,最后她说:"我看还是让段大嫂说一个吧,论年龄她比咱都大,论见识她比咱知道的都多。"大家都同意谢红的意见,异口同声地做着鼓动工作。段红梅应付不过,只好把自己新学到的一组新谜语给姐妹们说了出来:"牛魔王大战先行,诸葛亮三路发兵,张冀德拿鞭去救,孙悟空大闹天宫。"下边姐妹们七言八语地议论起来,有的说:"你说的这一大串字,倒是挺顺口的,可是这也太复杂了,这谜底肯定也很复杂,我看这肯定没人能猜出来?"还有的说:"你从哪儿找来的这么复杂的谜语呀,说起来还怪好听的。"谢红说:"你把谜底说个范围吧,面太宽了是不好猜。"段红梅说:"听起来很复杂,其实谜底很简单,就是咱们种地的一件农具。"此话一出,大家都紧张地琢磨了起来。谢红率先想好了答案。她说:"就是咱们种小麦的耧吧?种麦的时候得用一头牛拉着耧,诸葛亮在后边驾着耧把,左右来回摇耧,小麦种子就从耧底的三条腿中流出来,播种到土里去了,这代表诸葛亮的能耐。张冀德手拿鞭子在一旁牵着牛,孙悟空就是盛小麦漏斗里的铃铛。"这时大伙又齐声说:"对!没错,就是耧。"这个谜底得到了段红梅的认可。

王玉莲看了看墙上的挂钟说："现在还有几分钟时间，段嫂再给大伙说一个！"段嫂答应得非常阔利："我刚才说的是武的，现在再给你们说一个文的，我先声明一下，这谜语可不是我编出来的，我可没有这个本事。我们家的那口子喜欢读书，所以也就喜欢买书，这就买了一本谜语书在家放着。我是照本宣科：'三面有墙一面空，一位女子在当中，有心与她把话说，又怕墙外有人听。谜底是打一个字。'"谜语说出后，大家沉思一阵子后没人开口，王玉莲说："大家干活吧，今天猜不着明天猜，晚上睡觉后躺在被窝里好好想一想，准能猜出来。"其实谜底并不复杂，稍加思索便能猜得出来：三面有墙一面空，把一个口字的右墙去掉，就成了三面墙一面空了，可以有进有出，一个女子就从空的一侧进去了。说话是有形态的，所以就有一个'曰'字。说话是私语对己不对人，所以得防备着墙外有人听了去。这就是谜底的全貌（偃）。

大河湾的两位领导忙中有序，他们两人带着小本子，带着皮卷尺来到烧砖的理想地界，又是量，又是写忙个不停。周树光说："咱们事先弄好了，向东子来了就省劲了。他对咱这里的情况不熟悉，来了会一下子摸不着头脑。不过人家毕竟是行家，他想怎么改咱都不参与，想怎么改就怎么改。"魏文太说："建砖窑咱不参与，要是挖土做砖坯子，就不能想在哪儿挖土就在哪儿挖土，可以就近找一处地方向深处挖，至少要有两米深，以后可以作为养鱼塘使用。"周树光说："那咱们的工作量可就大多了。"魏文太说："大就大吧，这比以后重新开挖鱼塘省劲多了。"

沼气工程的开建要比建窑烧砖复杂多了。魏文太和周树光两人按照刘文东的设想方案，一边丈量一边划线，要在养牛场的南侧标出六个大型沼气池，然后再向西挖出多条沼气管线，一旦准备就绪即可开工投建。

向东子开着他的面包车，带着他的帮手一起来到了大河湾。周树光安排他们二人住下后，又把他们带到了建砖窑的预选场地。向东子对地点的布局没有提出更改意见，满足了魏文太提出的要求。就这样拉开了大河湾房改的序幕。之后，挖土声、运料声、砌窑声响成一片。向东子上下奔波，左右指点，已经显示出一个指挥员的水平和能力，他要在大河湾留下一个好名声。

砖厂的建设才刚刚开始，第一炉砖还没烧出来，沼气工程已经正式上马。兵分三路，每组三十人，王三志领导第一组，马伟领导第二组，赵三春领导第三组。现场由支部书记魏文太统一指挥，他说："同志们！咱村的沼气工程是咱村房改工程的配套工程，是造福村民的大工程，我们务必要保质保量地完成，为村民们办上一件大好事。"下边群情激昂，手举镐头上下起舞，双臂起处铁锨在下面左右翻飞，形成了一幅天地合一的壮丽画面。

天气已经很热，人人都汗流浃背，但他们都把热忘到了脑后，脸上都流露出甜蜜的笑容。这就是大河湾人的精神面貌，他们对未来的美好生活寄予厚望。

晚饭刚过，年轻力壮的劳动者们不约而同都来到了小青河游泳场，缓慢流动的水是他们消夏的天堂。尽管他们在劳动时并没感到夏日的难耐，因为他们是在为未来的幸福而战天斗地，一种巨大的精神力量在鼓舞着他们。小青河的河道弯弯，水势很小，却在大河湾这个特殊的环境下形成了一处河面很宽、河底很深的特殊景观。在男游泳场里已经来了不少的游泳者们，他们大都站在水里面，享受着水给他们带来的凉爽，冲掉一身一天来积存身体上的汗垢。

周树光来得靠后，他是一天的工作忙完了之后才去吃饭。在他下到水里之后，想活动一下身子，但由于人多怕影响别人，便一个猛子扎下去，当他蹿出水面，已穿过深水区，到了河的对过。这里人少水静，便于折腾，想游便游，想停便停，一切由着自己的性子行事。周树光当兵时是部队的游泳骨干，什么样的游姿他都会，回来后依然能进能出，把水玩得游刃有余，方便应手。河岸上有两只一百瓦的大灯泡，南边一只，北边一只，把河面照得黑影闪闪，左晃右动，这是男游泳场的生动画面。在北边的女游泳场内，似乎要平静得多，总人数超不过二十人，大多是结过婚的半老徐娘，大姑娘、小媳妇似乎一个人都没有，这是当地农村一种特有的风俗形成的结果。

随着支部书记的话音落下，下边是一片的鼓掌声、叫好声。王三志在人群中大声说："魏书记！你安排吧，叫我们怎么干我们就怎么干，绝不含糊。"

魏文太拉大嗓门说："好！赵三春小组的三十人在这里负责沼气池的封顶工作，要保质保量地完成任务。王三志小组的三十人负责南线沼气管道的开挖，要在十天内全部完成土方的开挖工作。马伟小组的三十人负责北线沼气管道的开挖工作，也是十天完成。"

王三志是个心直口快的人，他说话干脆，干事利落，他对小组人员说："同志们！在新的任务开工之前，我也想讲几句，说一下我心中的想法，不然闷在肚子里我会感到不舒服。刚才魏书记作了新任务开工前的安排，也提出了要求，我看很好，我表示坚决拥护。这是造福我们自己的工程，也是给咱们子孙后人创造出一个好的家底，使人们以后都不受穷，都过上小康的日子。所以咱们都要豁出命去干，保质保量地完成任务。咱们过去烧柴做饭弄得屋里都是烟熏火燎的，而且做饭时间很长，后来又改成用煤，也很麻烦，得跑十里铺去拉煤，很不方便。以后咱们用沼气做饭，不但省事、省劲、省钱，还干净，这真是一举而多得的好事。"王三志讲到这里稍停顿了下来，便听到下边有人说出了不同的看法："我来的时候听到有人说出这样的看法，说沼气就是臭气，因为是用粪便沤出来的气体，就特别臭。做饭的时候一打开炉子满屋都是臭烘烘的，这样做出来的饭菜还有香味吗？恐怕都变成臭味了。"王三志说："这种说法不对，魏书记比咱们知道得多，他说粪便在发酵之前是很臭的，在发酵之后发出来的气味据说不是臭的，但很呛人，是有毒的，在这种环境下人是会中毒的，这比臭味危害更大。"王三志这么添油加醋的一说，说下边的人们就更担心了。但是他接下来又说："不过大家不用怕，沼气是一种有机可燃烧气体，点火燃烧之后就没有毒性了。咱们的沼气到各户后一点都不会泄漏出去，中途有密封管子送过来，到了各家各户又有开关把守，等你做饭的时候把开关打开，沼气才出来。在你打开开关的同时，开关出口中的打火机同时开放，所以用起来非常方便。锅台的上边又有抽油烟机，可以把做饭中的废气全部排出屋外，所以告诉大家没必要担惊受怕的。我还听说住在省城的人都用上煤气了，而煤气也是有毒的，城里人都不怕中毒，咱农民还怕什么？"

在王三志的鼓动下，全小组人马齐心协力地干了起来，他们要和马伟小组一争高低，看看谁能跑在最前边。马伟小组当然也不示弱，也在做着类似的鼓动工作。到底谁胜谁负，现在还很难估摸出来。

路是人们走出来的，成绩是人们干出来的。大河湾的创业、起步是在大河湾党支部书记魏文太、村委会主任周树光的带领下走出来的。继去年提灌站的建成，到今年房改工作的顺利起步，使村民们已经看到了未来美好生活的曙光。他们心往一处想，劲往一处用，上下拧成一股绳，形成合力，大刀阔斧地迈开了建设新农村的步伐。

村民们对这两位村级领导充满了敬意和爱戴，也充满了信任和希望。刚才两个村民小组战前的动员和决心，并不是两个小组非要争个你高我低，而是他们站在同一个起跑线上，为了一个共同的目标，争取提前和高标准地完成任务。

坚实的土质没有阻挡他们提前完成任务的决心，王三志光着膀子，只穿一条短裤，抡起手中的铁耙子重重地砸向地面，三根铁指稳准入土，再适度向下一压把柄，再用力向上一掀，一大块土坷垃顺从脱离根基，又被旁边同事用大铁锹翻扔到了地标白线的外侧。

铁耙子不停地上下起舞，铁锹面不停地左右翻飞，形成了一幅美不胜收的画卷，又是一曲优雅动听的交响音乐。

杨秀娟左肩挂着一个带红十字的药箱子，右手提着一个八磅重的大暖壶。天气尽管已经十分炎热，而对于懂点医术的杨秀娟来说，喝开水总比喝冷水好。她从工地的东端走到西端，又从南边工地走到北边工地，一边走一边吆喝："小心点，不要碰伤了！谁渴了来喝口水吧，我带来的是温开水，既不是热水也不是冷水，喝起来正合适。"

杨秀娟是三年前结的婚，公爹叫边成柱，已经五十来岁。在"文革"期间是大河湾村的赤脚医生，整天背着个药箱子，成了一个走家串户的大忙人。"文革"之后，由于形势的变化，他因势利导在村子里开了一家私人诊所，增添了一些简单的医疗器具，一些小灾小病可以不用出村子，他都能应付。时间在一天一天向前延伸，年龄也在一天一天地攀高，村民们过去都直呼名字，后来也慢慢地改叫边大夫，或者叫边医生。这两种叫法都很正常，别人没感到别扭，他本人也没有嫌弃。也不知道从什么时候开始，也不知道由何人开头，他们把边大夫叫成了成大夫，把边医生叫成了成医生。也许是当地风俗的善意，出于对年长者的尊重，便把边字改成了成字进行呼唤。边医生也是很应心的人，你叫什么他都答应，毫不在意。

自从杨秀娟进门之后,他便把夫人给辞掉了,要她专管家务,说:"儿媳妇年轻,身体又好,干起活来灵巧。"就这样杨秀娟成了诊所里的主要力量,打针拿药都由她来承担。

杨秀娟不但长得俊秀,为人实在,而且干起事情来也非常灵巧,非常麻利。为此深得边成柱的喜爱,如同看待自己的亲闺女一般。

时间一晃四年过去了,秀娟还是那样苗条,丝毫显示不出当媳妇之后那样发福。老公爹看在眼里,急在心中。有话不好明讲,到了晚上睡觉之后,便把自己的想法告诉给自己的妻子。夫人说:"你急!我还急哪,我早就想抱孙子了,可是至今也没个动静,问题不知出在什么地方。"

第二天午饭后,公婆把秀娟拉到媳妇的卧室,小声细气地说:"秀娟呀!你爹,还有我,都五十出头的人了,很想领着自己的孙子出去转悠,当然了,领孙女也很好,我们早就想跟你通通气,能不能早点满足我们老俩的这个愿望?"

作为老人,把话已经说到这个份上,当晚辈的,也只有实话实说了:"妈!您的想法我都理解。我刚过来时,还比较年轻,想过两年以后再要孩子,所以就采用了一些防范的措施。两年之后就主动取消了这些办法,任其自然吧,什么时候怀上就什么时候要。可是一晃两年过去了,到现在也没怀上,我们也不知道问题出在哪里。妈!我是这样想的,我今年才二十四岁,边有才二十六岁,我们都还年轻,等等再说吧!"

公婆听后心里边有些沉重,认为等也不是办法,一旦有了毛病还是早点治疗为好,早治早见效,如果不治有可能会把病耽误了,便对儿媳妇说:"秀娟啊!你们虽然还算年轻,可是问题出在哪里谁都不知道,不如先到县医院,或者是乡卫生院检查检查再说,如果真的查出毛病了,也好早点吃药治疗。"

杨秀娟只是看着公婆笑了笑,并没有公开承诺是检查或者不检查。而两人谈话的经过传到了边成柱的耳朵里,他思绪良久,认为这是孩子们的事,应该以孩子们的意见为主,避免出现不必要的分歧。

双方的沟通已经过去了,但在边成柱的思想深处,好似才刚刚开始。过去他不了解实情,现在已经知道了其中的原委,这不能不在思想深处加以思考。他虽然没有正规医生的头衔,但在大河湾村村民的眼里,他已经是村子里名副其实的大医生，有什么疾病方面的难题都要找他去请教。他也不负众望，大本小本的医学知识看了不少，也记了不少。中医的、西医的，他都光顾过，研究过，也涉足过。虽然医术不算很精，不敢说八九不离十，但说出个一二三四五还算是可以的。对于儿媳妇杨秀娟两年没怀孕，这究竟是儿子的原因，还是儿媳妇的原因，未经医院检查，他不好做出判断。但这事已经形成为一种心病，深深地在大脑里边转悠，理不清也走不开，从儿子想到儿媳，又从儿媳想到儿子。家中的几亩农田全靠儿子照管着，日出而作，日落而息，尽管没有歇着，但也没累到哪里去。各家各户都是这样走过来的，对于身体也不会有什么大碍；儿媳妇过门后一直在门诊部工作，性格开朗，工作勤快，活儿不多，闲着的时间比工作的时间多，把时间都消磨在看书方面去了。除此之外，再没有别的事情影响她的日常生活，也没说过身体有什么不适。对此，边成柱思来想去也没有更好的招数可以拿出来用。

　　沼气工程的启动引起了杨秀娟的极大兴趣，几次提出来参加义务劳动，都被公爹给阻止了，他说："我已经给魏书记说好了，咱们家只出钱不出力，周主任也同意了。等工程完工后，咱把八百元钱一交，就等着用气了。"

　　公爹的意见没有大错，也合情合理，作为儿媳妇，听了也就过去了。几天之后，听人们说，外边人们忙得热火朝天，干劲可足了。杨秀娟听了后，认为自己是年轻人，也应该为村里的集体事情出点力，便再一次给公爹提出了自己的看法。"爹！咱们家是给村民们看病的，谁有个头痛发热的都来找咱们看病，咱老坐在屋里边不出门，好像也不太合适。现在村民们为房改、为建沼气都忙得热火朝天的，我也想带着药箱子出去看一看，也为大家办点事，出点力。"

　　杨秀娟的切题申述，博得了公爹边成柱的赞许，他自愧地说："孩子，你比我看得远啊，前几天你给我说我没让你去，因为咱们出钱了，不去也是应该的。现在看来这种想法是不对的。咱们家是有个小诊所，挣钱要比别人方便一些，可是挣这些钱也是咱村的村民们送来的。既然挣了他们的钱，也应该为大伙多办点事才是，所以我现在同意你去了，以后你认为合适，你就在外边多跑着点！"

　　边成柱同意儿媳在外边多跑着点，他还有一层意思，没好意思开口，但总在心里想着，那就是老在屋里待着，影响了身体中自我功能的调整，使内分泌出现了某种程度的不平衡。现在出去参加一些户外活动，有可能把这一问题就解决了。儿媳妇的提议正好切合他这一想法。

四年来儿媳妇一直跟着公爹学医，公爹有其另外的考虑：一是出于对儿媳妇的爱护，怕她见雨见风、见热见冷的受不了；二是在他眼里，无论是聪明程度、工作效率，还是知识进取方面的天分，都在儿子之上。为此，我把家中未来的希望寄托在儿媳妇身上，所以就把儿媳妇看成是掌上明珠，别人摸不得，也碰不得。直到今天也许与自己的年龄渐老有关，想见孙子的愿望已显山露水，便委托夫人了解实情。为此他翻过不少书，搜寻过不少解题，但最终都没有定论，这使他无所适从。

一个身体健康的年轻人，突然之间在屋里待了四年，风吹不着、雨淋不着、日晒不着、冬冷不着，在这样的条件下，就是生下孩子，体质也好不到哪里去。现在没有怀孕，很可能是在屋里憋屈久了，对身体造成了伤害，促使内分泌发生了紊乱，也使正常的排卵受到了影响。现在最便捷的做法就是参加一些必要的体力劳动，多一些室外活动，这是一项既简单又适宜的好方法，有可能取得意想不到的好效果。

建设新农村的大好气氛感染了在屋憋屈已久的杨秀娟，她迫切地希望融入其中，成为建设新农村的一份子。现在想法实现了，就像一只刚刚会飞的小鸟，看到外边的世界什么都很新鲜。她倒了一碗温开水送到王三志手里，王三志喝了半碗，又把剩下的半碗送给了李二闲，李二闲一饮而尽。

魏书记手拿钢卷尺正在丈量第四号沼气池的深度，杨秀娟端着一碗温开水送过来，魏文太正想喝水，赶忙接过水就喝，等他送碗时一看是杨秀娟，便开口说："是秀娟啊！这里欢迎你来呀！"接着又返回口气说："你还是回去吧！你爹说了，只出钱不出力，现在又叫你来出力，是不是又心疼钱了？"杨秀娟接话说："魏伯伯，不是的！我爹又说了，咱不只出钱，而且也要出力，是不能袖手旁观的。所以这就叫我来了。您有什么适合我出力的地方，尽管安排好了。我保证完成任务。"魏文太忙回答说："这就好！这就好！咱们工地上正盼着，有你们这样的医务人员在场，我代表全村人向你爹表示感谢，向你们全家人表示感谢。"杨秀娟说："这都是咱村人自己人的事情，还说感谢啥哩！您说吧，叫我干啥哩？"魏文太说："秀娟哪！你背着药箱子，又拿着热水壶，在工地上走一走、看一看，我看这就不错，干活的人看着也都高兴，这就是无声的宣传。另外我还有一点希望：咱村有一千九百四十三人，四百三十一户人家，其中有七户五保户。我给你说的意思是要多到五保户家走一走，看一看，如果有病也好及时治疗，免得他们自己跑远跑近地找医生。他们吃的药不收钱，只记账，到时候到我这里，或者找周主任批一下，签个字，然后找谢红报销就行了。"杨秀娟高兴地说："我保证按你说的去做。"

杨秀娟心里边好像融入了集体，有了目标，有了方向，有了主心骨，高高兴兴地走到了人民群众之中，成为了一名有所作为的年轻人。

天有不测风云，瞬息万变，刚才还红日当空，一转眼便从西北高山的背后升起来一团团黑云。由低升高，由远到近，形成了黑云压顶之势。雨随风行，一阵大风刚到，随后就是倾盆大雨，弄得人们措手不及，四处躲雨。跑在后边的人们一个个都像落汤鸡一样，使单薄的衣服都贴在了身上。

在大雨来临之时，杨秀娟又第二次来到第三组的工地上，还未来得及和人们说上一句话，打一声招呼，雨便铺天盖地地降落下来，霎时间全身衣服全都湿透了，而且紧紧地粘贴在她的身上，年轻女人特有的线条美完好无缺地展现在前后都是男人们的面前。好在人们都在忙着奔跑，忙着躲雨，才使杨秀娟毫无羞涩地跑回了家。在杨秀娟刚一进屋，外边的风不但停止了猛刮，外边的雨势也减弱了许多。又一转脸——风停、雨止，这使杨秀娟十分不满，便责怪说："这天也欺负人，弄得我满身都是泥水！"泥也好，水也好，这毕竟是大自然给人们的赏物……

大雨来临之时，杨秀娟的公婆已经站在门口等候，做好一切伺候儿媳的准备。等杨秀娟一进入自己的卧室，又是帮助脱衣服，又是拿毛巾擦掉身上的雨水，还准备了一盆温水帮助洗脚，之后便把秀娟塞进了被窝。公婆还没走出卧室，便听到秀娟说："妈！我有点冷，你给我盖厚点。"公婆自言自语说："这大热的天，盖一床大被子还显冷，一定是感冒发烧了。"便急匆匆去找老头子反映情况。边成柱从药柜中取出四粒白药片，告诉老婆说："这四片药，现在吃两片，晚上睡觉前再吃一片，明天早上再吃一片，估计烧就退了。"老婆子说："你不去检查检查？"老头子说："不检查了，没有大碍。吃完药后，待一会你再给她煮一碗葱姜水叫她喝了，身上出点汗，烧退得会更快些。"

二十三

常猜谜语出智谋　常做善事心灵好

郭凤英在娘家只住了三天，就急着要走，她说："家里边虽然没有值钱的物件，但也都是生活中的必需用品，假使不慎丢了哪一样，也都是很心痛的，不如照看好点，少受些损失。"

临近中午，郭凤英母子已经来到了码头，刚一踏上船板，郭凤英便把准备好的一元钱塞进了钱箱子里。韩狗的动作有些迟缓，当他把钱拿出来时，已经晚了一步。郭凤英说："你不用拿钱了，我已经把钱放到里边了。"韩狗说："这叫你拿钱，我心里太不是滋味了。前天你过河我没理你，也是你拿的钱，谢红来把我狠狠地批了一顿，我方才醒悟过来，我向你道歉，请你谅解。""不！"郭凤英说，"你说错了，人各有志，是怎么想的，是怎么做的，都是由自己决定的。咱俩认识才刚过去半年，一切都在变化中。如果你认为咱认识是一个错误，你还可以改变，把绳子扯断就行了，我不怪你。"韩狗说："我不怪你——凤英，是我错怪了你，你没错，都是我的错，我认识浅，看得短，没把钱仁义的本质看透。""钱仁义？"郭凤英说，"你怎么知道钱仁义？"韩狗说："钱仁义来过两次，一个月前第一次来说你们两个好，劝我不要在里边瞎掺和，为此我就对你产生了误会，认为既然与别人有来往，又何必和我纠缠在一起。这大前天钱仁义又来了，这一次说得更直白，说：'我来表示对你感谢来了。'这句话把我气得不得了，就狠狠地回了他一句：'你给我滚！我没时间听你说废话。'就这样我对你的误会就更深了，结果对你造成了很大的伤害。这些事本来想憋在肚子里不往外说的，是你找了谢红去诉苦，谢红才找我了解情况，逼着我说出实情。我说了后谢红狠狠地批评了我，我才知道我是被他给蒙着了，才做出对不起你的糊涂事。"韩狗说到这里已带出了哭腔，便面向郭凤英扑通跪在了跟前，拉着郭凤英的手就往自己的脸上打。由于郭凤英未曾料到，手顺势走，就真的打在了韩狗的脸上，郭凤英赶紧把手拉出，护住了韩狗的头，阻止了他自己打自己头的动作，同时又把跪地说话的韩狗拉了起来。这使满肚子怨气的郭凤英缓解了不少，她耐心地说："当着面把事说清楚就行了，这么大人了哪能说跪就跪的。你刚才已经把问题说清楚了。我还认为你是一个实在人，是一个大好人。不过我想对你提一点，希望你能够满足我的要求，就是钱仁义已经怕你了，他这一个多月没再找我的麻烦，说明他心虚。他这次又来找你是想摸一下咱们的虚实，拆散咱们的关系。你那一句狠话又把他吓了一跳。我估计他以后不会再来找麻烦。咱们的关系走到这一步，基本算定型了，可以公开出来。你以后每十天半月的可以到我家去一次，坐一会儿，吃顿饭都可以，别人问起此事，可以说你是我的朋友，我是你的朋友都可以。这是正大光明的事，谁也不会说什么，也不敢说什么，你说行不行？"

　　韩狗还没有这样的思想准备，经郭凤英这么一说透，激动地抓着郭凤英的手，边抖边说话："这你可说到我心里去了，你放心，我一定按你说的做，保证十天半月去一次，给你壮胆，给我出气。"郭凤英笑了，笑得非常开心，她说："咱俩把话都说透了，去掉了一层隔阂，心里也亮堂了许多。这样吧，现在都快晌午了，你把我送过河，我该回去了。"韩狗扭脸看看岸上的草屋，便说："晌午就在这吃吧，别回去了，看看我做饭的手艺。"凤英说："你这里也能做饭了？"韩狗说："能做，我是一到热天就把做饭的家伙搬了来，到了天冷的时候就又搬回去，很方便的。"他们一同来到了小屋内，凤英关注的是一套做饭的用具，有蜂窝煤炉具，有米面袋子，小桌上有案板和切菜的刀具，在一旁还放有油盐等。唯一没看见的是蔬菜类食品，难道只吃粮食不吃蔬菜？这生活也太单调了吧？郭凤英没有直说，只是在屋里看了看。

韩狗进屋后忙着把大米淘好，放进锅里蒸着，然后说："走！咱们到菜地去弄点菜来。"其实菜地并不远，就在房后。到菜地后凤英说："你还真勤快，还想着种点菜吃！"韩狗说："一个人也得勤快呀，不勤快连饭都吃不上。这是没人要的河坡地，我随便开出一点来，种的菜都吃不完。你看这西红柿、黄瓜，长得多好！"他又转过脸对撒志说："你想吃什么？自己摘着吃吧！"撒志说："我想吃黄瓜，我渴得慌。"韩狗说："那你看哪一个好你就摘哪一个，这天刚下过雨，不用洗就可以吃。"他又对凤英说："这天太热，你也吃一根吧。"韩狗又到鸡窝处拿过来三个鸡蛋，高兴地说："我养的鸡也争气，你看下的蛋多好，正好鸡蛋炒西红柿，再来一个素炒豆角。"

郭凤英带着撒志回家，刚走到自己的家门口，迎面碰见村委会主任钱仁义。经过上次的交锋，钱仁义不但没占到便宜，反而遭遇了很大的麻烦和风险，脸上挨的一巴掌连续三天手印都没消去，一个星期都没敢出门。脸上的手印被老婆审问了多次，始终都装聋卖傻，才算躲过了一灾。都是一个村的人，自己又是村上的干部，不但长期不见面不好，而且一见面不说话也不好。钱仁义想，事情的出现和发展，带有一定的偶然性质，并非是自己的恶好所致。但他没有想到他的这种偶然性与他自己的思想意识行为有关，偶然和必然有其相应的关联性。现在他害怕这件事一旦暴露出去，自己的人缘就会土崩瓦解，自己的家庭内部也会翻起浪来，非闹出个三长两短不可。一个多月来的思前想后，要想平息可能出现的不良后果，非得从事件的源头去堵口子，那就是想办法去堵郭凤英的口，只有这样才能风平浪静。

一连三天，钱仁义都在郭凤英家门口转悠，给别人的感觉，他是在这里走路，从北向南，或者从东向西，像这样的走法，每天总有七八次之多。在没人搭腔说话的时候，他的目光总是在向郭凤英家门口扫视。有时周围没人时，也会大着胆子走近院门，用手试探门是否关死，但从不大声叫门。郭凤英不在家的信息大概被他摸到了，有时候他竟然出现在村子的西出口处向西瞭望。

功夫不负有心人，郭凤英从娘家回来还是被他看到了，他赶忙走上前去搭腔，郭凤英装作没听见，躲过他的拦截，快步走到自家的门口，在拉撒志进院时，钱仁义趁机抬一只脚跨在门里。

"凤英！我今天来没有坏意，我是来向你赔不是的。""你走吧，我不愿意听。"郭凤英回绝了他的恳求。"不！几句话说完我就走，绝不影响你。""好！我听着，你就在这说吧。"

钱仁义顾虑重重，哪敢立在门口说话，便进一步恳求说："咱进去说吧，我绝对不会伤害你，更不会做对不起你的事。"郭凤英的胆量已经比原来大了许多，对方就是有什么不轨举动，自己也未必吃亏。随后便拉着儿子进了院子，又告诉儿子进屋去看电视。

钱仁义随后跟进了院子，并随手关上了门。有人说：女人温柔起来像丝绒，厉害起来像钢针，这话似乎有一定的道理。郭凤英横眉竖眼，回头盯着钱仁义说："你把门打开！"钱仁义顺从地、规规矩矩地又把门打开。"说吧！打开门窗说亮话，想说什么就说什么！"

周树光是在乡政府举办的村干部学习班上认识钱仁义的，因为没有直接的业务关系，所以相互之间只是见面认识，平时并无来往。周树光进村后问的第一位是郭凤英的隔壁邻居："大娘您好！我想向您打听一个人，问一下他住在什么地方？"大娘的年龄有六十开外，她看问人的人很年轻，说话也很和善，便说："你说吧，她叫什么名字？只要是上点岁数的人，住在什么地方我都能说出来。"

周树光心想，大娘在村子里边是个有分量的人，这么大一个村子，谁住在什么地方都能说出来，实在佩服。"大娘！我是大河湾村的，我叫周树光，我想问一下钱仁义住在什么地方？""你问的钱主任呀，他是我们村的村委会主任，刚才我在这看见他进了郭凤英家的院子，这不就是这个院子，我们两家是墙搭墙。你进去吧，他准在里边。"

周树光谢过大娘之后向前走几步就到了郭凤英家的门口。门未关，抬眼就瞧见了钱仁义和郭凤英面对面站着说话。郭凤英看见了观望中的周树光，便开口询问："你找谁？"周树光还未应话，钱仁义已经接上了话题："不用说了，他是来找我的。"钱仁义走出门迎接客人的瞬间，郭凤英已经把门关了个严实。

周树光已经知道此处不是钱仁义的家，而看见此门关得这么突然，也不知这家人出于何意，便随口问："这不是你家呀？""不是，他家有点事，我是来看看。"钱仁义赶紧把话绕开："走吧！到我家去，在乡里开完会后也没机会在一起聚一聚，今天你来了——正好到我家去喝两杯。"周树光说："今天还有别的事，酒就不喝了。"钱仁义说："你有空到我这来不就是想坐下来聊聊吗？除了这还能有啥事可说的？"周树光说："今天不是聊天的，如果想聊，以后我专门再来。今天我是专门取经来的，希望你能帮忙！"钱仁义大笑说："你想取经走错地方了吧？崔书记点着名表扬你们大河湾，我们东旺沟村虽然没戴上落后的帽子，但也是在头顶上悬着，不知道啥时候一松手，这顶帽子就戴上了。我看有啥事你就说吧，别在这里兜圈子了。"周树光说："我真是来取经的，听说你们村有一户种蘑菇的大户，我想问问他种蘑菇的情况。"钱仁义说："看来你是什么活都想干，什么生意都想做，可是这种蘑菇恐怕你种不了。我们村的唐三福从去年种到今年，把几年打工挣的钱全砸进去了，弄得现在一无所有。"周树光说："你领我去看看他去，我想和他聊聊。"钱仁义说："走了，又打工去了，这才刚走两个月。我给你说实话，唐三福种蘑菇的时候，劲头也很足，种出来的蘑菇长得也不错，可卖的时候遇到了难题：一个是在农村没人买；二是到城里路太远，所以挣点钱都花在路费上了。老唐这一家人说起来也怪可怜的，因为超生被罚款，至今没翻过身来。为了图吉利，生的三个孩子都叫福，大的叫大福，老二叫二福，老三叫三福。因为家底贫穷，三个福娃谁都没娶上媳妇，说到底主要是没钱盖房子。唐三福还算能干，在南方打工也挣了点钱，可是种蘑菇这一折腾把挣的钱又砸进去了。看来他们弟兄三个命都不好，这辈子恐怕谁都找不上媳妇，由三福变成了三难。"周树光说："谢谢你给我的介绍，使我增加了一些见识。"

周树光离开了钱仁义，两人离开后钱仁义还立在那里未动，他不理解周树光增加了些什么见识。

周树光回到了码头，刚上了船韩狗便说："周主任去东旺沟村办什么事，这么快就回来了？"周树光说："我去找钱仁义有点事，还算顺利，结果刚进村就碰到一位老太太，我问钱仁义住什么地方，她说他刚进了郭凤英家，手指着郭凤英家的院子说：'和我们家隔道墙，他现在准在，你去吧。'门没关，我刚走到门口就看两人正站在院内说话，钱仁义看见我就出来了，我们两个在外边把事谈完我就回来了。"韩狗说："你认识郭凤英？"周树光说："不认识，我还以为他们是一家哩，结果不是。"

听后韩狗心里一咯噔，认为郭凤英刚一进屋，这钱仁义就又去了，这是怎么回事？如果两个人没有关系，钱仁义会赶这么巧？令人心怀不解，可是两个人说话并没有关门，这说明两个人的关系并不隐蔽。韩狗这次多长了一个脑子，得出的结论是不能再去伤害郭凤英，因为盲目总是会出乱子的。韩狗变得聪明了，变得沉稳而有智谋。

服装厂的姐妹们对猜谜语已经有了兴趣，当王厂长宣布休息的声音一落，就有人提出今天不学跳舞了，还是猜谜语吧，立时就有人表示赞同。

大家又一同聚拢到裁缝桌的周围，段大嫂段红梅毫不客气地说："我再带头给大家说一个：有一富婆生孩多，生生气死接生婆。才在盆中洗下手，后退一步又一个。"高雪玲赶忙抢答说："我猜着了，是双胞胎。"段大嫂说："不对，生双胞胎不奇怪，人家这人生得多着呢。"高雪玲说："那她肯定不是人，是个动物。"段红梅又说："动物生得再多也是有数的，可人家这富婆可以生无数多。"谢红接话说："你说的不是人，也不是动物，肯定是劳动工具，就是脱坯用的坯模子，比如砖坯模子、土坯模子等。"

段红梅说："前边说的几个谜语都是谢红猜到的，我想她也一定能说谜语，现在欢迎谢红也给大伙说一个，好不好？"大伙还都一齐鼓掌说好。谢红说："说就说，这几天还真想出来一个：有一汉字真特殊，既无横道也无竖。一边有水能垂钓，一边大火上二楼。"大伙鸦雀无声，都在聚精会神地想问题，作为厂长的王玉莲第一次抢着回答："这个字并不特殊，也是我们常用的字。一边有水就是左边是三点水，右边大火上二楼。就是上下都有火字，这就是一个淡字，咸淡的淡，淡水的淡字。"谢红说："没错，咱们的王厂长猜对了。"有人提议说："咱们在座的陈寒草年龄最小，她连一句话还没说呢，怎么样，叫陈寒草说一个？"在大伙的鼓动下，陈寒草不得已而为之，她说："我不会说，你们欺负我，非要叫我说不可，那我就说一个，你们不要说我说得不好就行。你们听好了："只听身后鼓声响，不见后边敲鼓人。完了，你们猜吧。"方芳说："你说得也太简单了，人家别人说的谜语都是四句，你才说两句，这半拉子谜语谁能猜得着啊？"段红梅说："这不是半拉子谜语，谜语的说道多着呢，有的只说一句也是谜语。"方芳说："那你说没人敲鼓鼓会响，这谜底是什么？"

段红梅说:"这——我也不好说,好像谜语书上没有这样的说法。"方芳说:"我就说么,这是半拉子谜语,谁也猜不出来的。这是陈寒草说的,你说说这是谁在后边敲的鼓?"陈寒草在一旁抿着嘴笑了一下说:"后边没人敲鼓,因为后边太臭了。"这一个臭字把大家伙逗得都笑了。段红梅说:"你这小姑娘说粗话也不怕脸红,这是谁教你的?"陈寒草说:"是我小时候听我奶说的。"

在南边的游泳场内热闹非凡,水声、说笑声连成一片。在河岸上灯光的照射下,水面上一个个黑影人头时隐时现,这是周树光在教人们学游泳的场景,大家的热情很高。

来北边游泳场游泳的人们也增加了不少,特别是服装厂里的十一个姐妹们也来到游泳场中来体验游泳的乐趣。这是谢红做工作的结果,当她们站在水中之后,才体会到夏日水给人们带来的凉爽。段红梅说:"你们听南边游泳场的热闹场面,像炸了锅似的,他们敢到深水中去,也敢扎猛子,这才叫游泳呢。可咱呢,只能在这浅水地方泡着,这不叫游泳,这叫洗澡。听说周树光游泳游得特棒,什么扎猛子、打水漂、仰泳、侧泳、蛙泳,还有说不上名字的游法他都会。赶明我把他叫过来也帮咱们学学游泳。"段红梅这么一说,就把姐妹们都引到了风口浪尖上了,你一言我一语的争论不休。有的说:"男女不分,在一块洗澡,这成什么体统了!"有的说:"咱大河湾有规定,男女各在各的范围游泳,不能男女不分、互相穿插,还是有规矩点好。"在七言八语说了一阵子之后,段红梅毕竟已结婚多年,不但已为人妻,而且已为人母,她说:"你们都不要争吵了,相信你们都看过电视,在城里头人们可开放了,凡是有游泳的场所,都是男女合用的,男的只穿一件小裤头,女的只多一件小乳罩,就这样人家谁也不在乎。哪像咱们农村,封建得要命!"

尽管年龄不一,看法不同,但在清一色的女人堆里,说话的方式要随意得多,说话的内容也广泛得多,说话的严肃性也降低得多。就这样她们无拘无束,无忧无虑,畅所欲言,就这样把一片河水搅得悠悠汤汤,把一片空间搅得沸沸扬扬。段红梅说:"你们谁提个建议,明天就把周树光叫过来教咱们游泳。"其他姐妹们又像炸了锅:"那不行,其他男人们也要过来怎么办?"又有人说:"他们又不会教,想过来也不让他们过来,咱有尚方宝剑,看谁敢来?""别人不敢来,我看周主任也不敢来,人家周树光是有身份的人,你叫他来他也不会来的。"段红梅又说了："他不来我拉也得把他拉来！"这下子可把大伙吓着了，说："那你把他拉来了，我们都不来了，就教你一个人算了。"段红梅厚着脸说："你们要是都不来，我一个人学得更快，叫你们一个个都眼馋。"

大家说着俏皮话、开心话，擦去了身上的油汗气味，换来了一身清爽，为第二天的工作准备了充足的力气。

谢红拿着自己的手提包来到了向东子住的地方，一进屋便说："向东子！给你们发工资了。"向东子两人正在忙着做饭，听到谢红的说话声，赶忙抬起头来说："我还真的以为把发工资这事给忘了呢，没想到还真的给送来了，一共发多少钱？"谢红回答说："一个人三千元。"向东子说："怎么这么多？"谢红说："因为你们搞的是技术活，担子重，所以决定给你们每人三千元。"向东子说："大夯，你把你的工资收下吧，我的我不要了，我已经给周主任说过，我是来帮忙的，只吃饭不要钱，说过的事就应该做到，只说不做，怎么能让人信服？"向东子的话有理有据。

谢红也有自己的理由："我给你发工资是经过董事会研究决定的，也是经过董事长批准的，我给你发钱合理合法，你签字收钱也合理合法。所以还是请你把钱收下，如果你有什么想法，你找董事长说去。"谢红把签字单送到了向东子面前。向东子接过工资看了看说："你写的这个项字不对，我的这个姓是向前看的向，你把它改过来吧。"谢红说："这个项字是百家姓上的项，而向前看的这个向是方向的向，好像百家姓上没有这样的姓氏。"向东子说："我从上学开始用的就是这个向字，而我的上一辈人也是这个向字，所以我是不能改的。"谢红拗不过他的固执。"那你签名时就写上你的这个向字吧。实际上人的名字就是人的符号，是为了人和人有所区别罢了。"事后谢红翻查字典，发现了百家姓中的这个向字，埋怨自己的疏忽。

向东子签了自己的名字，也领走了三千元钱。这在当时是个不小的数字，以后他能不能把钱退回来很难说，因为决定权在他自己。

在魏文太魏书记、周树光周主任的邀请下，刘文东再次来到大河湾考察沼气工程的建设情况。他们边看边走边聊，最后又来到沼气工程的起始点，即六个大型沼气池的旁边。刘文东说："沼气池有这样几个部位要把好关，一个进料口，把料进到位置后还要把门关严，不能进气，是密封的；二是清淤口，等把气用完之后，再也产不出气的情况下，就要把里边的废料清出来，那是种庄稼的好肥料，这一道门也是密封的；三是出气口，要安上阀门，这叫出气阀门，不用气的时候把阀门关死，用气的时候把阀门打开；四是安一块气压表，这是一块安全表，可以随时掌握池内气压的高低，防止出现不必要的安全事故。"

刘文东说完之后又沿着六座池子的边缘，仔仔细细地看了一遍，最后他说："六座池子已基本成型，后边只把顶盖盖牢即可，主要是防止雨水进入，北边是进料口可以空着，南边是清淤口，也可以空着，东边不用可以垒实，西边主要安通气管道，再安一个气压表，所以垒实不垒实都不影响安装。你们的房子还没开工，等建好住上人少说也得三年。"周树光接话说："等秋收一结束马上就开工。"刘文东接着说："到时候不但有沼气管道，而且还要有自来水管道，以及火线管道，这些都要在建房的后期建起来，通到各家各户去，形成电网、水网、气网。这样，大河湾村就将成为咱县范围内，乃至整个地区范围内的示范性标杆。不过我最担心的是，你们的实力还缺点火候，火力不足，单靠你们现有的小服装厂，二百多头牛是不够的，还有不小的一段差距。所以我认为，你们房改工程不如再向后推迟三五年比较稳妥，免得走不动到时候还得停下来，这样损失就不划算了。不过我这只是给你们提个参考性的意见，最后的决定权还在你们自己。"

刘文东走了，留下了一个令人心烦的难题。房改现在已经起步，步子虽然已经迈出，也只是准备工作的开头，想停下来很简单，不干就是了。但是，作为一个共产党员，干事业总得马不停蹄，总得有一种闯劲。中国的农民在土地上奋斗了几千年、上万年，直到今天依然还十分贫穷。今天的中国，在中国共产党的领导下，农民的穷日子应该尽早结束，一天都不能等。大河湾的共产党员是大河湾人的主心骨，应该承担起脱贫致富的重担。

对于刘文东提出的问题，周树光一连想了三天，最终还是确定了自己的信念，路还是要走下去，不能有丝毫的延误。他找支部书记汇报自己的想法，统一领导层的认识。魏文太直说："我的想法和你的想法有所不同，我同意刘文东的说法。咱们村接近两千人，四百来户人家，单就盖房子来说，这一户两万元是不够的，还有很大的差距。现在上马，等工程进展一半时再停下来，这损失就大了，恐怕影响的时间会更长。刘文东说的推迟几年更好些，等实力充足了，一鼓作气就能完成。"

　　支部书记把自己的想法说完了，等待周树光的回应。而周树光在按照自己的思路想事，似乎并没有听清书记在说什么。周树光还在按照自己的思路想事，之后便又说："我想听听书记的想法，这样心里才踏实。"魏书记说："你是怎么想的，就按你想的办法办，我是干些具体事还可以，搞大政方针上的事，我这脑袋瓜还缺些火候，跟不上客观形势的发展。"魏书记转眼之间就把刚才说的话扔到了脑后，既然你周树光没有听，也就等于我没有说。可以这样说，大河湾的房屋改造，是周树光拿自己的钱为村民们盖房子，这种大公无私的品质，在现实的环境下只是凤毛麟角，他一定会心想事成，考虑得要比别人细微得多。想到这里，魏文太推翻了他刚才说过的话，又重新摆出自己的观点："这事你比我站得高、看得远，刘文东的说法不算说错，咱们只能作为参考，促使咱们把问题想得更细一些，少走些弯路。"周树光说："对！你说的和我想的一样。咱们房改工作的头两年，甚至头三年，咱们不用咱们自己挣的钱，不能影响咱们服装厂、养牛基地的发展，如果有好的挣钱门路，咱们还可以上马。就是说，咱们边发展边房改，等房改完成之后，咱们的产业不会受到任何影响。"魏文太说："看来按部就班地干是不行的，必须有超前的意识，方能迈出超前的步伐。我同意你的想法，你认为怎么合适我就怎么支持，我在后边给你敲边鼓。"周树光说："这不是敲边鼓，这是力量，是一种很有分量的力量。比方说您刚才说的同意二字，看起来很随意，实际上对我起到了巨大的鼓励，我对您的支持表示敬意。"

　　魏文太没有别的选择，只能投其好而为之，因为房改工作的主导权在周树光，更何况周树光的眼光犀利，看问题比较准确，自己的眼光在其下，只能顺其意而行之。

　　两个人的看法聚在一股道上，为后边的工作打下了坚实的基础。

　　两位领导的心绪交流刚一结束，李贤贵带着哭腔走进了村委会的院内，当他脚步迈进屋内后，扑通一声就跪在魏文太的跟前说："魏书记！你要保护我，我爹又打我了。"

魏文太莫名其妙，不知道发生了什么事情，便说："贤贵！你起来，站起来说，跪在那里说不清楚。"李贤贵慌忙站起，坐在一旁的凳子上说："我爹今天打我了，下手可狠，我斗不过他，所以我来找你给我撑腰，好好保护我。"魏书记说："你爹为什么要打你呀？你把这前前后后都给我说清楚。我了解了情况才能保护你，不然我哪知道你爹打得是对还是不对呀？"

李贤贵在大河湾不相信他爹，也不相信他妈，唯一相信的人就是支部书记魏文太。他想了一阵子后说："外边有一群老太太说话，可热闹了。我走到跟前去听，结果像说故事一样，可有意思了。这时我爹走过来叫我回去，要我把院子里的卫生打扫干净。结果我把这事给忘了，等我听完故事回家，也没想起来扫地。就这样我爹回来后，拿起扫帚就打我。还好，只打在屁股上一下子，当时我捂着屁股可疼了。要不是我跑得快，准还得挨几下子。我怕他回去还打我，所以你得保护我，我是他儿子，是一家人，不应该这样对待我。"

李贤贵的诉说完了，魏文太感觉既可笑又可贵，认为既应该开导他、批评他，也应该关心他、爱护他。他说："贤贵呀，你把事情的前因后果详细地说了一遍，我相信你说的都是真实的。你说叫我保护你，这一点没问题，因为你是咱们村的公民，凡是公民都应该受到保护，我对你为人比较了解，你在村里边喜欢干人们都能看得见的事情，场面大，人员多，轰轰烈烈，热火朝天。比方说咱们烧砖搬砖头，咱们的沼气工程挖管道等，你都干得很好，还有我交代叫你干的事情也都干得不错。可是就是在你们家里边，你的积极性就不高了，外边的活要干，你们家里的活也要干，因为人是要吃饭的，不干活哪来的饭，所以你们家里的活要干，你们家地里的活也要干，这是做人的本分，知道不？"说完魏书记看着李贤贵，等待他的反应。在村中人们的印象中李贤贵是傻子，因为傻——跟他说正话的没有，跟他说闲话，说些趣味话的人不少，路上一见面总要说上几句。由于说话的随意性较大，人们都称他为闲子，不是贤贵的贤，而是闲着没事干的闲。这样的叫法已经成为习惯，不但他本人知道其意，就连他的父母也知道。就这样任其自然，习以为常。

李贤贵并不是完全的傻，有时对问题的看法也很及时，也很到位，前边魏书记给他说事时，他认真地听着。当"知道不"三个字一出口，他马上就接上了话:"魏书记!你给我说的话我都愿意听,可我爹对我说的话又狠又硬,听着真叫人心里头不舒服。前几天他恶狠狠地对我说:'去干活去,就你这个样子一辈子也不给你说媳妇。'你说我心里能痛快吗?"

魏书记听了只想笑,认为李贤贵心里想的只有一个主题,那就是找媳妇,按照这样的思路开导他或许有效。

"我说闲子!""嗯!""我问你今年多大了?"闲子记得很清楚:"我今年三十一岁。"魏文太说:"三十一岁还小着呢。"李贤贵惊奇地说:"咱村有多少年轻人都比我小,可人家孩子都有了,我还是光棍一个。"魏文太说:"咱们具体人说具体事,韩狗今年都三十五岁了,不也是光棍一人吗?你比他小四岁,当然还算年轻。可是韩狗现在找上了,再过几个月就要结婚了,你知道不?"闲子说:"不知道!"魏文太说:"韩狗过去为什么找不上媳妇,因为家里太穷了,谁愿意到这里来挨饿呀,所以就找不上媳妇。你爹为什么说你一辈子找不上媳妇?是因为你在家里不肯干活,你爹才说出这样的气话,你知道吗?你找媳妇你们家就多一口人吃饭,你又不爱劳动,你叫人家吃什么?所以你爹不给你找媳妇,就是这个原因。因为我关心你,我才给你说点心里话,你今后记着一件事就行,就是你们家里的活,也包括到地里干活,你都要抢着干,干出成绩来,大家都能看得见,到时候自然有人给你说媳妇。"

说到这里魏书记问:"怎么样?我说的话你听懂了没有?"闲子回答:"我听懂了。""那你们家的活还干不干?""干!家里的活、地里的活我都干!"魏书记说:"好!这就是做人的标准,愿意干事的人、愿意干好事的人,这就是一个完整的人,不愿意干事的人就不是一个完整的人,愿意干不好事的人,就是一个坏人。"

二十四

夯实地基能走路　不留偏见无后忧

两位领导的思路已经清晰，观点基本相同，这使周树光十分满意。他利用三天时间，加班加点，整理出一份上万字的大河湾房屋翻新计划，涉及水、电、气、路全面更新改造。对于资金的准备提出了先筹备后利用的原则，做到了有备无患。对于先期资金的筹备利用，准备先向银行贷款一百万元，之后总数要贷款五百万到六百万，五年内还本付息。

计划起草后，复印了两份，一份作为汇报材料送给了乡政府。崔书记看后高兴得不得了，认为这是乡里边的一棵壮苗，应该给以扶持，决不能让它受到任何损伤。他立即召集有关人员开会研究，提出扶持的内容和办法。他直接打电话告诉周树光说："明天上午你们两位领导在家等着，我带着人去考察，具体情况见面再说。"

"我带着人去考察。"只有七个字——还带着人来考察，带什么人来考察？带谁来考察？这使周树光和魏文太两位一把手谁都摸不着头脑。考察的结果是支持还算心满意足，要是不支持，或者采用其他方式进行房改，该如何是好？周树光思来想去，总绕不开这个弯子，因为这是他长期以来设计好了的头等大事……魏文太魏书记的想法要简单得多，因为他和周树光的想法不在一条线上，想法不同，压力也不同，而他也在等待明日考察结果的出来。

崔书记的车停在了村委会的院门口，听到车声两位领导都出门迎接。崔书记带来了三个人，魏文太和周树光都不认识。他们一同进屋后，崔书记介绍说："这两位主人是大河湾村的两位一把手，年长者是支部书记，他叫魏文太，在这村已经当了十多年的支部书记了。他是老来气盛，从去年开始，正在领导着村民们走上致富的道路。"他又指着周树光说："这位年轻人是大河湾的村委会主任，是从部队转业回来的，去年我曾给他说到乡政府给我当助手，结果他没同意，他说他回村的目的是带领村民走致富的道路。真没想到啊，这才一年时间这大河湾的变化就这么大。"说到这里他又介绍来人的情况，他说："前天接到你们的房改报告，我一连看了三遍，接着就召开了政府有关人员会议，一项一项研究报告的内容。我们乡政府没有提出任何修改意见，完全同意你们的设想。我今天带来三位有关行业的领导，一方面对你们现实情况进行考察，评估一下你们的现有实力；二是在技术和资金方面想给予力所能及的帮助。"

崔书记讲到这里，心惊胆战的周树光一下子轻松起来，立马朝前走几步，握着崔书记的手说："这令我们太激动了，这两天我都在提心吊胆地过日子，生怕你们乡政府提出不同的看法，现在我这就放心了。"

崔书记有点莫名其妙，心想这人怎么这么爱激动！他说："你先别激动，你先坐下，我的话还没说完呢。"他介绍说："这一位是咱们乡农业银行的李佩法行长。你们不是要贷款一百万吗？他今天来是考察你们的支付能力，就是五年后能不能把一百万元的本息还上。这一位是咱们十里铺房产开发公司的总设计师，她叫汪会茹，今天是来考察你们大河湾房屋建设的具体设想。这一位是十里铺房建工程建筑公司的经理。因为我对你们大河湾的房改工作很感兴趣，一会儿你们两位领导带队咱们一起边走边看，他们问什么你们就说什么，毫不含糊地把你们的思路都说出来。"

在崔书记的安排下，他们走出办公室来到服装厂。几位客人的来临，并没有引起员工们的注意，她们依然都在忙自己的事情。这是王厂长的规定：无论任何人来，都不要抬头光顾，这才显示出咱们的本分，也显示出咱们的素质。当然，这个条件对厂长王玉莲除外，因为她要接来送往，迎送客人。今天却是例外，当客人进屋时她抬头看见周树光在里边，自此就再也没有仰脸看人，一直在忙着裁剪衣服。

客人们看得很仔细，当他们走出屋门后，便议论说："这里的厂子不大，可工人们的素质可真不错。"有人问周树光："你们建厂多长时间了？"周树光说："满打满算也只有十个月，还不够一年。"李佩法行长问："这十个月的利润大概是多少？"周树光回答："大约四十万元。"李佩法又问："这四十万都存银行了？"周树光又照实回答："没有，我们都买了牛养起来。"

考察组又来到养牛基地，他们一进院子，便看见这么多黄牛聚在一起，这在过去还没有看见过，感到震惊和新奇。李佩法又问："这一共有多少头牛？是村里集体养的还是个人养的？"周树光回答："一共有二百五十头牛，是私人养的，是股份制企业。"李佩法又问："这二百五十头牛大概值多少钱？以后是否还要扩大养殖？"周树光又回答："这二百五十头牛有大有小，总价值大约一百五十万元。不过我们只卖大牛，不卖小牛，大牛卖了后再买小牛，最终发展到养五百头牛的规模。"李佩法问得十分详细，他又说："我想看看你们村的集体企业。""集体企业？"周树光说："我们村各家各户都是分散种自家的几亩地，没有集体企业。"李佩法口中叹了一口气说："原来是这样啊，看来你们村和其他村都一样，你们这样贫穷的村子，口气怎么这么大，开口就要贷一百万元，这可是要还本付息的，还是慎重点为好，这可不是开玩笑的事！"

李佩法的提问，是以利益上的合理交换为前提条件——你没有充分的资金来进行还本付息，无论如何都不会如愿贷上款的。而对于当事人周树光来说，并不感到他提的问题有什么压力。周树光说："我们现在的两处资产，都是股份制企业，属于私人所有，两个最大的股东一个是我，另一个是我们的会计谢红。我们两位都是共产党员，共产党人的利益永远都在民众一边。我们两人已经交换过意见，股权是我们个人的，但利润留存都交给村委会，由村委会统一支配。我们其他股东的资金很少，但他们也都表示上交。就这样，三五年后拿出三五百万元还钱是没有问题的。"

李佩法高兴了，他笑着说："这我就放心了，你想贷款可随时到我那里签合同，我们银行就是靠对外贷款生存的。我们不但对还不上款担忧，而且对没人贷款更担忧。在咱十里铺像你这样大额贷款的，除了十里香大酒店，就属你大河湾了。我祝你们的房建工作成功。"

他们走出养牛场,顺便看了六座大型沼气池。然后向西察看他们房建工程的大体布局。他们边走边介绍情况,支部书记魏文太说:"我们大河湾村现有一千九百四十五人,一共是四百三十五户人家,这就要建四百三十五套住房。每套住房一百五十平方米的占地面积,再加上配套用地,靠西这一大块土地在秋收后要全部收回,平均要建四趟住房,每一趟大约一百一十套房子。这就是我们的建房计划。"汪会茹问:"建平房还是建楼房?"周树光斜眼看了看魏书记,魏书记似乎没有说话的表情,周树光已明白其意,自己便说:"我们的设想是楼房,所有房子全部建成两层,这样至少保证五十年够住。"汪设计师又说:"按两层计算,再加上配套建筑,我给你们按最低标准计算,每一套房子少说也得五万元,不知道你们有多少资金作保证?"周树光说:"我们不知道底细,但我们大体上也有一个估算,认为一千万是不够的,要有一千五百万到两千万的基数,就这个数字我们还差一大段距离。但钱是死的,而人是活的,我们准备下最大的力气去挣钱。我估计到用钱的时候,缺钱的极限有可能解决。"

汪会茹心想,真没想到共产党员的勇气会有这么大,一个村级领导为了村民的利益可以豁出命去干。这种精神令她震惊。她说:"你们这么大的房改工作,这在咱们乡是第一家,在咱们县可能也是第一家。现在你们在资金上遇到了困难,我们也应该出点力、帮点忙。"她指着身旁的另一位考察者说:"他是十里铺房建公司的副总经理,他叫汪振山,是我的叔伯哥哥,我们来共同承担你们的这一宏伟工程。我说的咱们共同来承担,一是设计上保证美观大方,保证实用、方便;在质量上保证防风防雨防震;在经济上保证收费最低。"崔凯书记说:"咱们的房建公司原先只是一个很小的建筑队,汪设计师回来后就把这个建筑队扩建成为房建公司,她自己亲任公司的总经理。她刚才的几句表态,是很有分量的,很可能使你们在房建工程中节省一大笔资金。"

周树光激动地站起来握着汪会茹的手说:"实在太感谢你们了,你把我们想说而不敢说的话替我们都说了出来,这是对我们工作的极大帮助啊!"之后他又握着汪振山的手上下摆动,激动不已。周树光接着说:"在建住宅房之前，要先建一处村委会办公室，这样便于集中管理，建一处敬老院，建一座能容纳二百人吃饭的大酒店，以后生活水平提高了，到酒店吃饭的人肯定会多起来。还有一处建筑，就是服装厂，要有裁缝间，要有缝纫间，要有展厅等。前边说的这几处建筑相对靠得要近一些，便于客人们来了用餐。"汪会茹说："我给你补充一点，那就是水系，还要建水塔，这是最靠前的建筑。还有一点你们要考虑，就是搞这么大规模的房子建设，要用大量的砖瓦。要是用钱去买得用大量的资金，得多花不少的钱，要是自己造砖，可以节省不少的钱，这样一算，还是自己造砖比较划算。不过，我提的这办法只供你们参考。"

周树光回答说："当然是我们自己烧砖好。我们已经建了两座砖窑，现在已经烧出了上万块砖了，质量相当不错。"

汪会茹高兴地说："这个我还真没想到，原来你们考虑得这么周到，这就可以节省不少的钱啊！待一会儿领我去看看，看看你们的砖烧的什么样子。"

他们边走边看边说，从东走到西，又从西走向北，围着要建房子的范围走了将近一圈，最后来到了提灌站。魏文太拉开闸门，一股清清的河水从管内喷出，给人一种凉爽清新的感觉。然后他们沿着河水的旁边向南走去，路过游泳场地时，汪会茹对这里十分感兴趣，在经过周树光的介绍后，汪会茹说："我们住在十里铺，紧靠长白河，可是没有你们这里的条件好，等你们的房改工作完成后，再经过环境治理，这里肯定会成为旅游的好景点。"说话间他们就到了码头，汪会茹对此也很感兴趣，她自言自语说："这船太小了，也太旧了，既影响美观，也影响使用。如果做成游艇那就好了，既可以游水，也可以渡人，一举多得。"

他们在此只是路过，转眼就到了烧砖的地方，这一下子就把考察者的眼球吸引住了。特别是汪会茹，看得十分认真，她手拿一块砖头仔仔细细地观察着，用手抚摸着，还敲击砖面，静听里边的声音。汪会茹问："谁是这里的指挥人？"周树光还没明白其意，向东子已经接上了腔："是我！"汪会茹夸奖说："噢！是专家呀。你们生产的砖不错，我很满意。"向东子听后像孩子一般高兴。

他们来到和泥脱坯的地方，看到他们和泥的方法十分讲究，汪会茹问："你们这泥里边掺多少沙子？"向东子回答："没有上称称，大概的比例是三分之一。"汪会茹又问："你们这沙子这么细是从哪里搞来的？"向东子说："这西边长白河里都是这么细的沙子，多得很，可以去车随便拉，没人管，是不要钱的。"汪会茹明白了，汪振山也明白了。在别的地方烧砖是只有土，没有这么好的沙子，所以砖的强度不够，砖的光滑度也不够。

汪会茹又走到周树光跟前说："我们的考察工作基本结束，对你们房改工作的多项指标基本满意。我回去后抓紧时间进行设计，力争十天之内把设计图纸给你送过来。你们也要做好一切准备，争取早点开工。"

这是一次别开生面的动员大会，大河湾有头有脸的人物都来了，还包括从普通群众中挑出的代表，总人数有上百人之多。他们集拢在村委会的大院里边，共同研究大河湾村的大政方针。周树光站在大家的面前，声音洪亮，好像连长站在全连战士面前发出动员令那样雄壮有力，他说："同志们！乡亲们！咱们大河湾世世代代受穷的日子将要成为过去。昨天由乡党委崔凯书记组织的考察队，来咱们村进行了详细的考察和评估，对咱们过去的工作给予了充分的肯定，对咱们的房改计划也给予了充分的支持，等房子建成后每一家都会有一套二层楼的房子，水、电、气全通，这就是城里人的生活，也可能比他们棚户区的条件要好得多。上下楼三百平方米呀，这就是一座小型的别墅啊。这种条件城里人有几户能住得起啊！恐怕不是很多。咱们建房的地方主要在村北，在秋收后有关的地块不再种小麦，要一律收回。咱们村的地要平均再分配，等三年之后，咱们的现有住房将全部拆掉，腾出来的土地怎么处理到时候再研究。这次咱们房屋改造建的房子，是免费分给大家住的，其费用是由咱村的股份制企业全部承担。但是在工程建造的过程中，钱可以不出，而力是要出的，我们只在外边请来工程技术人员，而挖土搬砖等全部用咱自己的劳动力，就像咱们现在的烧砖一样，咱们只请了两个技术人员，而已经烧出了两万多块砖了，给咱们用料省出了不少钱。咱们这次建房要用多少钱呢？你们在座的不清楚，我也不清楚。可是考察组的人们给透出了他们的看法，说给每户建一栋三百平方米的小楼，少说也得五万元以上。就是说咱们村少说也得两千万元做保证。可咱村的两小摊私人股份制企业，就目前来说，就是全部卖掉，也只有一百五十万元。可是大家不用担心，咱们是先贷款，五年后还本付息，咱们在这五年内要想办法快挣钱，争取把这个大窟窿补上。"

周树光话音刚落，王三志心直口快，就接上了腔："我听了很高兴，对两位领导的表现，我非常满意。去年周树光刚回来就表态说，要带领乡亲们致富，我怎么想也没想出他是个怎么样的带法，直到今天我才彻底明白了，他在拿自己的钱为全村的老百姓办事，回来这才一年时间就办出了这惊天动地的大事情，全村的老少爷们谁还能不拥护，谁还能不爱戴呢？"周树光赶忙截断他的发言："你这话说过头了，我个人没有这么大的本事，股份制企业也不是我一个人的，是由多个人组成的集体才走到了今天这一步，我只不过是起了个带头作用罢了。另外，还有国家的支持，咱们第一次就贷了一百万元，这是农业银行贷给咱们的，五年后才还本付息，而且以后还要贷几百万元，这不是个小数字，所以没有国家的支持，咱们这项大工程是搞不起来的。"

王三志的话还没有说完，接着他又说："我还想多说几句，咱们周主任帮咱们干这么多事，忙得他到现在还没有老婆，他今年三十了，很快就三十一岁了。我想咱们在座的各位乡亲，谁认识好的大姑娘，给咱周主任介绍一个。"

周树光沉不住气了——把找对象的事散布在全村大人小孩面前，无论如何都是不恰当的，必须予以纠正。他解释说："王三志给大伙开个玩笑，大伙不要当真。说我没结婚这大家都是知道的，可是说我没找对象，没谈恋爱，这恐怕不现实吧！"

周树光的表白引起下边的一阵议论声，有一位大着胆子大声说："周主任把谈恋爱的事给大伙说说吧！我们都很关心。"

这件事说得周树光满脸通红，一时无言以对，又一思索便想出了一个妙招，他说："我找的对象很漂亮、很能干也很贤惠，只是现在还处在密谈之中。就目前来说，既够不上对象，也够不上女朋友，所以还够不上给大家介绍，请你们谅解。"

周树光并不是不想找对象，他也不想打一辈子光棍，而是没有时间考虑自己的私事。现在大河湾的房改工作已经如火如荼地开展了起来，如果稍有分心，就有马失前蹄的风险。这种局面必须防范在先，避免出现不必要的损失。

对于周树光的婚姻问题，作为支部书记的魏文太已经考虑了很久，始终都没摸透周树光的想法。前些时候太康村的一位朋友告诉魏文太说，他们村有一位姑娘长的很好看，又知书达理，今年才二十二岁，想找一位有能耐的男人作依靠。魏书记把这一情况告诉了周树光，想说成这门亲事，可周树光回绝得很干脆："不行！不行！我想在咱村找，不想在外村找。"魏书记说："在咱村找也好，都是知根知底的，距离近，见面也方便。咱村的姑娘年龄差不多的也有五六个。你喜欢哪一个给我说说，我可以给你沟通沟通。"周树光说："我自己的事我自己能办到，不用你操心了，你忙你的事吧。"

魏书记的好心又一次遭到周树光的回绝，不免心中有些不悦，便随口说出了一句他不应该说出的话："外村的姑娘你看不上，本村的姑娘你也看不上，难道给你说个寡妇你就满意了！"

魏文太此话一出，立刻引起周树光的不满："魏书记！这话从你口里说出来可就不应该了。姑娘是人，寡妇也是人，只要年龄相当，谁也不能说谁高谁低，谁好谁不好的区分。"魏文太憋得满脸通红，好像做出了大错事一般，赶忙解释："实在对不起，刚才是我走错了嘴，那不是我的本意，我从来也没有这样的想法。"

魏文太的认错出于他的本意，作为一个合格的共产党员，又当了多年的支部书记，对周围人们的看法从来都是思虑认真的，对寡妇的看法也从来没有偏见，反而更关心她们。他今天的说法也许是出于激动，忽略了他看人的标准。话已出口是难收回的，只有认错而已。单就这一事魏文太做到了，不失为一个共产党员的伟大胸怀。对于这一次的失口，魏文太思虑了很久，想躲过这一阴影。今天周树光的解释证实了他的暗恋不是谢红，就必定是王玉莲，这两位年轻寡妇的优势均在一般年轻女性之上。周树光的能耐不只在事业上有其优势，而且在婚姻上也有其独到的优势。这次群众在会上又一次把这一问题提了出来。魏书记总结其经验，认为自己没必要再去多嘴。

周树光的话讲完了，他要求散会后各小队把会议的精神传达下去，进行充分的讨论，吃透精神，对存在的认识问题要及时反映上来。因为这既是一件大好事情,也是与群众利益攸关的事情。"我们不求群众认识的绝对统一,但也应该做到相对的一致。"

与会者一个个都兴高采烈,他们带着满脸的喜讯回,要把自己的满意度也送给群众,来分享这种欢乐与幸福。

事情的结局并不像人们想象的那样想法一致,整齐划一。返回的信息已经惊动了大河湾的两位一把手,他们不得不放下肩上的挑子,来走访这几户难以应对的家庭。

他们走进了第一户比较富有的家庭,当家的叫李富贵。已经做好思想准备的他出门迎接两位领导的到来。"欢迎两位领导的光临,请到屋里坐。"进屋坐下后他给两位领导各送过来一杯水后也坐在一旁想心思,并未先开口说话。稍停之后魏文太说:"这次房改听说你的意见很大,我们想了解一下你的想法,请把你的想法说一说。咱们的房改是咱大河湾的一件头等大事,牵扯到家家户户的利益,咱们把工作做细一点总是有好处的。你说吧,让我们仔仔细细地听一听。"

李富贵好像已做好了准备,他说:"既然领导让我说,那我就不客气了。我家是人口大户,这谁都知道,人口多就应该多分房子,可是也给我家分一套房子,现在一家一套,人少的家庭房子住不完,都放在那里闲着,可我家的房子不够住。既然是分配,就应该一视同仁,平均分配,不应该有的户房子多,有的户房子少。"魏文太说:"你这只提了一条意见,可我听说你一共提了四条意见,把那三条也提出来,咱们一块商量。"

李富贵眉头一皱说:"我现在想好了,那三条不说算了,只要把这一条解决了,其他啥事都好说。"魏文太说:"那你说这一条咋解决?"李富贵说:"其实也简单,因为我家人多,再多给一套也可以,或者这一套的面积再大一点也行。我的想法说完了,我是经过深思熟虑之后才说出来的,希望你们当官的多为咱困难户想一想,我是不会忘记你们的好处的。"

李富贵的话说完了,两位领导都感到李富贵于事无理,说话不圆,总想把好处往自己身上多捞点。魏文太说:"你们家人是多,按辈分讲,你们家是四世同堂,好大一家人。这要是在解放前,你们家恐怕连住的地方都没有,连吃饭的地方也找不到,因为你们家在解放前是一无所有。可是你们家在现在可是咱大河湾的大户、富户。你的大儿子家四口人，去年从你们家分出去，现在是单过，肯定也要送给他们一套。你们现在的家也有七口人，你总不能把你第二个儿子也分出去过吧？你家现在能住人的还有六间房子，已经足够你家七口人住了。可是这次送给你们家的是一栋小楼，一共是八间房子，还有厨房、卫生间、大客厅等，你现在还想多要房子，显然是不合理的。"

魏文太把道理说得十分清楚，显然没有商量的余地。李富贵也看出了这一点，他没敢强辩，只是在另一个问题上提出了自己的看法。他说："你说的意见我接受，只是我喂的猪、喂的牛没地方圈它们。我现在的院子很大，有牛屋、有猪棚，可是新给的院子很小，哪有地方养它们？所以，我的院子里边能不能多给一百平米？"

李富贵说完后用眼看着魏文太，等待他的答复。魏文太说："刚解放咱村人均耕地将近四亩，现在咱村人均耕地不足二亩，五十年人均耕地少了一半，再过五十年怎么办？人还吃不吃饭了？如果人都不吃饭也能生存，那咱们早晚把地折腾光了。可是谁敢说自己不吃饭也能生存？所以今天把话说死了，全村人一家一栋房子，一处院子，既然是一家人，一律平等，谁也不能多点。"

李富贵脑袋瓜还比较灵活，看到魏文太把话说这么重，自己马上把脸转笑说："魏书记别生气，我刚才只是随便说说，其实村里这个政策也是满合理的，我一定坚决拥护，绝不给领导找麻烦。"

周树光在此未说一句话，却胜似说话，他威严的目光在盯着李富贵的目光，才使对方说话的分量减缓了许多，温和了许多，也省略了许多，致使说话的结局也平和了许多。

他们两位领导又来到了第二家，当家的叫何文，说起话来文质彬彬，细声细气，办起事来却斤斤计较，精打细算。在这次房改工作的动员会上，他边听边记，看看哪些符合自己的条件，又有哪些条件于自己不利。在动员会完了之后，他就把自己的想法反映给了生产队长，弄得双方争论不休，最后反映给了村中的两位领导。当他们二人进了院子，又大叫了两声，何文才慢条斯理地从屋内走了出来。他说："看来我这事不小，竟然把你们管大事的领导也惊动了，实在不好意思。"然后他把两位领导领到屋内坐下，这才把自己已经思虑好的想法说了出来，他说："我这几条意见其实也是明摆着的，我不求绝对的公平，但也得有个相对的公平，只有公平了人们才能心服口服，比方说我这三间大瓦房是去年新盖的，现在硬要把它拆掉，你们说这可惜不可惜？如果硬要拆掉，至少也得给点补偿吧，这是第一条；第二条是我家的院子比别人家的院子大，而且有一半都铺上了洋灰，可别的家大都是泥巴地，这地不一样，造价就不一样。现在什么事都牵扯经济利益，所以不能叫我损失太大，也应该多少给点补偿。我当时在会上提了五条意见，现在考虑那三条不提了，算我没说，只把这两条的价格算算就行了！"

以理服人才有说服力，何文的讨价理由说完之后，魏文太也想好了以理服人的对策，他说："你的五点意见省去了三条，那就针对你的两条意见谈谈我的看法：第一条就是你的三间瓦房折价问题，像你这样的情况，咱村不只你一户，还有不少户的房子也比较好，但有更多的户房子很旧，甚至很破，一下雨就漏水，可是他们盖不起房子，只能修修补补。咱们国家的改革开放是让所有的人都富起来，可是有些户单靠个人的力量是富不起来的，这就要靠大家帮他一把，走共同富裕的道路。咱们大河湾的房改工作也是基于这种精神搞起来的。咱们大河湾的村委会、党支部没有钱，连建一套房子的钱都没有。那么这么大规模的房建任务，要到哪里弄钱呢？当然是靠个人的赞助，他们拼死拼活地干工作，都是依全村人都富裕为出发点，这是多高的品德啊！咱们都应该向他们学习，以他们为榜样才对。"

魏文太一边说话，一边用眼睛看着何文，看他有什么表情，或者有什么新的说词表露出来。结果何文只是沉思，除此之外一点表情都没有。

魏文太接着谈他对第二个问题的看法，他说："你这个院子很大，少说也有一亩地，在咱农村还没有农民买地建房的现象，因为这地都是国家的，是保障人民的口粮安全用地，未经上级批准，一律不允许买卖。所以你院子里的地不是你买的，而是送给你免费用的，已经用了多少年我不清楚，为什么会多送给你地，我也不清楚。因为是过去的事，没必要再去追究。现在大河湾要统一房改，决定收回各家各户的宅基地，再统一分配一块宅基地，还要送给一套二层小楼房，这完全符合国家惠民政策，不存在不合理的缺失。希望你理解为好！"

他们走访的第三个家庭可算是遇到了一件奇事,其理由不敢在大会提出,但在会后找队长私下纠缠。这家主事者是一位女性,别名都叫她张嫂,村中无论是年长、年幼,都是这么叫的,这已成为习惯。她是因嘴大舌头长、爱说些闲话而得名,当然也随她的根基而取名,使大家也都叫成了习惯。她的嘴碎不好改,而大家习惯性叫法也不好改。

她的院内放一张小方桌,张嫂正在桌前端着一碗鸡蛋茶悠闲地品尝着。两位领导一进院子就被她一抬脸看见了,她把碗放在桌子上,站起身便说:"你看我这贫家小院的,把你们这两位大领导也招来了,实在不好意思。"她边说着话又把两个小凳子搬来放在桌旁,"你们先坐着,我也给你们烧碗鸡蛋茶喝。"魏文太说:"不!不!我们不喝,今天到你家来主要是了解一下,这次分房子你为啥不要?"张嫂赶紧回话说:"不不!不是不要,而是说新房子还要,只是这旧房子先不拆,也先不交,我先再用两三年再交给你们。"魏文太说:"这是为什么?请你把不交的理由提出来。"张嫂犹豫了一阵子说:"那我就说了,你们可不要笑话我呀!这是前几年的事,有一个算命先生在我家吃饭,吃完饭后他在我家的院子里,慢条斯理地走动,边走边小声念叨什么。我走到他跟前问他在说什么,他就很认真地对我说他看到了什么。说我家的房子不是一般的房子,似乎有一种仙气在保护着,还说过不了几年会有贵人相帮。想来想去就想到了我二弟,他在县城当科长,是公务员,没过几天他就上升为局长。我想这就是贵人,这仙气就应出在他身上,或许能帮我儿子在城里也安排一个工作,当个公务员什么的。就为这我到县城找过他,他说你儿子才二十岁,还年轻,也到南方打工去吧,折腾几年有好处,就这样我儿子也到南方打工去了。现在我儿子已二十五岁了,我二弟也当上了副县长,有权有势了。我想要不了几年,我儿子肯定能到县城去工作。所以我这房子等两年再给你们。"

魏文太听了半天,才听出了张嫂话中的真实含义,便问:"如果在两年的时间内,你们家的贵人没有帮你怎么办?张嫂说:"那就延长一年,三年总也差不多了。"魏文太把条件说得很死,几乎没有调和的余地:"咱们房建任务两年之后可能要陆续完工,凡是安排搬进新家的,这原来的旧房子必须拆除。"

张嫂急得满头冒汗，一时说不出话来。魏文太启发说："你别急，我给你说个办法很灵，你可以试试！你家的这个贵人是你亲弟弟，如果各方面的条件很好，如果你弟弟能帮上这个忙，他也一定会帮你的，不过需要你亲自往县城跑一趟，把咱村的情况如实地给你弟弟做个交代，尤其要把你的想法给你弟弟做个交代。"

两位领导走出了张嫂家的院子，周树光说："你这个办法可真绝，把难题推给了张嫂她自己。"魏文太说："这叫一物降一物，张嫂说的这种理由实际上也算不上理由，可是张嫂这个人是无理犟三分，正儿八经地说是说不清楚的，这就把难题推给了他弟弟。他弟弟这个人的行为什么样子咱不清楚，可张嫂托他给她儿子安排工作时，她弟弟却说叫他到南方打工，可这一干就是五年。她弟弟是个局长，按理说给他外甥安排一般性的工作不算难题，可是这个事他没有办，这说明他们家的这名贵人还真是个贵人，是共产党的好干部。要不了一个星期，她姐姐肯定到县城去找他，所以这后边的工作她弟弟就帮咱们做了，我敢肯定，张嫂回来后不会再找咱们的麻烦。"

二十五

树荫遮阳屋内黑　谢红如愿中意郎

墙上的挂钟已响过十二下，进入深夜之后，滚圆的月亮也已偏向了西方，其亮光从窗外照进屋内，照到了周树光的卧床。他还没有睡着，两只眼睛有时睁开，有时微闭，似乎在思考着什么。

多日的失眠，使这位刚过三十岁的年轻人深感力不从心，有时竟从微闭的眼缝中渗出一点湿湿的泪水。这不是说他在工作中有多大的难处，而是工作中的压力几乎使他承受不了。为此他找过支部书记魏文太，征求他对工作困难的解决办法。魏文太说："关于资金的问题，我也一直在想，一千万元五年之内还有可能应付，可是需要的资金在两千万元之上，这么大的数字无论如何都是难以解决的。我的看法是把工期拉长，现在是要求在两三年完成，如果改成五六年完成，这工期延长一半，这资金积累的路子也就宽了不少。当然，我说的办法也不一定适合你的想法，我提出来只是一种参考。"

周树光说："这不是参考，如果没有别的办法可想，也许就是一种好办法。我现在急得晚上觉都睡不着，整夜都在想这些事情。"魏文太说："我已经感觉出来了，不过急也不是办法，咱村以后的发展主要是靠你来撑着，一旦把身体搞垮了是得不偿失的。这一点请你关注为好。"

在人睡不着的时候，就越感到深夜的漫长，周树光一会儿仰躺，一会儿侧卧，一会儿又坐起来，一会儿又躺下。就在他大脑无法安息、睡卧不宁的情况下，清脆的手机信号响了起来，他拿起手机，接通随之放在耳边静听。从听音器中传出一位女子清脆而温柔的声音："喂！你是周树光周主任吗？""我不是！"周树光掐断了电话的通路，又把手机扔到了枕头的旁边。

周树光的思路还未转过弯子，手机信号就又响了起来，他拿起手机就几句狠话："你还叫不叫人睡觉了，我没有闲功夫和你闹着玩，请你不要再打搅我。"话说完后"叭"的一声，又把手机放下了。

手机信号很快又响了起来，响了一阵子后，周树光不高兴地把手机又拿了起来说："我一夜都没睡好觉，请你体谅一下我的心情好不好？"周树光的手机还未放下，便听到对方传过来的质疑声："我没和你开玩笑，请你听我把话说完好不好？我是十里铺的汪会茹，你说你一夜没睡好觉，我为了给你们赶任务，昨晚上我根本就没睡觉，你说我辛苦不辛苦？""辛苦！辛苦！"周树光说，"刚才都是我的错，我向你检讨，我向你赔不是。"汪会茹接话说："你不要检讨了，我不明白，你向我检讨什么呀？"周树光说："你知道吗，为资金的事我这几天都没睡好觉，我刚才对你说话的态度不好，这使我感到非常纠结，我感到对不起你。"汪会茹笑着说："周主任，我估计你还在被窝躺着，因为你还在说胡话。现在太阳都出山了，今天上午十点钟，我准时到你家去，我准备把我设计好的图纸全交给你，征求你对设计的看法。"周树光也笑着说："我虽然没睡着，但也不知道天已经亮了。最近晚上睡觉总有女的来电话，搅得我心烦意乱，所以你刚才来电话，我没分辨清，就对你说些不合情理的话，这实在是误会，真是对不住你。今天上午十点我准在村南路口接你。"

一辆黑色小轿车由远而近，停在了周树光的跟前，汪会茹只把车窗打开个缝说："请上车吧！到你家再详谈。"

小车开到了院里边，这院子不算太大，院内的一棵大核桃树生长茂盛，整个树荫遮满了大半个院子。周树光在树下边放了一个小方桌，两把小椅子，这是事先为客人准备的。汪会茹下车后打量着院内的布局，随声问到："你家几口人？"周树光回答说："我家三口人，我爹、我妈和我。"汪会茹惊奇地说："怎么你家才三口人？那——嫂子呢？"周树光说："我去年转业回来后，我们家是七口人，这院子也比较小，没地方盖房子，我爹就叫我哥搬出去，另立门户。在村子的西头给他盖了三间草房，就这样成了两家人。我本人还没结婚，所以，家中显得有点冷清。去年我们家喂了两头牛，外边的养牛场建起来后，家中的两头牛也放到外边养了。这不，这西边的两间房子过去是牛屋，现在整理了一下我在这儿住，由于这棵树遮得比较严，不开灯——白天晚上都分不清。今天早上你给我打电话，我还以为天没亮呢，更不知道是你打来的电话，所以就说了些不应该说的话，做了些不应该做的事，这是我做事的失误，说话的失心。"汪会茹一直在动嘴发笑，她说："心和嘴又没长在一个地方，哪有不失言的地方？其实你说的话、办的事也都合情合理，这事已经过去了，不要再说对不起的话了。现在咱说正事……"

正事还没谈，树光妈端来了两碗鸡蛋茶。其实每个碗里边只有两个荷包蛋，因为还没吃饭，只是喝茶。树光妈对着客人说："咱们这里人穷惯了，所以不习惯喝茶叶水，就用鸡蛋来代替。"

汪会茹激动不已，忙站起来说："大妈！这可使不得，我知道冲荷包蛋是为亲戚客人准备的，这是咱们本地人的传统习惯，我和树光才刚认识，现在只是在一块工作的同事，我们之间的合作时间还长着呢，以后我常来看您。"树光妈高兴地说："那可好，我家正缺少像你这样的大姑娘哩。"

双方的对话使周树光看到汪会茹的脸色一阵阵泛红，便说："妈！您走吧！我们还要研究工作呢！"

母亲走了，汪会茹把设计图纸从公文包中取出来放到桌子上，然后一张一张地介绍情况。她说："这第一张是办公室，有党支部书记办公室、村委会主任办公室、会计办公室，这三个房间都是十五平方米。再向西是小会议室，面积是三十平方米，这是坐北朝南的房子，上边的二层是大会议室，这能容纳上百人开会的地方。房子的正面是一个小院，可大可小。院门的内右侧是一间接待室，再向右是两间杂品房。你们未来的村级领导办公室，已经不是过去那般对付，而是一处像模像样的工作场所。再向西接下来的是大河服装厂。这个厂现在是十一台缝纫机的规模，我估算将来有可能达到十五台至二十台的规模。咱们十里铺现在没有服装厂，只有缝纫铺，连有五台缝纫机的规模都很少。你们大河湾只要价格合理，质量有保证，而花色齐全，式样新颖，就一定有竞争的势头。我设计的式样是两层楼，第一层有一个库房，面积大概有二十平米,另一部分是展厅,就是卖衣服的地方,就像城里边的超市那样,既气派又好看。展室的面积比较大,大概有六十平米。二楼是工作间,有裁缝间、有缝纫间,缝纫间比较大,所有员工都在一个空间内工作,这便于工作和管理。"

两种房子的格式大体说了一遍,问周树光明白不明白,有什么需要改动的可以提出来。周树光说:"我看还可以,你是专家就按你说的办吧,没啥可改的。"汪会茹说:"在设计式样上说我是专家还凑合,可在房子的使用上,我可是外行,还得由你们把关才行。"周树光说:"我看你前两项说得都挺在理,基本上没什么修改的,就按你说的做。我看后边的介绍就到我们村办公的地方去,叫我们魏书记也听一听,因为他是我们村的主拿,我只在旁边做个帮手而已。"汪会茹说:"魏书记是主拿这不假,因为他是支部书记,可是我看得出来,在房改工作上他是跟着你的脚步走的。"

二人坐上车后很快就到了村委办公室,汪会茹拿出来第三套设计方案。她说:"这第三套方案是大河湾大饭店,大饭店的重点在厨房,有做饭的地方,有放厨具的地方,有储藏间,还有存粮的地方。大饭厅有一个正面大厅,可放十五张大桌子,供一百五十人就餐,旁边有五个单间,每个单间可放一张大桌子。大河湾大饭店的规模不亚于十里香大饭店,唯一不同的是十里香大饭店是五层,像旅馆那样,上边的四层是住人的,而大河湾大饭店是专供吃饭的,只有一层。"

周树光的脑子转了一下,马上接话说:"只有一层也有点太寒酸了,这里发展起来以后肯定会有人住的。我看就盖成三层,二、三层住人,一层吃饭。魏书记,你看怎么样?"魏书记说:"我也是这么想的,那就按三层盖吧。"

汪会茹又拿出第四种房子的设计方案,她说这个方案是房改工作的大头,但尽管套数很多,也只是千篇一律,只有一种设计方案,因为面积一样、格式一样、房间一样,这就省去了很多设计工序。所有房子都是坐北朝南,这符合正面房间采光需求。两层房子都是侧门入内,楼梯在外边,一进屋便是大厅,向前靠北边,左是厨房,右是餐厅。中间向左是大客厅廊道,廊道左侧是两个房间,其中一间较大,一间较小。廊道的右侧,也就是北侧,紧挨厨房是两个一样大小的房间,由廊道再向前,也就是靠头的中间地方,是一小间卫生间，其中装上太阳能又是淋浴房。两层的格式完全一样，这对生活中的方方面面都是很方便的，这种条件一旦实现，足可以和城市相比，就是在城市，完全实现这种条件也是不可能的。

　　房改的设计方案大体说完之后，魏文太提出他关心已久的敬老院的设计方案。汪会茹说："这个问题我还没了解清楚，比方说房子盖好后有几户可以住进敬老院的，我心里还没有这个概念。如果住人较少，比方说至少有十几人等，这样不但得有住的地方，还得有玩的地方，有做饭的地方，还得有护理人员。还有一点也要考虑，就是已经分给他们房子了，到时候他们愿不愿意搬出来，因为他们住的房子很宽敞，很方便，又很熟悉，所以，这些方面想好了，如果需要建，到时候再跟我说，我再设计也不迟。"

　　魏文太没有想好，便问周树光，其实周树光也在犹豫，便说："那就等等再说吧，反正也不急。"就这样建养老院的事向后推迟了。

　　最后汪会茹说："屋顶的设计样式你们二位还没说，说起来简单，真正按高标准建起来，可要多花不少的钱。比方说用瓦盖顶，这得烧制很多瓦，得用很多的木梁。木头现在奇缺，你上哪里去买这么多木材，所以不但资金用得多，而且得到产木材的地方去买。还有一个办法，那就是用土封顶。"周树光说："用土封顶，那咱们的优势就没有了，这土包子房子谁还来参观呢？"汪会茹说："你先别着急，我话还没说完。我知道你是希望把房子建漂亮一点，招人来参观，招人来买衣服，招人来吃饭，你说是不是？"周树光说："是这个意思，我们大河湾搞这么大的房改，花这么多钱，欠这么多债，不想法多挣钱是不行的，所以要把房子建漂亮一点，把外边的眼球转移过来，带动咱们的消费，赚更多的钱来还债。"汪会茹说："你的意思我明白，以高投入达到高收入的效果。不过这个过程可能很长，比如你多投入一百万元，要把一百万元再收回来，少说也得三年时间，甚至时间会更长。我的考虑是少投入多产出，这个少投入的办法就是就地取材，以土封顶。那么这土封多厚呢？至少要封六十公分，既然有了土，就等于有了地，全村有可能造出上百亩的土地，可以种蔬菜，也可以种粮食，这一百亩地的价值是多少呢？是可想而知的。还有一个好处，就是夏天日晒不透，冬天霜冻不透，形成了冬暖夏凉的天然气候。当然只靠黄土封顶还不够，人在上面种菜其安全系数不足,还必须有相配套的设备来陪衬,那就是周边必须有护栏进行装饰。现在的钢材不算太贵,周边用不锈钢管相连,就是很漂亮的装饰,其亮度相当耀眼,其结构也相当好看,上边再接上一个水龙头,天旱浇水是很方便的。在农村进行这样的房屋改造,在全国都是不多见的,这个项目一旦完成,来参观效仿的人不会少。"

汪会茹言表手动,描述得生动活泼,使两位领导喜形于色。魏文太说:"我同意以土封顶,地是我们农民的宝贝,这等于给我们大河湾人多造出了上百亩地,我们何乐而不为呢?我们感谢汪设计师的大恩大得。"汪会茹说:"大叔!可不能这样说,其实我家也是农民,是在十里铺的边缘住,以种地为生,深知土地的重要。我大学毕业后没留在城市工作,也是想回到家乡建设农村的。"周树光接话说:"路是越走越远,话是越说越透,心是越想越宽。我们大河湾的房改工作,从去年的想象,到现在的起步,一步一个变化,一步一个脚印,直到今天才算有了个大体的眉目。汪设计师对我们的帮助很大,这最后一步的更新是你帮我们设计出来的,才算有了一个完整的方案。"魏书记说:"汪同志对我们有恩,除了在资金上对我们的照顾,在设计方案上又省了不少资金,这使我们大开了眼界,等饭店建成之后,一定要高规格地给你做一顿好饭吃。"

汪会茹也激动地说:"你们二位领导说话也太客气了,其实咱们都是一家人,都是农村人,一家人不说两家话,咱们共同把大河湾的房改搞成功就是胜利。除了房屋建造,还有配套工程,那就是供水工程,重点是水塔的建造,几天前来考察时地点我已经选好了,就是在提灌站的西边,这是房改的配套工程,由房建公司统一负责建造。还有一项工作就是配电工程。现有的电是不够用的。这项工作是十里铺变电所负责。我回去后和变电所的工作人员联系一下,叫他们再安装一台变压器就行了。"

"今天的事基本都说完了,如果没有什么更改的话就这样定下来,下星期一就可以开工,我叫汪振山把有关的设备先带来,第一批先来二十名技术人员,你们这里配二十名小工,这样就算正式动工了。工人们的工资问题,凡是我们带来的人员由公司发,你们安排的人员由你们村里边发。关于我们带来的人员吃住问题,我看住在这办公的地方就行,你们村的办公地点可以放在养牛场的办公室。关于吃饭问题一切由他们自己负责,你们就不要管了。"

周树光说:"这么多事都叫你给办了,那我们就轻松多了。"

汪会茹说:"我做的事都是我应该做的,我也不会代替你们做事情,因为这有个责任分工问题。我的任务不只是单搞设计,施工中的一些事项我也要管。崔书记已经向你们作了简单的介绍,实际上这十里铺的建筑公司是我组建起来的,在之前只是个工程队,盖平房、建二层楼还可以,再上点档次就不行了。汪振山是工程队的队长,他是我的一个远房叔伯哥哥,我大学毕业回来后和他一起扩建了建筑工程队,组建成建筑工程公司,汪振山任经理,我是总经理,现在连高层建筑都能完成。当然了,尽管你们的房改是二层楼,因为规模很大,规格很高,我是要常来常往了,要保证房屋的质量不受影响。我说几句多余的话,我是说我的性格和周主任的性格有点相似,我大学毕业后,本来是留在城市工作的,我没同意,这就回到了自己的家乡十里铺。我是一个女人,如果在城里工作,不管分到什么单位,也只能是一个言听计从的角色,想搞点独当一面的事情,又谈何容易。农村是另一片天地,开始虽是小打小闹,但随着事业的发展,时间的延续,就会繁花似锦,蒸蒸日上,咱们现在已经处在蒸蒸日上的起跑线上,光彩面还在后面。"

"今天的情况基本介绍完了,也商量妥了,你们忙你们的事吧,我该回去了。"汪会茹站起来要走,被周树光阻拦住了,说:"今天中午就在我家吃饭,我给我妈已经说好了,她都准备了,无论如何也不能再走。"汪会茹说:"不走不行啊!我有很多事要做,最近我也是忙得连轴转,这么大的一项建设工程一点都马虎不得啊。等你们的大饭店建好了,你们再请我吃,我一点都不会客气!"

周树光还在为资金的事而发愁,认为向后拖总不是个办法,这么好的项目建成后一定会吸引不少人来参观学习,人们要奔小康,光坐下来等是不行的,一是必须想办法把地种好,二是必须有好的挣钱项目。为此他又找谢红进行研究。魏书记说过,在出点子上谢红在你我之上。

周树光把汪会茹的设计方案说了后,又直接把资金上的缺口说了出来。谢红说:"我是会计,钱由我管着,咱们村建这么大的项目,缺少建筑资金是必然的,而且缺口很大,要能把资金及时补充到位谈何容易?我知道你和魏书记早在想这个问题，其实我也在想这个问题。从时间上看三年之内完成是最理想的，能不向后拖尽量不拖，这就必须把资金准备到位。向银行贷款总数不超过五百万为好。贷款的数额越多还款的压力就越大。在不得已的情况下，只有两条出路：一条是工期向后拖，这就是魏书记提出的办法，稳妥而可靠；再一个办法就是借钱，向咱村的老百姓借钱。现在村民们手中多少都有点积存，真正一无所有的只是极少数人，这样只要把问题讲明白，而且借的钱不低于银行存款的利息，借个三五百万恐怕不会太难。因为咱们的房改工程是凝聚人心的工程，村民们都懂这个道理，在这之后办什么事都容易得多。"

周树光拍手表示赞赏，他高兴地说："谢红！你真是咱们村的大管家、好管家。最近我只顾发愁，就没想到向群众借钱这件事。如果真的能借到五百万，估计也就差不了太多了，胜利在等着咱们哪。"

他们谈到最后谢红说："咱们尽力而为吧！全村人谁都得出一身大汗，这才叫尽力而为，把群众的积极性都发挥出来。"

二零零零年九月十八日，大河湾党支部召开党员大会，会议地点在大河湾养牛基地办公室召开。党支部书记魏文太主持会议，他说："今天党员大会有两个内容：一是通报前一段的工作情况，安排下一步的工作；二是吸收司建军同志入党，现在咱们先讨论司建军同志的入党问题，先由谢红同志介绍司建军的培养情况。"

谢红拿出她事先准备好的介绍提纲说："司建军是去年十二月份列入党员发展计划的，支部安排我为第一介绍人。从那时起我们每个月谈话一次，谈思想、谈认识、谈进步。在这半年多的时间里，他先后三次写过书面汇报材料，主动分析检讨自己的不足，承担自己的责任，想尽一切办法把自己的工作搞好。比如他在汇报材料中写道：'我到养牛场工作一段时间后，深感工作的艰辛和劳累，又脏又臭，工资又低，一度产生不想干的念头，向组织汇报后，谢红同志对我进行帮助，又送我一本党章叫我学习，我才改变了这种私心杂念。'所以我认为他已经符合一个共产党员的条件，我愿意介绍他入党。"

下边是王三志发言："说司建军够条件，也算够条件；说他不够条件，也确实不够条件。先说他喂牛,那是股份制企业,他自己本身就是股东,干活累也好,轻也好,这都是为自己致富而出力,这与共产党员大公无私好像没有什么关系。这是我谈的第一点。第二点本来是不想谈,因为是入党,谈条件,所以我也把这个想法谈一下,大家可以分析。我们都知道谢红同志是年轻女性,在家种几亩地确实不容易,别人也想帮忙,可是怕落下闲话。可司建军不是这样,这在村里边都有议论,产生一些负面作用,这总不能算是好事吧。我把这件事在党的会议上说出来,以引起注意。所以,把入党时间再向后推迟一段时间为好。"

这事如果说在别人身上,周树光也许会听之任之,而现在说在谢红身上,他绝对不会袖手旁观,他说:"谢红在工作上是强者,这在大河湾的党员中无人可比,可在强体力劳动上她不是强者,而是弱者,因为他是女人。在这种情况下如果有哪一位强者出面帮忙,这都应该评价为善事、好事。在农忙的时候,在重体力劳动的时候,司建军主动出面帮忙,这怎么算是缺点呢?这不是缺点,是优点啊同志们。谢红在地里干活的时候我也去帮过忙,只是我的杂事多,去帮得太少了,我只是希望同志们不要瞎猜、乱想。既然把事说开了,我就再多说两句,你们两位当事人今天都在场,不要认为我的话过了头,我是在顺理成章,把事说明白了,避免出现不必要的误解。谢红现在是二十六岁,还是独身一人,属于大龄青年,司建军今年二十八岁,也没有结婚,我希望他们能够接近,增进了解,这是我的想法,也是我的希望。"

"我也想谈点看法,我对司建军还不够了解,听了前边同志们的发言后才略知一二。"柴荣荣是大河湾小学老师,关注的是小学校内部的事情,但对一些事情的认识也想谈谈自己的看法。她说:"对于刚才的不同观点,我也想谈谈我的看法,也不是支持谁、反对谁,只是自己的想法、自己的认识。我们国家的现实基础是社会主义初期阶段,初期阶段的基本经济形势是多种经济成分共同存在,全面发展。其中就包含有国有经济、民营经济、集体经济和个体经济,他们都是社会主义经济的一个单支,一部分内容,都在为实现社会主义现代化而做出各自的贡献。我们共产党人的责任是带动人民群众大力发展生产力,领导人民走集体富裕的道路。咱们村的党支部、村委会,他们正是坚持这样的原则,使全村的人们都富起来。我们生长在大河湾,应该感到很荣幸，因为咱们大河湾在党支部和村委会的引领下，已经朝向致富路上走去。在这场奋斗的过程中，凡是表现好的、要求进步的，申请入党的，都应该及时吸收他们入党，扩大党的影响力，增强党的凝聚力。"

"我也想谈点个人看法。"这是韩狗同志的发言，他说："我是预备党员，只有发言权，没有表决权。本来我是不想发言的，只是同志们的发言对我启发很大，使我的见解得以提升，所以我也说几句:开始听了谢红同志情况介绍，感到司建军是个好同志，应该入党。又听王三志的发言，就又认为他是在为私人干事，再好也与无产阶级先锋队无关，可是听了柴老师的发言，对我的观念触动很大，一下子心里就照亮了。只要是好人，不管干什么工作，只要对国家有利，对党有利，对人民有利，又愿意加入中国共产党，都是符合条件的。"

支部书记魏文太说："柴荣荣讲得不错，有深度、有理论，把共产党人的模范带头作用讲到了实处，我同意柴老师的观点。下边请继续发言——"他停顿了一下后说："看来没有新的意见了，那就请司建军同志表个态吧！"

司建军爽快地说："我是一名知识青年，也是共产党人的追随者，今天是我第一次参加吸收我加入中国共产党的会议，我感到非常荣幸，我感谢大家对我的帮助。我没有更多要说的，不管这次会议能不能批准我入党，我都要在党的领导下，在党员们的帮助下，努力奋斗，为人民群众做出更多的贡献。"

司建军在党支部的安排下，愉快地离开了会场，他希望会议的结果对自己入党有利。

谢红吃过早饭，没顾得上干别的事情，直奔养牛场走去。司建军正忙着往牛槽里拌草料，一抬头看见谢红站在牛房门口未动，赶忙放下手中的活快步来到谢红跟前："你怎么也不叫我一声，干站在这里。""我看你正忙着，不忍心打搅只好站在这里。""你找我肯定有事，不然你是不会来的，赶紧给我说说，是什么事？"

谢红未说先笑，她是在为司建军高兴，"你的入党上报材料已经被乡党委批下来了，入党时间是二零零零年九月八日，也就是支部大会吸收你入党的那一天，预备期是一年。在这一年当中，你只有发言权，而没有选举权和被选举权。这一年也是培养期和考察期，如果一切顺利，一年后就可以转为正式党员。"谢红伸出手说："祝贺你！希望你像这东方初升的太阳,越升越高,发出你的光和热来！"

司建军把谢红的手握得很紧，他说："我一定按照你的要求去做，九月八日是我一生值得纪念的日子，这里边有我的成绩，也有你的功劳，为此我要感谢你一辈子。"

两人握着手松开之后，司建军激动地告诉谢红说："你在这等一等，我给你拿件东西！"他直奔自己睡觉的地方，从自己枕头下边拿出已经装进信封里的一封信，信封正面工工整整的写着"谢红同志亲收"六个标致的方块字。交给谢红后折转身便走。没走几步又折转身回来还没说话，谢红话已出口："怎么？还有话要说？"司建军说："我给你的信先不要看，白天也不要看，最好是晚上睡觉前看，因为那个时候安静，没有人干扰。"

谢红没有表示反感，也没有表示开心，她接过信后随手把信装进了随身带的小包内。就是司建军没有交代，她也不会去看信，因为这不是看信的场合，尤其是这信的内容非同一般，她已猜到了八九不离十，只有等到晚上睡觉前去看最为合适。尽管是一封向她示好的求爱信，但信的语句、格式她摸不透也猜不出来，只有等看完信后才能一目了然。谢红心里说，司建军啊司建军，这封信使我等得好苦啊！也好累呀！今天你才把它送到我的手里。

随着谢红内心思绪的延伸，她面部表情就像涂了一层淡淡的彩绘，艳丽而好看。丰韵溢满了她的全身，走起路来身轻如燕，充满活力，带着一股清风飘然而至，给服装厂的姐妹们增添了一段绘声绘色的评语。

最先看见谢红的是陈寒草，因为她的缝纫机靠门最近，听到门口轻轻的脚步声后，便随意仰脸一看，便发现是谢红的身影，还带进来一缕清香，面色红润，很是艳丽，似乎肚里边装满了喜事。陈寒草爱说爱笑，便抢先一步鼓动大伙说："各位姐妹们，你们快看呀，谢红姐的脸色多好看，她一定有什么大喜事向大伙说。"几位正在聚精会神干活的员工听陈寒草的喊叫，忙把眼睛瞄准已经走到跟前的谢红。情绪还没转过弯的谢红，她白里透红的脸蛋一下子就更加美艳绝伦了。

这里年龄最长者段嫂便有了话题："我说谢红妹妹，咱俩的私交可是有时候了，我看你的脸色与往日是有所不同，明显带着喜悦和红润，说说吧，叫我们也和你一起高兴高兴，分享一下你的美事。"

段嫂的几句话弄得谢红无所适从，一向沉稳多谋的她今天怎么没有隐蔽好自己的内幕，竟在脸上流露了出来。

在姐妹中方芳的年龄属中，也未婚未嫁，但她也喜欢听年轻女性们的隐情艳事，便把嘴唇鼓动了几下才说出了一句话："谢红姐你就说说吧！你看姐妹们都想知道你的好消息哩！"

在大河湾这地方有一个不成文的老习俗，对寡妇们的私房事不能当着本人的面瞎猜乱说，要想知道一些私房事，也只能旁敲侧击，刚才姐妹们的关心词语，也属如此。

谢红的应变能力很强，刚才还是手忙脚乱，思绪万千，转眼间就想好了应对的词语："你们猜事也不拿好题目，专门拿我来开心。咱们村这么大的房改题目大概你们谁都不会忘吧！"王玉莲在一旁也插话说："房改工作是好事，可谁知道猴年马月才能建呢？"谢红说："用不着猴年马月了，周主任说再过几天就要挖地基了，先建办公楼，大饭店，还有咱们的服装厂，春节前肯定能搬进新房。"陈寒草说："你说这是真的？怎么就这么快？还是楼房！"谢红的情绪彻底改变了过来，她说："不光办公室是二层楼，咱们服装厂也是二层楼，咱们的大饭店是三层楼。你们说这事叫人听了开心不开心？"

王玉莲是一位讲究体面的人，不该说的话一句都不会多说，遇到高兴的事多是抿嘴一笑，精力全都投入到她的工作上去了。她剪裁的衣服，无论是男装或者是女装，也无论是老人或者小孩，只要是经她手剪裁的，没有不合身的。她性格的变化，与她不幸的婚姻有关。先是父母逼婚长达三年，后是三天的婚姻悲剧，给她心灵深处造成了莫大的悲伤。从此寡言少语成了她的行为规范，就是遇到特别高兴的事，也只是抿嘴暗笑，绝不像别人那样喜笑颜开。当然到服装厂这半年多来，在性情方面还是有很大的变化，逐步融入了姐妹们欢声笑语之中。她今天只说一句话："人家没有公开说的事就不要猜了，都忙自己的工作吧。"

很快欢声笑语的热闹场面就平静了下来，转入到了严肃认真的工作之中，屋内只有缝纫机的滴答声。

谢红回到了她自己的屋内,一边在忙自己的工作,一边还在想着她自己包内的信件。她再次断定这封信是向她求爱的,不然为什么要在入党刚批下来交给我?一定是在显示他的进步,显示他的成绩,以便求得她的信任,接受他的求爱。如果真是这样,那是求之不得的,这才是双燕齐飞,力之相当。把他拉入自己的怀抱,以解多年来求之不得的心愿。

谢红此时的心态是多感善变的,她又从顺心的道上急速地转了回来,埋怨自己的多思遐想,不应该把人家的高兴心情和自己的私心情感联系在一起。加入中国共产党对于要求进步的青年来说,是一生的大事,是人生的新起点。在这种特定的时刻,向接收他的党组织,向吸收他入党的介绍人写封信表达一下喜悦的心情,也完全是正常的事。此时的谢红冷笑了一下,虽未出声,但笑意已抹在了脸上,她嘲笑自己单纯无知,胡思乱想。在她冷静下来之后,脚踩踏板的速度更加快捷,台面上的布料也在谢红的操纵下随着机针的快速起落选择着上面落针的方位。服装厂的女工们也就是在这样的快节奏下,一件件各式各样的服装被她们缝制了出来。

女人的心比男人要复杂得多,考虑问题思来想去,谢红也没跳出这个圈子。她把信塞进包里,又带回到自己的卧房,这是一般男人都不能进的地方,何况这家本身又没有男人,只有母女两人是这家的主人。就这样她还是有所不放心,害怕其他员工万一进来偷看了她私人信件。当然是只怕万一,但是这万一几乎是不会有的事。谢红的心思别人都难以猜得出来,她干了一阵子活之后,又站起身来踱步不到一分钟时间,便从包内取出使人心神不宁的信,安安稳稳地放到自己的枕头下面,平整之后又开始干她的活计。

按这里的习俗吃晚饭,都叫"喝汤",你无论吃什么饭一概如此,这是历史留下来的叫法。

晚饭后谢红又回到她的卧房,放下帘子又开始做她的衣服,把白天干其他事情耽搁了的活再补干完毕。等干完活后已夜深人静,便拿出湿毛巾洗了洗脸,又刷了刷牙,这是她的生活习惯。等上床后她才拿出信来,这时她已淡定了许多,有意淡化信的内容,避免看后情绪上的变化。

"谢红!请你理解我,我艰苦地等了三年才给你写这封信,不是因为我有三心二意，是因为咱们之间的身份存有差距。我实在不敢轻易高攀，怕你一旦拒绝，这辈子就难以破镜重圆。现在好了，是在你的关心下帮我拨高了一截子，虽然还是预备党员，但已跨进了党组织的大门，和你的距离靠近了一大步，这才和你有近似于平起平坐的身份，对我来说也有门当户对的感觉。谢红同志！从此时起我把自己的一生都交给了你，在你的监督下，我走路的姿态都会感到实在，毫不动摇，稳当一辈子。不过我在你跟前还有差距，这不是你高我低的差距，而是你前我后的差距。你在前边是走路，我在后边一定得小跑，使这种差距一步一步缩短。谢红同志！请你接受我的爱吧！我会一辈子感到你的温暖，接受你的呵护。"

信看完了，不是看了一遍，也不是看了两遍，而是看了多遍。信不是很长，但分量却很重，情真意切。她把看后的信紧紧地捂在自己的心窝，体会他的情意，体会他的温暖。

晚上的觉睡得特别香甜，全身都散发出一阵阵清香，因为她心中悬着的一块石头，过去长期漂浮不定，现在终于落了地，全身轻松而安稳。早晨精神奇爽，她把屋内屋外打扫得干干净净。在吃早饭的时候，面对妈妈笑容不止，她说："妈妈！我有一件非常高兴的事想告诉您，您猜是什么事？"妈妈说："你肚里的花花肠子那么多，我是猜不出来。"谢红说："妈！我给您找了一个上门女婿，将来会给您养老送终。"谢红妈妈高兴极了，说："我早就盼着这一天哩，终于盼来了。是哪一个？"谢红说："是司建军。"谢红妈说："我喜欢这孩子，他同意了？"谢红说："不是他同意了，是他给我写信提出来的。妈！这事先不要向外张扬，只咱俩知道就行了，避免人多嘴杂，惹出事来。"谢红妈说："这我知道，建军他妈前天还跟我说正在给他找对象呢，还动员我给她帮忙，建军这孩子心是在你身上哩，不然他早就找上了。不过你们结婚后把家安在咱这里是很难的。其实安在哪里都一样，反正是一个村的，来往都方便。"谢红接话说："过门女婿，当然是住咱们家，他给我表过态，一切都听我的。当然我也不是不讲理的人，他家有哥哥，也有嫂子，他的父母是有人照顾的。咱家以后有钱了，多给他们送点就是了。"

这是谢红对妈妈的承诺，这种承诺只是母女之间的一种许愿，能否落实连谢红自己心里都不很踏实。

大河湾的房改工作已经正式起步，十里铺先期派来二十名技术骨干，其中五人负责水塔的建造，余下的十五人全部留作房屋建造，计划两个月之内全部完工。

前期工作是由汪会茹、汪振山亲自带队来的，他们选好了具体位置，工人们即按照标线挖土固基，为砌砖垒墙夯实基础。

司建军把信送出后，时刻都在等着谢红的回音，一天，二天，三天，连续等了七天，还未听到对方的回音。难道她不同意？做人的规矩是有来有往，同意或者不同意，都应该把信息告诉对方。谢红办事是很得体的，看来她不是不同意，但也不是很同意，肯定还有什么因素卡在里面，一时无法解开。司建军想到这里，认为事不宜迟，必须亲自跑一趟，当面把事情真相了解清楚，避免夜长梦多。在思路确定下来之后，便按照自己的想法行事。他喂完牛后，又按照固定位置把牛拴好，这才向同事打了个招呼，临时请假一个小时，迈开大步直向谢红家走去。

这里是年轻女性的圣地，一个大小伙子显然不敢冒然进出。他放缓脚步，轻声慢步地走了进去。正在忙工作的王玉莲仰脸看见是司建军，便毫无反应地又低头忙她的工作，因为她知道是来找谢红的，这种情况已多次遇到过。

司建军径直走到谢红家的客厅，正在卧房做衣服的谢红一抬头便看清是盼见多日的"贵人"，便走出来一同都坐在了沙发上。"你来了，有事吗？"这是明知故问，无话找话。司建军也装作不紧不慢地说："我写的信你看了没有？""看了，不就是一封求爱信吗？我哪能不看呢！""那我写的内容怎么样？你能不能接受？""写的内容挺好的，我没有意见。"司建军高兴地说："那你同意了？"谢红说："我同意什么了？"司建军解释说："我向你求爱呀！如果你同意就给我一个痛快话，免得我心里捉摸不透。"

谢红是爱司建军的，两年来没断思考这个问题，总感到是靠得住的人选。事情的发展，往往会引起思想深处的反思，不能不考虑处在朦胧状态中的疑点。现在司建军已经把自己的想法、自己的追求实打实地告诉了她，作为一个共产党员，一个办事讲求真实的人，谢红认为也应该把自己的真实心情、真实想法告诉他，以求得完美的融合。

"两年来你对我的帮助，使我的心情减轻了不小的压力，一直都处在轻松之中。不过在咱俩的私人情感上,你有你的想法,我也有我的疑虑,在情感上还碰不出心心相印的火花。"

谢红说到这里,司建军已分析出话的分量,由此产生出一种忧虑感,他赶忙张口说:"你有什么疑虑感,请你直接告诉我,我司建军不是不讲信用的人,只要是你提出的问题,我都会照你说的办,请你相信我好了。"谢红说:"我不是不相信你,只是有些问题需要说明白,你说你喜欢我,这我心里有数,如果不喜欢我,你也不会任劳任怨地帮我们家干活。但是单你喜欢我还不够,你妈却不喜欢我。你妈已经知道你的心思,所以到现在还在托媒人给你说媳妇。因为她是老人,又是你的亲妈,她坚决反对咱们的婚事,你又该怎么办?这是其一。其二是你妈给你说过几个媳妇,你不是不见面,就是装疯卖傻,叫人听起来毛骨悚然。如果咱们生活在一起,一旦你装起疯来我可受不了。我的话说完了,你看着办吧!"

司建军听了后十分为难,不知如何回答是好。但是他已经铁了心,这一生除了谢红,对任何女人他都不会动心,他要想尽一切办法,对谢红提出的问题解释清楚,以解除谢红的疑虑。他说:"我装疯卖傻是只对一人采用了这种办法。这个女人长得无可挑剔,如果是我提出不同意,连我妈都不会答应。在不得已的情况下,我才采取了这种办法,让对方提出不同意,这才顺理成章。尽管以后我妈意识到了这种真相,但事情已经过去,她也没有办法。这种办法是我临时想出来的绝招,以后不可能再出现这样的事情,尤其是咱俩生活在一起,我永远都是你的应声虫,永不变心,至于我妈的想法,我并不担心,这两年多都走过来了,我还是我,从没有动摇过我对你的追求。当然了,现在你是要我妈的想法,你怕我妈不让你进家门。"谢红赶紧接话说:"不是的,不是不让我进家门,而是不让你出家门。我的条件是,一旦咱俩结婚,你必须到我家来,因为你妈是妈,我妈也是妈,而你妈现在有哥嫂在身边,而我家没有这样的条件。所以这一条你要想好了,而且必须有你家老人同意,这就是我不能改动的条件!"

谢红的这一说明,使司建军心里有了底数,而且放心了不少。他说:"谢红同志,请你不要着急,两天之内必定告诉令你满意的消息。我有这个把握。"谢红说:"好!我等着你的好消息。不过你不要和你妈吵架,要以理服人。"

当天晚上，牛场里边活已经干完，司建军很客气地告诉尚明义说："这几天麻烦你多操点心，我家里有点事，可能回来得晚一点，我谢谢你了。"

尚明义是个老实本分的年轻人，除了埋头苦干，其他闲事从来都不多想多看多问，是一个以身示好的小股东。

"妈，我回来了！"司建军非常高兴地向老人打招呼。

"知道了，饭在锅里哪，可能凉了，热一下就能吃。"

"妈！我不饿，有点事想给您说。"建军妈坐在自己的床上想心事，听到儿子有事要说，便已猜出儿子要说的大概内容，便不高兴地说："你的话我不想听，等以后再说吧。我现在又给你找了个对象，听说这一个比以前说的都好，明天下午就去见面，明天你请个假，哪都不要去，就在家给我等着。"司建军说："这两年你给我找了好几个，我一个都没同意，今天找的这一个我也不会同意，因为我已经找好了，我非常满意。"建军妈听出了话中的含义，立时回答说："你满意我不满意，你找的不就是谢红这个小寡妇吗！你找她我连家门都不让进，我怕她把我给妨死了。"司建军也生气地说："我不让你说话伤害她。我知道这两年您为我操了不少心，关心我、爱护我，我都没忘记，我要永远记下去，要记一辈子。可是——对于我个人的婚姻大事，您总得听听我这个当儿子的意见吧！我结婚后要过日子，要过感情，要互相帮助，只有这样才能把以后的路走好。所以，我自己的事情就由我自己做主吧，您就别再管了！"

儿子说到这个份上，妈妈的心也软了。为儿子的婚事已经操心了多年，心都操碎了，儿子并不领情，再操下去也是劳而无功，不如省点心算了。命都长在自己身上，由他们自己操纵吧，便开口说："儿子，因为我是你妈，所以才这样关心你，可是你不领情我又有什么法子呢？我现在是力出尽了，也再没别的法子可使了，不过我给你说清楚了，谢红表面上追你可能是好意，但人心摸不透，她骨子里想什么你不知道，你跟着她以后有个三长两短的，你不要埋怨我就行。"

司建军听后扑通给妈妈跪下连磕了三个头，说："妈！我给你磕头了，谢谢您对我的关心。我和谢红的关系是我找她，而不是她找我，我一直追了她两年多，直到最近她才同意和我好。我认为谢红这人既是淑女，又是才女，无论哪点她都在一般女人之上。"建军妈接话说:"你说这话我不爱听,难道她比你妈也强!""不,不!"司建军赶忙说,"您是长辈,不能和您比,我是说在一般年轻女人中她是顶尖的。人的一生要和这样的女人生活在一起,总会安然无忧,幸福一辈子。"建军妈听到儿子这么宣传谢红,脸上的怒容全消,勉强地说:"起来吧!别跪地上了。既然你这样认为,妈也就没什么好说的了。不过你要记住,在你们结婚之前不要对外公开,因为谢红毕竟是结过婚的女人,在你心里她没有毛病,那在别人心里头,可是有缺陷的。"司建军痛快地说:"妈,我知道了,您就放心吧!"

司建军心中的一件大事终于落了地,他带着喜悦的心情,大步流星地向谢红家跑去。

天已很晚,谢红把外边服装厂的门关了个严实,又验看了一下屋内东西的放置,还未出屋,便听到外边的敲门声。谢红即开口问:"是谁?"司建军即回答:"是我,司建军!"谢红即把门打开,司建军带着喜悦,还带着一股热风进到了屋里,第一句话便说:"今后不用担心了,我妈同意了,彻底地同意了。"谢红马上说:"你和你妈吵架了?不然她怎么这么快就同意了?"司建军说:"没有,开始她不同意,我就跪下来给她磕了三个头,然后把你的优点统统都说了出来,说我追了你三年你才同意的,就这样我妈的心就软了,叫我站起来说。最后她提了两个条件,一是结婚前不要把这事张扬出去;二是结婚后不能和他们住在一起。这就是我妈的答复,我听了非常高兴,正好也符合你的条件。"谢红听后也没感到很高兴,也没表示很激动,只是说:"既然没有了阻力,我同意你的求婚,愿意和你做情人。"司建军解除了约束,高兴得一下子就抱住了谢红,而且抱得很紧,正要抱着亲嘴的瞬间,被谢红扭头躲开了,谢红说:"这样不行,你把手放开,咱们还是自我约束点好。"司建军说:"咱们都是恋人了,这是正当的。"还说:"我在南方打工的时候,看见有一些打工的员工只要是相互认识的,比较合得来的,有的是在谈恋爱,有的还不是谈恋爱,他们就租房子住到了一起,叫人看着真是不顺眼,好像是婚姻关系乱套了一般。听说现在一些大学生也是这样,他们在上学的时候,也有一些男女学生在学校周围租房子住,这哪儿还有精力学习知识呀?这种学生肯定不会有创业精神。"谢红说:"你喜欢这样的局面吗?"

司建军回答说:"这不地道,我不喜欢。"谢红说:"你不喜欢就好,因为这是中华文化史中的一股浊流,不可能在中国文明史上长期流行下去的。你妈说得没错,在结婚之前不要过多张扬,咱还像以前那样就行。"司建军说:"行,我以后都听你的,等咱俩结婚的时候,好好热闹一番,叫他们都眼气。"谢红说:"不是都听我的,谁说得对就听谁的。你说咱结婚要大操大办,这我也不同意,这不是中国人的传统做法,只是一少部分人鼓捣出来的赚钱形式罢了。被请者吃饭不是白吃的,总要带上钱去凑份子,钱带少了不好看,总要多一点为好,这多出的钱就被请吃者赚走了,请吃的人越多,他赚的钱越多。说穿了这是一种不文明的表现。咱们结婚的时候,只请两桌客,把咱两家的亲戚请来热闹热闹就行。如果再多请的话,就把魏书记、周主任请来,因为他们俩对咱个人的事很关心,如果再多请的话就把服装厂的员工们也请来,好在一起热闹热闹,这也不算过分。不过咱们是不收他们钱的,一分钱都不收。收钱干吗?这太庸俗了。"

二十六

来龙去脉终有果　花开只在不言中

三座小楼恰似三只大鸟矗立在大河湾村的东北角处，神气十足，洋气不凡。楼顶外沿出墙，遮风挡雨，四角是金凤吊角，斜向上收，到一米的高度，上边四角是雄鹰展翅，栩栩如生。房檐是用多种形色的瓦垒起来的，其布局齐整，花样好看，不失为装饰上的大器。在房檐的上方是用银白色不锈钢管连接起来的护栏，好看而实用。楼房从远处望去又活像三只神龟卧地，庄重而稳健，这真是天才设计师的杰作，投用后定会招来不少外地人前来参观学习，这不但是魏、周二人的目的，也是设计师汪会茹的目的。这在农村发展中足以起到示范的效果。

支部书记魏文太先后登上三座小楼的房顶，仔仔细细地看了一遍，满意的心情溢于言表；既施肥又培垄，整整忙活了三天，随即到十里铺买回了菜籽，精心细作种了下去。当然这是耐寒的蔬菜，因为冬天即将来临。

大河大饭店的牌子已经挂了上去，这给大河湾村带来了生机。内部设备布局已基本到位，尤其是餐厅内的十五张大圆桌，和每张圆桌周边放置的十把靠背椅，整齐大方，错落有致，给人一种入座餐厅的感觉，城乡交融一般。特别是大厅正面墙上的中间部位"为人民服务"五个大字，显得特别醒目，这是汪会茹托人书写的。在毛主席语录的两侧还有四幅山水画像衬托，显得既庄重又活泼，这也是汪会茹亲自到县城买来的。

条件具备，只欠东风。承包大河大饭店的招聘广告已贴出去三天，至今无人问津。党支部书记魏文太、村委会主任周树光已感到开饭店的难度，把承包金每月一万元降到每月五千元，依然是门可罗雀，连一个探问信息的人都没有。

时间在人们的眼皮底下流逝。到了第十天的晚上十点钟，周树光的手机传出动听的音乐声，他打开手机护盖，音乐声消失。"喂！你是哪位？""我是谢红，我想问一下饭店的承包人是谁？"周树光回答："现在还没有人来承包，我看现在开张的条件还不成熟，就往后等一等再说吧！"谢红说："万事开头难，在咱们这样的穷乡僻壤的地方，恐怕再等一年条件也不会成熟。我是这样想的，我想开个头，试一试，也许能闯出一条路来。"周树光说："这副担子你不接为好，因为这副担子太重了，怕你挑不起来。"谢红说："不！既然我提出来了，说明这副担子还不很重，我能挑起来，说不定还会挑得很稳当，我已经想好了，你就把这副担子压在我肩上吧！"周树光说："那这样吧！我一个人说了也不算数，等明天上午我和魏书记商量商量再说。"谢红忙问："是老办公室还是新办公室？"周树光说："当然是新办公室了，我们已经在新办公室安了家了，这里的条件可真舒服呀！"

第二天早饭后，谢红已来到新办公室的门口等候。主任、书记也先后来到办公室，三人坐下后周树光先把谢红的要求说了一遍，魏文太说："谢红的能耐我了解，她既然敢于承担这个责任，说明在她的思路中有她独到的见解。只是人的精力都是有限的，她肩上的担子已经很重，如果再增加重量，恐怕承受不了。这个问题最好由谢红梳理一下，把你的想法告诉我们，我们明白了才好下这个结论。"

谢红已经明白了书记话中的含义，即同意承包饭店。在农村开这么大一个饭店如果长期闲着不用，在经济上就是浪费。谢红也正是沿着这个思路解释："广告已经贴出去十天都没人出来应聘，说明人们都没把握能挣到钱，挣不到钱谁又会出来冒这个风险。我谢红也没有三头六臂，别人可能遇到的风险，我也可能遇到。但我不怕，人就是在困难中走出来的。在人生的过程中，不可能都是风平浪静，也不可能都是顺风顺水。要准备逆流而上，闯出一条新路。我的想法是这样的，从明天开始，我正式承包饭店，承包金每月按五千元上交，我的职务是大河大饭店经理。当然你们二位最担心的是我的工作量太多，压力太重。这一点我早就想到了，过去村里边没有钱，当会计任务很轻松，我也没有压力。可现在不同了，村里账户上的钱很多，当然这钱不是村里边自己挣来的，而是贷来的，还有村中的两个股份制公司捐赠的。这种捐赠今后还很多，一旦过完手续这种捐赠的钱就成了村里的钱，属于集体财产。这么多的账本都有我个人管理显然是不合适的。我的意见是，服装厂、养牛场的账还由我来管，凡是村中的钱，我谢红不再管理，也不再过问。这就是我的想法，没了。"

谢红的想法讲完了，可两位领导的心病出现了，他们担心的不是饭店承包任务太重，而是会计工作的人选难找。

周树光想了一阵子之后说："咱们的饭店等春节之后再说，你的会计业务也不要交，有些事是不能急的，需要通盘考虑后再说。"谢红说："这不是你的本性，你的性格是急性子，想干的事情马上就要去办，可今天就转了一百八十度的大转弯。咱们饭店急急忙忙办起来，不就是让它马上见效益吗？这样等下去是没头尾的。"魏书记知道周树光的难处，他说："不是不让你管饭店，而是咱们的会计工作谁来干，咱村只有你来干，其他找不出这样的人才，我想周主任也难在这里，请你慎重考虑。"谢红说："我不是没有考虑，我已经考虑了多日。咱们大河大饭店除了我出来承包，我想不会再有第二个人出来承包，就是你等到春节后，或者等到明年后年恐怕也不会有人出来承包。因为人们四平八稳的日子已经过习惯了，你没有人领路叫他自己闯，恐怕没人有这个胆量。至于村委会会计，想找人来干恐怕也没人有这个胆量，因为这是很强的技术活，也是很重的责任活，从总体上看能胜任的人不会很多，但也绝对不会没有，有一些年轻人经过短时间培养就能胜任。我提出一人供领导参考。因为一人就够了，我也就只提一个名额，这人就是程露。程露原来搞计生工作，她任劳任怨，埋头工作，咱们村的计生工作从整体上看搞得还不错，乡政府对此也表扬过。如果你们领导同意，就可以找她谈谈，希望她主动参加，之后由我对她进行技术上的培养。这是我个人的看法，请领导考虑。"

两位领导接受了谢红的建议,由魏书记找程露谈话。这是水到渠成的事情,程露不会推托。

　　合同的签订把谢红推到了前台,她聘请的第一位厨师叫于文波,年方四十,正是身强力壮的汉子,而厨艺上是村中赫赫有名的好手,凡是村中的红白喜事都请他去帮忙。他不但技术精湛,炒菜的路数也很多,味道精美。

　　谢红看重的不只是他的厨艺,更看重的是他的人品。他为人厚道,办事实在,忠于职守,为名而不为利。他说:"名是立身之本,钱是身外之物,一个人的钱过多有伤自己的身份。"谢红看重的就是这一点。

　　当天下午,谢红就找于文波商量此事,于文波愉快地接受了这个差事。他说:"这个饭店不错,我已进去观赏了一遍,过去还从来没见过这么漂亮的饭店,以后我可以好好在这里露一手。"谢红说:"咱们的饭店条件是好,可是所处的地理位置不好,现在咱们村正在搞大规模的整治,相信用不了几年,就会成为招蜂引蝶的鲜花,硕果累累的明珠,咱们的大河湾就不是今天这个样子了。万事开头难,咱们要齐心协力,打破这一难关,迎接美好的明天。"于师傅说:"你叫我来,说明你信任我,我接受你的信任,你就放心地安排吧,叫我怎么干我就怎么干,绝不含糊。"谢红说:"咱们的承包牌贴出来已经十天了,就没有人敢出来承包,我就不信邪,别人不敢干的事,我来干,每月五千元钱我就不信缴不起。于师傅,你还需要一个帮手,你看找谁比较合适?"于文波说:"找于祥比较合适,他又年轻又勤快。"谢红说:"那不就是你的堂侄子吧?我看那小伙子也不错,那就把他请来,你们两个人一起干。"谢红接着又说:"不过咱们这里的待遇可不高,你们叔侄俩将就着点就行,等以后效益好了再往上涨。现在刚开始,你的月工资先按一千元发给,于祥的工资按五百元发给。"于文波马上说:"这不行,我的工资太高了,也按五百元给我就行,这就够吃饭了。""不!"谢红说,"吃饭是免费的,哪还有自己做饭自己还要买饭吃,这不符合情理。"于文波说:"那给二百元就够了,也可以贴补点家用。饭店刚开业,有没有人来吃都说不准,这想挣点钱是很难的。"谢红说:"困难是有的,但办法也不是绝对没有,只要咱们动脑子想办法,就一定有出路。你们的工资就按说的数目发给你们,以后确实有困难,再往下减就行了。"

饭店除了两位男士之外，又特意挑选了两位比较漂亮的年轻姑娘安排到餐厅工作，一位主抓收银业务，一位主抓招待服务工作。在内部工作安排就绪后，谢红带着服务员项志荣来到工地，向十里铺过来的员工们宣传大河大饭店的经营理念，宣传他们的经营方针，还贴下了宣传单，引起了工人们的极大兴趣。

工人们下工之后，不约而同地都到大饭店来看现实，然后再买上一份饭菜吃起来。晚上的饭菜比较简单，馒头加稀饭，再加上一碗白菜炒豆腐，这已使工人们十分满意，比工地上的面条就馒头强了太多。不用带碗，不用洗碗，省了不少工人们的麻烦事，轻松而自在。

工人们的内部食堂因为没人就餐，也已关门停业。

向东子的二人小灶也已闭炉停火，转向大饭店就餐。这使向东子十分满意，不但省了自己的不少心思，也增加了不少和谢红见面的机会，这使他十分满意。

漫长的一年时间已经熬到了头，也到了结婚论嫁的时间。一家之事必须叫撤志明白才好，也算做到了人通理合。晚饭后郭凤英把儿子叫到身边说："孩子，妈有一件事想给你说说，你看好不好？"儿子乖巧地说："妈，你说吧，你说什么话我都爱听！"郭凤英又把孩子搂抱在自己怀里，这是他的依靠，也是她的希望。她说："你说咱家好不好？"撤志说："咱家好，你对我好，我对妈妈也好。"妈妈说："咱家是好，可是咱家人太少了，只有你我两个人，你的年龄还小，种地、干活还都不行。你看别人家有大人、有孩子，多热闹。孩子有爹、有妈，还有爷爷、奶奶。所以咱太孤单了，一到晚上都有点害怕。"郭凤英说到这里心酸流泪，忍不住眼泪落在了儿子的脸上。对此撤志看着妈妈的诉说，心中不免也难以忍受，又看到妈妈的哭泣，便赶紧替妈妈擦眼泪，说："妈！你再给我找个爹吧，不然咱家就太难了。"郭凤英搂着孩子亲昵不止，高兴地说："孩子！你真是妈妈的好儿子，妈也是这么想的。可是妈拿不准，不知你喜欢什么样的爹，找不好了又怕你不喜欢。我想征求你的意见，看你喜欢什么样的人？"撤志果断地说："妈，我已经想好了，我看韩叔叔就不错，叫他来咱家给我当爹吧，因为他也喜欢我，我想他会来的。"郭凤英高兴得不得了，照着儿子的脸就亲了起来，亲得特别顺心，亲得特别开心，还亲得特别的有滋味,并且说:"孩子,咱们俩都想到一块去了,明天我就去找你韩叔叔说这事去,我想他也会同意的。""妈!明天我也去好帮你说话。"妈妈说:"不用,明天你还得去上学,上学可不敢耽误了。"

第二天郭凤英没有去找韩狗,因为昨天是向孩子透露信息,让孩子也理解这事,顺心这事。她没找韩狗却去找了自己的公婆,因为公婆对自己的再婚存有戒心,不向她沟通是万万不行的。

公婆正在逗孙女玩,而且玩得十分开心,对大儿媳妇的到来视若路人。

"妈,我有点事想跟你说。""我又没拦着你,有啥话就说吧。""妈!我想结婚。""不是说好了吗?一年之后再结婚。"郭凤英说:"现在已经满一年了,我不想再往后拖了!"公婆说:"我说凤英啊,你也该知足了,丈夫死了,还给留下一个儿子,这不是你的福气吗?可是他死了一年了,你也应该记着给他烧点纸,磕个头吧。你可好,把这都忘个一干二净,非要再急着找个野男人,就不怕别人笑断了筋?我看你还是再等一等再说吧。"郭凤英气得脸发白,也大着胆子说了几句硬话:"妈,你不了解情况不要乱说,前天我已经给我男人磕过头,烧过纸了,以后每年我都会这样做。人死如灯灭,我总不能跟已经死了的人再过日子吧。现在婚姻自主,我想再找男人谁也管不了。"公婆说:"你找男人我管不着,但是得有条件,你既然提出要结婚,我问你跟谁结婚?"郭凤英已没了顾虑,当面说出来也无所谓:"我找的人是大河湾的船工,他叫韩狗,我们准备最近就结婚。"公婆说:"你找韩狗我不反对,你找野猪我也不反对,但是孙子你得给我留下,那是我们撤家的血脉。"郭凤英据理力争:"撤志是您撤家的血脉,但也是我郭家的血脉。你撤家这一支已经断线了,可我郭凤英还活着,他必须跟我走。"公婆也发狠心说:"撤志是我儿子留下来的遗产,你要敢把他带走,我就敢把你的腿打断。"

两人争吵,各说各的理,也分不出个东西南北、子丑寅卯来,郭凤英跺着脚走了,气得回家躺在床上想点子,想对策,想到最后还是要找谢红来帮她的忙。第二天她就跑到了大河湾去找谢红,谢红认为事情并不复杂,但老太太咬着死理不放,你把天说破她也不会同意。这事必须向领导反映,她把情况又告诉了魏书记,因为魏书记毕竟是大河湾的支部书记,身份不同,年龄相当,讲起话来会增加不少分量。魏文太爽快地接受了谢红的请求,当天下午即和谢红一起去到了郭凤英家，由郭凤英带路，去找撖家老太太商量此事。

撖家老太太正拿把笤帚在院内扫地，抬头看见儿媳妇带人进来，已知道来人的用意，便不去理睬，又继续扫地。

谢红眼疾手快，快步走上前就拿到了老太太手中的笤帚，说："大娘，我来扫地，您招待客人说话。"郭凤英也接着说："妈！这是大河湾的魏支书，他来看您来了！"公婆说："大河湾的书记来看我？看来我这面子还真不小！他不在大河湾管事，人生地不熟的，大概是走错道、认错门了吧！请他回去，我不认识他，也不欢迎他。"

老太太的几句话说得魏书记好没面子。既然是来办事的，对方不欢迎也得把话说清楚。求人眼低，低就低一点吧，本来自己的职位就很低，那就仰脸看着这位陌生的老太太吧。

"老嫂子，我来是有点事想给您说。""你说吧，我耳朵不聋。""老嫂子，你家凤英在我们大河湾找了个男朋友，人长得相当本分，还是个共产党员，思想也好，工作也好。他们既然相爱了，就叫他们结婚算了。这不，我们正在盖房子，盖好后每家分一栋小楼，条件相当不错。他们结婚后住进去是很不错的，隔三岔五地你也可以去看看，住上几天。"老太太直白地说："你的话说完了？"魏文太说："说完了！"老太太说："说完了这就好，我告诉你魏书记，郭凤英已经不再是我的儿媳妇，我儿子死了，她要嫁人，她嫁到山南海北我不管，她嫁到天涯海角我也不管。但是，她必须把我儿子留下的后代留下来，对这个事你说破天我都不会同意！"魏文太说："我就是为这个事和你商量的，孩子还小，他应该跟着他妈妈才是呀。"老太太说："他是我的孙子，留在我身边有什么错？"魏书记说："留在你身边也没有错，主要是考虑孩子太小。"

老太太已经按捺不住自己的情绪，扭脸对着儿媳妇说："我给你说清楚了郭凤英，今天你找来一个小书记给我说话，明天你再找来一个大书记我也能对付，你就是把老天爷请来，我也不让步。"

魏文太再也没有说话，他认为再说下去也是无用的，也有可能会引起不好的后果，便向谢红使了一个眼色，三个人又一同离开了老太太家的小院，他们回到了郭凤英的家。魏文太在院子里向四周看了看，进屋后又用眼瞟了一下屋内的摆设，便有了一种新的思路，他说："咱们刚才对老太太说了半天，老太太死活不接受咱们的说法，我看这事难度很大。你说你的理，她说她的理，相互之间谁都不相让，当然你的理要比她的理硬，可是这毕竟是家庭问题，硬性以法度处理都不合适，双方还是都相互让点为好，她不让你，那你就多让她一点，这矛盾就好解决了，对谁也没有太多损失。"凤英立马接话说："那你说我把儿子让给她？"魏文太赶紧说："不，不！我不是这个意思，儿子是你的谁也要不走，我是说你结婚可以住大河湾，也可以住在你现在的家。现在你住大河湾有难度，那你就住在你这个家，韩狗就过来住，这也很方便，这你公婆要孩子就没了理由。"凤英说："你说的这个办法也可以，只是我对这个村一点感情也没有。"魏书记说："没有也得忍住吧，除了这个办法之外，其他法子都不行，我看你把这个事告诉你公婆一声，然后就可以办手续了。这是唯一的招数，不要再往后拖了。"郭凤英说："这个事我给韩狗说一下，也得征求一下他的意见。"魏书记说："好，这个事你们商量好了给谢红和我说一声，到时候我们好去帮忙，也顺便讨杯喜酒喝。"凤英说："那是少不了的，从开始到现在给你们添了多大的麻烦，我这心里真是过意不去。"谢红接话说："可不要这么说，这都是我们应该做的，你遇到的难处我们都理解。"

二人离开了郭凤英家，一路向大河湾走去，很快就到了小青河的岸边。韩狗已把船等在了靠东岸的边沿，在他们上船的同时，韩狗已把两元钱硬币塞进了钱箱。魏文太看在眼里，记在心上，他说："韩狗！你往钱箱塞了几块钱？"韩狗笑笑说："塞了两块钱！"魏文太说："我知道你塞了两块钱，可是我们带着钱哪，没叫你代我们出钱。"韩狗说："我知道你俩是替我办事的，我出两块钱是应当的——我想问一下这事办得咋样了？"魏书记说："事没办成，人家说'你跑到哪嫁人我都不管，但是必须把我的孙子留下。'所以我看咱大河湾的楼房你是住不成了。不过，我看郭凤英家的房子还可以，你可以搬到她那里去住。"

郭凤英对结婚的事抓得很紧，第二天先找韩狗进行商量，意见统一后，第三天就找公婆进行通报。但公婆的条件层层加码，她说："那房子是我儿子的房子，现在虽然儿子转世了，但孙子还活着，他是他爹唯一的继承人，除了他别人都无理由继承。你现在又找一个野男人住进去，但必须改名换姓，否则就别来往。"郭凤英跑回家去睡了三天，哭了三天。最后没有招数，还是找谢红商量对策。谢红说："这事你不要着急，越急越容易乱了阵脚。这事按说并不复杂，一个姑娘嫁人，从古至今也没听说叫谁改姓换名，现在叫一个大男人改姓换名，这可能吗？你放心，我再找魏书记说一下这个情况，必要时再向上反映。"

在谢红的开导下，郭凤英又踏实了许多，回家后静等大河湾传过来的消息。

一晃眼，春节就要到了，工地上的工人们都已放假回家，而先建的一百套房子的地基已经高出了地面，已显示出大河湾的曙光。

大年初一的上午九点，韩狗准时来到他工作多年的码头工地，毫无表情地拉起他运用自如的二胡。时间不长，魏书记也来到了码头，这是他的习惯，也是他的工作，他要陪一陪在码头过年的韩狗。他进屋之后告诉韩狗说："你先别拉二胡，我有事要给你说。昨天崔书记给我打了个电话，问我咱们春节后什么时间盖房子，我说正月十六，他说我正月十六之后到你们村看看盖房子的情况，然后顺便到码头也看看韩狗。这可是你的福气呀，乡党委书记亲口说要来看看你，这可是你的一件大喜事。你可要做好准备，不要到时候手忙脚乱的，招三不招四的什么也说不出来。"韩狗赶紧接话说："魏书记！你还是别叫崔书记来，我这人胆子小，一看见大人物我心里就怵，到时候不知道怎么应付，什么话也说不出来，你说这多丢人啊！"魏书记说："你知道他为什么要见你吗？我想你也不知道，现在我把真实情况告诉你，你一定会很高兴，而且你也一定会把见面的事当成一件大事来准备。前些时我把你结婚遇到的难处给他作了汇报。他对你这事很关心，问得很仔细，他说他可以出面帮你说话。既然想帮你办事，他肯定要找你了解情况，也要看看你这人的具体形态，这样他才能向老太太谈你的事情。对于咱们农民来说，崔书记就是上边来的大人物，无论如何，老太太也不会太横了，总要看点面子的。所以你放心，你这事是早是晚总能解决的。当然，对于崔书记来说是不会同意叫你改名改姓的，只是希望你结婚后能平平稳稳地过日子。"

正月十六日，工地上已经热闹起来，有的和泥，有的搬砖，有的垒墙，一百套房子要赶在麦收之前完工，这是汪会茹他们安排好的计划。窑厂的工作也如期进行，已经烧好的砖块像小山一样码在窑厂的近旁。

　　工地自开工以来，周树光一直在工地上忙碌，既像监工，又像联络员，还像办事员。汪会茹把设计图交出来之后，她的任务并没有结束，因为她还是建筑公司的总经理，所以她时不时还要到工地检查工作。有时还要和周树光谈些具体事项。由于见面的机会较多，对周树光的为人已相当熟悉。她告诉周树光说："这一百套房子盖好后你能不能送给我一套？"周树光未加思索便答应说："可以呀！没问题，你要哪一栋由你自己挑，我都没意见。""你真是这么想的？""我真是这么想的。""那好，既然是你亲口说的，这之后可不能再变化啊！""不会的，这盖房子的钱都是我和几个朋友出的，而且我出的钱占绝对的多数。还不只这些，你给我们盖房子省了多少钱？这我心里都清楚，所以，你要一套房子我不会有任何想法。""没想法就好，那就这样说定了。"

　　到了正月的月底，魏文太告诉韩狗说："你的福气真不浅啊！崔书记把你的事说成了，只要求你和凤英在清明节时到凤英前夫的坟上磕个头，烧点纸，放挂鞭炮就行了，这是凤英她公婆提出的条件。崔书记感到这也没有什么大的原则问题，也就同意了这个要求。这之后你们什么时候结婚她就不管了，只是说结婚后把她的孙子带好就行了。至于住什么地方，崔书记说还是住东旺沟村为好，这既满足了老太太的愿望，也给东旺沟村的党组织掺点沙子进去，这是一举两得的事情。所谓掺沙子就是掺点正能量的成分进去，以增加该村的发展力度。不过崔书记对你的印象不错，希望你到东旺沟村后要起到模范带头作用，把咱们村的好作风带过去。这就是崔书记对你的期望，也是我对你的要求，使咱大河湾的优势也在东旺沟村生根开花。"韩狗说："魏书记！你和崔书记对我的帮助，我会永世不忘。我到东旺沟村后我要尽最大的能力把我的优势发挥出来，在东旺沟村党组织的关心和领导下，努力工作。"魏文太说："一个人的能力有大小，只要能尽力而为，这就是好同志。过几天我把李贤贵叫过来帮你的忙，你好好帮帮他，使他管理码头的工作都学会。在你结婚之后，使他也能独立地完成这项工作。"

　　派李二闲来接班，这不是秃子头上生虱子，明摆着不靠谱吗？人们都知道李二闲是半懒半傻的人，整天游手好闲惯了，他还能死守在这船上待着？韩狗经过思忖之后把这一想法告诉了魏书记。魏书记说："最近几天我也在思考这个问题，想来想去还是认为闲子比较合适。从前年修提灌站开始，我开始对二闲的表现进行考察，也进行教育，从总体表现上是有进步，说话也有着落。现在咱们修沼气管道，他跑前跑后的忙活，这次盖房子，他又是搬砖头，又是挖土坑，完全像一个正常人一样，所以我就选择他接你的班。在你正式离开后，这个码头就不再营利了，只方便过人，不再收钱。今后在闲子来了之后，你有什么事情离开只给闲子打声招呼就行了，不必再找我请假。"

在魏书记说完之后，韩狗只顾连连点头，示意自己已经完全明白，今后照做就是了。

程露接任会计之后，第一次带着钱向向东子发工资。向东子不知其内幕，便问："过去都是谢红发工资，这次怎么叫你来发工资？"程露说："谢红现在是饭店的经理，所以会计工作就交给我来完成。"

向东子明白了其中的原因，便在下次吃饭时专门找到谢红提出自己的吃饭条件，以显示自己的身份与众不同。他把谢红叫到身边说："真没想到你会来饭店当经理，这样咱们见面的机会就更多了。你给我发工资的时候，咱们一个月只能见面一次，而现在可以天天见面了。"谢红听这话十分反感，便问："你还有事没事了，要是没事我走了。"向东子落了个没趣，便转开话题说："你先别走，我还有话要说，我真佩服你的胆量，这里的招牌贴了十天，别人都没人来承包，而你来了，这就是你的胆量和能耐，我打心里边佩服你。"谢红扭脸要走，说："我不想听这些。"向东子又赶紧大声说："你别走啊！我还有大事要给你说哩。"谢红站住了，严肃地说："有事快点说，我没时间陪你。"向东子说："我在这吃饭已经多天了，可是我感到你们的菜太单调了，应该多有几种菜，叫人挑着买。"这句话提醒了谢红，她说："只要你有钱，想吃好的，明天你就可以挑着买。"向东子说："别人有没有钱我不清楚，我不是说大话，在咱这大河湾里边，我可是有钱的大户，一个月吃上万儿八千的我都不在乎。"说完之后他摇头摆尾地走开了，以显示他的身份和气质。

第二天的午餐，一本厚厚的食谱放到了他的面前。向东子高兴至极，用心用意地挑选起来。

一辆黑色小轿车开出了十里铺，直朝大河湾的方向驶来，开车人对这里的环境并不陌生，很快就进了大河湾的村子，东折西拐就到了大饭店的门口。三层楼大饭店是大河湾的地标，未进村就看到了它的存在。从车上下来一男一女，男的四十多岁，一身休闲服装，女的还算年轻，三十来岁，穿着要艳丽得多。他们并没有进饭店，因为还不到吃饭的时候。这里的老村庄依然是原貌如故，可村北的大片庄稼地已建起了一座新城。他们二人在新城中东走西看，也不时与这里的工人们进行交谈，想深入了解一下这里的实情实意。二人从水塔的旁边经过，之后来到了养牛场，几百头各姿各样的黄牛，使二人看得眼花缭乱。正在迷茫之中，魏文太走了过来，他已认清了来人，便打招呼说："这不是白先生白富贵吗？你怎么有功夫回来看看？"白富贵说："多年没回来了，是我妈叫我回来看看的，真没想到咱们村变化这么大。"魏文太说："你爹你妈还好吧，现在村里人都想他们啊，回去后向他们问好！"白富贵说："我爹我妈都挺好的，他们也想你们啊！"魏文太又指着跟前年轻女人说："这位是？"白富贵说："这是我媳妇。"又向媳妇介绍说："这是魏大哥，是咱大河湾的党支部书记。"

三个人客套话说完之后，又一同来到村委会办公室，魏文太给来人各倒了一杯白开水，说："喝点水吧，咱这农村没有茶水，只有白开水。"白富贵说："咱们村盖这么多二层楼哪来的钱啊？"魏文太说："这才盖一百套，还有三百多套没盖哩，究竟要花多少钱？我心里也没数。"白富贵说："村里人都没钱怎么敢立这么大摊子？"魏文太说："我是没这个胆量，也没这个能耐。去年秋天，咱村回来一个转业军人，他叫周树光，你出去创业的时候，他还是个孩子。他在部队当了十年兵，提升当了连长。在这种情况下，他关心的是家乡的发展，想改变咱村的贫困面貌，就这样要求转业回来了。回来两个月后与人合伙建了个服装厂，又过了一段时间又与人合伙建了一个养牛场。这两摊子他都是最大的股东。现在估计产值已有几百万元，在这种情况下他又亟不可待地要为全村每户盖一套房子。这可不是小数字啊，估算起来也得两千万三千万的。可他决心很大，先从银行贷了几百万铺底，等房子盖成后用五年时间还款。现在压力很大，整天忙得不可开交。不过周树光这人和一般人不一样，为了村民们的利益，他可以舍去自己的一切，现在都年过三十了，连婚都没结，而且连对象也没找。"

白富贵是个很聪明的人，会算计，也很善良。他说："周树光是咱村的村主任，现在遇到这么大的难处，我想见见他，和他分担点责任，帮他点忙，你能不能把他叫来，我们见见面？"

周树光正在工地忙事情，他和白富贵在工地见过面，由于相互不认识，并没有说话。他接到魏书记的电话后立马就赶了过来。三个人握过手之后，周树光说："刚才在工地见过面，只是不认识所以也没打招呼，实在不好意思。"白富贵说："我叫白富贵，这是我的妻子叫宋莲香。我是在二十年前就出去创业去了，当时你还比较小，所以咱们不认识。"周树光说："我知道了，你爹叫白金贵，十年前就到你那里享福去了，他们二位老人可好？"白富贵说："好！好！他们的身体还很硬朗，只是不习惯城里的生活，早就想回来了。"周树光说："想回来就回来吧，叶落归根嘛。你都看到了，咱们的第一批房子基本建好，回来就可以住进去，分房的时候我给他留一套就是了。"白富贵说："谢谢你的好意，不过村里盖的房子我们就不要了。我这次回来是想买块地自己盖。"周树光问："买多少地？"白富贵说："买五亩地。"周树光说："就你们一家住，或者就是两位老人住，怎么能买这么多地？"白富贵说："我们不回来住，就两位老人住，当然还要雇两个人管理庭院。五亩地除了盖房子，再挖一个鱼塘，还要种些菜，养点鸡，这样生活会方便一些。我不知道这五亩地要多少钱？不过贵一些也没关系，你们也正需要钱，我就多出一些，也算我尽一点力吧。"周树光说："这是两位老人的意思？"白富贵说："不是的，这是我的想法，老人都辛苦了一辈子，做儿子的现在有了钱，应该让他们享享福。"周树光说："咱们现在盖这么多房子就是叫人们享福的，这不是叫一家一户人享福，而是叫大家都享福。你刚才说的买五亩地，对于一家人来说确实是够享福的，可是咱们现在人多地少，平均每人不到二亩地。丰收年景人们吃饱饭没问题，如果遇到灾年，吃饱饭是没保证的。所以你提的条件是不敢答应的。"白富贵说："其实原先我只打算买三亩地，听了魏书记谈了村中的困难后，我才打算多买二亩地的。钱是活的，而地是死的，有钱什么事都能办到。刚才我想拿二百万买五亩地，现在我改变主意了，拿五百万买五亩地。"周树光说："五百万买五亩地，在全国恐怕也没有这么贵的地。听说在省城一亩地也就是三五万块钱。你在省城是搞房地产的，对地的价格十分清楚。在咱们大河湾，咱卖一万元一亩地恐怕也没人来买，因为他盖的房子卖不出去。现在你出五百万只买咱五亩地，足可以说明你对咱村盖房子是支持的，由此我周树光对你的支持是表示感谢的。我刚才说的地不能卖，是因为我没这个权力。地是国家的，分给咱农民的地是让咱们养家糊口的，支援国家建设的。现在的农村人口越来越多，而人均耕地却越来越少，这就破坏了大自然的生态平衡，损害了人类的生存条件。所以我们应该扭转这种局面的出现，给人们创造出良好的生活环境。这次咱们的房改工作就是奔着这样的目标建造的，使每户的房顶上都成为绿色景观，上面可以种菜、种麦子、种包谷，种杂豆类庄稼。这次房改，不但土地没有减少，还增加了一百多亩地。这次房改之后，原有的旧房子全部拆掉，改造成集体农场。到时候咱大河湾的生活条件将彻底改变。地是人的命根子，一点都不敢浪费掉。刚才你提到买地的事，从主观上讲应该卖给你，一是你家就是咱大河湾人，是应该分地给你们家的；二是你是花高价买地的，咱们村正好需要钱，一举两得，应该卖给你。可是从客观上讲是不能卖的，这是从长远利益考虑。你回省城后给你爹你妈说，咱大河湾给他们二位老人分了一套三百平方米的大房子，还有一处小院子，这是不要钱的，咱们全村人都欢迎二位老人回来住。"

  周树光的一番话，使白富贵十分感动，也无理由再去买地，对魏书记、周主任说："我这次回来收获不小，受到了一次深刻的做人做事的政治教育课。我在外这二十多年，都是单打独斗，心里想的都是赚钱，钱越赚得多越好，在人前越有身份，越有地位，把个人至上的想法树得高高的。我爹我妈早就给我说过，说个人挣多少钱才是个头啊！不如送给乡亲们一点，也算积德行善哪。但是我没听进去。这一次我算明白了，什么叫集体富！什么叫全国富！其实个人能有多大力量？还不是靠国家的政策好，还不是靠一大帮农民工们的帮忙才挣到这么多的钱。如果没有他们，可以说我现在还是一身穷酸味，比刚出来强不了多少。我现在想通了，该帮的还要帮的，钱都留给自己没用。人的一生就这么点时间，那么多钱都留给自己的子女，自己的晚辈，他们还有心创业吗？这都是猜不透的。所以留下财富不如留下名声，古人说'鸟过留声，人过留名'，我也是想留名的。至于买地盖房子，这不是我爹我妈提出来的,是我自己为了孝敬老人想出来的。现在村里给了一套房子,我到现场也看了,这和城里的别墅也差不到哪里去。我这回去后找时间把两位老人送回来住,这正好合他们的心意,我也放心了。我这就走了,祝你们工作顺利!"两位领导热情地挽留白富贵两口子,说:"咱们的饭店刚建起来,你们检验一下他们做饭的质量如何?"白富贵说:"谢谢两位领导地热情关照,这次就不在这儿吃饭了,我们住在十里铺的十里香大酒店,明天就回省城去,下次回来一定要在咱自己的大饭店吃饭,你们有什么事需要我帮办的,我一定尽力而为!"

崔凯书记给周树光打来电话说:"明天张副县长带着人马到你们大河湾视察,你们的名声在外,连县里边都很佩服你们,你们要热情地接待一下。"

早饭后两位领导都在村口迎接上级领导的来访。他们在此大约等了一个小时,才发现从南边方向开来一大一小两辆并不算起眼的小车,一辆轿车和一辆面包车。两位领导直接把车引到办公室的门口,安排进屋后给每人倒了一杯白开水,这是他们的传统习惯,因为他们没有备过茶叶。不但没有茶叶,就连很平常的香烟也没有,这是魏文太自己立的规矩,因为他自己本身就不吸烟,这在农村是很少见的。周树光从小就没有学过抽烟,所以这项规矩就没被打破。他们在室内干巴巴地聊了几句之后,便被领到了工地视察,这里的村道已铺上了水泥,走起路来已方便了许多。只是各家院子还没有修整,这项任务安排各家自己出钱,自己修整。外围看后又到屋内观察,楼道、屋内地板砖都已铺设完毕,厨房、卫生间的用具都已安装到位,人们进来就能生活。张兆辉副县长对魏文太、周树光说:"你们的生活水平是一步登天啊!这在全县是独一无二的。"周树光说:"离登天还有很长一段路没有接通,还得五六年时间的努力才能完成,还欠着银行几百万的贷款去还债,所以还得五六年的时间才能把这个窟窿堵平。我们这叫借款享受,这样才有压力,有压力才能前进。"他们边走边谈最后来到了养牛场,魏文太说:"我们的养牛场从买牛到现在只有一年多时间,现在的养牛总数已接近三百头,就是以它为基础来提升我们村的经济条件的。我们敢于建这么多房子,也都是养牛场打的基础,养牛场给我们开辟了致富的门路。"

人们从养牛场出来之后,魏文太就自己留了下来,他要去忙自己的工作。

服装厂则和别的场合不同，这里是由清一色的年轻女士主导一切。他们先来到一楼的售卖部和展示厅，这里的各式服装摆满了展示厅大部分空间。张副县长问："这衣服全是你们自己做出来的？"周树光回答说："是的。我们的原则是自做自售，这就减少了中间的一些流通环节，所以价格要比外边的便宜，式样也比较新颖。现在周边村庄到我们大河湾买衣服的还比较多，而且多半都是量身现做。我们的原则是薄利多销，以满足农村人的需求。"

他们在一楼看完后又来到二楼参观，他们一进屋就被这里的气氛所吸引，十几台缝纫机整齐划一，姑娘、媳妇们都在忙自己的工作，对外边来人并没有感到新奇，连一个抬脸观望的都没有。由于王玉莲的工作特殊，她在屋内独占一方，其周边既宽敞又明亮，对衣服的设计剪裁十分有利。对于客人的来访，她并没有在意，因为周树光事先已经通知了她。对于县委办公室的张洪宽主任来说，他的注意力并不在这里的工作环境，也不在员工们的精神面貌，而关注点却在每一位员工的面部形态。在他极快地巡视一遍之后，他的视线却落在了王玉莲的脸上。在视察的过程中他目不转睛，眼睛总在此转悠，这使周树光十分反感，但也无法扭转，他只能忍气吞声。县委宣传部门的周全干事却不愿意放弃任何可以记事的新闻，他的微型摄像镜头把这一风流艳闻录了下来。

客人们参观完服装厂之后，已接近中午，出门后不约而同地都走进了大饭店，由服务人员直接领进了包间。这时的周树光没有进屋，他回家吃饭去了。客人们对在饭店吃饭并不陌生，食谱中的名菜几乎都点到了。七个人一共点了一千四百七十块钱的酒菜。这在当时的条件下是相当丰盛的。他们落座后对这里的建设成就给予了很高的评价。张副县长的评价很客观，他说："在咱们县里边，除了县长、书记的地位比我高一个档次，我的地位可算是比较高的了，可是我现在才住了八十平米的房子，坐便池还是下蹲式的，可人家大河湾的农民都住上了小洋楼，平均每户三百平方米的面积，我说他们一步登天没夸大事实吧。我说周干事，咱们回去后要多宣传他们的事迹，使全县人民都走致富路。"在座的张主任也有感言："我和张副县长住的是一栋楼，住的也是八十平方米，小就小点吧，也能凑乎，可就是那蹲便池让人受不了，蹲得时间长了想站都站不起来。我在那边房间看的时候，也顺便坐在坐便器上坐了一会儿,你们猜怎么样?那可真舒服啊!我回去后马上把我那个不成器的东西换掉,也换上一个能坐的,该享受不享受那才叫落后呢!"张主任的话引起几位同事笑声不断,也引起大家的一阵共鸣。

酒菜准时地端来了,满满地摆了一桌子,大家毫不客气,拿起筷子就吃了起来。他们有一个好规矩,既不猜谜,也不划拳,只是边吃边说边笑,有时拿起杯子碰一下,每人喝一点酒而已。喝酒只是一点陪衬,增加一点吃饭的气氛。他们十分明白,喝酒于人无益,吃饭才是正事。当然吃饭也并非想吃就能吃下去的,由于人的肚子有限,这桌饭菜只吃了三分之二,还有三分之一留了下来。张主任说:"这村的领导干事业确是一把能手,而招待客人却是太粗心了,哪有吃饭的时候一个一个都溜了,这也太失气氛了。"这些人饭已吃饱,话已说尽,一个个都站了起来,拍拍屁股要走人。也许是吃得太多,走起路来都挺着肚子,摇摇晃晃。他们走出包间,还未到门口就被服务员拦了下来。"你们先别走,把饭钱付了再走!"几个人很自然地都站住了,张主任向前走两步说:"我们吃的是招待费,在你们村报销就行了。"服务员说:"没人给我们说要报销,所以还是由你们自己出好了。"张主任说:"一共多少钱?"服务员回答:"一共是一千四百七十元。"张主任这才感到惊奇:"怎么?我们七个人能吃这么多?你们也太坑人了吧!你们这个饭店谁负责?给我叫来!"

谢红从做饭的灶房走了出来,说:"不用叫了,我自己来了,有什么事说吧!"其实这外边说的话她都听见了,现在出来正好,可以当面做个对证。

张洪宽主任一看是年轻美貌的小媳妇在这里领导,便不忍心把话说得太绝情,便和颜悦色地说:"这位小姐,你看我也不知你叫什么名字,说话可能不知深浅。"谢红说:"我叫谢红,是这饭店的经理。没关系,你有什么话都可以说。"张主任说:"谢经理,这是张副县长,我是县委办公室主任,我们是专门带着人来考察的,然后把你们的好经验宣传出去,实际上是来工作的,从哪方面讲这顿饭都不应该收钱。"谢红说:"我知道这是你们的工作,也是你们的责任,但是咱们都有工作,都有责任。这个饭店是我承包的,每个月都要向村里交承包款,我总不能干赔本的生意吧?"张主任说:"这钱不是叫你拿,而是叫你们村里拿,这总可以吧。"谢红说:"不行,我们村没有钱，你们不要看我们村建这么多房子，那都是个人捐款建的，现在还欠着银行几百万元贷款。"张洪宽说："你们敢建这么多房子，说明你们村有底气。我们到别的村考察，人家都比你们穷，可人家谁也没有提出要钱的，你们可好，不但要钱，还要那么多。这种做法最好给你们书记、主任说一声，叫他们知道你们的这种做法是不合理的。"谢红说："我们的书记、主任比起你们来不知要好多少倍。我告诉你们，今天的饭钱必须交，一分都不能少，不然的话我找你们县委书记要去，不信咱走着瞧！"

谢红的这句话说到了重处，连张兆辉副县长都有点招架不住，害怕事情越闹越不好收拾，便吩咐大家把钱如数拿出来交上，他自己也从兜里摸了半天摸出一百二十块钱。张主任兜里装的钱更寒酸，总共只有十九块五毛钱。七个人的钱凑起来后总数是四百五十八元，离总数还差一千零一十二块钱。

谢红把欠条交给了张主任，说："你们找时间把欠下的钱送来吧！"说完扭头离开了，客人也无精打采地走出了饭店。

魏文太、周树光再也没有照面，预见到今天的场面不好说话。一是谢红的嘴厉害，得理不让人，原则性极强；二是这些人吃惯了不出钱的饭菜，今天猛然间提出掏自己的腰包，在认识上接受不了，所以必有一场正义与邪气的较量。他们认为谢红必然是胜者。

一事未了，一事又来，这也是一件令人不愉快的事。第二天的中午饭后，向东子把谢红叫到他吃饭的包间内说："谢红！咱们很长时间没在一起说话了，今天想和你在一块聊聊。"谢红说："你拿钱买饭吃，我收钱记账，咱们能有啥聊的。"准备扭头就走。又被向东子拦住了，说："咱们过去是过去，现在是现在，你不能老记着过去的事不放吧？你最好坐下来听，我想心平气和地给你说点事。"谢红在心里忍着这种不愉快的交谈，就按照向东子的说法坐了下来，倾听向东子的表述。

向东子的思虑已经成熟，他不紧不慢地说："咱俩过去是闹过不愉快，但都已经过去了很久，应该把它淡化掉。"谢红说："事是淡化了，但感情上的事是根深蒂固的，我谢红永远都在心上记着。"向东子为了证实自己的诚意，便进一步说："这次我到你们大河湾来帮忙，噢——我说错了，不是来帮忙，是来打工的，因为拿了你们发的工资。我来是周树光找的我，我说我的条件只有一个,那就是请他帮忙把咱们两个的关系重新说合靠近,他答应了我的要求,我这就来了。现在半年多都过去了,我想亲自和你谈谈,因为这件事总拖着也不是办法,不然就像一种病一样纠缠着我,现在我把它释放出来,也许能得到你的认可,这样我的这种病就解除了。我给你说真心话,我的这颗心是爱你的,不但我的钱是你的,我的整个人都是你的,希望你能给我一个满意的答复。"

满意的答复谢红很清楚,就是同意嫁给他。这在两年前提出这样的条件还有可能满足他的要求,无论从长相,也无论从能耐,都还说得过去。可是到了今天已经成为不可能。她已经想好说话的分寸,想从此之后让他死了这份心。

"我说向东子,你刚才谈的话我都听明白了,你的条件对我来说已经绰绰有余,但是我不能满足你的要求,因为已经有人对我提出示爱了,而且我也同意嫁给他,他就是我们大河湾的人,他的条件也都不在你之下。就是这些,我走了。"

谢红走了,可向东子还愣在那里半天回不过味来。这儿已不是他长待之地,最终还是走出了饭店,向周树光家走去。他的步速很快,一转眼就进了周家的院门。周树光饭还没有吃完,看到向东子兜着脸走了进来,便知一定有事,问:"你吃饭没有?没吃就再给你做点!"向东子说:"我没吃饭也用不着你来献殷勤。我问你,我到你们村来的时候托你办的事,你给我办了没有?"周树光一下子明白了过来,赶忙说:"实在对不起,现在的事太多,忙得脑袋都快炸了,所以就你这事我给忘了。你别着急,这两天我就给你办这事。"

周树光说的是实话,确实把这事忘了,准备腾出手来马上就去办。可是向东子并不领情,立马反驳说:"真没想到一个共产党员编起瞎话来这么严丝合缝,我找你帮忙算我瞎了眼。我刚才去找了谢红,她说已经有人向她示爱,而且条件都在我之上。我敢说在大河湾具备这种条件的人,除了你周树光,可以说没有第二个人。你是当面说人话,背后下刀子,我向东子算是被你害苦了。我今后再也不想见到你了,你这不是人的东西,跟我向东子抢媳妇!"向东子说完后一伸手把饭桌给掀翻了,扭身就离开了周树光家。向东子究竟还有什么办法能把自己的一肚子委屈释放出来，大概是没有了，他唯一的想法就是尽快离开这里，避免夜长气盛，惹出不必要的麻烦。

县委县政府办事还算快捷，县里边的考察组走后三天就把所欠饭钱如数送来了。谢红收过钱后非常高兴，夸奖说："没想到你们办事还这么认真，原来我想还不得等上十天半月以后，这钱才能送来。"周全干事说："这是咱县的县委书记郭亮。他看了现场录像后，一方面是非常高兴，认为你们大河湾树了一面旗帜，今后就有目标、有方向、有盼头了；另一方面又对工作组的作为非常气愤，当时就召开县委领导会议，进行了认真的研究和分析，对县工作组的作为非常不满，在会上对张副县长进行了严肃的批评，给张洪宽主任免职处分。"郭亮说："这不是我们办事果敢，而是不得已而为之。过去我们也知道这方面的情况，也知道这种做法不对，可得知认知，只要下面没人反映，就任其自然吧。过去有句老话，叫'民不告，官不究'，可是到了社会主义的今天，我们依然还是老样子，这是与我国今天的社会制度格格不入的。咱们今天发生的事情，是我们县级领导班子的责任，更是我这个县委书记的责任，我向你表示道歉，也向你表示检讨！"

谢红如释重负，心情一下子舒展了许多，她压根也没想到一个堂堂的县委书记会当着面向自己作检讨，而且非常诚恳，非常执着，非常善良，这使谢红心里边一下子亮堂了许多，认为社会的正能量还是占主导地位。谢红说："你们在这先等一会儿，我去找我们村的书记、主任来陪你们二位。"郭亮书记说："不用了，我们自己在这随便走走、看看就行，你忙你的去吧。"

韩狗的结婚手续已经办妥，四月五号是清明节，韩狗用自行车拖着他的行李去了郭凤英家，然后带着妻子、儿子去上坟。坟地离村很近，他们先把纸点燃，之后又把一挂鞭炮点着，只听噼里啪啦地响了一阵，把野外的气氛增加一分热度。凤英说："娃他爹！今天是鬼节气，我们来给你烧纸来了，以减轻你的孤独。"说完之后便跪下给前夫的坟头磕了三个头。

既然来了，韩狗的礼节是少不了的，临来之前的多日，韩狗都在琢磨说话的内容，今天已到了终点，想躲已没了后路，只好随说随想，也算意到心到了。

"撒志他爹！你安心地走了，去到你向往的清静世界去了，再也不回来了。

可是你的儿子还小,需要大人的照顾,也需要社会的培养,而你的妻子还很年轻,也需要有一个温暖的家庭来维持生存,可是你走后这种条件就没有了。她也知道你的离去是大自然决定了的,这不是你的过错,是挽救不回来的,于是在路上就遇到了我,我是一个好人,我们两厢情愿,门当户对,于是结成为夫妻,走到了一起。我要完成你没完成的责任,今天来当面给你做个交代,也希望你在阴间安心守法,把那边的路走好。"韩狗把话说完,也跪下来磕了三个头。

撤志站在一旁一动未动,对大人们的表述似懂非懂,在凤英的指点下也面向黄土堆磕了三个头。

三个人在回家的时候,村头已站了不少人,有男有女,也有老有少。韩狗他早有准备,趁早买了不少水果糖准备答谢人们的热情。他走到每个人的面前都送给了几粒水果糖,这也是礼节所为,情理之中。人们都很热情,拍手致贺。

周树光在养牛场正在和司建军说话,兜里的手机响了,他打开手机问:"喂!你是哪位?"对方笑着说:"你没听出来,我是汪会茹啊!""噢!汪设计师啊,你找我有事吗?""找你是有点事,你能不能到我这里来一下,我想给你说点事!"周树光想,说点事在电话里就可以说,还用得着我到十里铺去?便在电话里说:"汪设计师,你看我又不知道你家在十里铺什么地方住,如果事不急,你就在电话中给我说说吧!"汪会茹笑着说:"周主任!你是在装糊涂吧,前几天你还到我家来过,而且我当面给你说'这就是我家',我不相信你会忘掉的。"

周树光被蒙在鼓里,他搞不清汪会茹说话的真实性,一个堂堂正正的大学生,一个堂堂正正的房屋建筑设计师,会住在我们这个偏僻的小农村?他轻轻地笑了一下,便回话说:"你这一提醒我知道了,我马上就过去。"

汪会茹把门打开,在门口等候。周树光大步流星,很快就到了门口。"你好,周主任!""你好,汪设计师!"两个人相互打过招呼,握过手之后,一前一后进了汪会茹的办公房间。其实她的办公房间就是这套房子的大客厅,足有三十平方米。一套大老板桌椅也只放了大房间的一小部分,两边放的是单、双人沙发。在安排周树光坐下后,汪会茹泡了一杯咖啡放在周树光面前的茶几上，说："先喝口水润润嗓子吧，你在养牛场里恐怕没这个条件。"周树光轻轻地喝了一点，说："这是什么茶叶，怎么这么苦？"汪会茹笑着说："这不是茶叶，这是咖啡，人喝咖啡有提神和健胃的效果。"周树光说："我还以为是什么茶哩，原来这就是咖啡。过去只听说过没有喝过，今天到你这来算是开了荤了，没想到咖啡是这种味道。"汪会茹说："希望以后你常来，每次来都叫你喝上咖啡。"周树光高兴地说："这可是你说的，以后可不能说我来的次数太多了。"周树光又转过话题说："闲话总归闲话，现在你就把叫我来的正事说说吧！"

汪会茹是大知识分子，说话、办事总是想好了才对外公开，她今天要说的第一件事已经在心里边酝酿了两个来月，有必要当着周树光的面说出来，有利于双方心灵的沟通。"大概你还不知道我为什么要在你这里要这一套房子吧？我的目的是想在大河湾落户，成为你手下的一位公民。"周树光毫不在意地说："你又在给我开玩笑，你哪能在我们这穷乡僻壤的小地方落户。在你提出要房子的时候，我就猜想你是为了工作方便，房子一旦盖成，你就会远走高飞的。可是你今天又提出在我们大河湾落户，尽管我认为你是开玩笑，可也处在糊涂之中，摸不着头脑。"汪会茹说："你是处在糊涂之中，可我是处在清醒之中。你们村旁的这条小青河，虽然规模不大，但在这大河湾村的村旁却有很宽的河面，你们现在已经建了游泳场，以后还可以建得更漂亮。你们村在房改之前，也可以说是在去年之前，你们确实算作穷乡僻壤，可今天已经大变模样，如果说房改之后，也就是两年之后，一排一排的小别墅群就在你们大河湾的地面上矗立起来了，这能说是穷乡僻壤吗？恐怕连咱们的县城也没有这样的条件。"周树光说："经你这么一描述，我也突然感觉咱们这大河湾是一个好地方。可是你要真的在咱大河湾住下去，从长远看对你的工作不利，对你成家也不利呀！恐怕你还得耐心地想一想再决定。不过我只是个乡巴佬，对长远的事也看不准，只供你参考。"汪会茹说："你说得没错，这些事我都想过，是在我想过之后才这样定下来的。我这一生的事业在农村，农村就是我的家，十里铺和大河湾没有区别，大河湾也许更清静、更漂亮。所以从长远看，我选择了大河湾作为我的立身之地。如果想到十里铺办事，开车十分钟也就到了。至于我个人的婚姻问题，我不是没想过，而是一直在想。我大学毕业后回到十里铺，这几年一直都没遇到合适的。人的婚姻是人一生中的大事，这件大事疏忽不得。"周树光说："听说在大学校里边，学生们谈恋爱的也不少，那里边都是大学生，条件都比较好。"汪会茹说："这是校外人的看法。在我们的社会里边，凡是在学校里边热衷于谈恋爱的学生，到了社会上，做出一定成绩的人并不多，要么两地分居，要么碌碌无为，要么相互闹离婚，真正平安度过一生的并不多。所以在上学期间专注于学习是最重要的，避免带来不必要的麻烦。尽管工作后我还没找到合适的男朋友，但这几年过得很轻松，也很愉快。我今年才二十八岁，争取在三十岁之前解决个人问题，还有两年时间，大概是没问题的。"

周树光的心在七上八下地跳动，搞不清汪会茹在说些什么。大学毕业三五年都没找上一个合适的对象，现在要到大河湾来居住，这不就更找不上了吗？周树光认为她是在说梦话。看来有必要得提醒她一下："我说汪设计师，你长得这么好看，又有这么高的学问，可你却说要到我们大河湾落户，我怎么越听越糊涂哩，你不是在给我编故事吧？你能不能把你的真实想法告诉我？"

汪会茹心想，看来你周树光对我说的话很感兴趣，既然有兴趣，就应当说得更直白一些，这对相互了解，相互信任都有好处。"我刚才说的话不是开玩笑，，而是我的真实想法。学历上的差异不等同于人能力上的差异，更不等同于人思想意识上的差异，这是我的观点，也是我的想法。你说我的这种看法对不对？"周树光说："你说得没错，我同意你的观点。但是人们都喜欢高学历的人，你比方说一个大学生，人们都认为他的学问很高，给人一种很羡慕的感觉，其实我也有这种想法。可是对于一个高中生来说，就认为他的学问很一般了。"汪会茹说："一个人上了大学，不能说他的知识就很丰富，什么事物比别人都知道得多，只能说他某些方面的知识会多一些，接受某些方面的事物要快一些。比方说我是上过大学的人，也只是在房屋设计上、在房屋建造上有些特长，其他方面都还不足，需要通过不断的再学习来增加自己的知识，否则在这个世界上就有落伍的风险。通过不断的学习，才能不断地进步，这对每个人都是一样的。"周树光感悟说："你这一番话对我教育很大，我过去认识不了这么远，也认识不了这么深，我以后要多向你请教。

不过我有一点认识不了，就是你真的要在我们大河湾住下？这对你个人问题的解决恐怕不利呀？"汪会茹说："为什么不利？"周树光说："我说的意思是外边你看上的人离咱这里太远，这不利于沟通，咱这里的人又都配不上你，所以这些事都值得考虑。当然这都得由你自己考虑，别人都帮不上这个忙。"汪会茹说："这是我的终身大事，我能不考虑吗？考虑来考虑去还是认为住在你们这里合适。你刚才说我的身家太高了，别人都高攀不上。现在我只问你一个人，你对我这个人的看法如何？希望你说实话，说心里话。"

汪会茹的这一问，把周树光给难住了，他搞不清问这话的含义，在此气氛下只有实话实说为好。他说："通过这几个月的接触，你给我的印象是很高大的，高得无从攀比，无论从你的知识面，或者是人的表相，在我眼里边都是一流的。我对你的能力、对你的工作都很满意。"

汪会茹笑笑说："这就好，说明我在你眼里边还没有短处。可是你在我眼里边，只在我之上，而不在我之下。对于你来说高中毕业已不算低，你接触的工作面都是人情世故，已不缺少知识上的难题。而你的思想境界是比我高的，你能够拿自己创业挣的钱为村民们办福利，这对我来说是做不到的。所以你的这种作为对我印象很深，影响很大。我要向你学习，而且已经用在了对你们大河湾的工程建设上了。你可能还算不清这本细账，而我是很清楚的。到你们的房改工作结束的时候，我最低估算也少拿了你们大河湾二百万块钱。这是我对你工作的支持，也是对大河湾农民兄弟的支持。说到底，这是在你身上学到的品德，够我受用一生。——刚才是你对我的评价，现在是我对你的评价，都是优点占着的多数，你说这样的两个人生活在一起能不幸福吗？我是个直性人，不喜欢外人在中间搅来搅去。怎么样？我找你谈的第一个问题就是在大河湾落户问题，目的我已经讲清楚了，希望你能够满意！就是咱俩能够在一起生活一辈子。"

周树光经过短暂的思考之后说："这事来得太突然，我还没有思想准备，你想想看，咱们俩的差距这么大，我是一个地地道道的老农民，咱俩生活在一块是沟通不起来的。你可不能这么想啊,这对你是不公平的。"汪会茹说："你家有地，是老农民，我家也有地，也是老农民，咱俩可以说没有区别。你说我是设计师，那是自己给自己起的名字，可你是股份制企业的董事长，这牌子更响亮,可以说咱俩是平起平坐,你看得起我,我也看得起你,这种观点足够咱俩享用一辈子。"周树光为给自己留下思考的空间,他直白地告诉汪会茹说:"明人不说暗话,从直观上说我是喜欢你的,无论是人品,也无论是长相,我都喜欢,但是得容我思考之后才能答复你。"汪会茹说:"你要多长时间?"周树光说:"最好时间长一点。"汪会茹满足了他的要求。"这样吧,既然你下不了决心,咱就把时间放长一些,放到咱们合作建房的时间结束,你看怎么样?"周树光笑着说:"这时间也太长,少说也有两年以上吧?我看一年时间就够了。"汪会茹不以为然地说:"你的心思我知道,你是拿我做比较而已,就是拿我和另外一个女人作比较,这个主动权都在你手里。这个女人是谁我不知道,但她肯定是你们村的,而且就在你们的服装厂工作。我去过你们的服装厂,不只去过展销室,而且也去过制作间,她对我的印象不错。不但喜欢你们的衣服,我也喜欢你们的员工,她们的素质很高,和一般农家人员相比已有很大不同。其中有两三位长得比较年轻,也比较漂亮,特别是那位裁衣服的,长得更出众一些。不管你拿我和哪一位比较,我都没意见,只是在你确定了之后,能及时告诉我就行。"

事情搞得周树光晕头转向,不知如何回答是好。没想到这个汪设计师这么厉害,竟能把隐藏在心底深处的想法也能给抖搂了出来,这种能耐对一般人来说是做不到的,而她做到了。汪会茹又接着说:"主动权都在你手里,你可以慢慢地想,慢慢地比,我都不在乎。现在第一个问题已经说完,再向你报告第二个大喜讯。"周树光终于找到了说话的方式:"第一个是喜讯,这第二个又是喜讯,看来我周树光的运气还真不错。赶紧说说这第二个喜讯是什么。现在我对喜事特别感兴趣,不想听烦心事。"

汪会茹不慌不忙地说:"在十里铺,我们家有一个邻居姓任,他家的闺女叫任建霞,常年在省城打工,前天刚从省城回来,昨天刚好在门口见面,我俩在聊天当中谈到了她的工作情况,她说她在别墅区工作,是给两位老人当保姆。老大爷叫白金贵,老奶奶叫刘何文,他们两个都是咱这里大河湾的人,出来已经好多年了。他们的儿子叫白富贵,在省城搞房地产挣了很多钱,听说有几十个亿。最近他们家人在一块开会,他儿子说:'大河湾变化可大了,建了很多新房子,都是二层楼。一家一个小院子,房顶上还可以种菜、种粮食。我见到了村里的魏书记，也见到了周主任周树光，当我说到买地的事，周主任说地是村民的命根子不能卖，由五亩地降到了三亩地，给二百万元，结果还是不卖。后来我给他们五百万买三亩地也不卖。'白金贵说：'当时出来的时候村里穷得叮当响，怎么这十来年就变化这么大？'老太太说：'你爹我们俩出来的时候周树光才刚去当兵，现在又回来就当上了村委会主任了。那孩子可真不赖，在家上学的时候就有点英雄气概的样子，当兵回来就把村搞得这么富有，真是不简单。'老妈说完儿子又接着说：'我回去先见到魏书记，他说周树光才回来两年，便找人合作先建了个小服装厂，又办了一个养牛场，现在已经养到了二百多头，就这样规划五年内要给每户建一套大房子。说也要送给咱家一套，从现在起什么时候回去都有房子住。经这么一说把我感动得不得了，我也不再提买地盖房子的事了。他们现在已经向银行贷了二百万，争取最多贷到五百万，要在五年内把欠银行的钱还清。所以，他们的压力很大，这对一般人来说是不敢这样做的。我回来后想了，咱们也出点力，来支援他们一下。'"

"老太太面对老头子笑了笑说：'咱们的儿子懂事了，进步了。'然后对儿子说：'你准备给他们多少钱？'儿子果断地说：'先给他们五百万元，什么条件也不提。'老母亲又问：'你现在手里有多少钱？我要你说实话。'儿子盘算了一下说：'大概有二十多个亿吧！'老太太说：'我知道二十多个亿的分量，你这一辈子是花不完的。'儿子自豪地说：'我这一辈子花不完？十辈子、二十几辈子也花不完。'老太太说：'可是你只有这一辈子，除了这一辈子你再想多活一天也没有。可是你有这么多钱花不完怎么办？那只有留给子孙后代花了。我看周树光这人很聪明，他自己挣了钱不只为了自己享受，还考虑到全村人都享受、都富有，他把自己的名声留给了全村人，使全村人都知道他的能耐很大，名气很足，也使全村人都知道要知恩报恩，多做有益于人民的事。他们的名气同时也留在了乡政府、县政府的记事簿上。人死名还在、荣誉还在。'"

"白富贵抢过母亲的话题说：'妈！您别说了，我懂您说话的意思，是叫我向周树光学习。您说吧！叫我给他们多少钱？'母亲说：'按我的想法至少给他们一千万，不能让村里边欠着外债过日子。'儿子说：'妈！我听您的，您说一千万就一千万，如果他们说不够用，还可以增加。你们二老提出要回家住，说叶落要归根，等秋后我带你们都回去，看看咱大河湾的变化，如果想在老家住，就把分给咱的一套房子整理整理，先住下来，如果不合适，咱们再想别的办法.'母亲说：'不用了，人家都能住，咱也能住。只是要尽快把钱弄回去，别耽误人家用钱.'儿子说：'不耽误，现在正是歇工的时候，农村正忙着收麦子，还要夏种、秋收，等咱们回去的时候，我开张支票带回去就行了.'"

汪会茹看着周树光，笑着说："我带来的好消息说完了，你看怎么样？对你有什么启发？不过我只是传声筒，把任建霞说的内容又通过我的口向你叨咕了一遍。我听了就很高兴，你听了会比我更高兴。"

"高兴！高兴！我听了非常高兴！"周树光连说三个高兴，接下来又转过话题说，"现在钱还没到手，现在说高兴似乎还有点过早。如果真有一千万到手，你少要的钱再给你添加上去。"汪会茹马上回绝说："不用不用！我要的钱少也算我对大河湾人建房做出点贡献，客气话都不用再说了。"

两位大河湾的掌舵人正在田野间漫步走动，他们边走边聊，正在规划大河湾的下一步工作。现在正是农忙季节，建房工作只好为农忙让路，好在第一批建房任务已经完成，水电已经安装到位，基本装修也已基本完成，凡是分到房子的用户可以随时搬家。

第二批房屋建造任务也在筹划之中，从土地的征收到建材的购置，都在一步一步地进行准备，单等秋收一过，一切人马都会集拢过来，准时开工。

两人正在聚精会神地说事之中，韩狗也大踏步地迎面走了过来，见到二人便开口大声说："魏书记！周主任！我在村里边找了半天，没想到你们两个都在地里呀！"两人抬头一看是韩狗，便高兴地说："是韩狗啊！看来你有什么事要说？"韩狗说："我是来找你们求救的，请你们帮忙！"魏书记把脸一怔，说："什么事？谁欺负你了？"韩狗说："没人欺负我，他们也不敢欺负。"韩狗缓过劲来说："是这样的，乡政府崔书记派郑干事来帮我们东旺沟村党支部改选，在他的说和下就选我当了支部书记。当时我急得不得了，我说我刚来这村时间不长，好多事情都不熟悉，我还解释说，我入党时间很短，才刚刚转正，就这也没说通这位郑干事。他说大家都已经表决通过了，你说什么也晚了。他说:'他们为什么要选你?因为你是大河湾过来的,你们大河湾不但是咱十里铺的典型,也是咱全县的典型。选你当支部书记,就是因为你是大河湾过来的人,你对大河湾熟悉,如果哪些方面不熟悉,还可以找他们领导去请教。现在大河湾可是好地方啊!和你们东旺沟村是邻居,有得天独厚的条件。崔书记说了,把你推上支部书记的位置,目的就是要走大河湾的路,把东旺沟村也树起来、富起来。崔书记给下达一条硬任务,就是上任后必须把步子迈出去,迈慢点没关系,但绝对不能原地踏步。'"

魏书记听完后为韩狗捏一把汗,认为韩狗肩上的担子很重,压力不轻,作为过去在一起工作的关系,应该给予帮助。他对韩狗说:"这样吧,一些事情在野地里也说不清楚,咱们现在回办公室再详谈。"